김유정과의 만남

필자

김근호(金勤浩, Kim, KeunHo) 순천대학교 교수
김지혜(金智惠, Kim, JiHye) 가천대학교 교수
김세령(金世鈴, Kim, SeRyoung) 서울과학기술대학교 교수
김승환(金昇煥, Kim, SeungHwan) 충북대학교 교수
노지승(盧志昇, Roh, JiSeung) 인천대학교 교수
박현선(朴賢善, Park, HyunSun) 가천대학교 강사
손윤권(孫閏權, Son, YunGwon) 강원대학교·중앙대학교 강사
송하춘(宋河春, Song, HaChoon) 고려대학교 명예교수
우한용(禹漢鎔, Woo, HanYong) 서울대학교 교수
유인순(柳仁順, Yoo, InSoon) 강원대학교 교수
이　경(李　璟, Lee, Kyung) 한국국제대학교 교수
조경덕(趙庚德, Cho, KyoungDuk) 고려대학교·상명대학교·순천향대학교 강사
황태묵(黃泰黙, Hwang, TaeMuk) 순천향대학교 강사

김유정과의 만남

초판 인쇄 2013년 3월 25일 **초판 발행** 2013년 3월 30일
엮은이 김유정학회 **펴낸이** 박성모 **펴낸곳** 소명출판 **출판등록** 제13-522호
주소 서울시 서초구 서초동 1621-18 란빌딩 1층
전화 02-585-7840 **팩스** 02-585-7848 **전자우편** somyong@korea.com **홈페이지** www.somyong.co.kr

값 29,000원
ⓒ 김유정학회, 2013
ISBN 978-89-5626-828-6　93810

김유정과의 만남

A Meeting with Kim, Youjoung

김유정학회 편

김근호 김지혜 김세령 김승환 노지승 박현선 손윤권
송하춘 우한용 유인순 이 경 조경덕 황태묵

소명출판

'김유정과의 만남'을 위하여

김유정이 돌아왔다. 지난해 우리는 김유정의 귀환을 축하하는 책자를 발간한 바 있다. 이후 우리는 '김유정과의 만남'의 장을 마련했다.

2012년 4월 21일 서울대학교 교육정보관에서 김유정학회 제2회 학술연구발표대회가 열렸다. 서울대학교 캠퍼스에는 봄비에 젖은 벚꽃이 함초롬히 피어 있었다. 부산, 군산, 순천, 김제, 아산, 전주, 청주, 대전, 수원, 춘천 등 전국에서 모여든 학자들이 김유정과의 만남의 시간을 가졌다. 뿐만 아니라 김유정 선생 유족들과 청풍김씨 종가의 어르신들도 참석해 주셨다.

서울대학의 우한용 교수께서 기조 발제「김유정 소설의 언어미학적 특징」이라는 제목 아래 발표를 해주셨고 제1주제 문학과 언어 인식, 제2주제 문학과 세계 · 문학과 문화콘텐츠, 제3주제 김유정과 문화 콘텐츠로 나뉘어 8명의 학자와 1명의 작가가 논문 발표와 작품 발표를 해주셨다.

2012년 9월 15일에는 강원도 춘천의 실레 마을, 실레 이야기길에서 김유정학회 제3회 학술세미나가 열렸다. 이 학술세미나는 춘천시립도서관의 대폭적인 후원을 받았다. 멀리는 군산으로부터 가깝게는 수원과 인천 서울에 이르기까지 50명 가까운 이들이 참석해서 함께 금병산의 중턱을 가로 지르는 실레 이야기길을 걸었고 금병산 중턱 나무 그늘 아래에서 김유정과의 만남의 장을 펼쳤다. 김유정과 문학교육, 김유정과 사회를 주제로한 학술세미나였다.

이제 김유정과의 만남의 장에서 발표되었던 연구논문들을 모아『김유정과의 만남』을 엮었다.

우한용 교수는 「김유정 소설의 언어의식」에서 김유정의 소설은 전형적 성격 창조에 성공한 예가 허다한데 그 대표적인 예가 '따라지'와 '들병이'로 본다. 그런데 이와 같은 전형적 인물의 창조는 언어적 형상화를 통해서 구체화되는 것이다.

우한용 교수는 소설언어가 담론의 형식이라는 전제하에 김유정 소설의 언어 특징을 담론 차원에서 살피고, 김유정 연구의 지속을 위한 절차와 방법을 탐색한다. 이를 위해 「만무방」을 대상으로 담론의 주체(작중인물 서술자 지시항)를 살펴보고 「따라지」와 「안해」를 통해 인물의 성격화를 살펴본다.

우한용 교수는 위와 같은 탐색을 통해 김유정 문학의 생산성을 위해 몇 가지 제안을 한다. 첫째, 김유정 문학의 특성을 단순한 향토성과 인정미로 한정하지 말고 '왜곡된 상황에서 인정미 있는 인간들의 왜곡된 인간성'에 주목할 것, 둘째 김유정 소설의 해학적 특성을 해학의 언어적 연관성에서 살펴볼 것, 셋째 김유정 소설에서 판소리투의 서술에서 이종언어의 운용방법 보다는 '언어 에너지'를 증폭시키는 매개자의 서술적 전지성을 고려해 볼 것, 마지막으로 김유정 소설의 다양한 생산적 측면에서 이론화의 범위 확대(소설의 장르, 언어, 방법, 동시대의 연관성)가 필요함을 주장한다.

김근호 교수의 「김유정 농촌소설의 인물 형상화」는 김유정 소설에 나타난 인물형상화를 화자의 태도 차원에서 고찰한 것이다. 김교수는

S. 리몬 케논의 시각-초점화 이론을 차용하여 소설 화자의 역할에 주목한다. 김유정 작품이 재미있다는 것은 김유정 소설 화자의 말투가 재미있다는 것이고 김유정 소설의 인물 형상화에서 중요한 것은 바로 화자의 정서적 태도에 있다는 것이다.

김교수는 김유정 소설 화자의 정서적 태도를 '공감적 이해', '동정적 연민', '비판적 능청'으로 분류한다. 그리고 김유정은 '청자 지형적인 화자의 서사 연행을 통해 서사의 소통 맥락 전체를 읽을 수 있도록 하고' 있다고 지적한다. 그리하여 김유정은 도덕과 윤리의 문제에서 독자에게 방향을 직접적으로 제시하거나 암시하지 않고 독자에게 물음을 던져 '일정한 방향의 읽기를 유도' 하고 있음을 파악한다. 이것은 독자에게 적극적 독서를 권유하는 것이고, 따라서 '독서의 효과를 노리는 화행론적 교섭의 조건화 과정'으로 볼 수 있다는 것이다.

노지승 교수는 1920~30년대 매춘 모티프를 다룬 여타의 소설들 사이에서 차별화되는 김유정 소설의 맥락적 의미 추적을 시도한다.

노교수는 매춘 모티프를 다룬 여타의 소설들이 여성들의 통정 혹은 매춘을 구경꺼리로 또는 가족을 위한 희생자로 그리는데 반해 김유정 작품의 여성들은 농촌의 '풍경'으로 그려지고 있고, 이런 '풍경'의 효과는 당대 지식인의 '근대적 도덕률과 그 도덕률의 권력을 뒤엎는' 것이라고 본다. 한편 김유정 작품 속의 부부 및 가족의 형태는 아내를 교환의 대상으로 보며, 소유와 짝짓기의 욕구에서는 근대적 가부장제 이전 가부장의 모습으로 파악한다.

소설사적 입장에서 김유정 소설은 전근대적 가부장제의 특징과 자본주의화 근대화의 그림자로 농촌사회를 그리고 있고, 경제력 없는 루저로서의 남성과 그들의 여자들을 그려낸다. 김유정은 이들을 비난이나 비판 연민의 대상으로 보지 않는다. 김유정 소설은 근대적 가부장제의 '표면'과 '이면'을 동시에 비판하는데 이때 '표면'이란 루저를 양산해내는 근대적 가부장장제를, '이면'은 근대적 가부장제가 가진 도덕률과 그 도덕률의 일방적 권리행사라는 것이 노교수의 지적이다.

박현선 교수는 김유정 문학이 지닌 '현실인식에 대한 연구자들의 상반적 견해'와, '김유정 소설의 비윤리적 인물이나 상황이 현실과의 관련' 유무에 주목한다. 그래서 박교수는 '김유정 소설의 서술자가 궁핍한 현실과 인물의 비윤리적 행동에 대해서만 유독 함묵하는 이유와 의미를 탐색' 해 보려고 한다.

박교수는 김유정의 전기적 사실 ― 부형의 폭력과 병마로부터의 위협에서 벗어나 '생명 유지'에 우선 가치를 두게 되고 이것이 불행한 현실의 구조적 모순에 앞섰다는 것을 밝혀낸다. 따라서 김유정 작품의 인물들은 생존의 지속을 위해 윤리적 강박으로부터 벗어나 있었다는 것이다. 또한 김유정은 표준어나 한자어를 규범적 추상적 도구적 언어로, 토속어와 비속어들 탈규범적 구체적이고 존재적인 언어로 인식하여 이를 그의 소설언어로 선택했다고 지적한다.

조경덕 교수는 김유정이 구인회 회원으로서 그의 소설 창작에 모더니즘적 방법을 시도하고 있다고 본다. 「두꺼비」에서는 '장거리 문장화'가, 「슬픈이야기」와 「따라지」에서는 '방'과 '엿보기'의 모티브가 사용되고 있음이 그것이다. '엿보기'의 경우는 초점화가 '나'와 '아끼꼬'로 차이를 보인다. 그러나 이 두 초점화의 초점대상이 실은 김유정 자신이라는 것, 이와 같은 방식의 자기 자신의 객관화를 통해 김유정은 자신의 상처를 치유하고자 했었다고 본다.

「슬픈 이야기」에서의 작가는 자신이 투영된 화자 '나'를 통해 또 다른 '나'를 슬픔의 감정으로 응시하며 그 낯섦 가운데 방황하다가 떠나는 것으로 마무리한다. 이에 비해 「따라지」에서 아끼꼬는 농촌 들병이가 '보이는 자'였던 것에 반해 '보는 자'로 등장하며 '엿보기'에 대해 스스럼이 없다. 아끼꼬는 톨스토이 남매의 생활을 엿보며 톨스토이를 짝사랑하는데 이것은 젊고 건강한 여성에게 사랑받고 싶어 하는 김유정의 소원이 반영된 것이라고 지적한다.

김승환 교수는 「김유정의 만무방에 나타난 폭력성」에서 폭력과 폭력성의 의미를 고찰한다. 그는 「만무방」에 나타난 폭력을 표면구조와 이면구조로, 표면구조에는 개인의 폭력이 이면구조에는 구조적 폭력이 있음을 지적한다. 그리고 응칠 형제가 룸펜프롤레타리아로 될 수밖에 없었던 것에 구조적 모순이 작용하고 있음을 본다. 김교수는 제임슨의 말을 빌어 '식민지 작가의 작품에 민족적 알레고리가 내포되었을 수 있다면 응칠의 폭력은 민족해방운동과 반제항일의 왜곡된 행위일 가능성이 있다'고 지적한다.

김교수는 응칠 형제의 폭력은 불가항력적인 식민지 농민의 정당한 폭력이고, 사건의 핵심 폭력은 리얼리즘과 현실변혁의 세계관을 상징하는 김유정의 서사전략으로 본다. 그리고 응칠 형제에게서는 전망이 부재하지만, 그럼에도 불구하고 이들 형제에게서 저항의 싹을 볼 수 있다는 것, 따라서 응칠이 보여주는 폭력과 폭력성의 의미는 '아주 희미하지만 김유정의 역사적 전망을 반증하는 상징적 행위' 라고 주장한다.

이경 교수는 「자본주의보다 먼저 온 실패의 예후와 대안적 윤리」에서 1930년대 한국에서는 아직 자본주의가 본격화되기 이전임에도 불구하고, 김유정 소설에서 보이는 실패한 자본주의의 모습에 주목한다. 실패한 자본주의의 모습에 대한 해명을 위해 이경 교수는 특히 자본주의에 대한 여성주의적 비판을 도모하는 페데리치의 이론과 자본주의의 비합리성에 주목한 벤야민의 논의에 기대어 김유정 소설에 대한 해석을 시도했다.

김유정 소설에 나타나는 돈과 노다지에 대한 욕망과 욕망의 실패, 그 과정에서 보여주는 인간의 무지와 야만, 피해자로의 전락 등이 모두 실패한 자본주의의 징후들이다. 그러나 김유정 소설의 주인공들은 자본주의의 모순에서 비롯된 피해자 자리로부터 저항적 주체와 윤리적 주체로 이동을 시도한다. 바로 이 점에서 김유정 소설의 의의가 있다고 지적한다.

손윤권 교수는 「농촌노총각 문제 연구」에서 소설 속 노총각을 초점화하여 성과 결혼의 문제를 중점적으로 고찰한다.

손교수는 먼저 1930년대의 결혼적령기와 노총각의 범위를 살펴보고, 이들이 노총각이 될 수밖에 없었던 이유를 사회사적 입장에서 탐색한다. 노총각들의 성욕 해결은 들병이를 통해 일시적으로 이루어지지만, 일상생활에서 사람대접을 제대로 받지 못하는 노총각들은 열등감과 좌절감으로 그들의 언술은 자기 비하적이고, 그들의 행동은 계급이나 성별의 역전 현상을 보이기도 한다. 뿐만 아니라 노총각들은 때로 혼인을 전제로 한 약속에서 사기와 배반의 결말을 경험하기도 한다. 김유정이 작품에서 그리고 있는 노총각들의 고난은 실은 전망 없는 식민지 상황에 대한 하나의 알레고리라는 것이 손교수의 주장이다.

황태묵 교수는 「김유정 소설에 나타난 돈」에서 돈의 욕망과 결핍이 불러온 것, 그것이 물신화 되는 과정에 나타난 폐해와 금전적 가치와 윤리적 가치의 갈등에 이르기까지 돈을 매개로 한 상상력에 주목한다. 황교수는 돈이 김유정 소설에서 중요한 요소로 부각된 이유를 김유정의 전기적 생애와 자전적 소설에서, 뒤이어 돈의 문제가 농촌소설과 도시소설에 어떤 양상으로 드러나고 있는지를 살펴본다.

황교수는 중환자로서 김유정의 돈에 대한 욕망은 곧 삶에 대한 욕망이었고, '소설을 통해 정상적인 삶과 부부 및 가족관계, 타자와의 연애와 사랑의 감정 등을 억압하고 왜곡하는 돈의 숨겨진 욕망을 적나라하게 드러내 놓고자' 하였다고 지적한다.

김세령 교수는 「1950년대 김유정론 연구」에서 정창범, 정태용, 윤병로의 김유정론을 정밀분석, 김유정이 한국문학사에 뿌리내린 것은 1950년대 김유정론에서 비롯되었음을 갈파한다.

정창범은 「김유정론」에서 김유정의 작품이 봉건적 가치를 드러내며 현실을 재현하지 못했다고 부정적 평가를 했으나 그럼에도 김유정의 생태나 근대 이전의 자연상태를 그 만의 독특한 작품세계로 형상화 했다고 본다. 정태용은 「김유정론－니힐리즘의 문학」에서 김유정을 겸허한 문학, 능동과 달관의 니힐리즘 문학, 민족의 육감이 느껴지는 어휘 등, 긍정적으로 평가한다. 윤병로의 「김유정론」은 비교적 성공한 사소설형식, 전통적 어휘구사와 인생파적 태도 등으로 긍정적으로 평가하고 있음을 본다.

김교수는 1950년 김유정론이 초기 연구라는 제약이 있기는 하지만, 그럼에도 김유정 문학이 한국문학사에서 자리매김 할 수 있었던 것은 바로 이들 50년대 김유정론에 빚지고 있음을 지적한다.

김지혜 교수의 「김유정 문학교육연구」는 김유정의 작품이 중등 교과서의 정전이 된 배경과 과정, 7차 교육과정의 개정에 따른 김유정작품의 선정 및 학습활동의 변모를 추적한다. 김교수는 「동백꽃」, 「봄·봄」이 교과서에 수록되는 과정에는 문단의 헤게모니와 문학사적 평가, 문학전집이나 대학 교과서의 영향 등 여러 요인이 있었을 것으로 추정한다. 문제는 이 두 작품이 교과서에 수록된 이후, 사람들의 관심이 이 두 작품에만 집중되어졌다는 것이다.

그러나 7차 교육과정과 2007년 교육과정이 시행되면서 『국어』와 『문학』교과서에는 앞서 말한 두 작품은 물론, 「만무방」, 「금 따는 콩밭」 외에도 만화 「동백꽃」과 최인호의 「김유정의 생가에서」가 수록되었다. 이와 같은 상황은 시대와 장르를 넘어 문화콘텐츠로 나아가는 김유정 문학의 가능성을 보여준다는 것이 김교수의 주장이다.

유인순 교수는 「봄·봄」을 토대로 생산된 아바타(희곡, 영화, TV 문학관, 오페라, 판소리, 패러디 소설) 들을 추적하고 이들 사이 변이의 양상과 의미들을 탐색한다. 먼저 간략한 문화콘텐츠 이론 소개, 「봄·봄」이 OSMU(One Source Multi Use)의 대상이 된 이유, 다음에 「봄·봄」의 동시대 및 이후 시대에 나타난 「봄·봄」의 아바타들을 찾아보고 인물, 주제, 사건의 변이 및 의미를 추적한다. 또 이들 아바타들 사이에서 시공간을 초월한 지속적 요소들, 원 소스의 특징으로 지적되었으나 지금은 사라진 요소들, 그리고 그 원인까지도 추적한다.

유교수는 「봄·봄」이 더 긴 생명력을 갖기 위해서는 미래의 아바타 안에 좀더 과감하게 새로운 인간상, 새로운 시대정신을 반영 시켜야 한다고 제안한다.

송하춘 교수는 김유정의 생애와 작품을 자료로 창작소설 「마적을 꿈꾸며—김유정평설」을 발표했다. 시공을 초월해 작가 김유정이 젊은 시절의 그 자신과 그의 작중 인물인 점순을 만나는 이야기다. 서울로 온 작중인물 점순은 청계천변에서 또는 혜화동 골목에서 작가 김유정을 만나고 김유정이 발표한 소설들이 독자를 향한 편지라고 말한다. 점순은 편지를 주고받는 것은 소통이고 소통이 원활한 편지가 좋은 글이라고 말한다. 이것은 점순의 입을 빌어 김유정이 자신의 문학관을 말하고 있는 것이고 동시에 작가 송하춘의 문학관을 말하는 것이다. 소설은 곧 작가와 독자 사이의 원활한 소통이 이루어져야 한다는 것이다.

김유정학회가 그 첫 걸음을 떼어놓은 지는 얼마 되지 않았지만 학회에서 엮는 두 번째의 김유정 연구 전문학술서가 나오게 되었다. 김유정의 문화콘텐츠로서 창작 작품을 계속 싣게 되어 더욱 고마울 따름이다.

김유정학회의 연구 대상은 예술장르로서 소설작품에만 한정하지 않고 김유정 작품을 토대로 한 문화콘텐츠 전역으로 확대할 것이다. 김유정에 대한 여러분의 끊임없는 관심과 사랑을 부탁드린다.

2012년 12월 31일
김유정학회장 유 인 순

차례

제1부 /

김유정 소설의 언어 인식

김유정 소설의 언어의식

단상 형식의 에세이

우한용

1. 작가를 기리는 방법

요절한 작가 김유정. 생애 전체가 29년, 작품활동을 한 것은 4년밖에 안 된다. 작품은 단편소설 30여 편과 수필 몇 편, 편지 몇 통이 남아 있을 뿐이다. 그런데도 끊임없이 논의의 대상이 되는 까닭은 무엇인가? 이 작가가 문학사 내지는 소설사의 중요한 매듭을 형성하기 때문이리라. 문학사에 남는 까닭은 작가가 남긴 작품의 문학성이 뛰어나기 때문이라 해야 할 것이다.

일상인은 몇 개의 에피소드로 기억된다. 그마저도 희미한 사람들이 대부분이다. 많은 세간 사람들은 그 생애가 에피소드, 즉 서사의 기본 단위로도 정리되지 않는다. 에피소드로 기억되기를 바라는 이가 있다면 아마 영웅심리를 지닌 까닭이라 보아야 할 것이다. 그러나 작가는 다르다. 작품을 생산하는 자이기 때문이다. 작가에게 작품은 생애의 한 줄기 혹은 몇 개의 가닥이다. 작가는 일상인의 삶을 살면서 한편으로 작품세계를 구축하는 과정에서 그 안에서 산다. 두 겹의 삶을 사는 셈이다.

작가는 작품으로 기억된다. 작가의 생애나 에피소드는 시간과 더불어 희미해지다가 마침내는 망각의 저편으로 사라진다. 그러나 작품은 이와 형편이 다르다. 작품 자체가 독자의 기억에 살아남는 것은 물론, 여러 가지 이본들이 만들어져 오래 살아남는다. 살아남는다는 것은 다른 모양으로, 전신(轉身)해서 작가의 유전자를 유지한 채 다른 작품으로 남는다는 뜻이다. 「춘향전」, 「심청전」처럼 작가를 알지 못하는 작품도 읽히는 그것이 읽히는 한은 살아남고, 다른 이본으로 재창출되기도 한다. 작가가 분명한 「홍길동전」, 「구운몽」 등도 작가보다는 작품으로 살아남아 재생산된다. 작품이 살아남는다는 것은 작중인물이 살아남는다는 뜻이다. 그러니까 작중인물은 작가의 분신이나 다름이 없다.

김유정의 소설들은 전형적 성격을 창조하는 데 성공한 예가 허다하다. 성장기 소녀의 성격을 적실히 형상화한 '점순이', 미련한 듯 능글맞고 남을 후리치는 '뭉태', 매팔자의 '응칠이', '응오' 등이 그러한 예이다. 이는 김유정 소설의 힘이기도 하고 그의 소설이 오래 살아남을 수 있는 가능성의 원천이기도 하다. 우리는 그러한 인물을, 즉 작품을 김유정 생애의 에피소드에 앞서 기억하고 의미를 부여한다. 그리고 작가들은 이들 인물을 다시 소설 속에 살려낸다. 그런 점에서 김유정학회의 기획 가운데 '인물 되살리기'가 포함된 것은 의미깊은 일로 생각된다.

그런데 그런 의미부여나 평가가 마무리 단계에 이르면 그 다음의 과제는 무엇인가를 다시 모색해야 한다. 물론 한 작가의 의미를 추구하는 일이 그렇게 간단하지는 않다. 사회문화적인 수용의 맥락이 달라지면서 방법론이 새롭게 개발되기도 하고, 시대적인 요청이 작가의 위상을 높이는 데 기여하기도 한다. 그러한 점에서 김유정 소설의 인물을 다시 살피는 것은 시대적 요청에 부응하는 일로 생각된다.

이 글에서는 김유정의 작품 가운데 「따라지」와 「안해」(아내)를 중심으로, 김유정이 창출한 인물의 대표적인 예가 '따라지'와 '들병이'라는 점에 주목하고자 한다. 이러한 인물의 창조는 소설의 전체지향성과 맞물리기도 하고 이에 이반되기도 한다. 당대 사회의 면모를 전형적으로 보여준다는 점에서는 전체지향성과 맞물리고 단편양식에 나타나는 인물이라는 점에서는 제한적이다.

그러나 김유정은 자기 나름의 방법을 동원하여 전체지향성의 소설 작업을 진행했다. 그 방법론이 와해되는 사회의 저층을 밝히는 일이다. 이는 인간의 '구경적 비루(鄙陋)함'을 드러내는 방법이다. 인간의 형상은 언어적 형상화를 통해 소설로 구체화된다. 그렇기 때문에 소설의 언어를 논하는 자리에서 인물의 문제가 동시에 논의 항목으로 포함될 수 있는 것이다. 인물과 연관된 언어는 인물의 감성, 의식, 행동 등과 연관되기 때문에 구체성을 띤다.

여기서 소설의 언어가 담론 형식으로 되어 있다는 점을 다시 환기할 필요가 있다. 김유정 소설의 언어 특징을 담론 차원에서 살피고, 김유정 연구가 지속되기 위해서 어떠한 절차와 방법을 거쳐야 하는가 하는 점을 밝히고자 하는 것이 이 글의 목적이다. 논리적이거나 증거 자료를 명시하기보다는 체험과 사례를 단상형식으로 제출하고자 한다.

2. 소설언어에 대한 방법론적 조율

　소설이 예술이 되기 위해서는 형상화를 거쳐야 한다. 소설의 형상화는 대상의 묘사와 인물의 성격화, 사건의 구조화 등을 거쳐 이루어지게 된다. 이런 원론을 다시 짚어 보아야 하는 이유는 소설연구의 추상성에 대한 자성의 의미를 지니기 때문이다. 소설의 언어가 내용을 담는 그릇이 아니라 그 자체가 소설의 실체라는 인식은 소설의 언어를 다른 시각으로 보게 한다. 이는 일종의 사회시학(socio-poetics)를 지향하는 방법론이다. 소설언어에 대한 사회시학은 소설의 언어를 담론차원에서 검토하는 방식으로 구체화된다.

　소설의 언어를 담론 차원에서 보자는 주장은 텍스트에 속박(束縛)된 언어의 주체를 풀어 주자는 의도를 포함한다. 언어 운용 주체의 구체적인 행동과 의식을 포함할 때라야 문장은 의미를 지닌다. 예컨대 "나는 너를 사랑한다"는 문장이 있다고 하자. 기존의 논의에서는, 이 문장이 무슨 뜻인지 자명한 것으로 치부하고 논의를 해왔다. 그러나 이 문장만으로는 그 의미를 알 수 없다. 화자인 '나'와 화자의 말을 듣는 '너'가 구체화되지 않는다면 그 뜻이 확정되지 않는 것이다. 인간의 행위가 관여하는 문장(텍스트)은 거기 관여하는 주체(화자, 청자)가 구체화되어야 의미를 지닌다. 아울러 이러한 문장이 언어로 수행된 맥락(컨텍스트)을 알아야 섬세한 의미가 드러난다. 데이트를 마치고 돌아서면서 남자가(여자가) 여자에게(남자에게) 그런 말을 할 경우와, 사형장에서 집행인이 사형수에게 그런 말을 할 경우 그 뜻이 같을 수 없다. 파우스트와 메피스토펠레스를 주체로 상정할 경우, 같은 말이라도 그 뜻이 같을 수 없다는 것은 분명하다. 파우스트의 삶의 완성이 메피스토펠레스에게는 영혼의 인도라는 계약 이행의 지점이란 의미를 지닌다. 이처럼 구체화된 상황에서 구체화된 주체들이 설정되지 않으면 어떤 문장의 의미는 드러나지 않는다.

소설의 언어가 담론형태가 될 수밖에 없는 이유가 여기 있다. 주체와 대상 혹은 상호주체적인 주체들과 이들을 둘러싼 크로노토프(시공간소)가 상정되어야 언어의 구체상을 살필 수 있는 것이다.

담론의 주체에 화자와 청자가 포함되는 것은 물론, 서술자(내레이터)까지를 담론의 주체 범주에서 논의하지 않을 수 없다. 김유정의 「만무방」에서 예를 들어 보기로 한다.

> 응칠이는 덤벼들어 우선 허리께를 내려 조졌(졌)다. 어이쿠쿠,쿠, — 하고 처참한 비명이다. 이 소리에 귀가 번쩍 띄어 그 고개를 들고 팔(필)부터 벗겨 보았다. 그러나 너무 어이가 없음인지 시선을 걷치며 그 자리에서 우두망찰한다.
>
> 그것은 무서운 침묵이었다. 살똥맞은 바람만 공중에서 북새를 논다.
>
> 한참을 신음하다 도적은 일어나더니
>
> "성임까지 이렇게 못살게 굴기유?" 제법 눈을 부라리며 몸을 획 돌린다. 그리고 느끼며 울음이 복받친다. 봇짐도 버린 채
>
> "내것 내가 먹는데 누가 뭐래?" 하고 데퉁스러이 내뱉고는 비틀 비틀 논 저쪽으로 없어진다.[1]

이 부분은 이른바 전지적 서술로 되어 있다. 서술자는 텍스트 밖에

1 　전신재, 『전집』, 102면. 유인순, 『선집』, 118면. 『전집』은 전신재 편, 『원본 김유정 전집』, 한림대 출판부, 1987이고, 『선집』은 유인순 편, 『동백꽃—김유정 중단편션』, 문학과지성사, 2005이다. 텍스트를 대비할 필요가 있어서 출처 양쪽을 아울러 밝힌다.

그 존재를 상정하게 된다. 서술자는 화자와 청자로 상정되는 인물들의 심리며 태도 나아가 분위기까지 자기의 시각으로 평가하고 가치를 부여하여 서술한다. 작가는 이러한 방법으로 언어 운용의 구체성을 확보한다. 소설의 언어가 구체성을 바탕으로 하는 담론으로 존재한다는 것은 이러한 뜻이다.

이렇게 보아 온다면, 소설의 언어를 이야기하는 자리에서 거두절미한 문장을 인용한다거나 동원된 어휘를 지표로 해서 문체 특성을 설명하는 등의 방법은 문학연구에 크게 기여하기 어렵다. 소설적 형상화를 도모하는 언어는 담론으로 존재하는데, 그 담론을 구체성이 고려되지 않은 언어자료로 환원하는 것은 방법론상 문제를 야기한다. 담론 주체들의 자격과 의식이 말과 상응하는지 여부를 살펴야 한다. 담론 주체는 작중인물, 서술자, 지시항으로 나타나는 인물들이다. 이들의 말과 서술의 관계 속에서 '문체화'[2]되는 소설의 담론은 개인적 차원을 넘어 당대의 사회와 연관되는 의미장을 형성한다. 위 인용은 형제간의 갈등이 최고조에 달하는 장면인데, 이는 당대의 아이러니적 시대상황을 집약적으로 보여준다. 아이러니적 상황이란 왜곡된 식민지 상황을 뜻한다. 이런 점에서 소설의 담론은 텍스트의 특성은 물론 당대 사회의 성격을 드러내는 방법론이 되기도 한다.

---

2 M.M. Bakhtin, *Dialogic Imagination*, Texas : U.P., 1982 참조.

3. '따라지'들의 세상

따라지는 노름판에서 쓰는 용어다. 세 끗과 여덟 끗을 합쳐 쥐면 한 끗이 남는데 이를 따라지라 한다. 단지 한 끗을 그렇게 부르기도 한다. 따라지는 힘없고 별볼일 없는 '남아도는 존재'를 이르는 말로 일반화되었다. '삼팔따라지'라는 말도 있다. 이는 38선을 넘어 월남해서 버겁게 살아가는 무지렝이 같은 이들을 일컫는 말이 되었다. 김유정이 소설 전면에 '따라지'를 내세운 것은, 소설에서 '문제적 인물' 이하를 겨냥하는 방법이다. 문제적 인물 이하라는 것은 루카치 류의 문제적 인물 그 이하의 상황에서 살아가는 인물들이 시대를 대변하는 일종의 사회가면 역할을 한다는 점에서 총체성에 접근한다는 뜻이 된다.

이 소설의 배경은 당대(1930년대) 서울로 설정되어 있다. 사직공원이 내다보이는 언덕에 자리잡은 초가집에 네 세대가 복작거리며 산다. 늙은 주인 내외, 제복공장에 다니는 과부 누이와 소설을 쓴다고 집에 붙어 앉아있는 청년 오뉘, 부족증을 앓는 노인과 버스 차장을 하는 딸 부녀, 카페 여급으로 나가는 아키코와 그의 친구 영애 이들이 한 집에 복작거리며 산다. 산다기보다 엉겨붙어 딩굴고 있는 형국이다. 주인 내외는 세들어 사는 이들의 방세를 받아 생활한다. 그런데 주인을 포함해서 세들어 사는 이들의 삶이 하나같이 왜곡된 삶이다. 이 왜곡된 삶은 담론 형식의 언어로 형상화된다.

1) 자기 이미지로서의 따라지

　작가의 경험이 작품에 반영되는 양상은 작가론적인 검토의 대상이다. 작가는 자신의 경험을 작품의 전체 맥락과 연관지어 허구적으로 작품에 반영하게 마련이다. 작가의 경험이 그대로 작품에 드러나는 것이 아니라 허구화된다는 점은 주목할 필요가 있다. 이혼한 누나 집에 신세를 지는 작가의 이미지가 이 작품에 다음과 같이 나타나 있다.

> 　어쩌다 공장에서 뒤를 늦게 본다고 감독에게 쥐어박히거나, 혹은 재봉침에 엄지손톱을 박아서 반쯤 죽어 오는 적도 있다. 그러면 가뜩이나 급한 그 행동이 더욱 불이야 불이야 한다. 손에 잡히는 대로 그릇을 내던져 깨뜨리며
> 　"왜 내가 이 고생을 해가며 널 먹이니. 응? 이놈아!"
> 　헐없이 미친 사람이 된다. 아우는 그래도 귀가 먹은 듯이 잠자코 앉았다. 누님은 혼자 서서 제 몸을 들볶다가 나중에는 울음이 탁 터진다. 공장살이에 받는 설움을 모다 아우의 탓으로 돌린다. 그러면 할일없이 아우는 마당에 내려와서 누님의 어깨를 두 손으로 붙잡고
> 　"누님! 다 내가 잘못했수. 그만두." 하고 달래지 않을 수 없다.
> 　"네가 이놈아! 내 살을 뜯어먹는 거야."
> 　"그래, 알았수, 내가 다 잘못했으니 고만둡시다."
> 　"듣기 싫여, 물러나." 하고 벌컥 떠다밀면 땅에 펄썩 주저앉는 아우다. 열적은 듯, 죄송한듯 얼굴이 벌게서 털고 일어나는 그 아우를 보면 우습고도 일변 가여웠다.
>
> 　　　　　　　　　　　　—『전집』, 288~289면; 『선집』, 248면

　누이에게 얹혀사는 이 젊은이의 별명이 '톨스토이'다. 당대 최고의

문호라고 알려진 톨스토이는 작중인물의 꿈에 해당하는 인물이다. 자력으로 생활을 해결하지 못하는 소설가 지망생은 이중적인 의미로 부각된다. 카페 여급으로 나가며 때로는 '손님'을 받기도 하는 작중인물의 눈에 이 작가지망생은 이중으로 비친다. 시각의 다변화를 통해 의미의 이중성을 드러내는 방법이 구사된다.

> 영애는 톨스토이가 너무 병신스러운 데 골을 낸다. 암만 얻어먹더라도 씩씩하게 대들질 못하고 저런, 저런. 그러나 아키코는 바보가 아니라 사람이 너무 착해서 그렇다고 우긴다.
>
> —『전집』, 289면;『선집』, 249면

소설의 매력은 허구성을 사실성과 겹쳐서 해석할 수 있는 가능성, 즉 독자의 텍스트에 대한 참여 가능성에 있다. 작가가 만들어넌 작중인물, 사건이라고 해도 독자는 작가의 자기 이야기거나 체험으로 이해하려는 지향을 보인다. 작가가 직접 경험한 것이라 해도 허구적으로 꾸민 이야기로 이해하려고 한다. 이러한 허구와 사실 사이의 경계이월 가운데 삶의 진실을 발굴하는 것이 소설인 셈이다. 그러나 소설을 작가의 자서전과 혼동하는 일은 위험하다. 다음 단락은 작가 김유정의 '연애사건'을 환기한다. 소리꾼 박녹주와 또 다른 여성에 대한 구애가 실패한 경험의 형상화라고 할 수 있는 부분이다.

> "선생님! 연애 해보셨어요?" 하면 무안당한 계집애처럼 고만 얼굴이 벌게진다.
> "전 그런 거 모릅니다."
> 아키코는 톨스토이가 저한테 홍미를 안 갖는 걸 알고 좀 샐쭉하였다. 카페

서 구는 여급이라고 넘보는 맥인지 조선말로 부르면 흥해서 아키코로 행세
는 하지만 영영 아키코인 줄 안다. 어쩌면 톨스토이가 흉측스럽게 아랫방 버
스 걸과 눈이 맞았는지도 모른다. 왜냐면 버스 걸이 나갈 때 그때쯤 해서 톨
스토이가 세수를 하러 나오고 하는 것을 보았다. 그리고 옥생각인진 몰라도
버스 걸도 요즘엔 버쩍 모양을 내기에 몸이 달았다.

—『전집』, 290면;『선집』, 250~251면

작가 김유정 자신의 연애사건과 이 단락 내용을 연계한다고 해도, 다
만 유비적으로 추측해 볼 수 있을 따름이지 확증을 구하기는 어렵다.
문제는 사실 여부가 아니다. 작가 자신이 자기를 따라지라고 규정하는
의식이 문제이다. 이는 작가가 작중인물과 거리유지를 할 수 없는 상황
에 처해 있음을 암시한다. 따라지인 작가가 자신을 톨스토이로 규정하
고, 생활의 방도를 갖지 못하며, 카페 여급이나 버스 차장의 애정의 대
상이 되는 등 본말이 전도된 아이러니를 보여준다. 이러한 아이러니적
상황이 당대의 시대상황을 암시한다면, 그 자체가 소설적 진실로 환치
될 수 있는 것이다.

2) 따라지의 자기기만

정체성을 상실한 인간의 특징 가운데 하나가 자기기만이다. 자신이
버스 차장이면서 그 사실을 은폐하는 심리는 물론 왜곡된 심리이다. 그
러나 정당하게 자신의 신분을 드러내고 싶지 않은 것은 물론, 자신의
신분을 위장하는 방식을 강구한다. 그렇게 해서 자기기만은 강도를 높
여간다. 다음과 같은 데에서 자기기만의 심리를 확인하게 된다.

아침에 나갈 제 보면 버스 걸은 커단 책보를 옆에 끼고 아주 버젓하다. 처음에 아키코가 고등과에 다니는 학생인가 한 것도 무리는 아니었다. 왜냐면 그 책보가 고등과에 다니는 책보같이 그렇게 탐스럽고 허울이 좋았다. 그러나 차차 알고 보니까 보지도 않은 헌 잡지를 그렇게 포개고 고 사이에 벤또를 꼭 물려서 싼 책보였다. 벤또 하나만 차면 공장의 계집애나 버스 걸로 알까 봐서 그 무거운 잡지책들을 힘드는 줄도 모르고 들고 왔다 갔다 하는 것이 아니냐. 그래놓고는 저녁에 돌아올 때면 웬 도적놈 같은 무서운 중학생놈이 쫓아오고 한다고 늘 성화다.

—『전집』, 291면;『선집』, 251~252면

자기기만은 '연애'를 통해서도 드러난다. 남의 집에 세들어 살면서 한방을 쓰는 친구에게 여관비를 주어 나가 자라고 해 놓고는 '손님'을 받는 그러한 일을 연애라 한다면 이는 분명 언어의 왜곡이다. 왜곡된 언어로 그려지는 이러한 삶을 선망의 대상으로 삼는다는 것은, 분명 자기기만이다. 거기다가 '정신만으로 하는 연애'를 원하는 것은 심리의 뿌리없음을 내보이는 예라 하겠다.

그의 마음에는 아키코의 생활이 몹시 부러웠다. 여러 손님의 사랑에 고이며 이쁜 얼굴을 자랑하는 아키코. 영애 자신도 꼭 껴안아주고 싶은 아담스러운 그런 얼굴이다.

"그이 언제 갔니?"

"새벽녘에 내뺐단다. 아주 숫배기야."

"넌 참 좋겠다. 나두 연애 좀 해봤으면!"

"허려무나. 누가 허지 말라니?"

"아니 너 같은 연앤 싫여. 정신으로만 허는 연애 말이지." 하고 어딘가 좀 뒤

둥그러진 소리.

"오! 보구만 속 태우는 연애 말이지?" 하긴 했으나 아키코는 어쩐지 영애에게 너무 심하게 한 듯싶었다. 가뜩이나 제 몸 못난 걸 은근히 슬퍼하는 애를─

"얘! 별소리 말아요, 연애두 몇 번 해보면 다 시들해지는 걸 모르니? 난 일상 맘 편히 혼자 지내는 네가 부럽더라!" 하고 슬그머니 한번 문질러주면

"메가 부러워? 애두! 괜히 저러지."

영애는 이렇게 부인은 하면서도 벙싯하고 짜정 우월감을 느껴보려 한다. 영애도 한때에는 주체궂은 살을 말리고자 아편도 먹어봤다. 남의 말대로 듬뿍 먹었다가 꼬박이 이틀 동안을 일어나도 못하고 고생하던 생각을 하면 시방도 등어리가 선뜩하다. 그러나 영애에게도 어쩌다 염서가 오는 것은 참 신통한 일이라 안할 수 없다.

─『전집』, 293~294면; 『선집』, 255~256면

삶의 밑바닥까지 내려가 보는 일은 소설의 가능성 탐구라는 의미를 지니는 작업이다. 일상적인 삶의 표면에 부상하지 않는 삶의 심연을 탐구하는 일은 시대정신이나 이념을 탐구하는 이상의 의미를 지닌다. 소설에서 문제삼는 가능성은 인간의 신적인 가능성, 혹은 성자적 희생과 헌신의 가능성과 함께 타락의 가능성을 동시에 포착하고자 한다. 삶의 밑바닥에서도 일상인의 허위의식이 그대로 드러나는 장면을 포착하는 것은 소설의 가능성을 극한까지 추구했다는 의미를 지닌다.

3) 따라지들 삶의 밑바닥

정상적인 삶의 의욕이 왜곡되고, 아무런 소망을 가질 수 없을 때 이성은 마비된다. 정상적인 판단을 할 수 없게 된다. 인간 욕망의 가장 밑바닥에 도사리고 있는 본능이 작동하는 문지방이 여기 설정된다. 그러한 본능에 따라 행동하고 그것이 삶의 근거가 된다. 오랜 시간에 걸쳐 형성된 습관이라거나, 순간의 잘못된 판단으로 그런 선택을 했다는 등의 이유로는 설명되지 않는 왜곡된 욕망의 단편을 다음과 같은 예에서 볼 수 있다.

> "어이구! 이눔의 팔자두!"
> 제간에는 딸 앞에서 죽는다고 결기를 날리는 꼴이다. 그러면 딸은 표독스러운 음성으로
> "누가 아버지보고 돌아가시랬어요? 괜히 남의 비위를 긁어놓구 그러시네!"
> "늙은이보구 담밸 끊으라는 게 죽으라는 게지 뭐야!"
> "그게 죽으라는 거야요? 남 들으면 정말로 알겠네―"
> 딸이 좀더 볼멘소리로 쏘아박으니 또다시
> "어이구! 이놈의 팔자두!"
> 벽에 머리를 부딪치며 어린애같이 꺽꺽 울고 앉았다. 질긴 귀로도 못 들을 징그러운 그 울음소리―
>
> ―『전집』, 292면; 『선집』, 253면

자기 집이 없는 따라지들의 형상을 정확히 포착하는 데 김유정 소설의 특장이 있다. 여기서 인간 삶에 집이란 무엇인가를 생각하게 된다. 집은 일상인에게 삶의 근거다. 항용 의식주(衣食住)를 이야기하거니와,

개인의 삶이란 집 한 칸 마련해서 사는 것으로 삶이 성취된다. 집은 인간의 신체를 보호해 주고, 안전을 지켜주며, 가정이라는 사회적 기초단위를 형성할 수 있게 해 준다. 집은 삶의 물질적 근거일 뿐만 아니라 심리적인 안정감의 기본이다. 그런데 '따라지'들에게는 그 집이 없는 것이다. 주인의 경우 또한 별로 다르지 않다. 자기 가족인 함께 모여서 삶을 구가하는 기본 공간을 남에게 대여하고 '세'를 받아야 생활을 할 수 있는 그 형편 또한 세들어 사는 사람의 심리적 결핍과 다를 바가 없다. 따라지들을 집에 불러들임으로써 자신 또한 따라지가 되는 아이러니는 「만무방」의 '내 것을 내가 도둑질해야 하는' 아이러니적 상황과 흡사하다고 할 수 있다.

> "그럼 내 방 내 맘대로 치지 누구에게 물어본단 말이우?" 하고 제법 을딱딱이긴 했으나 뒷갈망은 구렁이에게 눈짓을 슬슬한다.
> "그렇지 내 방 내가 치는데 누가 뭐 할 턱 있나?"
> "당신 맘대룬 안 되우. 그 책상 도루 저리 갖다놓우. 사글세 내란다든지 하는 게 옳지 등을 밀어 내쫓는 경우가 어딨단 말이오?"
>
> —『전집』, 297~298면; 『선집』, 260면

그러자 또 아랫방문이 휙 열리고 지팡이가 김마까를 끌고 나온다.

"아 자식이 웬 자식인데 남의 계집애 뺨을 때려? 온 이런 망하다 판이 날 자식이 눈에 아무것두 뵈질 않나. 세상이 망한다 망한다 한대두만 이런 자식은."

김마까는 뜰에서부터 사방이 들으라고 왁짝 떠들며 올라온다. 구렁이한테 늘 쪼여 지내던 원한의 복수로 아키코와 서로 멱살잡이로 섰는 얼짜의 복장을 지팡이는 내지른다.

"이런 염병을 하다 땀통이 끊어질 자식이 있나!"

그와 동시에 김마까는 검불같이 뒤로 벌렁 나자빠졌다. 내댔던 지팡이가 도로 물러오며 빠짝 마른 허구리를 쳤던 것이다. 개신개신 몸을 일으집으며 김마까는 구시월 서리 맞은 독사가 된다.

"이 자식아! 너는 니 애비두 없니?"

대뜸 지팡이는 날아들어 얼짜의 귓바퀴를 내려갈긴다. 딱 하고 뼈 닿는 무 딘 소리. 얼짜는 고개를 푹 꺾고 귀에 두 손을 들이대자 죽은 듯이 꼼짝 못한다.

아키코도 얼짜에게 뺨 한 개를 얻어맞고 울고 있었다. 이 좋은 기회를 타서 얼짜의 등 뒤로 빨간 얼굴이 달려든다. 이걸 권투식으로 집어셀까하다 그대 로 그 어깻죽지를 뒤로 물고 늘어진다.

—『전집』, 298~299면; 『선집』, 261면

앞에서 논의한 것이 모두 언어와 연관된 것인가 하는 의문이 제기될 수 있다. 그런데 방법론을 이야기하는 데서 잠시 언급한 것처럼, 소설 의 언어만 분리해서 논할 수 없다는 것이 이 글의 전제이다. 어떤 인물 이 어떤 상황에서 어떻게 행동하는가 하는 점이 드러난 예들이라야 비 로소 언어와 연관된 해석이 가능해진다.

따라지들의 언어는 작가의 자기 경험이 소설문면에 등장하는 자기 이미지가 투영된 언어이다. 작가가 본문과 인용문을 함께 아우르는 방 식으로 언어를 운용하는 것이다. 이는 달리 보면 작기기만의 언어라 해 야 할 것이다. 아울러 집없는 자들의 삶의 밑바닥을 보여주는 언어가 이작품의 주조를 이루고 있다는 점은 주목을 요한다. 이는 다시 이런 심리를 보여준다. 집이 없기 때문에 자기를 속이고, 자기를 속이다 보 니 내것과 남의것의 경계가 모호해진다. 자기기만은 집주인이 방을 내 놓으라고 하는 빌미로, 자기 조카가 들어온다고 거짓말을 이용하는 방 향으로 전이된다.

집 그 자체를 문제삼는다는 말은 모순이다. 집이라는 공간에 어떤 인간들이 어떤 행동을 하고, 어떤 의식을 보이며 어떤 삶의 의지를 길러나가는가 하는 점이 소설언어의 구체성을 위해서는 중요한 의미를 지니기 때문이다. 한 집안에 여러 가구가 하숙을 하는 이 생활공간에서 벌어지는 행동을 통해 공간과 심리의 상관성을 정확히 묘출(描出)하는 데 김유정 소설의 덕목이 드러난다.

　　푹하면 와서 찐대를 붙는 노파의 행세가 여간 귀찮지 않다. 조그맣게 말라붙은 노파의 흰 머리쪽을 바라보며

　　"올에 몇 살이냐?"

　　"그년 열아홉이죠 그런데 그렇게—"

　　"아니 노파 말이야?"

　　"네 제 나요? 왜 쉰일곱이라구 저번에 여쭸지요. 그런데 이 고생을 하는군요." 하고 궁상스레 우는소리다.

　　노파는 김마까보다도 톨스토이보다도 누구보다도 아키코가 가장 미웠다. 방세를 받으려 해도 중뿔나게 가로맡아서 지랄하기가 일쑤요 또 밤낮 듣기 싫게 창가질이요 게다 세숫물을 버려도 일부러 심청궂게 안마루 끝으로 획 끼얹는 아키코 이년을 이번에는 경을 흠씬 치도록 해야 할 텐데 속이 간질대서 그는 총총걸음을 치다가 돌부리에 채어 고만 나가 둥그러진다. 그 바람에 쓰레기통 한 귀에 내뻗은 못에 가서 치맛자락이 찌익 하고 찢어진다.

　　"망할 자식같으니 씨레기통의 못두 못 박았나!" 하고 흙을 털고 일어나며 역정이 난다. 그 꼴을 보고 순사는 손으로 웃음을 가린다.

　　"그봐! 이젠 다시 오지 마라. 이번엔 할 수 없지만 또다시 오면 그땐 노파를 잡아갈 테야?"

　　"네. 다시 갈 리 있겠습니까. 그저 이번에 그 아키코란 년만 흠씬 버릇을 가

르쳐주십시오. 늙은이 보구 욕을 않나요 사람을 치질 않나요! 그리고 안죽 핏
대도 다 안 마른 년이 서방이 몇인지 수가 없어요."

—『전집』, 299~300면;『선집』. 263~264면

한 집에 사는 노파가 순사를 앞에 놓고, 젊은 여성을 헐뜯고 흉보는
심리가 여실히 드러난다. 이는 집이라는 공간을 배경으로 해서만, 아니
집을 사건의 빌미로 삼아서만 표현될 수 있는 심리적 실상이다. 이렇게
본다면 공간에 연계성을 지니는 삶의 지절을 섬세하게 포착한 것을 확
인하게 된다. 따라지들이 기거하는 공간으로서의 집, 그것은 정당한 의
미의 집이라 할 수 없다. 존재를 존재로 드러내 주는 집이 아니라 허위
와 가식으로 존재를 분식하는 공간으로서의 집이기 때문이다.

4. 들병이의 철학

'들병이의 철학'이라는 말은 어불성설이다. 이 말은 개발에 주석 편
자라는 속언을 떠올리게 한다. 전혀 격에 어울리지 않는 두 사물, 사태
를 맞대어 비기는 수사법이다. 그 의미를 정확하게 규정할 수 없는 모
순어법이다. 거지의 행복론을 떠올리게 하는 표현이다.

들병이란 무엇인가? 주막과 주막을 전전하면서 술심부름을 하고 때
로는 몸도 팔면서 살아가는 인생을 들병이라 한다. 들병이도 살아야 하
고 삶의 원칙 같은 게 있게 마련이다. 들병이들이 내세우는 삶의 원칙

을 '철학'이라 한다면 이는 가당치 않은 표현이다. 물론 철학이라는 말의 뜻을 엄격하게 규정하고자 하거나 맥락적 의미를 추구하자는 것은 아니다. 그러나 철학이란 말이 불러오는 분위기는 심각함이다. 또 그 심각함을 어느 방향으로 볼 것인가 하는 문제가 있기도 하지만, 당시 현실을 표나게 드러내 주는 하나의 아이콘이 들병이라면 이들을 다룬 작품은 해석의 폭이 단순치 않다고 할 수 있다.

김유정의 수필 가운데 「조선의 집시」라는 게 있다. 거기 부제로 붙어 있는 구절이 '들병이의 철학'이다. 이른바 들병이의 발생 조건, 행태, 성격 등을 소설에 가까울 만큼 리얼하게 그린 글이다. 그리고 들병이에게 붙어사는 남편의 행태 또한 여실하게 그리고 있다. 소설 「안해」는 나무장사를 해서 겨우 연명하는 사내의 아내가 들병이로 나서겠다고 결심을 하고 들병이 수업을 하는 과정을 그린 작품이다.[3]

인간 삶의 필요충분조건이란 무엇인가. 이러한 질문은 사람이 살아가는 데 가장 중요한 게 무엇인가 하는 것으로 전환된다. 인간 삶의 필요충분조건은 원론적으로만 성립할 수 있는 개념일지 모른다. 일상인들을 상정한다면 '의식주'가 삶의 기본조건이다. 그러나 그것이 완벽한 삶을 보장해 주지는 않는다. 의식주라는 기본선 위쪽으로는 윤리, 이념, 사상, 영성 등을 설정할 수 있다. 이들을 일러 '정신차원'이라 함은 널리 용인되는 어법이다. 의식주 아래편으로는 삶의 질과 연관된 감성, 감각, 본능 등이 설정될 수 있다. 이를 '본능차원'이라 할 만하다. 심리학에서는 상층을 수퍼에고라 하고, 하층 영역을 이드라 부른다. 이 양자가 통정된 개념이 자아개념이다.

한 개인이 정신차원만 극한적으로 비대해진다거나, 본능차원에만

---

3 아내를 '안해'라 하는 것은 아해(兒孩)의 조어법에서 유래하는 것으로 보인다.

의존해 살 수박에 없다면 정체성을 형성하기 어렵다. 들병이는 '의식주'를 위해 정신차원을 탈각하고 본능차원을 이용하는 직업이다. 그 때 이용하는 본능은 물론 왜곡된 것이다. 본능의 본래적 의미를 상고한다면, 본능이 왜곡되었다는 것은 상황의 폭압성을 거꾸로 보여준다. 이러한 국면을 「안해」란 작품을 통해 살피기로 한다.

1) 이질언어의 통합서술

아내의 얼굴이란 무엇인가. 나아가 여성의 얼굴은 삶의 맥락에서 어떤 의미를 지니는가. 이런 질문은 인간에게 얼굴이란, 몸이란 무엇인가 하는 근본적인 질문에 끈을 대고 있는 것이다. 얼굴은 어찌 보면 존재의 현시 방법에 해당한다. 때로 얼굴은 이념화된다.

아래 인용은 남편이 아내의 얼굴에 대해 이야기하고(묘사하고?) 있는 부분이다. 남편과 아내의 화법은 둘의 신분, 교양, 습관 등에 따라 규정된다. 얼굴 생김새가 어떻다는 것을 금방 알 수 있을 뿐만 아니라 남편이 아내를 평가하는 평가내용을 동시에 알 수 있다. 첫 문장에는 남편의 기층언어의 객관적 관념이 드러난다. "미간이 벌면 소견이 넓다."는 내용이 그것이다. 아내는 지칭하는 용어로 '년'이라는 말을 쓰는 데서 남편(서술자)의 신분을 짐작하게 한다. 서술자로서 남편은 전적인 우위를 점한다. "불밤송이 같은 거, 참, 내니깐 데리구 살지"(『전집』, 154면;『선집』, 220면) 하는 자기위안, 혹은 자기 합리화를 당연시하는 태도를 보여준다는 점에서 남편의 위치는 아내에 대해 우위라 할 수 있다. 이러한 태도는 작품 전체를 통해 일관되게 유지된다.

이마가 훌떡 까지고 양미간이 벌면 소견이 탁 틔었다지 않냐. 그럼 좋기는 하다마는 아기자기한 맛이 없고 이 조로 둥글넓적이 내려온 하관에 멋없이 쑥 내민 것이 입이다. 두툼은 하나 건순 입술, 말 좀 하려면 그리 정하지 못한 운이가 분질없이 뻗질 드러난다. 설혹 그렇다 치고 한복판에 달린 코나 좀 똑똑히 생겼다면 얼마 낫겠다. 첫때 눈에 띄는 것이 그 코인데, 이렇게 말하면 년의 숭을 보는 것 같지만, 썩 잘 보자 해도 먼 산 바라보는 도야지의 코가 자꾸만 생각이 난다.

─『전집』, 152면; 『선집』, 216면

부부간의 인간관계가 파괴된 상태의 언어를 다음 예에서 볼 수 있다. 품위니 애정이니 하는 것은 뒷전이다. 막말과 폭력이 부부간의 삶을 유지하게 해 주는 동력이 되어 있다. '조용한 날'은 기피의 대상이 된다. 부부간에 애정이 담긴 말로 응대하는 것은 '괭이 소리'로 치부된다. 아내가 남편에게 '호령'을 하고, '정이 보째 쏟아지'려면 치고 때리고 욕을 해대야 한다. 아내에게 친절하게 대하는 얼굴은 '손자 새끼 낯'으로 비하된다. 그런데 이러한 전도된 부부관계가 시대와 무관하지 않다는 분석을 곁들이고 있다는 점이 이 글의 깊이이고, 담론의 단일성을 극복하는 방법론이다.

하긴 요즘에 하루라도 조용한 날이 있을까 봐서 만나기만 하면 이놈, 저년, 하고 먼저 대들기로 위주다. 다른 사람들은 밤에 만나면
"마누라 밥 먹었수?"
"아니오, 당신 오면 같이 먹을랴구─" 하고 일어나 반색을 하겠지만 우리는 안 그리기다. 누가 그렇게 괭이 소리로 달라붙느냐. 방에 떡 들어서는 길로 우선 넓적한 년의 궁둥이를 발길로 퍽 들이지른다.

"이년아! 일어나서 밥 차려 —"

"이눔이 왜 이래. 대릴 꺾어놀라." 하고 년이 고개를 겨우 돌리면

"나무 판 돈 뭐 했어, 또 술 처먹었지?"

이렇게 제법 탕탕 호령하였다. 사실이지 우리는 이제야 정이 보째 쏟아지고 또한 계집을 데리고 사는 멋이 있다. 손자새끼 낯을 해가지고 마누라 어쩌구 하고 어리광으로 덤비는 건 보기만 해도 눈허리가 시질 않겠니. 계집 좋다는 건 욕하고 치고 차고, 다 이러는 멋에 그렇게 치고 보면 혹 궁한 살림에 쪼들리어 악에 받친 놈의 말일지는 모른다. 마는 누구나 다 일반이겠지. 가다가 속이 맥맥하고 부아가 끓어오를 적이 있지 않냐. 농사는 지어도 남는 것이 없고 빚에는 몰리고, 게다가 집에 들어서면 자식놈 킹킹거려, 년은 옷이 없으니 떨고 있어 이러한 때 그냥 배길 수야 있느냐. 트죽태죽 꼬집어가지고 년의 비녀쪽을 턱 잡고는 한바탕 홀두들겨대는구나. 한참 그 지랄을 하고 나면 등줄기에 땀이 뿍 흐르고 한숨까지 후, 돈다면 웬만치 속이 가라앉을 때였다. 담에는 년을 도로 밀쳐버리고 담배 한 대만 피워 물면 된다.

—『전집』, 153면; 『선집』, 217~219면

2) 들병이 탄생의 역정

앞에서 잠시 언급한 바처럼, 들병이는 예의, 염치, 도덕, 상강(常綱) 모두 벗어던지고 나서서 알몸으로 생활을 해결하자는 단말마적 삶이다. 그런 단말마적 상황을 서술하는 언어는 능청맞고 의뭉스럽다. 여기서 아이러니와 유머가 발생한다.[4] 유머는 아이러니를 동반한다. 아이러니

4　김상태,『문체의 이론과 해석』, 새문사, 1982. 이 책에서 저자는 김유정의 문체를 심도있게 검토하고 있다.

를 통해 시대를 비판하고 해석하는 기능을 확보하게 된다.

농사를 지으면 그게 오히려 빚을 지게 된다는 현실인식, 그것은 참 '훌륭한 생각'이다. 그런데 그런 생각의 근원이 '떡국의 농간'이라 설명된다. 거기다가 들병이의 요건 가운데 얼굴 반반한 것이 한 항목인데, 앞에 본 바와 마찬가지의 얼굴로는 남편이 '풀 죽게' 할 뿐이다. 들병이의 조건 가운데 얼굴만이 아니라 '수단'이 있어야 한다는 이야기를 함으로써 상황이 뒤집힌다. 이런 상황의 역전은 인용문 가운데 지속적으로 번복된다. 남편은 노래를 가르치는데 아내는 '소설책을 읽고 있'지만, 독자는 이 번복의 반복에 재미를 느낀다.

이 대목에서 중요한 사실은, 시대의 표정으로 들병이들이 있었다는 것이 아니라, 들병이가 시대의 산물이라는 인식이 드러난다는 점이다.

그러나 년이 떡국이 농간을 해서 나보담 한결 의뭉스럽다. 이깐 농사를 지어 뭘 하느냐. 우리 들병이로 나가자, 고. 딴은 내 주변으로 생각도 못했던 일이지만 참 훌륭한 생각이다. 밑지는 농사보다는 이밥에, 고기에, 옷 마음대로 입고 좀 호강이냐. 마는 년의 얼굴을 이윽히 뜯어보다간 고만 풀이 죽는구나. 들병이에게 술 먹으러 오는 건 계집의 얼굴 보자 하는걸 어떤 밸 없는 놈이 저 낯짝엔 몸살 날 것 같지 않다. 알고 보니 참 분하다. 년이 좀만 똑똑히 나왔더면 수가 나는걸. 멀뚱이 쳐다보고 쓴 입맛만 다시니까 년이 그 눈치를 채었는지

"들병이가 얼굴만 이뻐서 되는 게 아니라던데, 얼굴은 박색이라도 수단이 있어야지 —"

"그래 너는 그거 할 수단 있겠니?"

"그럼 하면 하지 못할 게 뭐야."

년이 이렇게 아주 번죽 좋게 장담을 하는 것이 아니냐. 들병이로 나가서 식성대로 밥 좀 한바탕 먹어보자는 속이겠지. 몇 번 다져 물어도 제가 꼭 될 수

있다니까 아따 그러면 한번 해보자꾸나 밑천이 뭐 드는 것도 아니고 소리나 몇 마디 반반히 가르쳐서 데리고 나서면 고만이니까.

내가 밤에 집에 돌아오면 년을 앞에 앉히고 소리를 가르치겠다. 우선 내가 무릎장단을 치며 아리랑 타령을 한번 부르는구나. 아리랑 아리랑 아라리요, 춘천아 봉의산아 잘 있거라, 신연강 배 타면 하직이라. 산골의 계집이면 강원도 아리랑쯤은 곧잘 하련만 년은 그것도 못 배웠다. 그러니 쉬운 아리랑부터 시작할 밖에. 그러면 년은 도사리고 앉아서 두 손으로 엉덩이를 치며 흉내를 낸다. 목구멍에서 질그릇 물러앉는 소리가 나니까 나중에 목이 트이면 노래는 잘 할 게다마는 가락이 딱딱 들어맞어야 할 텐데 이게 세상에 돼먹어야지. 나는 노래를 가르치는데 이 망할 년은 소설책을 읽고 앉았으니 어떡허냐.

―『전집』, 155~156면;『선집』, 221~223면

3) 들병이의 '수업시대'

들병이로 나서는 사람이 우선 익혀야 하는 것이 노래다. 들병이가 있는 집에 술을 먹으러 오는 이들에게 노래를 불러 흥을 돋아 주어야 한다. 그런데 이런 자리에서 부르는 노래가 진정한 의미의 노래가 될 까닭이 없다. 노래를 해서 술꾼을 즐겁게 하고, 남자들과 어울려야 하니까 담배를 배우고, 그런 과정을 거치는 것이 들병이 수업하는 과정에 포함된 과업이다.

"들병이가 되려면 소리도 소리려니와 담배도 먹을 줄 알고 술도 마실 줄 알고 사람도 주무를 줄 알고" 해야 한다는 것이 아내의 주장이다. 그런데 이러한 아내에게 남편은 "오랄질 년, 남의 아들을 중한 줄을 모르고. 들병이 하다가 이것 행실 버리겠다"는 것이 남편의 깨달음이다. 이

러한 깨달음이 남편의 자기인식을 촉발한다. 자신을 '남의 아들'로 칭하는 데서 그러한 단서를 발견하게 된다. 현실의 깨달음은 사건의 구조를 와해한다. 들병이 수업으로 끝나고, 들병이로 성가하는 이야기로 전개될 수 없다는 데서 아이러니는 최상의 효과를 드러낸다.

> 내가 밤에 집에 돌아오면 넌을 앞에 앉히고 소리를 가르치겠다. 우선 내가 무릎장단을 치며 아리랑 타령을 한번 부르는구나. 아리랑 아리랑 아라리요, 춘천아 봉의산아 잘 있거라, 신연강 배 타면 하직이라. 산골의 계집이면 강원도 아리랑쯤은 곧잘 하련만 넌은 그것도 못 배웠다. 그러니 쉬운 아리랑부터 시작할 밖에.

—『전집』, 155~156면;『선집』, 221~223면

> 피었네 피었네 연꽃이 피었네 피었다구 하였더니 볼 동안에 옴쳤네. 대체 이걸 어서 배웠을까. 얘 이년 참 나보담 수단이 좋구나,

—『전집』, 157면;『선집』, 224면

> 그리고 거기 맞추어 신식 창가를 청승맞게 부르는구나. 그러나 밥이 우르르 끓으니까 뙤를 빗겨놓고 다시 시작한다. 젊어서도 할미꽃 늙어서도 할미꽃 아하하하 우습다 꼬부라진 할미꽃. 망할 년. 창가는 경치게도 좋아하지, 방아타령 좀 부지런히 공부해 두라니까 그건 안하구. 아따 아무거라도 많이 하니 좋다. 마는 이번엔 저고리 섶이 들먹들먹하더니 아 웬 곰방대가 나오지 않냐. 사방을 흘끔흘끔 다시 살피다 아무도 없으니까 보강지에다 들이대고 한 먹음 뿌욱 빠는구나.

—『전집』, 159면;『선집』, 226면

오랄질 년, 남의 아들을 중한 줄을 모르고. 들병이 하다가 이것 행실 버리겠다. 망할 년이 하는 소리가 들병이가 되려면 소리도 소리려니와 담배도 먹을 줄 알고 술도 마실 줄 알고 사람도 주무를 줄 알고 이래야 쓴다나. 이게 다 요전에 동리에 들어왔던 들병이에게 들은 풍월이럿다. 그래서 저도 연습 겸 골고루 다 한 번씩 해보고 싶어서 아주 안달이 났다. 방아타령 하나 변변히 못하는 년이 소리는 고걸로 될 듯싶은지!

—『전집』, 159면;『선집』, 227면

4) 들병이의 파탄

먹고사는 문제를 해결하기 위해 알몸으로 나서는 들병이에게 정상적인 가족관계를 유지하라고 요구하는 것은 어불성설이다. 정작 아내가 들병이로 나섰을 때 남편이라고 편하게 현실을 수용할 수 없다. 부부간의 본원적인 의리를 생각하게 되고, 그러한 의리가 사람 사는 도리임을 깨닫는 계기가 된다.

부부간의 도리를 깨달았다고 해서 현실적으로 문제를 해결할 수 있는 것은 아니다. 현실은 그렇게 단순치 않기 때문이다. 그러한 현실의 문제를 소설적으로 해결하는 것이, 상상의 세계로 밀어넣는 것이다. 아내의 가능성을 '아이낳기'로 치환하는 장면은 웃음과 눈물이 공존하는 반응을 불러온다. 들병이로 나설 결심을 해야 하는 상황이 현실적으로 개선되는 것은 상상에서나 가능하기 때문이다.

얼른 가서 밥 한 그릇 때려뉘고 년을 데리고 앉아서 또 소리를 아르쳐야지. 이런 생각을 하고 술집 옆을 지나다가 뜻밖에 깜짝 놀란 것은 그 밖 앞방에서

년의 너털웃음이 들린다. 얼른 다가서서 문틈으로 들여다보니까 아 이 망할
년이 뭉태하고 술을 먹는구나.

―『전집』, 160면;『선집』, 227~228면

그리고 집엘 들어가니까 빈 방에는 똘똘이가 혼자 에미를 부르고 울고 된
통 법석이다. 망할 잡년두. 남의 자식을 그래 이렇게 길러주면 어떡할 작정이
람. 년의 꼴 봐하니 행실은 예전에 글렀다. 이년하고 들병이로 나갔다가는 넉
넉히 나는 한옆에 재워놓고 딴서방 차고 달아날 년이야. 너는 들병이로 돈 벌
생각도 말고 그저 집안에 가만히 앉았는 것이 옳겠다. 구구루 주는 밥이나 얻
어먹고 몸 성히 있다가 연해 자식이나 쏟아라. 뭐 많이도 말고 굴때같은 아들
로만 한 열다섯이면 족하지. 가만있자, 한 놈이 일년에 벼 열 섬씩만 번다면
열다섯 섬이니까 일백오십 섬. 한 섬에 더도 말고 십 원 한 장씩만 받는다면
죄다 일천오백 원이지. 일천오백 원, 일천오백 원, 사실 일천오백 원이면 어
이구 이건 참 너무 많구나. 그런 줄 몰랐더니 이년이 뱃속에 일천오백 원을
지니고 있으니까 아무렇게 따져도 나보담은 낫지 않은가.

―『전집』, 160~161면;『선집』, 228~229면

5. 과제 점검과 제언

이제까지 김유정 소설의 인물형 두 가지를 논의의 중심에 두고, 김유
정 소설 언어의 특징을 검토해왔다. 한정된 작품을 가지고 논의를 했기

때문에 충분한 의미를 드러내기는 어려웠다. 다만 김유정 소설의 가능
성이 어디에 있는지는 확인한 셈이다. 그런데 문제는, 김유정 문학의
생산성을 증대하는 논의를 지속하고, 그러한 논의 가운데 긷유정 문학
의 의의가 점차적으로 커져야 한다는 점이다. 독자가 작품을 읽고 해석
하는 과정은 의미를 생산하는 활동이다. 연구자, 비평가, 일반 독자가
작품을 읽고 공감하고 문제를 발견하는 과정에서 작품의 의미가 축적
된다. 그러한 과정을 통해 의미 축적이 지속되는 작품을 일러 문학사적
검증을 거친 작품이라 한다. 문학 생산의 다른 측면은 대상 작가의 작
품을 출발점으로 삼고 이루어지는 창작을 통해 구체화되는 생산, 즉 텍
스트의 생산이다. 문학의 생산을 이렇게 양면적으로 보는 이유는 텍스
트로 존재하는 문학은 언어적 조건에 의해 해석의 두 측면이 늘 상존하
기 때문이다. 이러한 관점에서 김유정 문학의 생산성을 위해 몇 가지
사항을 정리해 보고자 한다.

첫째, 김유정 문학의 특성으로 향토성(토속성)과 인정미를 드는 경우
가 있다. 자료를 명시하지 않더라도 흔한 논의이기 때문에 이해에 장애
를 주지 않을 것이다. 이는 소설에서 제재로 다루어지는 공간의 특성에
바탕을 둔 논의이다. 그런데 그 향토성이나 토속성이 온전하게 발휘될
수 있는 상황인지 여부를 아울러 고려하지 않으면 오해를 낳게 된다.
김유정 소설의 대부분은 왜곡된 향토성을 다루고 있다. 아울러 인간상
을 인정미, 특히 훈훈한 인정미 등으로 이야기하는 것은 관념적 파악이
다. 왜곡된 상황에서 인정미있는 인간들의 왜곡된 인간상을 아이러니
적 언어로 다루고 있는 것이 김유정 소설의 특징이다. 따라서 인정미나
향토성의 그늘을 다룬다는 점이 김유정 소설의 특징이라는 점을 분명
히 할 필요가 있다. 김유정 소설의 소설사적 의미를 추구하는 데도 이
러한 특성은 고려되어야 한다.

둘째, 김유정 소설의 해학적 특성이 자주 지적된다. 그런데 해학이 단순한 해학이라기보다는 아이러니를 바탕으로 하는 의식이 분화된 해학이라는 점에 주목할 필요가 있다. 아울러 해학의 언어적 연관성을 깊이 따져 보아야 한다. 소설의 텍스트에 나타나는 해학이 해석 차원에서도 해학인가 비판인가를, 비판을 넘어서서 초월의 가능성인가를 따져 보아야 해학의 의미가 제대로 드러날 것으로 본다. 해학의 해석학이 필요한 이유가 여기 있다.

셋째, 김유정 소설의 판소리투의 서술에 대한 관심은 지속되어 왔다. 이는 일종의 통합의 미학으로 분리의 미학에 대한 대안의 성격을 지닐 수 있다. 어떤 사태를 통틀어 휩싸서 이야기하는 것이 한국의 이야기전통이다. 이는 판소리에서 확인되는 특성인데, 언어를 통해 대상을 객관적으로 제시할 수 있는가 하는 문제에 대한 근원적 검토가 필요하다. 앞에서 본 바와 마찬가지로 '이종언어'의 운용 방법도 다시 검토해 보아야 한다. 매개적 서술, 이종언어의 대질을 통한 대화보다는 매개자가 서술적 전지성을 유지함으로써 '언어에너지'[5]를 증폭시키고 있기 때문이다. 비전 상실 시대의 언어, 역사적 전망이 불가능한 시대의 언어가 소설에서 어떻게 형상화되는가를 따져 보아야 한다는 과제를 제기하고 있는 것이 김유정 소설의 특징 가운데 하나이다.

넷째, 김유정 소설의 생산성에 대한 검토가 있어야 한다. 작가의 생산성은 다른 작가가 작품으로 재생산하는 경우, 이론화를 추구하는 가

---

5   언어의 운용은 에너지의 응축과 발산으로 구체화된다. 언어에너지론은 언어를 구사하는 인간이 물질 차원의 몸을 지닌 존재라는 데에 바탕을 두고 있다. 몸의 움직임이 에너지의 응축과 발산에 관계되는 것처럼, 몸의 움직임 가운데 한 영역인 언어운용은 상대방의 감성, 의식, 행동을 규제하는 힘으로 작용한다. 언어에 의해 기쁨을 느끼고 상처받고 하는 일이 언어의 에너지 때문이다. 그렇기 때문에 객관적인 언어란 존재하지 않는다. 언어는 상대방에 대한 도전이고 그 도전을 통해 자신의 자아를 확충하는 데 기여하는 역동학이다.

운데 의미부여를 통해 재생산되는 경우, 독자들의 의식에 작품의 인간
상과 이미지가 착색되어 '문화소'로 작용하는 경우를 들 수 있다. 이 가
운데 이론화 측면은 논의 범위를 확대할 필요가 있다. 김유정을 출발점
으로 삼아, 소설의 장르, 언어사, 소설의 방법, 소설과 동시대의 연관성
등을 폭넓게 논의 범주로 설정할 필요가 있을 것이다. *

참고자료 「김유정의 생애와 시대적 의미연관」

한 인간의 생애를 간단히 정리하면, 언제 어디서 태어나서 무슨 일을
하다가 언제 죽었다는 식의 연대기가 된다. 그 연대기 속에 간단치 않
은 의미연관이 수많은 고리를 만들어 가지고 현실맥락과 연결되기 마
련이다. 김유정의 경우 그가 살았던 시대가 그의 생애와 어떻게 연관되
는가를 그렇게 심도있게 검토한 적이 많지 않다. 우선 연보를 간단히
정리해 보기로 한다. 전신재 선생의 원본 김유정 전집 연보에 따라 정
리해 봄으로써 김유정 문학의 전개에 관심이 있는 분들의 시각에 기여
할 수 있을 것으로 본다.

김유정은 1908년 1월 11일, 2남 6녀 가운데 일곱째로 태어났다. 그의
부친은 춘천군(현 춘성군) 신남면 증리에서 천 석을 헤아리는 지주였다
고 한다. 춘천과 서울에 각각 집을 가지고 생활했다고 한다. 김유정의
아명이 '멱서리'(멱구리, 멱다리)라고 한다. 멱서리는 곡식이나 종자 등을

담아 보관하는 공공품의 하나다. 종자를 보관하는 기능과 함께, 쿨렁하니 주저앉거나 찌그러지기 때문에 사람이 어눌하고 좀 등신살스런 경우 이런 별명을 붙이기도 한다.

김유정이 6세(1914) 때 그의 어머니가 세상을 뜨고, 8세(1916) 때는 아버지가 세상을 뜬다. 이후 그의 형 유근(裕近)의 주벽과 난봉으로 가산이 탕진되기 시작한 걸로 되어 있다. 김유정은 서울집 근처에서 한문을 공부하다가 11세에 서울 재동공립보통학교에 입학하여, 15세에 그 학교를 졸업한다(11세~15세). 1923년(15세)에 휘문고등보통학교에 입학, 3학년 마치고 휴학(1926), 4학년으로 복학(1927년), 휘문 졸업은 1929년(21세)이다.

휘문을 졸업하던 해 치질이 발병하고, 소리꾼 박녹주(1906~1979)에게 구애행각을 벌인 것으로 되어 있다. 1930년 연희전문학교 문과에 입학하였으나 2개월이 지나서 학칙 제26조에 의거 제명처분되었다.(학칙의 내용에 대한 조회 필요함) 박녹주에 대한 구애가 거절당해 단념했다고 한다.

이 해 매형 정씨(유영의 두 번째 남편)의 사주를 받고 유산 상속 문제를 형 유근을 고발했다가 취하한 다음, 춘천에 내려가 들병이들과 어울려 방랑하기도 했다(늑막염 발병).

1931년(23세) 보성전문학교에 입학했다가 곧 퇴학하고, 춘천 실레마을에서 야학당을 연다. 이 야학이 뒤에 농우회로 이름을 바꾸고, 이듬해 '금병의숙'으로 이름을 바꾸어 간이학교로 인가를 받았다.

1932년(24세) 「심청」 탈고, 1933년(25세) 서울로 올라가 누이와 기거하며 「산골 나그네」, 「총각과 맹꽁이」 발표한다.(폐결핵 발병), 1934년 「정분」, 「만무방」, 「애기」, 「노다지」, 「소낙비」 탈고, 1935년(27세) 조선일보 신춘문예에 「소낙비」 1등으로 당선, 『조선중앙일보』 신춘문예에 「노다지」 가작으로 당선되었다. 이 해 구인회 후기동인으로 가입하기도 한다.

1936년(28세) 폐결핵과 치루(痔瘻)가 악화된 가운데, 서울 곳곳을 전전하며 투병생활을 하는 중 작품 활동을 했다. 박봉자라는 여인에게 열렬히 구애했으나 거절당했다. 평론가 김문집이 병고작가원조운동을 벌여 모금해 주어 생활을 도왔다고 한다.

1939년(29세) 신병이 악화되어 경기도 광주 다섯째 누이 유홍의 집으로 거처를 옮겨 창작을 하다가 3월 29일 세상을 떠났다. 화장해서 재를 한강에 뿌렸다.

김유정 농촌 소설에서 화자의 수사적 역능

인물에 대한 화자의 태도를 중심으로

김근호

1. 김유정 농촌 소설에서 화자의 문제성

지금까지 전개된 김유정 소설에 대한 연구 경향은 대략 두 가지로 대별된다. 하나는 역사주의적 방법론을 바탕으로 김유정 소설에 반영된 식민지 조선의 궁핍한 시대상과 그에 대한 작가의 현실 인식을 밝히는 것이다. 다른 하나는 구조주의적 서사이론을 바탕으로 김유정 소설의 서사미학을 다각도로 분석하는 것이다. 전자의 논의는 김유정 소설의 근대성과 탈식민주의적 담론의 가능성에 대한 점검에까지 나아갔다.[1]

---

[1] 예를 들어 다음 논의를 들 수 있다. 김윤식, 「들병이 사상과 알몸의 시학」, 『김유정 문학의 전통성과 근대성』(전신재 편), 한림대 아시아문화연구소, 1997; 이익성, 「김유정 '도시소설'의 근대성」, 『한국 현대문학 연구』 제24집, 한국 현대문학회, 2008; 최원식, 「모더니즘 시대의 이야

후자는 주로 구조, 시점, 화자, 문체 등 언어 형식의 차원에서 김유정 소설의 서사미학을 밝히는 데 집중하고 있다.[2] 이 중에서 이 연구는 후자의 연구사적 맥락에서 논의를 진전시켜보고자 하는데, 특히 김유정 농촌 소설의 서사미학이 독자에게 환기하거나 요청하는 바가 윤리적 사유라는 결론으로까지 전개해나가고자 한다.

김유정의 작품 활동은 크게 보아 전반기에는 주로 농촌 소재의 소설이 압도적으로 많고, 후반기에는 서울(경성)의 체험을 바탕으로 한 '도시 소설'이 주류를 이루고 있다.[3] 전자에 속하는 작품들로 「산ㅅ골나그내」, 「총각과 맹꽁이」, 「소낙비」, 「金따는 콩밧」, 「노다지」, 「떡」, 「산골」, 「만무방」, 「솟」, 「봄·봄」, 「안해」 등을 들 수 있다. 이 작품들에서는 식민지적 근대화의 과정에서 점차 삶의 터전을 잃고 궁지로 내몰리는 시골 사람들이 주된 인물로 등장한다. 김유정은 이들에 대한 깊은 애정과 관심으로 소설을 썼는데, 그것은 소설의 인물 형상화로 드러난다고 볼 수 있다. 인물의 발견과 창조에 대한 김유정의 관심은 그의 소설 쓰기에서 핵심적인 사항이다.

그런데 지금까지 김유정 소설의 인물과 관련된 연구는 주로 인물 유형론에 집중되어온 경향이 있다. 이주일의 연구로부터 시작해서 다수의 인물 유형론이 제출된 바 있다.[4] 작품을 중심으로 인물의 실체를 꼼

기꾼—김유정의 재발견을 위하여」, 『민족문학사연구』 제43집, 민족문학사학회, 2010; 김양선, 「1930년대 소설과 식민지 무의식의 한 양상」, 『김유정 문학의 재조명』, 소명출판, 2008.

2 다음 논의를 들 수 있다. 김상태, 「김유정과 해학의 미학」, 『김유정 문학의 전통성과 근대성』 (전신재 편), 한림대 아시아문화연구소, 1997; 전상국, 「김유정 소설의 언어와 문체」, 위의 책; 전신재, 「농민의 몰락과 천진성의 발견」, 위의 책; 전신재, 「판소리와 김유정 소설의 언어와 정서」, 『김유정 문학의 재조명』, 소명출판, 2008; 우한용, 「김유정 소설의 언어미학」, 위의 책; 최병우, 「김유정 소설의 다중적 시점에 관한 연구」, 『현대소설연구』 제23집, 한국 현대소설학회, 2004.

3 작품 연보는 다음을 참고했다. 전신재 편, 『원본 김유정 전집(개정판)』, 강, 2007, 714~715면.

4 대표적인 경우를 들면 다음과 같다. 이주일, 「김유정 연구」, 중앙대 석사논문, 1974; 한만수,

꼼하게 규명한 연구들이 김유정 소설을 보다 잘 이해하도록 기여한 것
은 사실이다. 그러나 소설 연구에서 인물의 유형 연구는 중요하고도 필
요하지만, 이제는 그 인물이 지니는 역동성을 문학적 소통의 맥락에서
점검하는 것이 더욱더 요구된다. 소설 연구의 생산성을 한층 더 높이기
위해서는 그런 논의가 필요하다. 그래서 작가가 어떤 인물에 주목하고
그 인물에 대한 태도를 어떻게 드러내는지를 확인하기 위해서는 인물
유형론을 넘어 '인물 형상화'에 대한 연구가 필요하다. 인물에 성격을
부여해나가는 작가의 서술 행위(narration)를 논의해야 하는 것이다. 이
문제를 이 연구에서는 '화자(narrator)[5]'를 중심으로 풀어가고자 한다.

　김유정 소설의 언어적 특성으로 '구술성'을 거론해온 것은 널리 알려
진 대로이다.[6] 특히 김유정 소설의 구술성은 작중 화자의 서술 행위에
서 가장 잘 드러난다. 김유정 소설에서 화자는 이야기꾼인 것이다. '말
더듬이'였던 김유정이 소설 속에 창조해낸 화자는 능변(能辯)의 달인으
로 나타난다. 화자의 말재간이 김유정의 소설을 읽어가는 데 중요한 재
미의 원천인 것은 결국 그의 소설에서 화자의 시각과 서술 행위 역시 스
토리 못지않게 중요한 읽기의 대상이 된다는 점을 말해준다. 그러므로

「한국 서사문학의 바보인물 연구」, 동국대 박사논문, 1991; 이재선, 「희화화 감각과 바보열
전」, 『김유정 문학의 전통성과 근대성』(전신재 편), 한림대 아시아문화연구소, 1997; 전신재,
「농민의 몰락과 천진성의 발견」, 『김유정 문학의 전통성과 근대성』(전신재 편), 한림대 아시
아문화연구소, 1997; 박남철, 「김유정 소설의 인물 유형」, 『한국학논집』 제32집, 한양대 동아
시아문화연구소, 1998; 이상진, 「문화콘텐츠 '김유정', 다시 이야기하기」, 『현대소설연구』 제
48집, 한국 현대소설학회, 2011.

5　'서술자' 대신에 '화자'라는 용어를 쓴 까닭은, 이 연구에서 다루는 김유정의 소설에서 3인칭
　화자의 경우 인물의 시점에서 이야기하는 경우가 상당히 많고, 또 1인칭 화자의 경우(예를
　들어 「봄·봄」)도 동종 초점화자로 처리되어 있어, 이 연구에서는 화자라는 용어가 보다 적
　절해 보이기 때문이다. 참고로 김유정 소설의 시점 특성에 관해서는 최병우의 논의가 크게
　참고가 된다. 최병우, 앞의 논문.

6　조래희, 전신재 등의 논의가 대표적이다. 조래희, 「김유정 소설의 시점과 인물」, 『국제어문』
　제5집, 국제어문학회, 1984; 전신재, 「판소리와 김유정 소설의 언어와 정서」, 『김유정 문학의
　재조명』, 소명출판, 2008.

김유정 소설 읽기는 복합적이다. 스토리 읽기와 서술 상황 읽기가 병행되어야 하는 것이다. 이런 수사학적 맥락은 김유정 소설의 화자에서 비롯된 것으로 소설 쓰기와 소설 읽기가 맞물려 작동하는 데 중요한 매개항으로 작용한다.

이 연구가 우선 인물 형상화에 주목하는 이유는 김유정의 농촌 소설이 특정한 인물에 주목하는 특징이 있기 때문이다. 그리고 그 인물의 성격은 일정한 모습을 보여주고 있어 김유정이 관심을 두는 인물의 유형에 집중하게 한다. 김유정이 주로 형상화하는 인물은 막다른 길에 내몰린 사람들이다. 동정하든 냉소적으로 희화화하든 간에 김유정의 소설에서 인물의 형상화는 중요한 지점을 차지하고 있는 것이다. 그것을 가상의 존재인 화자를 통해 실현하는데, 이 서사 연행의 주체인 화자가 인물을 바라보는 시각과 태도는 결국 소설의 독자들에게 요청하는 읽기의 시각과 태도로 귀결된다고 볼 수 있다. 소설의 텍스트적 맥락이 동반하는 작가와 독자의 상호작용을 고려한다면, 이러한 화자의 특성이 유발하는 화행적 소통 상황을 중요시하지 않을 수 없다.

소설을 읽는 데 일정한 태도를 유도하는 서사적 장치가 있다면, 그에 대해 여러 가지를 생각해볼 수 있다. 예를 들어 플롯과 시점 등을 생각해볼 수 있다. 그러나 그에 대한 연구는 이미 많은 논자들에 의해 수행되었고,[7] 논의의 설득력도 충분하다고 판단된다. 하지만 작중 인물에 대한 화자의 태도를 다루는 연구는 아직 부족한 편이다. 이에 따라 이 연구에서는 김유정 농촌 소설의 인물 형상화에 반영된 화자의 정서적 태도를 중심으로 화자의 수사적 '역능(役能, puissance)'[8]을 검토할 것이다.

---

7 앞서 거론한 조래희의 연구를 비롯하여 김원희, 연남경 등의 연구를 들 수 있다. 김원희, 「다성적 경향과 서정성의 조율」, 『현대소설연구』 제34집, 한국 현대소설학회, 2007; 연남경, 「김유정 소설의 추리 서사적 기법 연구」, 『한중인문학연구』 제34집, 한중인문학회, 2011.

2. 소설의 인물 형상화에서 화자의 태도

서사 형식 차원에서 현대소설이 그 이전의 서사 양식과 구별되는 점은 시점과 화자의 존재이다. '누가 보는가'와 '누가 이야기하는가'의 문제가 서사의 소통에 깊이 관여하면서 서사가 하나의 미학적 형식일 수 있도록 하기 때문이다. 일찍이 쥬네트(G. Genette)가 혼동을 초래하는 '시점(point of view)'이라는 용어 대신 '초점화(focalization)'라는 용어를 제안하면서 이 문제는 더욱 많은 관심을 끌게 되었다. 소설의 텍스트적 구조 자체보다는 텍스트의 생성과 소통, 그리고 효과 등에 관심을 기울이면서 이 문제는 본격적인 연구의 대상이 될 수 있었다. 그 성과는 서사이론이 소설을 넘어 여타 서사 문화 현상을 해명하는 데 크게 기여하고 있는 데서 확인할 수 있다. 이러한 서사이론의 관점은 여전히 유효하며 앞으로도 계속 추진되어야 할 연구 방향이라고 판단된다. 소설보다는 소설 현상, 서사보다는 서사 현상으로 연구의 시야를 확대해야 하는 것이다.

그런 점에서 소설의 화자는 중요하다. 텍스트가 알려줄 수 있는 서사 행위의 명시적이고 확실한 주체이기 때문이다. 김유정 소설의 언어미학을 책임지는 가장 확실한 주체가 바로 소설에 등장하는 화자이다.[9]

---

8 'puissance'는 들뢰즈와 가타리의 용어로 '권력' 혹은 '능력(역량)' 등으로 번역해서 사용하는 말이다. 권력이라는 용어는 불어의 'pouvoir'라는 의미가 강할 경우에 쓴다. 창조적 변화와 생성을 추동하는 잠재적인 힘을 뜻할 경우는 능력(역량)이라는 말을 쓴다. Gilles Deleuze & Félix Guattari, *Mille Plateaux : Capitalisme et schizophrénie*, 이진경 외역, 『천의 고원 — 자본주의와 정신분열』, 연구공간 '너머' 자료실, 2000, 108면. 하지만 'puissance'에는 역할의 의미가 포함되는 것이 타당하므로, 역할과 능력의 합성어인 '역능(役能)'이라는 용어를 쓰는 것이 적절하다. 이 용어는 김유정 소설의 화자에 대한 연구에도 적합해 보인다.

9 앞으로 논의할 바이지만, 이 문제와 관련하여 김유정의 농촌 소설에서 화자의 역할이 점차 강화되는 것도 주목할 만하다.

여기서 김유정 농촌 소설의 인물에 대한 화자의 태도를 논의하기 위해서는 앞서 거론한 '초점화'의 개념을 검토해야 한다. 소설에서 화자의 태도가 갖는 중요성을 리몬 캐넌은 초점화를 설명하면서 다음처럼 주장한 바 있다.

> '초점화'란 용어는 광학-사진 기술적 의미에서 자유로울 수가 없으며, '시점'과 마찬가지로 그 순수한 시각적 의미는 인식적(cognitive)이고 정서적이고 관념적인 방향성을 갖는 정도까지 확대되어야 한다고 생각한다.[10]

리몬 캐넌은 쥬네트가 처음으로 명명한 '초점화'를 받아들이면서도 그것을 기술적 차원으로만 한정해 보아서는 안 된다는 점을 강조한다. 그는 그보다는 인식적, 정서적, 그리고 관념적인 차원에서 초점화의 현실적 기능과 잠재적 역량을 보아야 한다고 주장한다. 초점화란 누가 보느냐에 해당되는 개념이다. 인물에 대해 보는 관점이 바로 초점화이므로 인물에 대한 화자의 태도는 바로 그 초점화로 드러나게 된다. 리몬 캐넌은 이 초점화를 단순히 광학적 혹은 기술적 중개의 차원으로 보는 것을 넘어서 초점 대상에 대해 갖는 태도로 보아줄 것을 요구하고 있는 것이다. 초점 대상이 인물이면 화자의 태도는 인물을 향해 있다고 할 수 있고, 그런 점에서 그 인물에 대한 화자의 태도는 작용하기 마련인 셈이다.

문제는 태도의 성격이다. 김유정 소설에서 중요한 태도는 무엇인가? 김유정 소설의 미학으로 골계 혹은 해학을 꼽는데, 이는 웃음과 같은 정서적 상태가 김유정 소설에서 중요한 역할을 한다는 점을 말해준다.

---

10 S. Rimon-Kenon, *Narrative Fiction : Contemporary Poetics*, 최상규 역, 『소설의 현대시학』, 예림기획, 1999, 130면.

즉 인물의 형상에는 그에 대한 작가의 감정이 투사되거나 인물과 상호 작용을 일으킨다는 것이다. 그러한 심리적 특징은 주로 소설 쓰기와 소설 텍스트 그리고 소설 읽기를 가로지르며 작가와 독자를 능동적으로 교섭하게 만든다. 김유정 소설을 두고 많은 논자들이 일찍부터 소설 읽기의 재미를 지적해왔다. 김유정의 소설에 대해 최초로 의미 규정을 한 김문집은 다음과 같이 말한 바 있다.

> 一言以蔽之하면 그의 예술은 그의 고통에 역비례해서 즐거웠었다. 나는 그의 문장의 즐거움을 새로이 즐기지 않을 수 없다. 과연 나도 그 비통한 군의 문장예술의 즐거움을 즐겁게 하는 그 재주를 사랑한다. 유정은 소설이 무엇인지를 모르는 소설가다. 입체적 구성도 없고 고츠(骨)도 없고 트릭도 없을 뿐더러 문학의 교양조차 없다면 없는 작가다. 그럼에도 불구하고 유정의 소설만큼 나를 매혹하는 소설은 외국문단의 신인 중에도 없다. 애기 젖 빠는 본능으로 유정은 소설을 쓴다.[11]

인용한 김문집의 진술에서 비평가적인 거만한 태도를 읽어내는 것은 어렵지 않다. 김유정의 소설을 두고 김문집은 '입체적 구성도 없고 고츠[骨]도 없고 트릭도 없을뿐더러 문학의 교양조차 없다면 없는 작가다' 라고 하면서 김유정 소설을 저평가한다. 오늘날까지 전개되어온 김유정 문학에 관한 연구 성과를 고려해보면, 이 대목은 분명히 김문집의 오판에 따른 즉흥적 진술이라 할 수 있다. 하지만 그의 언급에서 '문장의 즐거움'에 관한 진술은 주목되어야 한다. 김문집은 '문장예술의 즐거움을 즐겁게 하는 그 재주'라고 하면서 김유정 소설의 서사적 형식미에

---

11 김문집, 「김유정의 예술과 그의 인간비밀」, 『김유정 전집』, 현대문학사, 1968, 443면.

주목하고 있다. 김유정 소설에서 이야기꾼의 특성은 일찌감치 확인되고 있었던 것이다.

다음은 김유정 문학에 대한 본격적인 연구가 활성화된 후 등장한 주장 중의 하나인데, 재미의 요소를 좀 더 구체화해서 설명하고 있다. 특히 이야기꾼의 어조를 언급하는 대목은 이 연구에 시사하는 바가 크다.

> 유정의 소설을 읽을 때 무엇보다 먼저 느낄 수 있는 것은 '재디'이다. 이 '재미'는 주제의 깊이나 가치 설정에 의해 생겨난다기보다 시점과 인물의 결합에서 비롯되는 것이다. 단순하고 유사한 구성에도 불구하고, 디런 장치들이 그 유머러스하고 토속적인 문체, 이야기꾼의 흐르는 듯한 어조에 힘입어 독특한 '재미'를 일구어내는 것이다.[12]

위의 지적처럼 김유정 소설은 재미가 있다. 그 재미의 원인은 바보스러운 인물과 그 인물에 대한 화자의 능청스러운 서술이 빚어내는 웃음에 있다. 이 부분은 김유정 소설론에서 핵심을 차지하는데, 이와 관련된 기존의 연구는 주로 김유정 소설에 나타난 언어적 골계기 혹은 희화성 등을 규명하고 그것이 갖는 의미를 밝히는 데 집중했다. 대표적인 사례가 판소리의 언어와 유사성이 높다는 점을 지적하면서 한국의 전통적 서사 양식의 계승을 지적하는 경우이다.[13] 이러한 논의에서 김유정 소설의 구술성을 거론하는 것은 적절하다고 판단된다.

이처럼 김유정 농촌 소설은 재미있다는 것이 일반적인 평가이다. 그 재미의 근원으로 볼 수 있는 여러 가능성 중에서 특히 작품 속 말의 재미를 우선적으로 꼽을 수 있다. 「봄·봄」과 같은 작품에서 보여주는 어

12　조래희, 「김유정 소설의 시점과 인물」, 『국제어문』 제5집, 국제어문학회, 1984, 97면,
13　전신재, 「판소리와 김유정 소설의 언어와 정서」, 『김유정 문학의 재조명』, 소명출판, 2008.

처구니없는 상황이나 바보스러운 인물도 재미를 주는 요소이지만, 그 것을 맛깔나게 이야기하는 화자의 말투가 가장 큰 재미를 준다. 김유정 소설의 언어에 생명력이 넘치는 것은 바로 작중 화자의 활력 넘치는 언어에 기인하는 현상이다. 화자의 활력에는 화자의 정서가 반영되어 있다. 인물이 좋거나 불만스럽거나 불쌍하거나 안타깝거나 하는 식의 화자의 정서가 김유정 농촌 소설의 재미를 활성화시키는 주된 요소인 것이다. 김유정 농촌 소설에서 각종 재미를 창출하는 주요한 원동력은 화자의 다양한 정서적 태도와 긴밀한 관련이 있다고 할 수 있다.

그런 점에서 김유정 농촌 소설의 인물 형상화에서 특히 주목해야 하는 것은 화자의 정서적 태도이다. 김유정 농촌 소설에서 화자는 단순히 허구적 존재라는 사실을 넘어 이야기를 박진감 있게 소개하고 정리하는 역할을 한다. 그는 정보의 전달과 함께 독자가 마치 소설을 읽는 것이 아니라 듣는 것 같은 착각에 빠지게 한다. 김유정 농촌 소설에서 화자의 능변은 작중 주요 인물의 성격을 형상화하는 데 핵심의 자리에 위치하고 있다는 판단을 가능하게 한다. 이런 점을 바탕으로 이 연구는 앞서 거론한 리몬 캐넌의 시각을 받아들여 김유정 농촌 소설을 검토하고자 하는데, 주로 작중 인물에 대한 화자의 정서적 태도를 중심으로 검토하고자 한다.[14]

---

[14] '정서(emotion)'에 대한 확고한 정의는 없지만, 대체로 대상에서 촉발된 심리적 반응으로 보는 편이다. 정서에서 중요한 것은 대상과 주체의 관계이고, 따라서 그 사이에 위치한 심리 상태에 주목할 필요가 있는 것이다. 소설에서 인물에 대한 화자의 태도는 이런 정서 유발의 기본 구도가 된다. 한편, 정서에 대한 개념 정립의 난맥상과 함께 오늘날 정서에 대한 다양한 학문적 접근을 확인하기 위해서는 다음을 참고할 수 있다. Jerome Kagan, *What is Emotion? : history, measures, and meanings*, 노승역 역, 『정서란 무엇인가?』, 아카넷, 2009, 25~32면.

3. 김유정 농촌 소설에서 화자의 태도 변화

비유적으로 말해 김유정 소설의 주요 인물들은 대부분이 막다른 길에 몰려 있다. 특히 농촌을 배경으로 한 초기 작품을 보면 그러한 경향을 뚜렷이 확인할 수 있다. 식민지적 근대화의 과정에서 농촌은 그야말로 몰락의 길을 걸었다. 농민들은 뜨내기 인생이 되어 도시 빈민층으로 몰락하거나 유리걸식하게 되었다. 농촌에 살던 자작농들조차도 소작농으로 전락하는 등, 그들은 식민지적 근대화에 따라 가장 극단적인 피해자가 되었다. 김유정 농촌 소설에서 자주 등장하는 들병이는 대표적인 사례이다.

그러한 인물들에 대해 김유정 농촌 소설의 화자는 어떤 정서적 태도를 보이는가? 김유정 농촌 소설에서 인물에 대한 화자의 정서적 태도는 '무차별적 공감', '동정적 연민', '비판적 능청' 등의 세 가지로 확인된다. 흥미로운 점은 이 세 가지 태도가 김유정 농촌 소설의 전개 과정과 함께 한다는 사실이다. 물론 무 자르듯 나누어지는 것은 아니다. 조금씩 섞여 있지만 두드러지는 정서적 경향을 순서대로 정리하면 그렇게 규정할 수 있다는 것이다. 이는 초기 소설에서부터 중반부로 나아가면서 점차 작중 인물에 대한 김유정의 시각과 태도가 변하고 있었음을 말해준다. 게다가 초기 작품들은 3인칭 화자로 설정되어 있다. 3인칭 화자의 존재와 서사적 역할에 대한 실험을 거쳐 「봄·봄」에서와 같이 1인칭 화자로 옮겨간 것으로 보인다. 그 과정에서 김유정 소설은 앞에서 언급한 화자의 세 가지 정서적 태도를 보이게 된다.

1) 무차별적 공감

김유정의 농촌 소설에서 화자의 정서적 태도가 적극적으로 반영되기 시작하는 작품은 「소낙비」(『조선일보』, 1935.1)이다. 하지만 그 이전에 발표된 두 작품 「산ㅅ골나그내」(『제일선』, 1933.3), 「총각과 맹꽁이」(『신여성』, 1933.9)에서는 화자의 태도가 없다고 할 수는 없겠으나 객관 지향적인 태도가 압도적인 편이다.[15] 이야기 상황과 인물에 대한 화자의 적극적인 관여가 아직 본격화되지는 못한 상태이다. 그러한 객관 지향적인 태도는 현재시제 종결형의 문장에도 반영되어 있다. 예를 들어 다음 두 대목을 들 수 있다.

밤이기퍼도 술ㅅ꾼은 역시 들지 안는다. 메주뜨는 냄새와가티 쾨쾨한 냄새로 방 안은 괴괴하다. 웃간에서는 쥐들이 찍찍거린다. 홀어머니는 쪽떠러진 화로를 끼고 안저서 쓸쓸한대로 곰곰생 각에 젓는다. 갓득이나 침침한 반짝등ㅅ불이 북쪽지게문에 뚤린 구멍으로 새드는 바람에 반득이며 빗을 일는다. 혼버선짝으로 구멍을 틀어막는다. 그리고 등잔미트로 받짓그릇을 끌어댕기며 슬음업시 바눌을 집어든다.

— 「산ㅅ골나그내」, 17면

입입이 비를바라나 오늘도그 럿타. 풀잎은 먼지 가보얏케 나훌거린다. 말뚱한 하눌에는 불덤이가튼 해가 눈을 크게 떴다.

---

[15] 앞으로 김유정 소설의 부분을 인용할 경우 다음을 저본으로 한다. 전신재 편, 『원본 김유정 전집(개정판)』, 강, 2007. 이 책을 바탕으로 보면, 부분적이기는 하지만 「산ㅅ골나그내」에서 화자의 주관적인 심정에 따른 작중 개입은 세 번 등장한다. "산ㅅ골의 가을은 왜이리고적할까!"(17면) "그리고는 두 볼이 빨개진다. 젊은게집이 나 시집가겟소 하고 누가나서랴. 이만하면 합의한거나 틀림업슬것이다."(24면) "어 말이 좀 어색하구면…… 다시한번"(25면) 등이다.

땅은 달아서 뜨거운 김을 턱밑테다 풍긴다. 호미를 옴겨 찍을 적마다 무더운 숨을 헉헉 돌는다. 가물에 조닙은 앤생이다. 가끔 업드려 김매는 이의 코며 눈퉁이를 찌른다. 호미는 튕겨지며 쨍소리를 때때로 내인다. 곳곳이 백인 돌이다. 예사밧터면 한번찍어 넘길걸 세 네번 안하면 흙이 일지 않는다. 콧등에서 턱에서 땀은 물흐르듯 떨어지며 호밋자리루를 적시고 또 흙에 숨인다.

— 「총각과 맹꽁이」, 29면

「산ㅅ골나그내」는 삶의 터전을 잃고 유리걸식하는 한 여인이 남의 집에 들러 술집 작부 노릇하다가 그 집의 아들과 혼인을 한 후 그의 옷을 챙겨 나와 원래의 남편에게 그 옷을 입히고 도망간다는 이야기이다. 이 작품은 김유정이 그의 고향 근처 돌쇠네 집에서 실제로 들은 이야기를 바탕으로 쓴 '실화 소설'이다. 그리고 「총각과 맹꽁이」는 갑자기 마을에 찾아온 들병이에게 장가들려는 덕만이가 뭉태로 인해 실패한다는 이야기이다. 이 작품은 어리석고 장가도 들지 못하는 못난 덕만이에게 초점을 맞추어 상황에 휘둘리는 어리석은 인물과 불행한 상황을 형상화하고 있다. 그런데 「산ㅅ골나그내」, 「총각과 맹꽁이」에서 3인칭 화자는 인물에 대한 객관 지향적인 태도를 보여주며 이야기 상황에 적극적으로 개입하지 않는다. 이야기꾼적인 화자의 능변이 아직 본격적으로 등장하지 않은 상태인 것이다.

그러나 「소낙비」에서부터 작가는 인물에 대한 작중 화자의 주관적인 정서적 태도를 반영하기 시작하는데, 주로 인물의 심정을 그대로 드러내는 듯한 방식을 자주 보여준다. 그것은 무차별적이다. 비도적적인 행위를 하는 인물에 대해서도 그 인물의 내면에서 말하듯이 서술하고 있다. 예를 들어 3인칭 화자가 인물의 입장이 되어 서술하는 대목이다.

춘호처가 그집을 나선 것은 들어간지 약 한시간만이엇다. 비는 여전히 쭉쭉 나린다. 그는 진땀을 잇는 대로 흠뻑 쏫고 나왓다. 그러나 의외로 아니 천행으로 오늘일은 성공이엇다. 그는 몸을 소치며 생긋하엿다. 그런 모욕과 수치는 난생 처음 당하는 봉변으로 지랄중에서도 몹쓸지랄이엇으나 성공은 성공이엇다. 복을 받으려면 반듯이 고생이 따르는 법이니 이까짓거야 골백번 당한대도 남편에게 매나 안 맛고 의조케 살수만잇다면 그는 사양치 안흘 것이다. 리주사를 하눌가티 은인가티 여겻다.

(…중략…)

이원! 수나조하야 이 이원이 조화만 잘한다면 금시 발복이 못된다고 누가 단언할 수 잇스랴! 삼사십원 따서 동리의 빗이나 대충 가리고 옷 한 벌지여 입고는 진저리나는 이 산골을 떠날랴는 것이 그의 배포이엇다. 서울로 올라가 안해 안잠을 재우고 자기는 노동을 하고, 둘이서 다구지게 벌으면 안락한 생활을 할 수가 잇슬텐데 이런 산구석에서 굶어죽을 맛이야 업섯다. 그래서 젊은 안해에게 돈 좀 해오라니까 요리매낀 조리매낀 매만 피하고 겻들어주지 안으니 그 소행이 여간 괘씸한 것이 아니다.

— 「소낙비」, 46~47면

이 대목을 보면 춘호 처와 춘호의 정신세계가 생생하게 드러난다. 화자가 그 두 사람의 입장에 서서 말하고 있음을 확인할 수 있다. 화자가 극단에 몰린 부부의 삶을 바라보면서 그들의 비도덕적 선택과 행위를 두둔하거나 동의하는 것은 아니다. 하지만 그들의 입장에 최대한 깊숙이 들어가 보려는 화자의 태도는 분명하게 나타나 있다. 이런 식으로 서술된 경우는 일일이 열거할 수 없을 만큼 많은데, 이처럼 「소낙비」부터는 화자가 각 인물의 내면으로 들어가 그 인물의 시선에서 이야기를 해나간다. 객관적인 행동과 말을 묘사하는 것에 그치지 않고 인물의 마음을 곧 화자의 마음으로 치환시켜 이야기를 하는 것이다. 이는 인물에 대한 화자의 정서적 태도가 '무차별적 공감'으로 접어들었음을 말해준다.[16] 불행한 상황에 놓인 인물들에 대한 최대한의 공감적 태도를 보여주는 것인데, 「소낙비」에서부터 인물에 대한 화자의 정서적 태도는 보다 분명한 역할을 하게 되며 이야기를 실감나게 만드는 데 기여하게 된다.

「소낙비」에서는 춘호와 그의 아내가 주요 인물이다. 그들은 어려운 농사와 빚 때문에 야반도주를 한 사람들이다. 노름에 빠져 있는 춘호는 거의 매일 돈을 구해오라며 아내를 윽박지르고 폭행한다. 아내는 동네의 이주사에게 몸을 팔아 돈을 벌어온다. 그녀에게 수치심은 없고 오로지 돈을 벌었다는 기쁨만 있다. 그런데 이 작품에서 화자는 춘호와 아내의 시선이 주를 이루고, 이주사의 시선도 일정하게 반영되어 이야기가 펼쳐진다. 그렇지만 핵심은 춘호 내외이다. 화자는 객관적인 입장을 갖고 있다가도 각 인물의 심정을 최대한 적극적으로 반영하기 위해 그들의 시선에서 이야기한다. 초점 주체인 화자가 초점 대상인 인물 속으로 들어가 이야기를 하는 경우인데, 이 경우 화자와 인물의 시선은 일치하게 된다. 인물과 화자의 거리가 소멸되는 것이다. 바로 이것이 인물에 대한 화자의 공감적 태도를 말해주는 증거이다. 인물과 화자의 거리가 좁혀지면서 공감적 태도가 발생하는 것인데, 이것이 비도덕적 행위에 대한 동의가 아니라는 점에 주의해야 한다. 소설에서 그러한 공감의 모습은 상황에 대한 독자의 충실한 이해와 몰입을 유도하기 위한 장치이기 때문이다.

16　뒤에서도 설명하겠지만, 이 연구에서 '공감'은 'empathy'의 번역어로 쓴다. 대상의 입장에 자신을 투사하는 '감정이입'과 동일한 뜻으로 쓰는 말이다.

2) 동정적 연민

다음으로 거론할 수 있는 것은 인물에 대한 화자의 '동정적 연민'의 태도이다. 이는 앞의 공감적 이해에 비해 작중 인물에 대한 화자의 거리감이 증대된 상태에서 나온 것이라 할 수 있다. 공감은 대상과의 일치를 지향하지만, 동정은 대상에 대한 거리감이 있으면서도 그의 상황을 이해하고 안타까워하는 정서적 상태이기 때문이다. 예를 들어 다음을 보자.

"너 왜오니? 여름에 꼭 온다니까 어여 들어가라."
하고 역정을 내심에는 고만 두려웠으나 그래도 날데려 가라구 그몸에 매여달리니 도련님은 얼마를 벙벙히 그냥 섰다가,
"울지마라 이뿐아 그럼 내 서울가 자리나잡거던 널 데려가마." 하고 등을 두다리며 달래일제 만일 이 말에 이뿐이가 솔깃하여 꼭 고지뜯지만 않았던 드런들 도련님의 그 손을 안타까이 놓지는 않었든걸…….
"정말 꼭 데려가지유?"
"그럼 한달 후에면 꼭 데려가마."
"난 그럼 기다릴테야유!" 그리고 아침햇발에 비끼는 도련님의 옷자락이 산등으로 꼬불꼬불 저 멀리 사라지고 아주 보이지 않을때까지 이뿐이는 남이 볼까하야 피여허터진 개나리 속에 몸을 숨기고 치마끈을 입에 물고는 눈물로 배웅하였던 것이 아니런가. 이렇게도 철석같이 다짐을 두고 가시더니 그 한달이란 대체 얼마나 되는 겐지 몇 한 달이 거듭 지나고 돌도 넘었으련만 도련님은 이렇다 소식하나 전할줄조차 모르신다. 실토로 터놓고 말하자면 늙은 이잣나무 아래에서 도련님과 맨 처음 눈이 맞을 제 이뿐이가 먼저 그러자고 한 것도 아니런만…….

—「산골」, 123~124면

위 작품에서 이뿐이는 가망 없는 양반댁 도련님의 약속을 철저히 믿어버려 결국에는 불행해진다. 작가 김유정은 이뿐이의 처지에서는 결코 지체 높은 도련님과 결혼할 수 없고 비슷한 수준의 쇠돌이와 결혼할 수 있을 뿐이라는 식으로 서사를 구성해놓았다. 이러한 서사 구성은 김유정의 근대적 인식이 반영된 결과이다. 이를테면 이 작품은 판소리계 소설 「춘향전」을 패러디한 것으로 볼 수 있는데, 춘향이는 이도령보다는 방자와 어울릴 수 있을 뿐이라는 현실적인 시각에 따라 고전을 재해석한 것이다. 「산골」에서 불가능한 꿈을 꾸면서 지배층에게 농락만 당하는 피지배층의 이뿐이는 진정으로 불쌍하고 안타까운 인물이다.

이러한 이뿐이에 대해 화자는 자신의 존재를 직접으로 노출하면서 이야기를 하고 있다. 판소리의 창자가 구연하는 말투와도 유사하다. 이 대목을 보면 화자가 불행한 처지에 놓은 이뿐이를 동정하듯 말하고 있다. 이는 연민의 정서를 반영하는 것이라 볼 수 있을 것이다. '동정(sympathy)'은 대상에 비해 자신이 우월하다는 심리적 태도가 반영된 것으로 대상에 대한 연민의 정서를 바탕으로 한다.[17] 동정이란 대상에 대한 안타까운 심정이 담긴 것인데, 이런 점을 고려해볼 때 이 작품의 화자는 인물에 대한 거리감을 갖고 있되 그 인물의 처지를 불쌍히 여기는 태도를 보여준다고 할 수 있다. 뒤에서 살펴볼 「만무방」에서도 이러한 동정적 연민의 정서가 부분적으로 등장한다. 다음 대목을 보자.

응칠이는 그 꼴을 이윽히 바라보고 입안으로 죽일놈, 하였다. 아무리 도적이라도 가튼 동요에게 제 죄를 넘겨씰랴 함은 도저히 의리가 아니다.

---

17 공감과 동정의 개념적 차이에 대해서는 다음 논저를 참고할 수 있다. 박성희.『공감학―어제와 오늘』, 학지사, 2004, 17~22면; Suzanne Keen, *Empathy and the Novel*, New York : Oxford University Press, 2007, pp.4~6.

　　그건 그러타치고 응오가 더딱하지 안흔가. 기건 힘드려지 어노핫다 남존일 한 것을 안다면 눈이 뒤집힐 일이겟다.

　　이래서야 어듸 이웃을 밋어 보겟는가…….

　　(…중략…)

　　우중충한 방에서는 안해의 가쁜 숨소리가 들린다. 색, 색하다가 아이구, 하고는 까우러지게 콜룩어린다. 가래가 치밀어 몹씨 괴로운 모양…… 뽑아줄사이가 업시 풀들은 뜰에 엉것다. 흙이 드러난 지웅에서 망초가 휘어청 취어청. 바람은 가끔 차저와 싸리문을 흔든다.

—「만무방」, 105~107면, 밑줄은 인용자

　　위의 밑줄 친 부분은 응칠이의 생각이기도 하지만 화자의 말이기도 하다. 둘 다 인물에 대해 동정적인 연민의 정서가 드러나 있는데, 가난과 궁핍으로 인해 고통 받고 있는 응오 내외에 대한 연민의 정서가 확연히 드러나 있다. 이전에 비해 인물의 상황을 객관적으로 바라보면서 그들의 처지를 화자의 입장에서 보다 유연하게 판단할 수 있는 여유가 생긴 것이다. 이는 독자의 입장에서도 같은 방식의 읽기 태도로 전이될 수 있다. 화자의 정서적 태도는 소설의 소통 과정에서 독자의 정서로 전이될 가능성이 높다. 그런 점에서 김유정의 농촌 소설에서 인물에 대한 화자의 동정적 태도는 독자에게 비슷한 동정의 태도로 작품을 읽어가도록 유도하는 장치가 된다고 볼 수 있다.

　　이처럼 농촌 소설을 포함하여 김유정의 소설 전반에 등장하는 인물들은 극한의 상황에 놓여있다는 특징을 지닌다. 그들은 대체로 빈궁하거나(「만무방」) 그로 인해 매음과 도박의 세계에 빠져 있다. 「봄·봄」이나 「동백꽃」 같은 경우는 데릴사위로 노동 착취를 당하거나 소작인의 처지에서 어쩔 수 없이 마름의 말을 따라야 하는 상황이 작품의 이면에 깔려 있다. 그들은 원하는 방향의 선택을 할 수 없는 상황, 즉 '막다른 골목'에 내몰린 자들인 것이다. 이로 인해 그들은 구체적인 불행의 상황을 통해 인간의 근본적인 불행을 진지하게 생각해보게 만든다. 김유정 농촌 소설의 인물 형상화는 그런 문제에 집중하고 있는데, 화자의 정서적 태도가 그에 대한 일정한 독법을 유도하고 있는 것이다. 극한의 상황에 놓여 있는 인간이 택하는 길은 무엇인가, 그리고 그것을 우리는 어떻게 보아야 할 것인가에 대해 함께 생각해주기를 요청하는 형식의 소설인 것이다.

김유정의 농촌 소설에 나타난 또 하나 중요한 화자의 태도는 바로 원치 않는 상황에 처한 인물과 그 상황을 견뎌나가는 인물들에 대한 인간적인 동정과 연민이다. 설령 작품 중에서 '윤리 의식의 부재'를 보여주는 작중 인물의 경우에도 이는 공통적으로 적용된다. 그렇게 할 수밖에 없는 인물의 삶과 행위에 대한 동정적 연민이 기조 정서로 작용하게 되는데, 그것이 김유정의 농촌 소설에 나타난 화자의 한 가지 태도를 이룬다. 그런 점에서 김유정 농촌 소설에 등장하는 인물들의 비도덕적 모습은 탈선이라기보다는 생존을 위한 최소한의 인간적인 행위로 비쳐진다. 그래서 더욱 안타까운 마음을 갖게 하고, 그러한 극한적 상황을 초래한 비윤리적 삶의 조건을 깊이 생각하도록 유도한다. 좋은 삶이 불가능한 상황에 놓인 인물들의 서사를 통해 독자는 최소한의 인간다운 삶이란 무엇일까를 고민해야 하는 과업을 떠맡게 되는 것이다. 그러한 독자는 이상적 독자에 속하겠지만, 김유정의 농촌 소설에서 상정하는 독자는 그런 독자에 가깝다고 볼 수 있다.

3) 비판적 능청

　김유정 농촌 소설에 등장하는 인물들에 대해 화자는 점차 객관적 거리를 확보하게 된다. 앞서 고찰한 공감에서 동정으로 이어지는 과정도 거리가 커지는 과정이다. 객관적인 거리가 생기니 비판적 태도와 능청스러운 화자의 연기가 가능하게 된다. 이를 확인하기 위해 우선 「만무방」부터 살펴보자. 「만무방」으로 가면, 화자의 자제력을 드러내면서 자신의 존재를 잠시 노출한다. 예를 들어 다음의 대목이다.

> "자네 응고개논의 벼 업서진거 아나?"
> 　응칠이는 고만 가슴이 덜컥 내려안젓다. 이 바뿐 때 농군의 몸으로 응고개까지 앨써 갈놈도 업스려니와 또한 하필 절보고 벼의 업서짐을 말하는것이 여간 심상치안은 일이엇다.
> 　<u>잡담제하고</u> 응칠이는
> 　"자넨 어째서 응고개까지 갓든가?" 하고 대담스리도 그 눈을 쏘아보앗다. 그러나 성팔이는 조곰도 겁먹는 기색업시
> 　"아 어쩌다 지냇지 뭘그래."
> 하며 도리어 얼레발을 치고 덤비는 수작이다. 고현 놈, 응칠이는 입때 다녀야 동무를 팔아 배를 채우는 그런 비열한 짓은 안한다.
>
> ―「만무방」, 99면, 밑줄은 인용자

　3인칭 화자가 등장하지만, 응칠이의 시선과 화자의 시선을 넘나들고 있다. 이 작품에서 초점화자는 주로 이 둘이다. 둘의 시선이 넘나들기는 하지만 다른 인물과 상황에 대한 이 둘의 태도는 거의 일치한다. 그러니까 응칠이는 작가가 설정한 화자의 분신과 같은 것이다. 응칠은 까

칠한 성격의 소유자로 소위 문제적 개인인데, 그와 화자의 시선이 뒤섞여 이 작품의 이야기는 전개된다. 그런데 이 작품에서는 인물과 상황에 대한 화자의 비판적인 태도가 상대적으로 높다. 리얼리즘적 시각이 반영된 것이다. 「만무방」이 반영하고 있는 현실과 그에 대한 작가의 감각은 단연 리얼리즘적 소설에 대한 지향성을 보여준다.[18] 현실이나 그 현실을 살아가는 인물들에 대한 이런 저런 감정과 함께 그 현실을 객관적으로 드러내는 데에도 많은 노력을 기울인 작품이다. 그래서 이전 작품에 비해 인물에 대한 화자의 태도는 비판적인 성격이 강해졌다.

그러나 「만무방」의 응칠이가 현실 문제의 근원을 철저하게 파악하는 인물인 것은 아니다. 그는 견딜 수 없는 현실로부터 자유를 택하고서 현실을 비판적으로 조망하는 역할을 수행하는 인물이다. 비참한 현실에 속박된 여타 인물들에 비해 상대적으로 비판적인 식견을 갖고 있는 편이지만, 그렇다고 분명한 대책을 갖고 살아가는 인물은 아닌 것이다. 특히 응칠이가 자기 자신까지도 대상화하여 성찰하는 인물형으로 보기 어렵다는 점은 이 작품이 아직 본격적인 리얼리즘적 소설의 궤도에 진입하지 못했다는 평가를 가능하게 한다. 그런 점에서 「만무방」의 인물 역시 즉자적 상태에 있다고 볼 수 있다.

이러한 「만무방」 이후, 비판적 시각을 바탕으로 하되 능청스러움이 수준 높게 보강된 화자의 태도가 생겨난다. 화자는 마치 인물이 처한 사태를 잘 모른 척하면서 딴소리를 하는 식으로 이야기하는 것인데, 「솟」에서부터 이를 확인할 수 있다. 과부인 줄 알았던 들병이에 미쳐 집안 살림을 몽땅 갖다 바치다 못해, 급기야 가족의 보물인 솥을 빼돌

18　윤지관은 김유정의 소설 중에서 「만무방」이 가장 리얼리즘적인 작품이라고 평가한 바 있다. 윤지관, 「민중의 삶과 시적 리얼리즘」, 『김유정 문학의 전통성과 근대성』(전신재 편), 한림대 아시아문화연구소, 1997, 227면.

려 들병이를 따라가려다가 그녀의 실제 남편을 만나 혼비백산한다는 이야기이다.

> 그는 더욱 부쩍부쩍 진땀만 흘럿다.
>
> 남편은 어청어청 등뒤로거러오는듯 하드니 아이를 번쩍 들어안는 모양이다.
>
> "이놈아, 왜 성가시게 굴어?"
>
> 이러케 아이를 꾸짖고
>
> "어여들 편히자게유!" 하여 쾌히 선심을 쓰고 윗목으로 도로 나려간다.
>
> 그 태도며 그 말씨가 매우 맘세조하 보였다. 마는 근식이에게는 이것이 도리어 견딜 수 업슬만치 살을 저미는듯 하였다. <u>이러케 되면 이왕 죽을바에야 얼른 죽이기나 바라는것이 다만 하나남은 소원일지도 모른다.</u>
>
> (…중략…)
>
> 그들은 산모룽이를 꼽들어 퍼언한 언덕길로 성큼성큼 나린다. 안해를 압헤 세우고 길을 자추며 일변 남편은 뒤에 우뚝 서잇는 근식이를 돌아다보고
>
> "왜 섯수, 어서 가치 갑시다유……."
>
> 하고 동행하기를 <u>간절히 권하엿다.</u>
>
> 그러나 근식이는 아무 대답업고 다만 우두커니 섯슬뿐이다.

—「솟」, 152~154면, 밑줄은 인용자

위 밑줄은 화자의 주관적 의견이 삽입된 부분인데, 이야기의 정황상 화자는 약간 능청스러워졌음을 볼 수 있다. 들병이의 남편이 보이는 태도도 그러하다. 그 뒤에 이어지는 이야기는 어처구니없는 상황에 놓인 근식이의 희화화로 전개된다. 상황적 웃음이 전개되는 것이다. 따라서 바로 위 인용한 부분부터 능청스러운 화자의 연기(演技)는 시작된 셈이다. '능청'이란 '속으로는 엉큼한 마음을 숨기고 겉으로는 천연스럽게 행

동하는 태도'를 말한다. 이 작품의 화자는 이야기 전모를 잘 모르는 척하면서 담담하게 묘사한다. 이러한 능청스러운 화자의 연기는 이 작품의 후반부에서 독자의 웃음을 유발하는 결정적인 원인으로 작용한다.

김유정은 「봄·봄」에 가서 드디어 1인칭 화자를 등장시킨다.[19] 말하자면 스토리 속 동종 화자가 등장한 것인데, 어리숙한 인물로 인해 이야기는 이전보다 훨씬 흥미로워지게 된다. 이 작품의 화자는 「솟」의 경우보다 훨씬 능청스러운데, 궁지에 몰린 인물이 오히려 상황을 잘 알면서도 어리석게 임한다. 이 이야기에서 1인칭 화자가 나오지만, 이 작품의 중심 인물은 바로 이 1인칭 화자이고 그의 상황과 성격 그리고 그의 서술이 작품의 중요 스토리가 된다. 그러니까 이 작품에서 주요 인물은 1인칭 화자 '나'인 것이다. 신빙성이 떨어지는 화자이기에 내포 화자가 따로 있다고 보아야 한다. 그런 점에서 「봄·봄」의 화자에서는 기능적이고 존재론적인 인격의 분화가 생겨났다고 할 수 있다.

한번은 장인님이 헐떡헐떡 기어서 올라오더니 내 바짓가랭이를 요렇게 노리고서 단박 움켜잡고 매달렸다. 악, 소리를 치고 나는 그만 세상이 다 팽그르 도는 것이,

"빙장님! 빙장님! 빙장님!"

"이자식! 잡어먹어라, 잡어먹어!"

"아! 아! 할아버지! 살려줍쇼, 할아버지!" 하고 두팔을 허둥지둥 내절 적에는 이마에 진땀이 쭉 내솟고 인젠 참으로 죽나부다, 했다. 그래두 장인님은 놓질않드니 내가 기어히 땅바닥에 쓰러저서 거진 까무러치게 되니까 놓는다. 더럽다 더럽다. 이게 장인님인가. 나는 한참을 못 일어나고 쩔쩔맸다. 그

19　「안해」에서도 1인칭 화자가 등장한다.

렇다 얼굴을 드니(눈엔 참 아무 것도 보이지 않았다) 사지가 부르르 떨리면서
나도 엉금엉금 기어가 장인님의 바짓가랭이를 꽉 웅키고 잡아나꿨다.

　내가 머리가 터지도록 매를 얻어 맞은 것이 이 때문이다. 그러나 여기가 또
한 우리 장인님이 유달리 착한 곳이다. 어느 사람이면 사경을 주어서라도 당
장 내쫓았지 터진 머리를 볼솜으로 손수 짖어주고, 호주머니에 히연 한봉을
넣어주고 그리고

　"올갈엔 꼭 성례를 시켜주마. 암말말구 가서 뒷골의 콩밭이나 얼른갈아라."
하고 등을 뚜덕여줄 사람이 누구냐.

　나는 장인님이 너무나 고마워서 어느 듯 눈물까지 낫다.

—「봄·봄」, 166~167면

　「봄·봄」의 인물 형상화에서 서술의 초점은 주로 착취당하는 인물
이자 화자에 놓여있다. 반면 데릴사위를 명분으로 노동력을 착취하는
장인어른에 대해서는 화자의 객관화된 태도를 보여준다. 관심은 주로
1인칭 화자이자 주인물인 '나'에 초점이 있는데, 이 인물이 화자가 되고
자신의 눈으로 상황을 보고 그의 입으로 말하지만 종종 화자의 객관화
된 태도가 드러나기도 한다. 따라서 관전 포인트는 '나'라는 어리숙한
인물인 것이다.

　위의 인용한 대목에서 특히 후반부가 주목할 만한데, 작중 주요 인물
이자 화자인 '나'는 장인이 데릴사위라는 명분을 이용해 젊은이의 노동
력을 착취한다는 사실을 알 수 있도록 설정되어 있다. 영악한 성격의
뭉태가 미리 귀띔을 해주었기 때문이다. 그러나 '나'라는 화자는 장인을
신뢰한다. 화자는 뭉태를 통해 모든 심각한 상황을 독자들에게 충분히
전달하지만 정작 화자 자신은 그 문제를 외면하거나 파악하지 못하고
있는 것이다. 그래서 위의 인용에서처럼 인물은 손쉽게 장인에게 이용

당하면서도 오히려 고마워하기까지 한다. 이러한 문제를 1인칭 화자는 어리숙한 모습과 태도로 이야기하고 있다. 그러나 소설 속의 그가 진짜 신빙성 있는 화자가 아니라는 사실을 독자는 잘 알 수밖에 없다. 능청 스런 실제 화자의 태도는 텍스트의 후면으로 숨어 있게 된 것이고, 독 자가 그런 태도를 떠맡아 작품을 보다 주체적으로 따져 읽어야 할 상황 이 된 것이다.

이런 점을 고려해볼 때, 여기에는 1인칭 화자이자 주인물에 대한 비 판적 시각도 포함되었다고 할 수 있다. 작중 화자이자 작중 인물이기도 한 주체의 어리숙한 행동과 말이 결국 이 작품에서 비판적으로 형상화 하고자 하는 대상이기 때문이다. 문제의 본질을 파악하지 못하는 1인 칭 화자와 모든 것을 알고 있으면서 숨어있는 진짜 화자 사이의 균열에 서 김유정 농촌 소설 특유의 아이러니가 생겨난다. 이 상황에서 김유정 소설의 독자는 좀더 긴장해야 한다. 즉 「봄·봄」과 같은 작품은 독자의 적극적인 읽기와 다각적 사유의 가능성을 요청하는 텍스트인 것이다.

4. 윤리적 사유의 촉매제로서 화자의 태도

크게 보아 김유정 소설은 다성적 소설이라고 하기는 어렵다.[20] 오히

---

20 최병우는 '다중적 시점'이라는 용어를 통해 김유정 소설의 서사미학적 특질을 규정하고 있
다. 최병우, 같은 글. 서술 상황에서 초점주체가 보여주는 다중성을 볼 때 이는 타당한 주장
이라 판단된다. 김원희는 최병우의 주장을 이어받아 김유정의 소설을 '다성적'이라고 규정한

려 단성적이라 할 터인데, 그것은 전통적인 이야기꾼을 연상시키는 화자의 압도적인 서술 행위 때문이다.[21] 그러한 단성적 언어의 특성은 주로 인물의 형상화에서 발견된다. 미완성 작품인 「생의 반려」를 제외하면, 김유정의 소설은 모두 단편이다. 단편소설에 적합한 인물형은 주로 평면적인 인물형인데, 김유정의 소설 역시 그러하다. 김유정의 소설에서는 모든 인물을 고루 다루기는 어려우므로 특정의 인물들에 집중하는 경향을 보인다. 서사 공간의 전면에 세워진 인물을 이리저리 다각도로 서술하면서 독자들에게 그 인물을 바라보고 생각하게 만든다. 물론 다른 인물의 역할을 무시할 수는 없다. 하지만 화자의 역할로 인해 독자는 전경화된 인물에 주의를 집중할 수밖에 없다.

이런 점을 바탕으로 김유정의 전반기 농촌 소설을 검토해보면, 독자에 대한 의식이 강한 경우를 자주 확인할 수 있다. 작가가 독자를 의식하지 않고 소설을 쓰는 경우도 가정할 수 있다. 그러나 김유정의 경우 독자에 대한 의식을 명료하게 보여준다. 다음은 그의 작품에서 그런 점을 확인할 수 있게 하는 사례이다. 「떡」(1933)에서는 처음으로 "우리는"이라는 표현이 등장한다. 이때부터 가상의 청자(수화자, narratee)를 전제한 표현이 등장한다. 이 무렵부터는 본격적으로 서사적 소통 상황이 작품의 문면에 현시화되는 것이다.

다. 김원희, 「다성적 경향과 서정성의 조율」, 『현대소설연구』 제34집, 한국 현대소설학회, 2007. 그러나 다중적 시점과 다성성을 혼동해서는 안 될 것으로 보인다. 김유정 소설에서 화자의 권능과 위력이 워낙 강하기에, 오히려 스토리는 화자에 의해 철저하게 통제되어 중개되고 있다.

21 신종한과 전신재는 김유정이 자신의 소설에서 구술문화적 전통을 계승하는 데 적합한 인물로 평면적 인물에 집중했음을 논증하고 있다. 신종한, 「김유정 소설 연구」, 『어문연구』 제41호, 한국어문교육연구회, 1984; 전신재, 「김유정 소설과 언어의 기능」, 『한말연구』 제6호, 한말연구학회, 2000, 178~179면.

원래는 사람이 떡을 먹는다. 이것은 떡이 사람을 먹은 이야기다. 다시 말하면 사람이 즉 떡에게 먹힌 이야기렷다. 좀 황당한 소리인듯 싶으나 그 사람이란게 역 황당한 존재라 할 일 없다. 인제 겨우 일곱살 난 게집애로 게다가 겨울이 왓건만 솜옷하나 못 얻어 입고 겹저고리 두렝이로 떨고잇는 옥이 말이다. 이것도 한개의 완전한 사람으로 칠는지! 혹은 말른지! 그건 내가 알배 아니다. 하여튼 그애 아버지가 동리에서 제일 가난한 그리고 겨을르기가 곰 같다는 바루덕히다. <u>놈이 우습게도 꿈을 거리고 엄동과 주림이 닥처와도 눈하나 끔벽없는 신청부라 우리는 가끔 그 눈꼽낀 얼굴을 놀릴 수 잇을만치 흥미를 느낀다.</u>

— 「떡」, 84면, 밑줄은 인용자

인물에 대한 냉소적 태도가 드러나고 있다. 이러한 모습은 그 이전에 발표한 작품과 차별되는 지점이다. 화자의 이야기꾼적 면모가 바로 이 부분에서 본격적으로 드러나기 시작했기 때문이다. 위는 이야기의 연행 상황을 연상하게 한다. 이처럼 김유정은 청자 지향적인 화자의 서사 연행을 통해 서사의 소통 맥락 전체를 읽을 수 있도록 배려하고 있다. 이는 스토리와 함께 서술 행위에 주목하게 함으로써 소설의 생성과 소통이라는 복잡한 회로를 독자가 경험하도록 해준다.

그런 점에서 인물에 대한 화자 혹은 작가의 태도는 독자에게 특정한 독서의 효과를 불러일으킨다고 할 수 있다.[22] 독자로서는 작가가 마련해놓은 서술적 장치를 통해서만 스토리의 세계를 볼 수 있기 때문이다. 따라서 소설 속 화자의 태도는 독자에게도 같은 시선과 태도를 취할 것

---

22 웨인 부스는 "많은 소설이 독자에게 혼란을 요구하는데, 독자의 혼란을 야기시키는 가장 효과적인 방법은 혼란을 일으키고 있는 관찰자를 사용하는 것이다"라고 말한 바 있다. Wayne C. Booth, *The Rhetoric of Fiction*, 최상규 역, 『소설의 수사학』, 예림기획, 1997, 380면. 이런 점으로 인해 허구 서사물인 소설 읽기에는 근본적으로 수사적 읽기가 요청된다.

을 요구하는 것이거나 유도하는 것이라고 보아야 할 것이다. 소설과 같은 서사 장르는 텍스트 내에 그런 장치를 내장하고 있다.[23] 소설 텍스트에 내장된 그런 장치로 이 연구는 지금까지 화자의 정서적 태도에 주목해온 것이다. 궁지에 몰린 인간, 그리고 그 인간들이 선택하는 비도덕적 행위를 독자들은 어떻게 읽을 것인가? 김유정의 소설에서 그들에 대한 화자의 정서적 태도는 이 문제와 관련된다.

김유정이 자신의 소설에 반영된 비도덕적 행위들을 독자들이 액면 그대로 받아들이도록 썼을 리가 만무하다. 도박, 매춘, 도둑질 등 많은 논자들이 김유정의 소설에서 인물의 비도덕적 행위를 지적해왔지만, 그 행위가 생겨난 필연적 배경과 인물들의 불가피한 선택에 대한 이해는 맥락 차원의 해석을 해야 가능하다. 그런 점에서 화자의 정서적 태도는 그런 맥락을 현시화하거나 그것에 대한 이해가 용이하게 작동하도록 유도하는 장치일 수 있다. 앞서 논의에서 확인했듯이 적어도 김유정이 설정한 화자는 그런 역할을 하고 있다. 김유정 농촌 소설에서 화자의 정서적 태도는 무차별적 공감, 동정적 연민, 비판적 능청 등의 세 가지로 확인되었다. 김유정은 자신의 농촌 소설에 등장하는 주요 인물에 대해 독자들이 이러한 정서적 태도를 크게 벗어나지 않는 범위 내에서 읽어줄 것을 요청하는 것이다. 어쩔 수 없는 극한의 상황이 만들어내는 인간의 탈선에 대해 공감과 연민을 느끼도록 유도하고, 문제적 상황을 근본적으로 타개해나가지 못하는 인물들에 대해 안타까워하면서도 비판적인 시각을 갖도록 촉발하는 것이다. 윤리적 사유를 매개하는

---

23 소설 쓰기에는 작가가 독자에게 '사실임직함을 믿도록 만들려는(make-believe)' 의도가 전제된다. Gregory Currie, *The Nature of Fiction*, New York : Cambridge University Press, 1990, p.18. 그런 의도로 인해 소설 텍스트 속에 그런 창작 의도는 내재화되기 마련이다. 화자의 설정은 그런 의도를 실현하는 데 효과적인 방법이다.

소설 속 화자의 정서적 태도는 그런 점에서 주목해야 할 대상이다.[24]

인간이라면 누구나 '좋은 삶'을 꿈꾸며 살게 되고, 작가라면 그런 문제를 창작의 기본적인 문제틀로 삼게 된다. '좋은 삶' 자체가 불가능한 상황에서도 '좋은 삶'을 생각해보아야 한다. 김유정은 자신의 농촌 소설을 통해 좋은 삶의 전범적인 형식을 보여줄 수 없으니, 좋은 삶이 불가능한 극단적 상황을 보여주면서 그러한 문제 상황의 근원을 우선 생각해보게 한다. 그리고 그는 그 상황에 처한 인물들의 선택과 행동에 대해 생각해보게 하는데, 여기서 인물에 대한 화자의 정서적 태도를 통해 사유의 일정한 범주를 제시한다. 그런 식으로 김유정의 소설은 독자에게 말을 걸어오는 것이다. 이와 관련하여 도덕과 윤리의 차이를 생각해볼 필요가 있다. 도덕이라는 것은 칸트 식으로 말하자면 외부로부터 강요되는 행동의 준칙이다. 그러나 인간의 삶에서 확고부동한 행동 원칙이란 무엇인가를 의심하고, 상황에 따른 인간의 행동 방향을 사유하도록 하는 것은 윤리와 연관된다. 윤리란 이미 있는 것이 아니라 탐구와 대화를 통해 주체 스스로 구축해가는 것이다. 이런 의미에서 김유정 농촌 소설은 인간다운 삶이 원천적으로 불가능할 경우 어떤 삶의 윤리를 모색할 것인가를 근본부터 고민하도록 해준다고 할 수 있다. 즉 도덕이란 무엇이라고 알려주는 것이 아니라 윤리란 과연 무엇인가 하고 물어보는 소설인 것이다.

김유정 농촌 소설에서 윤리적 사유의 조건이 되는 서사 텍스트적 맥락은 이로써 보다 분명해졌다. 김유정의 농촌 소설에서 화자의 정서적

---

[24] 정서적 작용태로 나타나는 화자의 태도는 소설의 생산과 수용을 가로지르는 텍스트적 조건이 되는 것임에 틀림없다. 고통에 처한 타자에 대한 공감과 동정, 연민 등, 관심과 책임어린 태도는 최근 센티멘탈과 같은 정서의 윤리적 역능에 주목하는 마이클 슬롯의 덕 윤리학에서도 한 가지 가능성을 엿볼 수 있다. Michael A. Slote, *Moral Sentimentalism*, Oxford : Oxford University Press, 2010.

태도는 삶의 윤리나 방향을 현시적으로 제시하거나 방향성을 쉽게 암시하는 것이 아니라 독자에게 물음을 던지면서 일정한 방향의 읽기를 유도한다. 바로 이 점이 김유정 농촌 소설에서 확인할 수 있는 윤리적 사유의 한 가지 가능성이다. 여기서 소설이란 윤리적 딜레마를 통해 삶의 본질과 가치에 대한 근본적인 질문을 유도하는 문학 장르라는 누스바움의 주장을 주목할 필요가 있다.[25] 그녀에 따르면 소설은 구체적인 삶의 상황에서 타자, 소수자 등이 겪는 내밀한 경험을 제공함으로써 그들의 문제에 대한 독자들의 민감한 반응을 유도하는 예술의 하나이다. 소설의 독자는 소설 읽는 과정에서 타자에 대해 대답할 책무를 떠안게 된다는 것이다. 이런 맥락에서 볼 때 김유정의 농촌 소설에 등장하는 도덕적으로 파탄난 인물의 삶과 그 상황은 역으로 독자들에게 윤리적 삶에 대한 관심과 대답을 강력하게 요청하는 것이라 할 수 있다.

아울러 '서사 윤리(narrative ethics)'에 대한 뉴턴의 논리도 좋은 참고가 된다. 서사이론에서 서사 윤리의 개념이 아직은 불명확한 것으로 판단되기는 하지만, 뉴턴은 서사의 층위 차원에서 윤리적 사유를 촉발시키는 지점을 요령 있게 설명한 바 있다. 그는 서사 윤리의 세 가지 핵심 개념으로 '서술 행위의 윤리(a narrational ethics)', '서사 재현의 윤리(a representational ethics)', '독자 수용 혹은 해석의 윤리(a hermeneutic ethics)' 등을 제안하고 있다.[26] 이 논리는 김유정의 농촌 소설 중 아이러니적 서사미학을 실현하고 있는 「봄·봄」이나 「동백꽃」과 같은 작품에 적용될 수 있다. 독자의 입장에서는 서사 재현과 서술 행위의 균열 상황에서 적극

---

[25] Martha C. Nussbaum, *Poetic Justice : the literary imagination and public life*, Boston, Mass. : Beacon Press, 1995, pp.7~8.

[26] Adam Zachary Newton, *Narrative Ethics*, Cambridge, Mass. : Harvard University Press, 1995, pp.17~18.

적인 판단과 해석을 수행해야 하는바, 그 지점에서 인물에 대한 비평적 시각과 윤리적 감각이 개입해 들어가게 되는 것이다. 그런 점에서 「봄·봄」과 「동백꽃」은 독자들에게 윤리적 판단의 권능(權能)을 강하게 요청하는 작품이라 할 수 있다.

결국 보편적인 차원에서 강령으로 군림하지만 삶에 대한 추상적인 의무론적 도덕성에 기초하고 있는 규범주의 도덕론은, 김유정의 농촌 소설에서 보듯이, 오히려 시험대에 올라가게 된다. 구체적인 상황에서 어떻게 행위할 것인가를 말하기에 앞서 어떤 사람으로 살아갈 것인가를 보다 근원적으로 따져보게 한다는 것이다. 즉 행위(doing)의 문제보다 존재(being)의 문제가 김유정의 농촌 소설에서는 보다 본질적인 질문의 형태로 자리하게 된다. 그런 점에서 김유정 농촌 소설의 화자가 보여주는 정서적 태도는 그런 문제에 대한 일정한 방향타 역할을 해준다고 볼 수 있다. 소설 속 인물에 대한 화자의 정서적 태도가 독자의 윤리적 감각을 촉발하되, 그것을 일정한 방향으로 유도하려는 수사적 장치로 볼 수 있다는 것이다.

5. 김유정 소설의 윤리론적 의의와 과제

김유정 소설의 인물들은 주로 즉자적 상태에 머물러 있다. 현실에 대한 객관적인 인식이 결핍되어 있는 주체가 다수를 이루고 스스로의 삶에 대한 반성적 성찰도 부족한 인물들이 다수이다. 문제는 그것이 그들의 탓도 아니기에 작가는 사태를 왜곡할 수도 없다. 이런 경우 필요한 것은 인물에 대해 독자가 능동적으로 사유할 수 있는 길을 터주는 일이다. 김유정 소설에서 화자는 그런 역할을 능동적으로 수행하는 존재이다. 주로 말로 하는데, 그 말에 어떤 식으로든 정서적 태도가 반영되어 독자에게 영향을 미친다. 이처럼 소설의 인물 형상화를 창작의 기법으로만 제한하지 말고 독서의 효과를 노리는 화행적 소통의 조건화 과정으로 볼 필요가 있다. 소설 쓰기와 소설 읽기는 소설 텍스트에 내장된 화행적 조건과 장치를 매개로 활성화되기 때문이다. 김유정은 우리들에게 이러한 문제를 검토하는 데 유용한 작품을 풍요롭게 던져주었다.

그런 점을 바탕으로 지금까지 이 연구는 김유정 농촌 소설의 인물 형상화에 나타난 화자의 정서적 태도를 중심으로 소설 읽기에 관여하는 화자의 수사적 역능을 검토했다. 김유정 농촌 소설에서 인물에 대한 화자의 정서적 태도는 무차별적 공감, 동정적 연민, 비판적 능청 등으로 변화해갔음을 확인할 수 있다. 그것은 인물에 대한 화자의 거리를 바탕으로 한 것이지만 정태적인 거리 개념을 넘어서는 것이다. 어떤 식으로든 인물에 대한 화자의 태도가 반영된 것이기에 적극성을 띤다. 따라서 김유정의 소설을 읽는 독자는 그러한 태도의 자장을 크게 벗어나기 어렵다. 김유정 농촌 소설에서 형상화된 이야기의 비도덕적 모티프는 그러한 화자의 정서적 태도로 감싸진다. 독자는 화자와 함께 혹은 화자의 눈으로 그 사태를 바라보게 되는바, 화자의 정서적 태도가 독자의 윤리적 사유 혹은 감각을 유발하는 역할을 한다고 볼 수 있다.

김유정 농촌 소설에서 화자의 압도적인 능변이 독자에게는 스토리와 함께 읽어야 하는 또 다른 대상이기에 이상의 결론은 김유정 소설 읽기의 한 방법론을 제시했다고 할 수 있을 것이다. 같은 맥락에서 앞으로 김유정 소설 연구는 기존의 연구 성과를 발전적으로 승계하면서도

동시에 화자나 문체 등의 형식적 조건들이 갖는 소통의 역능을 다각적
으로 검토해야 한다. 이는 김유정 소설 연구의 생산성을 높이기 위한
것이기도 하다. 김유정 소설 자체가 내장하고 있는 서사의 심미성과 소
통적 역능의 요소를 찾아내는 일이 관건일 것이다.

참고문헌

1. 기본자료

전신재 편, 『원본 김유정 전집(개정판)』, 강, 2007.

2. 논문

김문집, 「김유정의 예술과 그의 인간비밀」, 『김유정 전집』, 현대문학사, 1968.

김상태, 「김유정과 해학의 미학」, 전신재 편, 『김유정 문학의 전통성과 근대성』, 한림대 아시아
　　　　문화연구소, 1997.

김양선, 「1930년대 소설과 식민지 무의식의 한 양상」, 『김유정 문학의 재조명』, 소명출판,
　　　　2008.

김원희, 「다성적 경향과 서정성의 조율」, 『현대소설연구』 제34집, 한국 현대소설학회, 2007.

김윤식, 「들병이 사상과 알몸의 시학」, 전신재 편, 『김유정 문학의 전통성과 근대성』, 한림대
　　　　아시아문화연구소, 1997.

박남철, 「김유정 소설의 인물 유형」, 『한국학논집』 제32집, 한양대 동아시아문화연구소,
　　　　1998.

우한용, 「김유정 소설의 언어미학」, 전신재 편, 『김유정 문학의 전통성과 근대성』, 한림대 아시
　　　　아문화연구소, 1997.

이상진, 「문화콘텐츠 '김유정', 다시 이야기하기」, 『현대소설연구』 제48집, 한국 현대소설학
　　　　회, 2011.

이익성, 「김유정 '도시소설'의 근대성」, 『한국 현대문학 연구』 제24집, 한국 현대문학회, 2008.

이재선, 「회화화 감각과 바보열전」, 전신재 편, 『김유정 문학의 전통성과 근대성』, 한림대 아시
　　　　아문화연구소, 1997.

이주일, 「김유정 연구」, 중앙대 석사논문, 1974.

연남경, 「김유정 소설의 추리 서사적 기법 연구」, 『한중인문학연구』 제34집, 한중인문학회, 2011.

전상국, 「김유정 소설의 언어와 문체」, 전신재 편, 『김유정 문학의 전통성과 근대성』, 한림대 아시아문화연구소, 1997.

전신재, 「농민의 몰락과 천진성의 발견」, 전신재 편, 『김유정 문학의 전통성과 근대성』, 한림대 아시아문화연구소, 1997.

_____, 「판소리와 김유정 소설의 언어와 정서」, 『김유정 문학의 재조명』, 소명출판, 2008.

_____, 「김유정 소설과 언어의 기능」, 『한말연구』 제6호, 한말연구학회, 2000.

_____, 「김유정 소설의 설화적 성격」, 『김유정의 귀환』, 소명출판, 2012.

조래희, 「김유정 소설의 시점과 인물」, 『국제어문』 제5집, 국제어문학회, 1984.

최병우, 「김유정 소설의 다중적 시점에 관한 연구」, 『현대소설연구』 제23집, 한국 현대소설학회, 2004.

최원식, 「모더니즘 시대의 이야기꾼―김유정의 재발견을 위하여」, 『민족문학사연구』 제43집, 민족문학사학회, 2010.

한만수, 「한국 서사문학의 바보인물 연구」, 동국대 박사논문, 1991.

3. 단행본

박성희, 『공감학―어제와 오늘』, 학지사, 2004.

들뢰즈 G.·가타리, 이진경 외역, 『천의 고원―자본주의와 정신분열』, 연구공간 '너머' 자료실, 2000.

리몬 케넌 S., 최상규 역, 『소설의 현대시학』, 예림기획, 1999.

웨인 C. 부스, 최상규 역, 『소설의 수사학』, 예림기획, 1997.

제롬 케이건, 노승영 역, 『정서란 무엇인가?』, 아카넷, 2009.

Currie, Gregory, *The Nature of Fiction*, New York : Cambridge University Press, 1990.

Keen, Suzanne, *Empathy and the Novel*, New York : Oxford University Press, 2007.

Newton, Adam Zachary, *Narrative Ethics*, Cambridge, Mass. : Harvard University Press,

1995.

Nussbaum Martha C., *Poetic Justice : the literary imagination and public life*, Boston, Mass. : Beacon Press, 1995.

Slote, Michael A., *Moral Sentimentalism*, Oxford : Oxford University Press, 2010.

김유정의 인식지평과 존재의 언어

박현선

1. 문제제기

김유정은 해학적인 태도로 당대 사회의 피폐함과 그로 인한 인간의 타락상을 여실히 그려내고 있으며, 들병이·카페 여급·노름꾼·유랑인·바보 등 주변적 인물들을 통해 식민지 하층민의 삶을 다양하게 형상화해내고 있을 뿐만 아니라 소설 속에 판소리·민담·민요 등을 접맥시키고 구어적 서술방식을 실현함으로써 전통을 계승했다는 점에서 주목받아 왔다. 따라서 김유정 문학에 대한 연구는 주로 작가의 현실인식과 비상식적·비윤리적 인물 및 상황의 의미, 그리고 서술방식의 특질을 중심으로 전개되어 왔다.

이중 주목되는 것은 작가의 현실인식에 대한 연구자들의 견해가 상반된다는 점이다. 즉 김유정의 소설이 당대 현실을 사실적 · 비판적으로 형상화하고 있다는 견해[27]와 핍진한 현실 묘사에도 불구하고 당대 사회의 구조적 모순을 드러내거나 전망을 제시하는 데까지 미치지 못했다는 비판적 견해[28]가 공존하고 있는데, 두 견해 모두 설득력 있는 근거들을 토대로 하고 있기 때문이다. 이러한 견해의 차이는 서술자의 태도에서 비롯된 것 같다. 즉 김유정 소설의 서술자는 독자의 사고를 제어하고 독자의 감정을 유도해가는 능동적 존재이다. 그런데 이런 서술자가 소설 속에 산재해 있는 식민지 현실의 처참함에 대해서만큼은 판단을 드러내는 데 소극적이다. 따라서 작품의 소재적 측면 속에 나타난 식민지 현실의 핍진함에 주목한 연구자들은 김유정을 진정한 의미에서의 리얼리스트라고 평가하는 반면, 서술자의 태도에 주목한 연구자들은 김유정의 현실인식이 피상적이었다고 평가하는 것이다. 이렇듯 상반된 견해는 해석의 다양성이라는 차원에서 받아들여질 수도 있을 것이다. 하지만 작중 상황이나 인물의 심리에 대해서는 지나칠 만큼 간섭하고 설명해주는 김유정의 서술자가 왜 이 부분에 대해서만 침묵하고 있는가를 생각할 때, 여기에 다른 의미가 있는 것은 아닌지 의문을 품게 된다.

궁금증을 유발하는 또 하나의 문제는 김유정 소설의 비윤리적 인물

27　김윤식 · 김현, 『한국문학사』, 민음사, 1994; 김병익, 「땅을 읽어버린 시대의 언어」, 전신재 편, 『김유정 소설의 전통성과 근대성』, 한림대 아시아문화연구소, 1997; 서종택, 「김유정 소설의 현실인식」, 전신재 편, 『김유정 소설의 전통성과 근대성』, 한림대 아시아문화연구소, 1997.
28　김우종, 『한국 현대소설사』, 선명문화사, 1974; 구인환, 「김유정 소설의 미학―피에로의 곡예」, 『한국 근대소설 연구』, 삼영사, 1977; 이선영, 「민중문학과 자기인식」, 전신재 편, 『김유정 소설의 전통성과 근대성』, 한림대 아시아문화연구소, 1997; 김윤정, 「김유정 소설 연구」, 서울대 석사논문, 1996; 강심호, 「김유정 문학의 위반의식 연구」, 서울대 석사논문, 2001; 우한용, 「김유정 소설의 언어미학」, 『김유정 문학의 재조명』, 소명출판, 2008; 김혜영, 「김유정 소설에 나타난 욕망의 의미」, 『현대소설연구』 제17호, 현대소설학회, 2002.12, 166~167면.

이나 상황이 피폐한 현실과 관련된다는 지적[29]이다. 피폐한 현실과 비윤리성의 관계를 부정하는 것은 아니다. 하지만 당장의 끼니가 아니라 노름밑천을 마련하기 위해서 아내의 매음을 독려하거나 묵인하는 「소낙비」의 춘호나, 남편의 매를 면해볼 마음으로 리주사를 찾아가는 춘호 처의 행태 등은 궁핍한 현실이나 개인적 욕망만을 추구하는 근대적 병리현상만으로는 충분하게 해명되지 않는 것 같다. 더욱이 독자에게 일일이 설명하고 판단까지 해 주는 서술자의 특성과 연관지어 생각할 때, 김유정 소설이 지닌 비윤리성의 의미는 더욱 모호해진다. 즉 서술자의 특성상, 작중인물의 윤리적 타락에 대한 비난이나 비탄의 눈 흘김 또는 안타까운 연민의 정을 드러내야 한다. 하지만 김유정의 소설 어디에서도 그러한 가치판단은 찾아볼 수 없다. 김유정의 서술자는 아내를 들병이로 내세워 한몫 보려는 남자들(「안해」)이나 들병이에게 장가들어 편히 살고자 하는 남자들(「총각과 맹꽁이」, 「솟」)을 비난하지 않는다. 아내를 매매하는 남편(「가을」)에 대해서도 마찬가지다. 뿐만 아니라 노름판에서 무너진 장유유서는 피해자 본인마저 웃어넘길 일(「만무방」)이 되어버린다. 어떤 일이 벌어지든 그들— 작가, 서술자, 인물 등— 은 심드렁하다. 어이없어 하거나 답답해하는 것은 독자뿐이다. 그래서 품게 되는 의심이, 과연 김유정이 윤리의식을 염두에 두고 있기는 한 것인가 하는 것이다.[30] 만약 김유정이 윤리와 무관한 다른 인식적 지평 위에서

29　김양선, 「1930년대 소설과 식민지 무의식의 한 양상」, 『김유정 문학의 재조명』, 소명출판, 2008, 76면. 김유정 소설에 재현된 향토에는 두 가지 양상이 공존한다. 하나는 자본의 논리, 식민화의 논리와는 무관하게 서정적이고 생명력이 약동하는 공간이고, 다른 하나는 궁핍과 배신으로 얼룩지고 식민지 자본주의로 인해 피폐해진 농촌이다. 전자에 해당하는 「봄봄」, 「동백꽃」은 물론이거니와 후자에 해당하는 「만무방」 역시 그 서두는 대단히 서정적인 묘사로 채색되어 있다.

30　'좀더 근원적인 작가의 의식'이 무엇인지 구체적으로 밝혀내고 있지는 못하지만, 김유정 소설에 제시된 궁핍한 현실과 작가의 의도를 다른 각도에서 고찰하고자 한다는 점에서 양문규와 김혜영의 다음과 같은 지적은 의의가 깊다.

이러한 행위와 상황을 그려낸 것이었다면, 김유정 소설의 비윤리성이 궁핍한 현실로 인한 인간의 타락상을 표현한 것이라는 분석은 지나치게 단순화된 것이거나 왜곡된 평가일 수 있다.

따라서 본고에서는 김유정 소설의 서술자가 궁핍한 현실과 인물의 비윤리적 행동에 대해서만 유독 함묵하는 이유와 의미를 탐색해 보고자 한다. 작가가 '말한 것'은 작가의 선험적 인식이 객관적 대상에 작용한 결과를 선명하게 보여준다. 그런 점에서 '말하지 않은 것'을 고찰의 대상으로 삼는 것은 어렵고도 위험한 일이다. 그러나 인간의 인식은 어차피 객관대상을 온전히 파악할 수 없는 한계를 지니며, 따라서 인식작용은 선험적 인식의 고유특성과 관련하여 대상을 선택하거나 배제하는 과정에 다름 아니다. '말한 것'이 선택된 것으로서의 인식대상이라면, '말하지 않은 것'은 배제된 것으로서의 인식대상일 것이다. 따라서 '유독 말하지 않은 것'은 '말한 것'만큼이나 작가의 인식틀을 규명해낼 수 있는 근거 또는 작품해석의 중요한 단서가 될 수 있다.

"김유정 소설의 비극적인 농촌현실에 관한 뼈아픈 소설적 증언도 일반적인 리얼리즘의 기준에서 손색이 없다. 그러나 단순히 사회의식만이 아닌, 이를 넘어서는 좀더 근원적인 의식, 즉 인간과의 본능적인 교감에 대한 의식 같은 것이 이 소설가의 내면에 깊이 작용하고 있다. 김유정의 경우 자신의 소설주인공들에게 대하는 것은 단순한 도덕적 의식이나 동정심과는 본질적으로 다르다. 보다 본원적 우애와 일치의 마음 또는 그런 마음을 향한 갈망이다."(양문규, 「김유정 소설에 나타난 전통과 서구의 상호작용」, 『김유정 문학의 재조명』, 소명출판, 2008, 152면)
"김유정 소설에서 현실의 방향성에 대한 가치 평가 없이 현실을 객관적으로 재현하는 것이나 현실인식과 표현방식 사이의 불일치를 보이는 것 등은 김유정 소설이 당대의 빈궁한 현실을 드러내는 의도를 갖고 있지 않았다는 점에서 접근할 수 있는 가능성을 열어준다."(김혜영, 「김유정 소설에 나타난 욕망의 의미」, 『현대소설연구』 제17호, 현대소설학회, 2002.12, 160면)

2. 인식지평을 형성한 요인들

작가가 '왜 그것을 말하는가' 또는 '왜 그렇게 말하는가'를 따져보는 일은 '말한 내용' 즉 텍스트를 근거로 하여 규명될 수 있는 일이다. 하지만 작가가 '왜 그것만 말하지 않았는가'를 따져보는 일은 텍스트만을 근거로 하여 규명해낼 수 없다. 그것은 작가의 의식을 구성하는 인식작용에 대한 이해를 필요로 한다. 하지만 인간이 세계를 어떻게 인식해내는가 하는 인식론의 문제는 아직까지도 완전하게 해명되지 못했다. 칸트의 '선험적 인식'이나 가다머의 '선이해' 등[31]이 진지한 철학적 고찰의 결과로 얻어진 것이며 그만큼 심오한 깨달음을 내포하고 있는 것은 사실이나, 이 개념들 자체가 해명될 수 없는 딜레마를 끌어안고 있는 것 또한 부정할 수 없는 사실이다. 따라서 김유정의 근본적 인식틀, 즉 선험적 인식을 알아낸다는 것은 불가능하다. 할 수 있는 것은, 김유정의 전기적 사실이나 그가 이루어낸 언어적 결과물들을 통해 김유정의 의식과 무의식 세계, 그리고 그 두 세계가 객관의 세계와 접촉하면서 맺어가는 내적인 관계나 전망, 즉 인식지평[32]을 가늠해보는 것뿐이다.

주지하다시피 김유정은 유년시절에 아버지와 형의 폭력을 경험하며 자랐다. 김유정이 직접적인 폭행의 피해자인지를 단정할 수는 없다. 다만 아버지의 폭력이 형을 향해 있었고, 형의 폭력이 표면적으로는 가족

---

[31] 칸트는 인식론의 관건이 주관의 능력이 대상의 인식을 선험적으로 조건지우는 형식에 있다고 하면서, 선험적인 인식형식을 제시했다. 또한 가다머는 인간이 무엇인가를 이해하기 위해서는 이미 항상 무엇인가를 암묵적으로 이해하고 있어야 하는데, 그렇듯 무엇인가를 미리 판단하고 있는 선입견을 선이해라고 설명했다. (황설중, 『인식론』, 민음인, 2009, 98~101면)

[32] '선험적 인식형식'이나 '선이해'를 알아낼 수 있는 객관적이고 과학적인 방법이 없으므로, 궁구해낼 수 있는 것은 김유정의 인식틀에 대한 가설뿐이다. 따라서 본고에서는 '선험적 인식형식'과 차별화될 수밖에 없는 김유정의 인식틀을 '인식지평'이라고 표현한다.

들에게 가해졌으나, 근본적으로는 아버지를 향해 있었던 것을 확인할
수 있을 뿐이다.

아버지가 형님에게 칼을 던진 것이 정통을 때렸으면 그 자리에 엎떠질 것
을 요행뜻밖에 몸을 비켜서 땅에 떨어질세 나는 다르르 떨었다. 이것이 십오
성상을 지난 묵은 기억이다. 마는 그 인상은 언제나 나의 가슴에 새로웠다.
내가 슬플 때, 고적할 때, 눈물이 흐를 때, 혹은 내가 자라난 그 가정을 저주할
때, 제일처음 나의 몸을 쏘아드는 화살이 이것이다. 이제로는 과거의 일이나
열살이 채 못된 어린 몸으로 목도하였을제 나는 그 얼마나 간담을 조렸든가.
말뚝같이 그옆에 서있든 나는 이내 울음을 터치고 말았다. <u>극도의 놀냄과 아울
러 애원을 표현하기에 나의 재조는 거기에 넘지 못하였든 까닭이다.</u>
부자간의 고롭지 못한 이 분쟁이 발생하길 아버지의허물인지 혹은 형님의
죄인지 나는 그것을 모른다. 그리고 알랴지도 않았다. 한갓 짐작하는건 <u>형님
이 난봉을 부렸고 아버지는 그 비용을 담당하고도 터보이지 않을만치 재산을 가졌건
만 한 푼도 선심치 않았다.</u>

—「형」 중에서, 밑줄은 인용자

어른이 구여워하는 딸일 뿐아니라 언제든 종용하길 원하는 환자에게 보복
수단으로는 이만한 것이 다시 없으리라. 그리고 이제 생각하면 어른에게 행
한매끝을 우리들이 받았는지도 모른다. <u>매질에 누의들이 머리가 터지고 옷이 찢
기고 하는 서슬에 나는 두려워서 두러누운 아버지에게로 달아가 그 곁을 파고들며
떨고 있었다.</u>

—「형」 중에서, 밑줄은 인용자

자전적 소설 「형」을 통해 알 수 있는 것은 두 가지다. 하나는 아버지

와 형의 폭력이 유정으로 하여금 직접적으로 가해진 것 이상의 공포, 즉 생존에 대한 위협을 경험하게 했다는 점이다. 유정의 입장에서 아버지의 칼은 형을 향한 것인 동시에 '유정의 몸을 쏘아드는 화살'이었다. 아버지는 '자애로운 보호자'가 아니라 '생존을 위협하는 잔혹한 가해자'인 것이다. 형의 매질 역시 언제라도 김유정을 누이들처럼 억울한 피해자로 만들 수 있었다는 점에서 위협적이었다. 이러한 아버지와 형의 폭행은 김유정으로 하여금 인륜적 가족애가 아닌 생존에 대한 위기의식을 느끼게 했으며, 따라서 김유정에게 '생존의 지속'은 가장 중요한 문제 중 하나로 인식되었을 것이다.

「형」을 통해 가늠할 수 있는 또 하나의 사실은 김유정의 트라우마가 오이디푸스 콤플렉스의 굴절과 관련된다는 점이다. 즉 아버지에 의해 살해될 수도 있다는 위협을 직접적으로 경험함으로써 김유정은 아버지의 규범을 모방하거나 내면화할 계기를 상실하게 된다. 그렇다고 아버지를 살해하고자 하는 욕망을 키워나가지도 못한다. 김유정에게는 아버지로부터 쟁취해야 할 어머니가 없을 뿐만 아니라 그러한 욕망의 부질없음을 형이 보여주었기 때문이다. 더욱이 '형님이 난봉을 부렸고 아버지는 그 비용을 담당하고도 터보이지 않을만치 재산을 가졌건만 한푼도 선심치 않았다'는 나름의 판단에서 알 수 있듯이 김유정은 아버지와 형 모두에게 비판적이다. 이것은 김유정이 부권적 '규범'에 대해서 비판적임을 암시한다.

아버지와 형의 폭력이 생존에 대한 위기감을 각인시킨 유년의 트라우마였다면, 병마는 성년의 김유정으로 하여금 삶에 대한 욕망을 더욱 절박하게 만든 고통이었다.

　　나는 참말로 일어나고 싶다. 지금 나는 病魔와 最後 談辨이다. 興敗가 이 고

비에 달려있음을 내가 잘 안다. 나에게는 돈이 時急히 必要하다. 그 돈이 없는 것이다.

(…중략…)

勿論 이것이 無理임을 잘 안다. 無理를 하면 病을 더친다. 그러나 그 病을 위하여 업집어 무리를 하지 않으면 안 되는 나의 몸이다.

그 돈이 되면 于先 닭을 한 三十마리 고아 먹겠다. 그리고 땅군을 디려, 살모사, 구렁이를 十餘뭇 먹어보겠다. 그래야 내가 다시 살아날 것이다.

—편지 「필승前」 중에서, 478면

여기서 알 수 있는 것은 김유정의 삶에 대한 강한 욕구이다. 닭을 삼십 마리 고아 먹어서라도, 살모사나 구렁이를 십여 뭇 먹어서라도 김유정은 '다시 살아날 것'을 바란다.

바뀌는 철만 기다리는 마음 그것은 分明히 憂鬱의 延長이다. 咫尺에 님두고 못보는 마음 거기에나 比할는지. 안타깝고 겹겹한 希望으로 가는 날짜를 부지런히 손꼽아 본다. 그러나 정작 제철이 닥처오면 덜컥하고 고만 落心하고 마는 것이다.

—수필 「幸福을 등진 熱情」 중에서, 437~439면

눈이 나리는 걸 바라보는 것은 요즘 나의 唯一한 기쁨이엇다. 눈이 나린다고 나의 마음에 別盤 所得이 잇슬 것도 아니다.

눈이 나리면 다만 검은 자리가 히게 되고, 마른땅에가 어름이 얼어부튼 그뿐이다. 요만한 변동이나마 자연에서 차자볼랴는 가냘픈 욕망임에 틀림업스리라.

—수필 「病床迎春記」 중에서, 450면

새로운 계절을 기다리는 것, 날씨의 변화를 기다리는 것은 생기(生氣)에 대한 그리움이며, 그러한 변화가 있을 때까지 삶을 연장하고 싶은 욕망에 다름 아니다. 그것이 '우울의 연장'이라 할지라도, 정작 제철이 닥쳐와도 나아지지 않는 건강 때문에 또다시 절망을 하게 될지라도 김유정은 삶의 기쁨을 누려보고자 안간힘을 쓰고 있는 것이다.

이상에서 살펴본 내용을 토대로 가늠할 수 있는 것은 김유정이 세계를 인식하는 가장 핵심적인 틀은 '생존(삶의 지속)'과 결부되어 있다는 점이다. 유년에는 아버지와 형의 폭력으로 인해, 성년이 되어서는 병마로 인해 끊임없이 생존에 대한 위협을 느낀 김유정에게 가장 절박한 것은 '생명의 유지', 또는 '삶의 지속'이었던 것이다. 따라서 김유정은 생존을 위한, 삶의 지속을 위한 행동에 최우선의 가치를 부여한다. 그것은 가족애를 비롯한 모든 인륜적 정서나 도덕적 규범에 우선한다. 이것은 앞서 제기한 두 가지의 의문에 대한 해답을 제공한다. 즉 김유정의 거의 모든 작품이 '궁핍한 상황'이나 '비윤리적 행태'와 결부되어 있으면서도, 또한 김유정 소설의 서술자가 서사에 적극적으로 개입하고 나아가 독자의 판단을 유도하고 있으면서도, 유독 두 가지 문제에 대해서는 서술자적 개입이나 판단을 드러내지 않는 것은, 환경과 윤리가 김유정의 인식지평에서 주변화되어 있기 때문이다.

김유정의 인식 초점은 궁핍한 현실이 아니라 그러한 현실에서 어떻게든 생존을 이어나가는 인물의 행태에 있다. 환경은 주체적 의도와는 무관하게 '주어진 것'이며, 따라서 주체적 의지로는 변화시킬 수 없다는 것을 김유정은 불행한 가족관계를 통해 경험했다. 그러므로 김유정은, 또는 서술자는 불행한 현실의 구조적 모순을 밝히는 데 관심을 두지 않는다. 척박한 현실을 헤쳐 나갈 방법의 모색만이 관심의 대상인 것이다. 윤리규범도 마찬가지다. 생존을 위해 고군분투하는 상황에서 윤리적 규범은 관심권 밖의 문제다. 폭력을 일삼는 아버지의 규범처럼 그것은, 없어도 좋은 것이다. 그래서 김유정의 인물들은 윤리적 강박으로부터 벗어나 있다. 그저 생존을 유지하기 위한 고군분투에 골몰한다. 이것이 김유정의 '친절한' 서술자가 인물의 행위에 대한 윤리적 판단을 드러내지 않는 이유이며, 작중 인물의 비상식적·비윤리적 행위들이 오히려 발랄한 삶의 도발로 느껴지는 이유이다.

따라서 김유정 소설에 나타난 궁핍한 현실의 핍진성은 식민지 현실에 대한 구조적 인식의 여부와 관련될 문제가 아니다. 그것은 주어진 현실에 대한 말없는 응시와 수긍의 결과일 뿐이다. 또한 김유정 소설의 비윤리성은 궁핍한 현실과 그로 인한 인간성의 훼손을 드러내는 사실적 묘사라기보다는 생명의 유지를 절대 절명의 가치로 여기는 김유정의 인식지평이 만들어낸, 윤리 이전의 삶의 방식으로 이해되어야 한다. 김유정의 인물들이 '비정상적인 방법도 불사'한다고 여기는 것은 독자의 생각이다. 그들은 그저 '존재'하기 위해 노력할 뿐이다.

3. 도구의 언어와 존재의 언어

김유정에게 익숙한 언어는 표준어이다.[33] 서울에서 고등교육을 받은

---

33 유정은 보성고보를 졸업한 당대의 지식인. 1933년 맞춤법 통일안에 따른 표준어 체계에 대해 무지했을 리 없다. 게다가 실레에서 태어난 것으로 추측되기도 하지만 생애 대부분을 경성에서 보냈으며 취향도 향토적이거나 토속적이라고 볼 수 없다. 유정이 평소에 한복을 입

당대의 지식인에게 그것은 자연스러운 일이다. 김유정의 수필이나 편지 등은 그가 표준어와 한자어에 얼마나 능통했는지를 보여준다. 즉 김유정이 일상적·습관적으로 사용한 언어는 표준어와 한자어였으며, 그래서 김유정은 맨얼굴로 자신의 심정을 토로할 때 표준어와 한자어를 도구로 사용했다.

반면에 소설을 창작할 때 김유정은 주로 토속어와 비속어 들을 어법과 상관없이 사용했다. 그런데 김유정에게 고향의 언어는 표준어만큼 익숙하지 않았던 것 같다. 김유정이 주로 서울에서 성장했다는 사실이 김유정의 언어적 경향을 짐작할 수 있게 해 주며, 장성한 후 고향에 간 김유정이 고향사람들의 언술에 흥미를 보이며 채록[34]하고 다녔다는 일화는 그러한 짐작의 개연성을 높여준다. 중요한 것은 김유정이 자신에게 익숙한 표준어와 한자어를 배제하고 토속어·비속어 등을 소설의 문면에 올려놓았다는 점이다.

의도적으로 언어를 구분하여 사용하는 것은, 언어에 대한 인식적 판단 없이는 할 수 없는 일이다. 다시 말해 김유정이 표준어와 비표준어를 명확하게 구분하여 사용한 것은, 그가 두 언어의 가치를 다르게 상정하고 있었다는 것을 의미한다.

> 그러나 <u>오늘 문학의 표현</u>이란 얼마나 오용되어 있는가,를 내가 압니다. 그들이 갖는 노력을 경주한 치밀한 그 묘사가 어떤 보기에 주문의 명세서나 혹은

었고 육자배기나 강원도 아리랑을 잘 불렀다는 이유로 토속적인 사람으로 오해받지만 그의 취미는 오히려 서구시향 일변도였으며 박래품에 대한 선호가 강한 사람이었다. (유인순, 「유정의 그물―김유정 문학의 심리비평적 연구」, 『인문학연구』 제32집, 강원대 인문학연구소, 1994, 31~33면)

34 고향 실레마을에 내려와 있을 때, 김유정은 마을 사람들의 대화상황에 끼어들거나 싸우는 상황을 관찰하면서 그들의 언어를 채록했다고 한다. (전상국)

심리학 강의, 좀 대접하야 육법전서의 조문해석은 지루한 그 문짜만으로도 넉히 알 수 있으리다. 예술이란 자연의 복사만도 아니려니와 <u>또한 자연의 복사란 그리 쉽사리 되는 것도 아닙니다.</u> 그렇게 사실적인 사진기로도 그 완벽을 기치 못하겠거늘, <u>하물며 어떼떼의 문짜로 우리 인간의 복사란 너머도 심한 농담인 듯 싶습니다.</u>

— 「병상의 생각」 중에서, 밑줄은 인용자

김유정은 언어의 한계를 명확하게 인식하고 있는 듯하다. 그는 언어가 자연이나 인간을 복사할 수 없는 불구적 매체일 뿐임을 깨닫고 있는 것이다. 그런데 좀 더 자세히 읽어보면, '오늘 문학의 표현'이라는 구절이 지시하고 있듯이, 이 글에서 비판의 대상이 되는 것은 언어 전반이 아니다. 김유정이 '어떼떼의 문짜'로 지칭하며 비판하고 있는 것은 '당대의' 문학적 표현과 관련된 언어들이다. 그렇다면 당대의 문학판에서 주로 사용된 언어란 어떤 것인가. 그것은 당대의 주류언어, 즉 지식인의 언어 — 표준어와 한자 — 이다. 왜냐하면 당대의 문학판을 주도하는 작가들이 대부분 근대교육을 받은 지식인이며, 이들 대부분이 표준어와 한자어를 사용하고 있었기 때문이다. 김유정이 당대 지식인의 언어를 비판적으로 인식하고 있었다는 점은, 김유정 스스로 숙달된 언어로부터 벗어나 토속어와 비속어를 사용했다는 점에서도 확인할 수 있다.

그렇다면 김유정은 왜 지식인의 언어 — 표준어와 한자어 — 를 '어떼떼의 문짜'라고 비하하는 것일까. 그것은 이 언어들에 추상적 개념만이 범람하고 있으며, 그래서 이 언어들이 진정한 소통을 실현할 수 없는 불완전한 도구로 전락했기 때문이다. 즉 '생명의 지속'과 '존재의 발현'을 추구하는 김유정의 입장에서 봤을 때, 표준어는 경험적 실체가 말라버린 규범적 언어, 즉 '죽은 언어'[35]이다. 따라서 이러한 언어로는 '인간(생명 또는 삶)'을 복사해낼 수 없다고 말하는 것이다. 나아가 표준어는 사회적 관습과 근대적 규범을 강요하는 억압의 상징이다. 또한 표준어는 구성원들 저마다가 지니고 있는 개별성과 고유성을 보편성과 일반성으로 환치시키는 권력적 기제이다. 그래서 미래의 행복을 꿈꾸며 달뜬 목소리로 들려주는 남편의 서울이야기, 즉 표준어에 대한 이야기는 '끔찍한 설교'가 되어 아내의 숨통을 짓누르는 것이다.

> 첫때 사투리에 대한 주의부터 시작되엇다. 농민이 서울사람에게 꼬라리라는 별명으로 감잡히는 그리유는 무엇보다도 사투리에 잇을지니 사투리는 쓰지 말지며 "합세"를 "하십니까"로 "하게유"를 "하오"로 고치되 말끗을 들지말지라. 또 거리에서 어릿어릿하는 것은 내가 시골띄기요 하는 얼뜬즛이니 갈 길이 재게가고 볼눈은 또릿또릿이 볼지라 — 하는 것들이엇다. 안해는 그 <u>끔찍한 설교</u>를 귀담어 드르며 모기소리로 네, 네 하엿다.
>
> — 「소낙비」 중에서, 밑줄은 인용자

반면에 토속어는 지식이나 규범에 억압당하지 않는 경험의 세계 자체이며, 개별자로 실현되는 존재의 세계, 시니피앙의 세계이다. 따라서 그것은 상투적이지만 활력적[36]이며, 거칠고 투박하지만 농민들의 경험이 녹아들어가 있는, '生에 執着한 情熱이 틀진 도량'의 소치로 여겨진다.

---

[35] 언어는 경험을 가리키지만 경험은 아니다. 경험한 것을 사상과 언어로 표현하는 순간, 그 경험은 없어진다. 그것은 말라죽고 한갓 思想이 되고 만다. 따라서 존재는 언어로 기술할 수 없으며, 경험을 나누어 가짐으로써만 전달할 수 있다. 소유구조에 있어서는 죽은 언어가 지배한다. 존재구조에서는 살아있는, 표현할 수 없는 경험이 지배한다.(E. Fromm, 『소유냐 존재냐』, 범우사, 1999, 126~127면)

[36] 김상태, 『문체의 이론과 해석』, 집문당, 1993, 263면.

그건 세로이 남편이 먼길에서 돌아와 보십시요. 그래도 인사 한마디 탐탁
히 없는 그들입니다. 이럽쎄, 저럽쎄, 하는 되우 늘어진 그들의 言語와, 굼뜬
그 動作을 綜合하야 보시면 어쩌면 生의 倦怠를느긴 사람의 自墮落으로 생각
되기가 쉽습니다. 허나 그런 것이 아니라 <u>도리어 生에 執着한 情熱이 틀진 도량
을 나이, 그것의 所致</u>일지도 모릅니다.

—「강원도 여성」 중에서, 밑줄은 인용자

또한 구술 언어는 지금, 여기에서 몸짓·목소리 음조·표정 등 실존
적인 환경과 더불어 매번 새로운 의미로 존재하는 언어[37]라는 점에서
실제적인 언어가 된다. 그것은 토속어와 더불어 표준어의 세계에서 배
제된 시니피앙을 부각시킴으로써 '純潔한 情緖'[38]와 경험의 실체를 회복
시키고, '血脈이 通하야 제물로는 能히 起動할 수 있는 그런性格을 鑿泉
하는' 힘을 획득한다. 그것은 '살아있는 존재로서의 언어', '스스로에게
혹은 다른 대상에게 작용하는 힘으로서의 언어'인 것이다. 이것은 '삶의
지속'과 '존재의 발현'을 최우선의 가치로 삼고 있는 김유정의 인식적
지평과 깊이 관련된다.

언어를 통해 개별자의 고유성을 부각시킴으로써 삶의 지속과 존재
의 발현을 꾀하고자 한 노력은 김유정이 수많은 의성어와 의태어 등을

---

[37] 구술사회는 이미 현재와의 관련이 없어진 기억을 버림으로 해서 균형상태 혹은 항상성을 유
지하고 있는, 그런 현재 속에서 영위된다. 즉 그 단어가 지금 여기서 쓰이고 있는 실생활의 상
황에 의해서 통제된다. 구술문화에 뿌리박은 정신은 단어의 定義에 무관하다. 단어는 언제나
그 단어의 끈질긴 실제 서식지에서만 의미를 얻는다. 그러한 서식지는 사전에서처럼 단지 다
른 단어들이 있는 곳이 아니라 몸짓, 목소리 음조, 얼굴 표정, 그리고 실제 말해지는 단어에
의해 야기되는 인간적이고 실존적인 전체 환경을 포함하는 것이다. 단어의 의미는 끊임없이
현재에서 나온다. 물론 과거의 의미가 가지각색의 방식으로 현재의 모습을 이룩해 왔지만 이
미 과거의 의미는 인식되지 않는다.(월터 J 옹, 『구술문화와 문자문화』, 문예출판사, 1995,
75~76면; 이광진 「김유정 소설의 서사담론 연구」, 강원대 박사논문, 2005, 152면 재인용)
[38] 「五月의 산골작이」.

통해서도 확인된다. 즉 김유정은 유독 의성·의태어를 많이 사용했는데, 그러면서도 같은 소설 안에서 특정 단어를 반복하지 않으려 했으며,[39] 같은 단어라도 매번 다르게 표기함으로써 시니피앙의 개별성과 현장성을 부각시키고자 했기 때문이다.

이렇듯 김유정이 표준어의 도구적·이지적 권역으로부터 벗어나 토속어와 구술어의 실제적·구체적 현장성을 지향하는 것은 '살아있는 상태의 지속', 즉 '생명과 존재의 발현'을 지향하는 김유정의 인식지평 및 인식작용의 결과이다. 즉 김유정은 표준어를 '박제화된 도구의 언어'로, 토속어·비속어 등을 '생동하는 존재의 언어'로 인식하고 있으며, 그래서 소설의 문면에 토속어·비속어 및 어법에 어긋난 언어들을 문면에 내세우고 있는 것이다.

하지만 김유정의 이러한 언어 인식과 운용에 표준어에 대한 전복의지, 또는 규범파괴의 의도[40]가 들어있지는 않은 것 같다. 김유정이 불합리한 환경 — 가족, 궁핍, 일제, 근대화 등 — 을 직시하면서도,[41] 그로인해 상황에 대한 핍진한 묘사에 성공하면서도, 환경을 개선하거나 전복시키려 하기보다는 '주어진 것'으로서 받아들이고, 이에 대한 판단을 유보하는 것처럼, 김유정은 표준어를 소설 창작의 판에서 배제할 뿐, 그것의 규범을 의식적으로 깨뜨리려고 하지는 않는 것이다. 이것이 김유정의 삶 속에 두 개의 언어층위가 공존하는 까닭이다.

---

39 김화경, 「말더듬이 김유정의 문학과 상상력」, 『현대소설연구』 제32호, 현대소설학회, 2006.12, 83면.

40 김욱동은 공식적 언어의 특징을 일체 거부하는 김유정의 언어는 일종의 언어적 반항으로서 인습이나 형식·품위와 같은 규범을 의식적으로 깨뜨리고자 한다고 지적한다.(김욱동, 「카니발·웃음·민중」, 『대화적 상상력』, 문학과지성사, 1988, 256면)

41 김유정의 소설에 현실이 핍진하게 그려질 수 있었던 것은 현실에 대한 직시와 관찰, 그리고 판단노력이 있었기 때문이다. 이것은 아버지와 형의 다툼을 지켜보면서 상황을 판단하고자 노력하던 어린 시절의 트라우마와 관련된다.

4. 의식지평의 소설적 발현

인간의 인식작용이 언어적 범주를 매개로 이루어진다[42]는 말은, 작가의 인식작용이 언어적 범주를 매개로 이루어진다는 말로 환치될 수 있으며, 작가의 언어 인식이 작품의 내적 구성에 작용한다는 말로 해석될 수 있다. 김유정의 인식지평이 언어 인식에 미친 영향은 앞장에서 살펴보았으므로, 본장에서는 김유정의 인식지평과 언어 인식이 소설에 발현된 양상을 살펴보고자 한다.

우선, 김유정 소설에서 언어와 관련하여 주목되는 양상 중 하나는 작중인물들 간의 소통이 원활하지 않다는 점이다. 즉 인물과 인물의 대화는 독백의 연속처럼 나열되어 있거나 동상이몽의 상태에서 전개된다. 서술자의 일방적인 해설과 설명도 마찬가지다.[43] 화목한 배갯머리의 대화에서마저 남편의 이야기는 일방적인 설교가 되고(「소낙비」), 들병이와의 통정에 실패한 덕만이가 내뱉은 말, "살재두 나는 인전 안살터이유 —"는 아무도 듣지 않는 공허한 외침이 된다. 또한 「만무방」의 응칠과 응오 형제의 대화 장면 역시 각기 독백을 하는 듯한 인상을 강하게 준다. 다음은 지문을 빼고 직접 인용된 인물의 발화부분만 간추린 것이다.

"이 자식, 남우벼를 훔쳐 가니 —"

---

42 김기혁, 『언어의 인식과 분석』, 박이정, 2005, 39면 참조.
43 이러한 소통부재의 상황은 '언어병리 현상을 통해 당대 사회에 대한 비판적 의식을 드러내는 것'(우한용, 「김유정 소설의 언어미학」, 『김유정 문학의 재조명』, 소명출판, 2008, 108~9면 참조)으로 이해되기도 하고, 각기 다른 욕망의 실현에 몰두하는 작중인물들 간의 긴장관계를 드러내는 것(김혜영, 「김유정 소설에 나타난 욕망의 의미」, 『현대소설연구』 제17호, 현대소설학회, 2002.12, 164면)으로 해석되기도 한다.

"성님까지 이러케 못살게 굴기유?"

"내것 내가 먹는데 누가 뭐래?"

"얘, 존수 잇다. 네 원대로 돈을 해줄게 나구 잠간 다녀오자."

"이눔아."

"명색이 성이라며?"

—「만무방」 중에서

물론 대화에는 경험과 상황이 공유되기 때문에 생략될 수 있는 부분이 많이 있다. 그러나 응칠과 응오의 대화는 경험과 상황의 공유 때문이 아니라 상대의 의도를 읽기보다는 자신의 의도를 전달하기에 급급한 일방적 발화로 인해 소통을 이루지 못한다. 응칠은 응칠이대로 동생의 마음과 상관없이 자신의 의도와 계획을 전달하기에 급급하고, 응오는 응오대로 형의 진심이 어떤 것인지 헤어려 보려 하지 않는다. 이렇듯 소통부재의 대화 상황이 빈번하게 제시되는 것은 김유정의 인식지평에 자리잡고 있는 존재의 발현에 대한 욕망 때문이다. 즉 김유정에게 중요한 것은 '자신의' 삶을 유지하고 '자신의' 존재를 확인하는 것이지, 존재를 위태롭게 만들 수도 있는 객체와의 소통이 아니다. 그래서 김유정의 작중인물들은 자신의 욕망을 실현하기에 골몰하고, 자신의 의도를 표현하는 데 급급하다.[44]

둘째, 김유정의 작중인물들이 어떤 경우에도 이타적 의식을 드러내지 않는 것 역시 같은 맥락에서 이해될 수 있다. 속이는 자든 속는 자든, 가해자든 피해자든, 여자든 남자든 가릴 것 없이 김유정의 작중인물들은 반드시 자신의 생존과 안위를 위해서 생각하고 행동한다. 약속을 어

---

[44] 이러한 행태는 김유정의 연애편지에서도 확인할 수 있다. 이것이 과연 연애편지인가 싶을 정도로, 김유정의 연애편지는 일방적인 자기토로로 일관되어 있다.

기고서도 아무 거리낌 없이 들병이를 차지하는 뭉태와, 들병이에게 장가들 욕심에 온종일 방아품을 파는 홀어머니의 눈을 피해 집안의 닭을 훔쳐다 팔면서도 양심의 가책 따위는 느끼지 못하는 덕만이(「총각과 맹꽁이」)가 그렇고, 불쌍한 아이를 위한다는 명목으로 저마다 다른 속셈으로 호기심을 채워나가는 「떡」의 인물들이 또한 그렇다. 「떡」에서 옥이의 아비 '덕희'는 배탈 난 딸을 걱정하기는커녕 '그 귀한 음식을 돌르도록 처먹고도 애비 한쪼각 갓다줄 생각을 못한 딸'을 미워한다. 「만무방」의 다음 구절은 천륜보다도, 가장으로서의 책임감이나 의리보다도 각자의 생존이 가장 중요한 일임을 여실히 드러내고 있다.

> 다 쓰러저가는 물방아간 한구석에서 섬을 두르고 언내에게 젓을 먹이며 떨고 잇드니 여보게요, 하고 고개를 돌린다. 왜, 하니까 그 말이 이러다간 우리도 고생일뿐더러 첫때 언내를 잡겟수, 그러니 서루 갈립시다 하는 것이다. 하긴 그럴법한 말이다. 쥐뿔도 없은 것들이 붙어단긴대짜 별수는 업다. 그보담은 서루 갈리어 제 맘대로 빌어먹는 것이 오히려 가뜬하리라. 그는 선뜻 응락하엿다.
>
> —「만무방」 중에서

각자 살 길을 찾기 위해서 헤어지는 마당에, 응칠은 죄책감은커녕 슬픔조차 느끼지 않는다. 오히려 현명하고 가뜬한 결정이라고 생각한다. 그런가 하면 「솟」의 근식은 '잘 먹을 수만 잇다면이야 고만'이라는 생각으로 들병이를 따라 나서기 위해 세간을 훔친다. 아내와 아들이 어떻게 살아갈까 하는 걱정 따위는 근식의 몫이 아니다. 근식의 아내도 마찬가지다. 그녀는 남편이 들병이를 쫓아다닌다는 사실에 분노하지 않는다. 그녀에게 중요한 것은 남편이 아니라 '솟'이다. '솟'은 생존을 위한 필수품이기 때문이다.

김유정의 인물들은 생존이라는 명분 앞에서 가부장 의식, 정조관념, 장유유서 등 윤리의식은 물론이고, 본능이라 할 수 있는 부모자식 간의 애정까지도 의식세계 밖으로 밀어내 버린다. 오로지 자기 생명의 유지에 몰두하기 때문에 본능에 가까운 이타성 마저 망각한다. 하지만 김유정의 작중인물들에게 이타적 면모가 없다는 말은 그들이 이기적이라는 말로 환치될 수 없다. '이기적인 태도'가 타인의 이익을 무시한 채 자신의 이익만을 확보하려는 태도라면, '이타성이 없는 태도'는 자신의 안위를 최우선적인 가치로 여기는 태도, 남을 위한 희생은 염두에도 두지 않는 태도를 의미할 뿐이다. 즉 '이기적인 태도'는 자신의 욕망 실현을 위해 타인의 욕망을 무시하거나 타인에게 피해를 입히는 태도지만, '이타성이 없는 태도'는 자신의 욕망 실현을 위해 노력할 뿐 타인의 욕망을 무시하거나 피해를 입히려는 의도를 지니지 않는다. 따라서 김유정 소설의 작중인물들은 윤리적 기준 너머에서 행동하고 이타적 희생을 모르면서도 악한이나 파렴치한으로 비난받지 않는다. 그것은 생존을 위협받는 상황에서 취할 수 있는 최선의 행동이기 때문이다.

셋째, 무엇보다도 삶의 지속이 중요하기 때문에 김유정의 작중인물들은 어떤 상황에서도 폭력적인 방법을 택하지 않는다. 그들은 폭력을 행사하려다가도 곧 포기한다.

덕만이는 금시로 콩밧틀 튀여나왔다. 잭간여프로 달겨들며 큰 동맹이를 집어들엇다. 마는 눈을 얼마감고 잇는 동안 단념하엿는지 골창으로 던저버렷다. 주먹으로 눈물을 비비고는

"살재두 나는 인전 안살터이유 —" 하고 잿간을 향햐야 소리를 질럿다. 그리고 제집으로 설렁설렁 언덕을 나려간다.

—「총각과 맹꽁이」 중에서

「봄봄」에서는 몇 차례 폭력적 상황이 지연되다가 결국 폭력적 상황이 벌어지지만, 점순이의 돌발행동으로 이내 중단되고 만다. 또한 「금따는 콩밧」의 수재는 거짓말로 영식의 분노를 잠재우고 살길을 도모하고, 「가을」의 '나'는 애꾸눈의 억지를 의뭉스런 '코대답'으로 갈등을 희석한다.

넷째, 이렇듯 극단적 대결상황으로부터 벗어나고자 하기 때문에 김유정의 작중인물들은 대체로 죽음으로부터 비껴나 있다. 김유정의 소설 중 죽음이 제시된 것은 「형」밖에 없다. 하지만 「형」의 '아버지'는 노환과 병으로 인해 자연사를 한 것이다. 그밖에 「노다지」의 더펄이, 「땡볕」의 아내, 「산골」의 이뿐이 들이 죽음을 코앞에 두고 있기는 하지만, 이들의 죽음은 표면화되지 않는다. 그들의 죽음은 암시[45]될 뿐이다.

다섯째, 김유정 소설이 회귀와 순환의 연속[46]으로 구조화되어 있는 것 또한 생존과 삶의 지속을 최우선적 가치로 여기고 있는 인식지평과 관련된다. 즉 김유정 소설에서는 처음에 제시된 상황이 작품의 결말 부분에서도 변하지 않는다. 「솟」의 '근식이'는 들병이에게 얹혀 지낼 욕심에 아내와 아들을 버리고 떠나려 하지만 '솟'만 들병이에게 빼앗긴 채 떠나지 못한다. 「봄봄」은 점순이와의 결혼에도 성공하지 못하고 새경을 받아내지도 못한 '나'의 모습으로 끝난다. 다사다난한 서사 과정에도 불구하고 작품 속 '나'의 입장과 처지는 변하지 않는다. 「가을」의 복만이는 제 아내를 팔았으나, 사실상 팔지 않은 것이고, 복만의 아내를 산 황거풍은 도망간 아내를 찾아 나서지만 결국 찾지 못하게 되리라는 것이 암시된다. 사고 판 행위는 있으나 사고 판 결과는 없는 구조로 되어 있는 것이다.

---

45 강미리, 「김유정 소설 문체 연구」, 동국대 석사논문, 2011, 46~58면 참고.
46 전신재, 「김유정 소설과 언어의 기능」, 『한말연구』 6, 한말연구학회, 박이정, 2000, 176면.

거의 모든 작중인물의 발화가 독백적인 것이나 그들의 성격에 본능적 이타성마저 제거되어 있는 것은 무엇보다도 '나'라는 존재의 발현이 중요하기 때문이다. 또한 작중인물들이 어떤 경우에도 폭력을 선택하지 않을 뿐 아니라 작품의 표면에 죽음의 모티프가 제시되지 않는 것은 김유정의 인식지평에서 죽음이 배제되어 있기 때문이다. 즉 삶의 유지와 존재의 발현을 최우선의 가치로 여기는 김유정의 인식지평이 작중인물의 행태와 작품의 구조에 반영된 것이다.

5. 잠정적 결론

김유정의 전기적 사실들을 고찰하다 보면, 그토록 고통스러운 병상에서 어떻게 그토록 많은 작품을 창작했는지 감탄하게 된다. 글 쓰는 일이 건강한 사람에게도 힘겨운 일임을 생각할 때, 불가사의한 느낌마저 든다. 창작을 향한 작가의 의지와 강인한 정신력의 결과라고 이해할 수도 있겠으나, 김유정이 그 정도로 초인적인 성품을 지닌 것 같지는 않다. 그가 쓴 편지나 설문 등은 오히려 너무나 인간적인 김유정을 느끼게 한다.

내가 문학을 함은 내가 밥을 먹고, 산뽀를 하고, 하는 그 일용생활과 같은 동기요, 같은 행동입니다. 말을 바꾸어보면 나에게 있어 문학이란 나의 생활의 한 과정입니다.

— 「병상의 생각」 중에서

문학이 삶과 동일한 행동이라는 김유정의 말은 그러한 궁금증에 해답 역할을 한다. 즉 그에게 있어서 문학은 살기 위해 밥을 먹고, 약을 먹고, 산책을 하는 것과 같은, 생명의 연장을 위한 행위[47]와 같다. 김유정은 창작의 과정에서 가족으로부터 받은 상처, 즉 생존에 대한 위협이라는 트라우마를 극복하고, 말더듬이의 자괴감으로부터 벗어날 뿐만 아니라 우울증과 염인증을 잊고 생의 기쁨을 떠올릴 수 있었던 것이다. 다시 말해 창작의 과정을 통해서 김유정은 삶의 지속과 존재의 발현이라는 절실한 당위를 실천할 수 있었던 것이다.

인식대상을 판단하는 기준이 삶의 지속과 존재의 발현에 있었기 때문에 김유정은 주어진 상황의 원인이나 그 상황을 타개하기 위한 방법의 모색에 골몰하지 않는다. 그에게 중요한 것은 어떠한 상황에서도 삶을 지속하고 존재를 발현하는 인물의 행태뿐이다. 다시 말해 김유정은 상황이나 사태를 정면으로 '직시하되 거기에 도전하지 않는다.' 그래서 치밀하면서도 장황한 배경묘사가 거의 모든 작품의 서두에 제시되는데도, 배경이 사건의 핵심에서 동떨어진 채 겉도는 느낌을 주게 된다. 이것은 서술자의 무의식적 시치미 떼기와 밀접하게 연관된다.

삶의 지속과 존재의 발현이 최고의 가치라는 것은 김유정의 인물들은 윤리적 규범으로부터 자유롭다는 것을 의미한다. 즉 그들은 기존의 규범과 윤리를 초월한 세계에 존재한다. 그들에게 중요한 것은 최선의 삶의 방법을 모색하는 것이다. 따라서 김유정은, 또는 그의 작중인물들이나 서술자는, 어떤 행위도 윤리적으로 의식하거나 판단하지 않는다. 이것이 김유정 소설의 비윤리성을 궁핍한 현실에 의한 타락의 결과로 단

---

47 김유정은 우울증과 염인증에서 벗어나기 위해서 문학을 선택했다. 문학이 생활이고 생활이 곧 생명임을 강조(유인순, 「김유정의 우울증」, 『현대소설연구』 제35호, 현대소설학회, 2007.12, 128면).

정 지을 수 없는 이유이다. 그것은 삶을 위한 초윤리적 행위인 것이다.

김유정이 언어를 이원화하여 사용한 것도 같은 맥락에서 이해된다. 김유정은 표준어나 한자어를 규범적·추상적·도구적인 언어로, 토속어나 비속어 들을 탈규범적·구체적·존재적인 언어로 인식하고, 이를 차별화해서 사용했다. 즉 지식인으로서 자신의 사념을 표현할 때는 표준어나 한자어를 도구로서 사용하지만, 예술가로서 생동하는 시니피앙의 세계를 형상화할 때는 토속어나 비속어 들을 존재 자체가 되도록 함으로써 자신의 인식지평을 형상화했던 것이다.

김유정 소설 전체는 '삶의 지속과 존재의 발현'이라는 작가의 인식지평에 의해 통어되고 있으며, 이것은 김유정의 현실인식이나 윤리의식에 대한 새로운 해석의 근거로서 의의를 지닌다.

참고문헌

1. 기본자료

전신재 편,『원본 김유정 전집』, 강, 2008.

2. 단행본 및 논문

강미리,「김유정 소설 문체 연구」, 동국대 교육대학원 석사논문, 2011.

강심호,「김유정 문학의 위반의식 연구」, 서울대 석사논문, 2001.

구인환,「김유정 소설의 미학―피에로의 곡예」,『한국 근대소설 연구』, 삼영사, 1977.

김기혁,「언어의 인식과 분석」, 박이정, 2005.

전신재 편,『김유정 소설의 전통성과 근대성』, 한림대 아시아문화연구소, 1997.

김상태,『문체의 이론과 해석』, 집문당, 1993.

김유정 문학촌 편,『김유정 문학의 재조명』, 소명출판, 2008.

김우종,『한국 현대소설사』, 선명문화사, 1974.

김욱동,「카니발・웃음・민중」,『대화적 상상력』, 문학과지성사, 1988.

김윤식・김현,『한국문학사』, 민음사, 1994.

김윤정,「김유정 소설 연구」, 서울대 석사논문, 1996.

김혜영,「김유정 소설에 나타난 욕망의 의미」,『현대소설연구』제17호, 현대소설학회, 2002.12.

김화경,「말더듬이 김유정의 문학과 상상력」,『현대소설연구』제32호, 현대소설학회, 2006.12.

유인순,「김유정의 우울증」,『현대소설연구』제35호, 현대소설학회, 2007.12.

______,「유정의 그물―김유정 문학의 심리비평적 연구」,『인문학연구』제32집, 강원대 인문학연구소, 1994.

이경희, 「언어 인식의 본질에 관한 연구」, 동국대 석사논문, 1995.
이광진, 「김유정 소설의 서사담론 연구」, 강원대 박사논문, 2005.
전신재, 「김유정 소설과 언어의 기능」, 『한말연구』 6, 한말연구학회, 박이정, 2000.
황설중, 『인식론』, 민음인, 2009.

프롬 E., 최혁순 역, 『소유냐 존재냐』, 범우사, 1999.
헨센 J., 이강조 역, 『인식론』, 서광사, 2003.

김유정의 소설 쓰기와 자기 인식
「슬픈이야기」, 「따라지」 분석

조경덕

1. '구인회'와 김유정의 도시소설

'구인회'의 기관지, 『시와 소설』(창문사, 1936.3)에 실린 김유정의 「두꺼비」는 이전의 그의 소설과 비교할 때 이채를 발하는 작품이다. 우선 형식적인 면에서 작품 전체가 하나의 단락으로 이루어져 있다는 점이 그렇거니와 내용적인 면에서 작가 자신의 이야기를 작품 속에 담았다는 점에서 그렇다. 김윤식은 이 작품에 대해 그 성립 근거를 "바로 문체에 있"다고 보고 "어떤 이야기(기승전결)의 전달로서의 소설이라기보다는, 작가가 스스로의 말(목소리)에 도취된 형국"이라고 말했는데[1] 여기에는

---

1   김윤식, 「들병이 사상과 알몸의 시학」(전신재 편, 『김유정 문학의 전통성과 근대성』, 한림대

김유정의 「두꺼비」를 '구인회'[2]의 작품 맥락에서 살핀 안목이 담겨있다. 「거리」(『신인문학』, 1936.1)[3]와 「방란장주인」(『시와소설』)에서 '장거리 문장'을 통해 자의식을 표현한 박태원과 당시 자신의 이야기를 소설화하는 데 우이를 잡고 있던 이상과 견주어 김유정의 시도를 평가한 것이다.

김유정은 이러한 시도를 「두꺼비」에서 멈추지 않고 자기만의 방식으로 '구인회'의 작품 경향을 전유(專有)하여 새로운 소설 창작의 세계를 열어간다. 그는 「슬픈이야기」(『여성』, 1936.12)에서 「두꺼비」식의 '장거리 문장'을 다시 선 보인다.[4] 이 작품의 배경은 근대적 의미가 담겨 있는 도시의 셋방이다. 그리고 작중에 모더니즘 소설에서 볼 수 있는 '엿보기' 모티프가 도입되었다.[5] 소설의 공간으로서 '방'과 '엿보기' 모티프의 도입은 「슬픈이야기」 다음에 발표된 작품 「따라지」(『조광』, 1937.2)에서 재차 시도된다.[6] 주목할 점은 「두꺼비」에 이어 「슬픈이야기」, 「따라지」에서도 실제 김유정 자신의 이야기가 조명되어 있다는 사실이다. 농촌

아시아문화연구소, 1997), 280면.

2 '구인회'에 대한 연구로는 현순영, 『구인회 연구』, 고려대 박사논문, 2009 참조.

3 김유정은 박태원에게 보낸 편지에서 "「距離」 「惡魔」의 그다음을 기다립니다"라고 하며 박태원의 「거리」에 대한 자신의 호평을 표현한 바 있다. 전신재 편, 『원본 김유정 전집』, 강, 2008, 462면(이하 『전집』으로 표기).

4 김병익은 김유정의 만문체에 대한 시도를 해학성, 토속성과 함께 김유정 소설의 성과로 보고 있다. 김병익, 「땅을 잃어버린 시대의 언어」(전신재 편, 『김유정 문학의 전통성과 근대성』, 한림대 아시아문화연구소, 1997), 145면. "그리고 셋째로, 비록 적기는 하지만 김유정은 「슬픈 이야기」 등 몇 편에서 박태원이 성공을 거둔 '장거리 문장'을 시도했다는 점이다. 문체의 실험은 단순한 기법의 확대가 아니라 현상을 부정적으로 관찰하고 그것을 타개하려는 의지가 잠재되어 있다는 것을 고려할 때 그의 만문체에 대한 시도는 무심히 간과해서는 안될 것이다." 또한 김한식은 "도시를 배경으로 한 일상적인 사람에서 드러나는 부정적 모습과 그러한 삶이 유지될 수밖에 없는 현실"이 「두꺼비」의 주제임을 들어 형식뿐 아니라 내용에 있어서도 이 작품이 이상, 박태원의 그것과 닮아있다고 보았다. 김한식, 「절망적 현실과 화해로운 삶의 꿈—'구인회'와 김유정」, 『상허학회』 3, 1996, 305~306면.

5 여기서 '엿보기' 모티프는 영화 기법의 도입과 관련이 있다. 특히 「따라지」의 경우에는 영화적 기법이 뚜렷이 드러나 있다. 유인순, 『김유정을 찾아가는 길』, 솔과학, 2003, 225~226면.

6 「슬픈이야기」와 「따라지」는 이상의 작품, 「逢別記」, 「童骸」와 같은 잡지, 같은 호에 나란히 실렸다. 이상은 「봉별기」에서는 금홍과의 관계를, 「동해」에서는 백부와의 관계를 소설화했다.

사람들의 생활을 온전히 그들의 시각에서 풀어냈던 김유정의 소설 쓰기는 '구인회'를 경유하며 자신의 이야기를 객관화하여 표현하는데 이른 것이다.[7]

　「슬픈이야기」, 「따라지」에서 작가 자신의 모습이 '엿보기'의 대상이라는 점은 흥미롭다. 김유정은 허술한 방의 틈새를 통해 은밀히 이루어지는 '엿보기'의 시선을 자기 자신으로 향하게 한 것이다. 이러한 김유정 소설의 '엿보기'는 박태원과 이상의 그것과는 변별된다. 박태원은 이발소 창을 통해 점차 근대적인 면모를 갖추어 가는 도시의 세태를 관찰했다. 그리고 이상은 주도적으로 방과 방 사이에 틈새를 내어 '엿보기'를 하며 작품 공간에 관음증과 노출증이 매개된 심리적 국면을 드러냈다.[8] 또한 '사소설' 경향이 강한 작품에서 박태원은 사회적·경제적 낙오자로 형상화한 인물을 통해 계급적 현실을 문제시했다면 이상은 예술가를 등장시켜 '생활과 예술의 불화'의 문제를 드러냈다.[9] 이에 비한다면 김유정 소설의 작가 분신격인 인물의 형상화는 담백하다. 김유정은 '엿보기'의 대상을 자기 자신으로 삼되 되도록 감추고 싶은 자신의 모습을 포착하여 작중에 드러낸 것이다. "김유정은 주어진 우울증에서 벗어나기 위해 작품을 쓰고 작품을 쓰면서 우울증에서 치유되어 간다"[10]와 "상처

7　전상국은 「두꺼비」, 「생의 반려」, 「연기」, 「형」 등은 김유정이 자신의 이야기를 객관화한 작품이라고 하며 다음과 같은 평가를 내린다. "그가 농촌 사람들의 바보스러운 이야기를 시치미 뚝 떼고 써내던 즐거움이 이제는 자기 자신을 희화(戲畵)하는 즐거움으로까지 이어지게 되었고, 가장 가까이 잘 알고 있는 인물들을 소설 속에 등장시킴으로써 지금까지 억눌려왔던 뿌리깊은 강박감으로부터 해방되는 길을 스스로 발견해 낼 수 있게 된 것이다. 아마 이때 유정은 자기 자신은 물론이고 형이나 누나, 그리고 매형 정씨에 대한 나쁜 감정을 글쓰기의 즐거움으로 풀어내고 있었는지도 모른다." 전상국, 앞의 책, 27면.
8　김주리, 「근대 사회의 관음증과 李箱이상 소설의 육체」, 『문예운동』 107집, 문예운동사, 2010 참조.
9　이경림, 「초기 박태원 소설과 이상 소설에 나타나는 공통 모티프에 관한 연구―'절름발이' 짝 모티프를 중심으로」(구보학회 편, 『박태원 문학과 창작방법론』, 깊은샘, 2011), 82~87면.
10　유인순, 「김유정의 우울증」, 『현대소설연구』 35집, 현대소설학회, 2007, 135면.

의 드러냄과 치유과정이 바로 김유정의 소설쓰기"[11]라는 지적을 받아들인다면 「슬픈 이야기」와 「따라지」에서 '엿보기' 모티프는 주목을 요한다. 우선, 그것은 김유정이 죽음을 얼마 남기지 않은 시점에서 보여준 그의 소설쓰기와 자기 인식을 뚜렷이 확인할 수 있는 지점이기 때문이다. 또한 「슬픈 이야기」와 「따라지」 분석을 통해 '구인회' 회원으로서 김유정이 '구인회'의 문학 경향과 공유하는 점은 무엇이며 그것과 변별되는 점은 무엇인지 엿볼 수 있다. 이에 대한 연구는 아직 미비한 실정인데[12] 본 연구를 통해 그 관심을 환기할 수 있으리라 생각한다.

2. 허술한 방, 그 틈새로 바라보는 자기

「슬픈이야기」와 「따라지」는 도시 빈민의 셋방살이의 삶을 다룬 작품이다. 김유정의 농촌소설에 등장하는 인물들은 "한결같이 탈출하려고 하고 있으며, 한사코 농민이 되지 않으려고 발버둥치고 있는"[13]데 그렇게 농촌을 떠난 인물들이 도시에 정착한 모습을 김유정은 도시 배경의 소설에서 그리고 있는 것이다. 셋방은 도시 노동자의 장기간의 숙박처라는 점에서 주막과 다르고, 주인과 방을 빌린 자의 관계가 상하 관

---

11 홍혜원, 「폭력의 구조와 소설적 진실—김유정 소설을 중심으로」, 『현대소설연구』 47집, 현대소설학회, 2011, 401면.
12 이러한 연구로는 김한식, 앞의 글.
13 김상태, 「김유정의 해학과 미학」(전신재 편, 『김유정 문학의 전통성과 근대성』, 한림대 아시아문화연구소, 1997), 114면.

계가 아니라 화폐를 매개로 한 계약 관계라는 점에서 행랑과 다르다. 즉, 「슬픈이야기」와 「따라지」에 등장하는 셋방은 이전 김유정 소설에서 자주 등장한 주막이나 행랑과는 달리 근대적인 의미를 담지하는 공간인 것이다.

> 행랑방이 큰 한옥의 일부를 차지한 것이었다면, 차가는 ㄱ자형 안채와 일자형 문간채가 일체화된 ㄷ자형 도시한옥에서 볼 수 있다. 바깥채에 방 한, 두 간에 대문과 변소를 두었는데, 이것은 처음부터 임대를 목적으로 만들어진 것이다. 행랑방과 비슷한 구성으로, 출입구를 겸하는 반 간 내지 한 간의 부엌에 방이 덧붙여진 경우이다. 행랑방이나 차가 모두 한 가족이 살기에는 실의 개수와 면적이 불충분하고, 독립적인 부엌과 변소가 없다는 측면에서 최소한 주거에 속하지만 재료와 구조 측면에서는 토막에 비해서 월등한 주거형태라 할 수 있다.[14]

인용문은 김유정 소설에 등장하는 당대 셋방에 대한 묘사다. 이에 따르면 차가(借家), 즉 셋방은 도시 한옥에서 볼 수 있는, 임대를 목적으로 만들어졌으며 독립적인 부엌과 변소가 없는 최소한의 주거에 해당하는 공간이다. 일자리를 찾아 농촌을 떠나 도시로 온 이농민과 도시의 중심부에서 생존경쟁에 밀린 빈민을 감당하기 위해 임시방편으로 축조된 주거 구조인 것이다. 이러한 주거는 한정된 대지에 밀집 형태로 지어진 데다 건축 재료의 내구성이 부실하여 독립적인 주거의 기능을 상실한 공간이다.

　「슬픈이야기」와 「따라지」에서 사건이 일어나는 계기는 도시의 셋방

14　전남일, 「'최소한의 주택'의 사회사적 변천과 공간 특성―일제강점기 이후 현재까지 서울 지역의 사례를 중심으로」, 『대한건축학회논문집』 27권 3호, 2011.3, 194면.

이 사생활을 보호하는데 아무러한 역할을 하지 못한다는 데서 비롯된다. 작중의 셋방은 벽이 부실하다. 겨우 방과 방 사이를 나누는 치레만 한 탓에 소리가 옆방에서 옆방으로 고스란히 전달될 뿐만 아니라 그 경계의 구조가 헐거워져 생긴 틈으로 다른 방을 엿볼 수 있게 되어 있기 때문이다.

> 이것은 재론할 필요없이 요 뒷집의 거는방과 세들어 있는 이 내방과를 구분하기 위하야 떡 막아논, 벽이라기보다는 차라리 울섶으로 보아 좋을듯 싶은, 그 벽에 필연 육중한 몸이 되는대로 디리받고 나가 떨어지는 소리일 것이 분명하다.
>
> ―「슬픈이야기」, 294면

> 아래 웃칸을 흙벽으로 막았으면 좋을 걸 얇은 빈지를 드리고 조히로 발랐다. 웃칸에서 부시럭 소리만 나도 아래칸까지 고대로 흘러든다.
>
> ―「따라지」, 312면

사생활 보호의 기능이 전혀 없는 방으로 인해 생기는 문제로는 「슬픈이야기」에서 '나'가 잠을 이루지 못하는 것이요, 「따라지」에서는 아끼꼬와 영애 등이 '경제활동'을 못하게 되는 것이다.[15] 하지만 이것을 계기로 그들은 하나의 유희에 몰두하는데 그것은 바로 '엿보기'이다. 고통과 불이익을 속절없이 감내해야 하는 수동적 상황을 능동적인 유희 행위의 기반으로 전환하고 있는 것이다. 「슬픈이야기」와 「따라지」는 '엿보기' 주체의 행위를 중심으로 사건이 펼쳐진다. 그 사건의 양상은 다

---

15 아끼꼬와 영애는 방음 문제 때문에 자신들의 방에서 매매춘을 하지 못한다.

음과 같이 요약·정리할 수 있다.

「슬픈이야기」

1. '나'는 옆집 부부 싸움에 잠을 이루지 못하다, 그 장면을 엿본다.

2. '나'는 옆집 사내를 찾아가 아내를 그만 때리라고 말한다.

3. 그날 밤 옆집 사내는 '나'의 참견에 격분하여 아내를 더 때리고, 다음날 주인 노파와 옆집 아내의 동생은 '나'에게 남의 집 일에 참견하지 말라고 말한다.

4. '나'는 모욕감을 느끼고 하숙을 떠난다.

「따라지」

1. 아끼꼬는 방 틈으로 톨스토이 오누이의 사는 모습을 엿본다.

2. 하루는 주인 노파의 조카가 톨스토이가 사는 방의 세간을 끌어내어 아끼꼬는 분을 참지 못하고 조카에게 대들었다.

3. 싸움이 벌어지고 아끼꼬는 순사에게 끌려가는 신세가 된다.

4. 아끼꼬는 순사를 뿌리치고 집으로 돌아오며 노파에게 복수를 다짐한다.

위에서 볼 수 있듯이 「슬픈이야기」와 「따라지」는 '1-2-3'까지 비슷한 화소로 구성되어 있다. 그런데 '4'에서 '엿보기' 주체의 행동은 서로 다르게 나타난다. 이는 다음과 같이 간추려 정리할 수 있다.

1. 남의 생활을 엿본다.

2. '선의'로 남의 생활에 개입한다.

3. 봉변을 당한다.

4. 떠난다.(「슬픈이야기」) / 돌아온다.(「따라지」)

이렇게 결론 부분에서 '엿보기' 주체의 행동이 다르게 나타나는 이유
는 작가 김유정의 실제 삶, 그리고 그의 소설 쓰기와 관련하여 설명할
수 있다. 두 작품의 셋방이 위치하는 곳은 신당동, 사직동 등 식민지 수
도 경성의 주변부로서 실제 김유정이 살았던 장소이기도 하다. 신당동
은 김유정이 형수, 조카들과 함께 살았던 곳이며 사직동은 누이와 함께
살던 집이 있던 곳이다.

　김유정의 '방'에서의 삶은 고단했다. 그는 병마에 시달리는 몸으로
그 곳에서 먹고, 싸며, 글을 썼다. 특히 그는 "漆夜의캄캄한밤", "子正으
로 석점까지"[16]의 시간에 글을 썼다. 그의 글쓰기는 그가 비참한 '방'의
현실을 벗어나 세상으로 나아가는 유일한 출구였다. 그런 점에서 김유
정의 소설 쓰기는 「슬픈이야기」와 「따라지」의 '엿보기' 주체의 행위와
닮아 있다. 그들의 '엿보기' 역시 고단한 '방'의 현실을 벗어나기 위한 행
위였다는 점에서 그렇다. 이때 작중 인물의 '엿보기' 대상이 되는 '남의
생활'이 실제 김유정의 삶이라는 점은 의미심장하다. 결국 김유정은 자
신의 이야기를 쓰면서 악착한 현실에서의 해탈을 모색하였다고 볼 수
있기 때문이다. 이 때 '엿보기' 모티프는 자신을 바라보는 시각을 객관
화하는 역할을 했다.

　「슬픈이야기」에서 '남의 생활'을 보는 주체는 '나'이며, 「따라지」에서
는 까페 여급, 아끼꼬다. 「슬픈이야기」의 작중화자 '나'를 작가 자신이
투영된 인물로 본다면 「슬픈이야기」는 작가 김유정이 직접 자신의 모
습을 응시하는 서사이고, 「따라지」는 김유정이 극화된 여성 인물을 통
해 자신의 모습을 응시하는 서사라고 할 수 있다. 이때 응시 주체의 차
이는 작가 김유정이 자기를 인식하는 시각의 차이에서 비롯된 것이다.

16　「病床迎春記」, 『조선일보』(1937. 1. 29~2. 2월 1일 결간); 『전집』, 454면.

그리고 이러한 차이는 결국 각 작품에서 '떠남'과 '돌아옴'이라는 행위 주체의 행위소 차이로 귀결된다. 차이는 의미를 생성하는 곳간이다. 이 같은 차이의 분석을 통해 김유정이 죽음을 얼마 남기지 않는 시점에 보여준 소설쓰기와 자기인식을 의미화 할 수 있을 것이다.

3. 자기 응시의 시도―「슬픈이야기」

「슬픈이야기」는 '나'의 독백으로 이루어졌으며 그 독백은 단락 나눔 없이 전체가 한 문단으로 되어 있다. 소위 '장거리 문장'으로 표현되었다고 할 수 있는데 이는 '나'의 자의식을 전경화하여 보여주는 역할을 한다.[17] 이러한 '나'의 자의식은 '나'의 결핍에 대한 내용으로 채워져 있다. '나'는 "나이가 그토록 지났는 대도 어쩌는 수 없이 사글셋방에서 이렇게 홀로 둥글둥글 지내는 놈"이다. '나'가 사글셋방에 살고 있고, 결혼을 하지 못하고 홀로 살고 있는 원인은 하나다. 돈이 없기 때문이다.[18] 옆집 부부의 일을 엿보다가 새벽 네 시에 잠이 들고 정오가 지나 일어나는 것을 보면 '나'는 변변한 직업이 없는 사내로 보인다.

---

17 유인순은 「슬픈이야기」의 전편은 철저하게 간접화법으로 전개되고 있으며 이는 모두 억울한 오해를 받기까지 주인공 자신의 내면공간에 몰두한 까닭으로 보인다고 말했다. 유인순, 『김유정 문학 연구』, 강원대 출판부, 1988, 97면.

18 김유정은 그의 들병이에 대한 사회학적 보고서, 「朝鮮의 집시―들쎙이 哲學」(『매일신보』, 1935. 10. 22~29)에서 "들쎙이에게는 그 害毒을 報價들하고도 남을 큰機能이" 있다고 말한 바 있다. 즉, 돈이 없어 매혼시장에서 탈락한 시골 총각들에게 들병이가 긴요한 존재라는 것이다. 이러한 사정은 도시 총각에게도 별반 다르지 않을 것이다.

'나'는 직업, 돈, 아내가 없는데 비해 옆집 사내는 전기 회사 감독이며, 팔백 원을 모았고, 뚱뚱한 아내가 있다. 게다가 그는 장차 아내를 내쫓고 여학생과 새장가를 가려고 하고 있다. 이러한 상황에서 '나'가 내세울 수 있는 것은 자신은, 적어도 아내를 때리는 염치없는 사내는 아니라는 것이다. '나'의 엿보기는 남의 사생활, 특히 부부 생활을 본다는 흥미에서 비롯된 것이지만 한편으로 옆집 사내보다 윤리적으로 우월하다는 자부심을 확인하는 행위이기도 하다. 그러나 어찌하였든 남의 집의 사생활, 더더군다나 부부의 삶을 몰래 엿보는 것은 떳떳할 수가 없다. 자부심 이전에 '나'가 죄의식을 가질 수밖에 없는 이유다. '나'는 '엿보기' 행위를 주인 노파에게 들키기까지 한다.

잠 안자구 게 서서 뭘허우 하고 변소에를 다녀가는 듯 싶은 심술궂은 쥔 노파가 긴치 않게 바라보드니 내 방 앞으로 주춤주춤 다가와서 눈을 찌긋하고 하는 소리가 왜 남의 기집을 자꾸 디려다 보고 그류, 괜히 맘이 동하면 잠두 못자구, 하고 거지반 비웃는 것이 아닌가. 내가 나히찬 홋몸이고 또 저쪽이 남편에게 소박 받는 게집이고 하니까 이런 경우에는 남 모르게 이러구저러구 하는 것이 사차불피의 일이라고 제멋대로 이렇게 생각한 그는 요즘으로 들어서 나의 일거일동, 일테면 뒷간에서 뒤를 보고 나온다든가 하는 쓸데적은 고런 행동에나마 유난히 주목하야 두는 버릇이 생겨서……[19]

인용문은 '나'가 옆집에서 벌어지는 일을 엿보는 모습을 주인 노파에게 발각당하는 장면인데 작중에는 어떻게 노파가 '나'의 행위를 보았는지에 대한 구체적인 설명이 마련되어 있지 않다. 단지 노파가 변소에

---

[19] 『전집』, 296면.

다녀오다 '나'의 엿보는 행위를 보았다는 것과, 그에 대한 '나'의 부끄러움이 서술되었을 뿐이다. 이때 '나'는 주인 노파의 부당한 행위에 대해 마음속으로나마 항의조차 않는다. 이러한 설정은 주인 노파와 '나'의 관계가 주인과 세입자라는 비대칭적인 권력 관계라는 점 때문만은 아니다. 주인 노파는 작중에서 '나'에게 옆집 부부에 대한 정보를 전해주는 인물이다. "거리에서 말뚱만 굴녀도 동리로 돌아다니며 말을 드는 수다쟁이들"(297면)의 소문이 주인 노파를 통해 '나'에게 전달되는 것이다. 이것은 역으로 '나'에 대한 소문이 주인 노파를 통해 온 동네로 흘러갈 수 있다는 것을 의미하기도 한다. 그런 점에서 주인 노파가, 옆집 사내의 아내에게 마음이 있어서 밤마다 잠을 자지 않고 옆집을 엿본다고 단정한 것은 자의식 과잉의 화자, '나'에게 꽤나 위협적이다.

　이러한 '나'의 자의식은 「슬픈 이야기」에서 '슬픔'이 자라나는 토양이다. 「슬픈이야기」에서 슬픔이 겨누는 과녁은 작중인물 '나'의 '슬프다'는 표현이 지시하는 대목이 무엇인가를 확인하는 과정을 통해 찾을 수 있다. '슬프다'는 표현은 작중에서 두 번 나온다. 하나는 작품 첫머리에 "요즘같은 쓸쓸한 가을철에는 웬 셈인지 자꾸만 슬퍼지고"(293면)라고 '나'의 감정을 표현한 대목이다. 이는 가을이라는 계절에 따른 자신의 정서를 표현한 것으로서 작품 전체의 분위기와 조응한다. 다른 하나는 '나'가 옆집 사내의 처남에게 오해를 받는 대목에서 나온다. '나'는 "변변히 초면인사도 없는 이놈에게마저 내가 어린애로 대접을 받는것은 참 너머도 슬픈 일이었다"(301면)고 고백하고 있는 것이다. 그것은 자신이 '촌띠기'라고 생각한 옆집 사내의 처남에게마저 오해를 사고 어린애 대접을 받은 것에 대한 '나'의 울분의 표현이다. 그러나 이렇게만 보기에는 간단치 않은 문제가 있다.

부부간의 정이란 그 무엔지, 짧지 않은 세월에 찔기둥찔기둥이 맺어진 정은 일조일석에는 못끊는 듯 싶어 저러고 있는 것을, 요즘에는 그 동생으로 말미암아 더 매를 맞는다는 소문이 있다. (…중략…) 밤에 들어와서는 이러면 저두 생각이 있으려니, 확신하고 안해를 생트집으로 뚜드려패자니 몇푼어치 못되는 근력에 허덕허덕 고만 지고마는 것이다. 그러면 처남은 누의 맞는것이 가엾기는 허나 그렇다고 어짜는 수는 없는고로 무색하야 밖으로 비슬비슬 피해나가는 것이나, 이래도 맞고 저래도 맞는 그 안해의 처지는 실로 딱한 것으로 이대로 내가 두고 보는 것은 인륜에 벗어나는 일이라 생각하고, 그 담날 부낳게 찾아가 놈을 꾸짖었단대도 그리 어줍잖은 일은 아닐 것이다.[20]

‘나’는 옆집에 대한 정보를 주로 주인 노파에게 받는다고 앞서 말한 바 있는데 인용한 대목에서는 ‘나’가 정보의 출처를 옆집 노파가 아닌 ‘소문’으로 명시하고 있다. 그에 따르면 요즘 옆집 아내가 “더 매를 맞는”데 그 이유는 처남이라는 군식구가 생겼기 때문이다. 옆집 사내는 처남에게 직접 나가라는 말은 못하고 아내를 때림으로써 에둘러 처남에게 자신의 의사를 표시하는 것이다. 그 때마다 처남은 누이가 매형에게 맞는 모습을 보는 노릇이 무색하여 밖으로 나 돈다. 여기서 ‘나’가 전하는 옆집의 풍경은 김유정이 실제 지내 왔던 모습이라는 점은 주목을 요한다. 그가 누이와 매형 집에 얹혀 살 때 매형이 누이를 때리고 그 때마다 밖을 베돌던 자신의 모습이 작중에 제시된 것이다.[21]

즉, 「슬픈이야기」의 표층은 ‘나’가 남의 생활에 관여했다가 괜한 오해

---

20 『전집』, 297~298면.
21 김영기, 『金裕貞－그 문학과 생애』, 知文社, 1992, 136면. 김영기는 김유정의 당시의 삶을 다음과 같이 요약하고 있다. “누님은 밥장사를 하면서 심신이 고달팠다. 엎친 데 덮친격으로 매형 정씨는 그 누님을 들볶았다. 그 사이에 긴 유정은 마음도 아팠다. 몸도 병으로 고생 고생이었지만 마음 고생이 더욱 심각할 지경이었다.”

만 사고 살던 셋방을 떠난다는 아이러니적인 구조의 서사로 볼 수 있지만 그 심층에는 작가 김유정이 누이, 매형 정씨와 단칸에서 살던 1934년 혜화동 시절과 그 시절에 대한 슬픔에 대한 정서가 놓여 있다.[22] 허술한 도시 셋방의 벽, 그리고 그 틈으로 난 구멍을 작가 김유정은 지나온 어느 날의 자신을 응시하는 창으로 삼은 셈이다. 주목할 점은, 「슬픈이야기」의 자의식 많은 화자, '나' 역시 실제 김유정이 투영되었다고 볼 수 있다는 것이다. 김유정은 자신이 투영된 화자 '나'를 통해 또 다른 '나'를 슬픔의 감정으로 응시하고 있다. 「슬픈이야기」는 김유정이 죽음을 불과 넉달 남겨둔 시기에 발표한 작품이다. 시시각각 드리워지는 죽음의 그림자 가운데 그는 소설 쓰기를 통해 자기 자신에게로 돌아가고 있는 것이다. 이때 슬픔은 자기 자신에 대한 절망 속에서 바라본 자기가 낯설다는 데서 생성되는 정념이다. 그 '낯섦' 가운데 '나'는 머무를 곳을 찾지 못하고 방황하는데 그것은 「슬픈이야기」에서 '떠난다'는 행위소로 표현되고 있다. 그러나 떠나지 않으면 돌아올 수도 없다. 「슬픈이야기」의 '떠난다'는 행위소는 돌아올 것을 예견하는 예비적 단계인 것이다.

김유정이 「슬픈이야기」 다음에 발표한 작품은 「따라지」다. 「따라지」는 김유정의 생애에 마지막으로 발표한 작품이기도 하다.[23] 「따라지」에서 김유정은 도시 셋방의 틈으로 다시 자기 자신을 응시하는데 이때 김유정은 까페 여급이라는 타자를 응시의 주체로 내세운다. 이러한

---

22 참고로 이상은 유고작으로 수필, 「슬푼이야기-어떤 두週日 동안」(『조광』, 1937.6)을 남긴 바 있다. 이 작품에는 이상이 23년만에 만난, "손톱이 일곱밖에 없"는 생부와 "生日도 일음도 몰"으는 생모에 대한 이야기가 담겨 있다. 흥미롭게도 이 작품은 김유정의 「슬픈이야기」와 제목이 같을 뿐만 아니라 혈육과 관련한 '슬픈 일'을 다루었다는 점에서 내용도 유사하다.

23 김유정은 1937년 3월 29일 세상을 떠났다. 따라서 「따라지」(『조광』, 1937.2)와 「땡볕」(『여성』, 1937.2)이 김유정의 생전에 발표된 마지막 작품이다. 자전적인 이야기가 담긴 작품으로 한정할 경우에는 「따라지」가 김유정의 생애에 마지막으로 발표된 작품이다. 누이를 다룬 「연기」는 『원본 김유정 전집』(강, 2008)에 "『창공(蒼空)』 1937년 3월호에 처음 발표된 것으로 전해진다"고 되어 있으나 원 잡지를 확인해 본 결과, 37년 4월호에 게재되었다.

응시 구조를 통해 작가는 새로운 활로를 모색한다. 이러한 점에서 「따라지」는 「슬픈이야기」의 대칭점에 놓인 작품이다.

4. 들병이를 경유한 자기 응시－「따라지」

「따라지」는 세를 받아내려는 주인 노파와 세를 내지 않고 버티는 세입자들이 벌이는 봄날의 힘겨루기를 다루고 있는 작품이다. 세입자들을 대표하여 주인 노파와 대립하는 인물은 까페 여급 아끼꼬다. 술시중을 들거나 남자와 하룻밤 잠자리를 같이 하며 화대를 챙긴다는 점에서 까페 여급은 '도시판 들병이'라고 할 수 있다. 들병이는 생존을 위해 술을 팔고 몸을 판다. 뿐만 아니다. 들병이는 "술팔기에 밤도 새우지만 낮에는 빨래를 하고 옷을 꼬여매고", "젖먹이나 달리면 襁褓도 늘빨아"[24]델 정도로 살림도 열심이다. 생존하기 위해 악착같은 생활력을 발휘하는데 그 이면에는 "산출력 있는 대지"[25]로서 생명력 있는 모성이 있기 때문이다. 김유정이 기왕에 묘파했던 들병이의 '생명력'은 까페 여급 아끼꼬를 통해, 그리고 주인 노파를 통해서도 드러나 있다. 아끼꼬와 주인 노파는 생존을 위해서 드잡이를 하지만 한편으로는 각각 한 사내에 대한 사랑과 대자연에 대한 동경을 보여주고 있기 때문이다.

김유정의 농촌소설에서 등장했던 여성이 주로 주변적이며 '보여지는

---

24 「朝鮮의 집시－들쌩이 哲學」, 『매일신보』, 1935.10.22~29; 『전집』, 419면.
25 이부영, 『분석심리학－C.G. 융의 인간심성론』, 일조각, 2011, 101면.

자'였다면 그가 도시소설에서 그린 여성은 서사의 중심에 위치하거나 '보는 자'로 등장한다.[26] 특히 도시의 셋방을 배경으로 한 「따라지」에서는 여성 인물이 보는 자 혹은 평가하는 자로서 특권을 가지고 있다. 주인 노파와 아끼꼬 등 여성 인물의 초점화가 두드러지고 작중에 남성 인물을 바라보거나 평가하는 대목이 많다. 이 작품에는 남성 다섯 명, 여성 다섯 명, 모두 열 명의 인물이 등장하는데[27] 이들을 초점화의 유무를 변수로 하여 도시하면 다음과 같다.

여성 인물	주인 노파	아끼꼬	영애	뻐쓰껄	누이
남성 인물	주인 영감	톨스토이	김마까	조카	순사

음영 표시가 되어 있는 인물은 이 작품의 초점화자다. 남성 인물 중에는 작품의 결말 부분에 싸움을 중재하는 순사만이 초점화자이며, 여성 인물 중에는 주인 노파, 아끼꼬, 영애가 초점화자이다. 이중, 주인 노파와 아끼꼬의 초점화가 작품의 가장 많은 부분을 차지하고 있다. 그리고 뻐쓰껄과 '톨스토이'의 누이는 아끼꼬의 회상에서, 주인 영감은 주인 노파의 회상 속에 등장하며 작품의 실제 시공간에서는 등장하지 않는다. 그런 점에서 작품의 실제 시공간에 등장하는 여성 인물은 모두 초점화 주체의 역할을 한다고 할 수 있다. 이 중 주요한 초점화 주체는 주인 노파와 까페 여급 아끼꼬다. 「따라지」에서 주목해야할 것은 둘의 대립보다는 그들의 시선으로 조형되고 있는 여유와 사랑의 정서다.

---

26 김종구, 「金裕貞 소설의 행위자, 초점자, 서술자와 敍事水準」, 『한남어문학』 21집, 1996.5, 130면.
27 남성, 여성 모두 동일한 명수가 등장한다는 것에 주목해야 한다. 이것은 이 「따라지」가 남성과 여성이라는 성별 구도적인 성격을 강하게 띠고 있다는 것을 보여준다. 융은 이러한 구도를 '대극합일'을 상징한다고 했다.

「따라지」의 시작은 주인 노파의 초점화로 시작한다. 작품 첫머리의 정서가 작품 전체의 분위기를 지배하는 역할을 한다는 점에서 이 부분은 눈여겨 볼 가치가 있다.

> 쪽대문을 열어놓으니 사직원이 환히 나려다 보인다.
> 인제는 봄도 늦었나부다. 저 건너 돌담 안에는 사구라꽃이 벌겋게 벌어졌다. 가지가지 나무에는 싱싱한 쌌이 폈고 새침히 옷깃을 홅고드는 요놈이 꽃샘이겠지 까치들은 새끼칠 집을 장만하느라고 가지를 입에물고 날아들고 ― 이런 제길헐, 우리집은 은제나 수리를 하는겐가 해마다 고친다, 고친다, 벼르기는 연실 벼르면서 그렇다고 사직골 꼭대기에 올라붙은 깨웃한 초가집이라서 싫은것도 아니다. (…중략…) 쪽대문이 도루 닫겨지며 소리를 요란히 내인다. 아침 설거지에 젖은 손을 치마로 닦으며 주인 마누라는 오만상이 찜으려진다.[28]

인용문에서 볼 수 있듯이 「따라지」의 처음은 작중 화자가 사직골 꼭대기에서 사직원을 환히 내려다보는 것으로 시작한다. 화자는 사위어 가는 봄기운을 느끼면서 활짝 핀 벚꽃과 집을 지으려고 날아다니는 까치를 느긋하게 바라본다. 이러한 어조는 작품의 대립적 구도와는 사뭇 다르게 한가하다. 그런데 줄표 '―' 다음에 바로 "이런 제길헐" 하고 앞절과는 영 다른 어조인 욕설이 튀어 나온다. 주인 영감의 게으름을 탓하는 주인 노파의 목소리다. 주인 노파의 주인 영감에 대한 불평은 "쪽대문이 도루 닫겨지며" 끝난다. 이때 쪽대문을 닫는 주체는 주인 노파로 볼 수 있는데 이것으로 보아 쪽대문을 열고 풍경을 완상하는 화자 역

시 주인 노파라고 할 수 있다. 즉, 대문 너머 봄 풍경을 완상할 때와 눈길을 집안으로 돌릴 때의 주인 노파의 정서는 판이하게 다르다.[29]

「따라지」를 주인 노파와 세입자의 대립 그리고 주인 노파와 아끼꼬의 대립으로 볼 때 간과하게 되는 것은 주인 노파의 여유가 깃든 정서이다. 주인 노파의 여유있는 시선으로 포착되는 봄의 정경은 주목해야 한다. 왜냐하면 이 정경은 작품 말미에 펼쳐지는, 아끼꼬를 둘러싼 사직원 풍경과 조응하며 여성의 모성적 풍모를 강하게 환기하기 때문이다.

다음으로 살펴볼 것은 이 작품의 또 다른 '들병이', 아끼꼬의 시선이다. 아끼꼬의 초점화는 주인 노파가 주인으로서 아끼꼬의 사생활을 침해하는 장면부터 시작된다.

> 아끼꼬는 네 활개를 꼬 벌리고 아끼꼬답게 무사태평히 코를 골아올린다. 젖통이를 풀어헤친채 부끄럼 없고, 두 다리는 이불 싼 우로 번쩍 들어올렸다. 담배연기 가득 찬 방안에는 분내가 휙 끼치고 —[30]

인용문은 주인 노파가 세를 독촉하기 위해 아끼꼬의 방문을 활짝 열고 아끼꼬의 모습을 관찰하는 대목이다. 주인 노파는 주인으로서 권리를 아무런 인기척도 없이 세입자의 방문을 활짝 여는 것으로 행사한다. 그 바람에 아끼꼬는 속절없이 여성으로서 치부를 보이고 만다. 주인 노

---

29 이러한 주인 노파의 정서는 아끼꼬를 위시한 셋방 사람들과 한바탕 '전투'를 펼치는 주인 노파의 이악스러움을 변호할 여지를 제공한다. 가지를 입에 물고 날아다니며 집을 짓는 까치를 완상하는 주인 노파가 집 없는 셋방 사람들을 채근하는 것은 필시 다른 곡절이 있다는 것을 암시하고 있는 것이다. 그것은 주인 영감이 집을 수리하지 않고, 집세 받는 것 역시 부인에게 떠미는 등 '생활'을 위한 어떤 노력도 하지 않고 있기 때문이다. 작중의 현실을 이루는 시공간에는 주인 영감이 등장하지 않는데 이러한 주인 영감의 부재는 「따라지」의 갈등을 잉태한 중요 원인이라고 할 수 있다.

30 『전집』, 306면.

파는 "망할 계집애두, 가랑머릴 쩍 벌기고 저게 온"(306면)하고 끌탕을
치며, 아끼꼬에게 음탕하다고 낙인을 찍는다. 그러나 아끼꼬는 「슬픈
이야기」의 '나'처럼 부끄러워하지 않는다. 외려 "망할년 저보구 누가 보
랬나"(306면)하는 속말로 발랄하게 응수한다. 이렇게 아끼꼬는 주인 노
파의 시선 권력을 개의하지 않는다. 뿐만 아니라 스스로 시선의 주체가
되어 "문 아랫도리에 손가락 하나 드나들만한 구멍"(307면)으로 주인 노
파가 있는 안채를 정탐하거나 '톨스토이'를 본다.

> 이것은 아끼꼬가 안채의 기맥을 정탐하는 썩 필요한 구멍이었다. 뿐만 아
> 니라 저녁나절에는 재미스러운 연극을 보는 한 요지경도 된다. 어느 때에는
> 영애와 같이 나란히 누워서 벼개를 비고 하내 한 구멍씩 맡아가지고 구경을
> 한다. 웨냐면 다섯점 반쯤되면 완전히 히스테린 톨스토이의 누님이 공장에
> 서 나오는 까닭이었다.[31]

「슬픈이야기」에서 '나'가 자신의 결핍을 강하게 의식하고 죄의식을
가진 채 옆방을 엿보는 것에 비해 아끼꼬의 '엿보기'는 스스럼없다. 이
는 「슬픈이야기」와 「따라지」의 자기인식의 차이가 비롯되는 지점이다.
아끼꼬는 '엿보기'를 "재미스러운 연극"이라고 생각하면서 때로는 친구
인 영애와 함께 그 '연극'을 즐기기도 한다. 주목할 것은 그 '엿보기'의
대상이 김유정이라고 볼 수 있는 '톨스토이'와 그의 누이라는 사실이다.
허술한 방에 난 구멍을 통하여 자신의 자리로 돌아가는 소설 쓰기를 김
유정은 「슬픈이야기」에 이어 「따라지」에서도 시도한 것이다. 김유정
과 누이의 모습은 다른 소설에서도 자주 등장하는 삽화다. 『생의 반

---

31 『전집』, 308면.

려』(『중앙』, 1935.8~9. 2회 연재 미완)에서는 친구의 시각으로, 「연기」(『창공』, 1937.4)와 「형」(『광업조선』, 1939.11)에서는 '나'의 시각으로 조명되었다. 주목할 점은 「따라지」에서는 여성 인물이며 '도시판 들병이'라고 할 수 있는 아끼꼬를 통해 자신과 누이를 바라보고 있다는 점이다. 그가 농촌소설에서 즐겨 그렸던 강인한 생활력을 가진 여성의 시각을 통해 자신을 조명한 것이다.

아끼꼬가 연극 보듯 바라보는 누이와 그 누이에게 얹혀사는 동생의 모습은 초라하고 남루하다. 생활에 고단한 누이는 "입을 꼭 다물고 눈살을 접은"채 "세상의 낙을 모르는 사람"처럼 산다. 그리고 "공장살이에 받는 설음을 모다 아우의 탓으로" 돌린다. 아끼꼬의 흥미는 이러한 누이에 대한 동생의 반응에 있다. 동생은 누이의 신경질에 대해 변변히 항의도 하지 않은 채 무기력하게 살고 있는 것이다. 「따라지」의 다른 여성 초점화자인 주인 노파에게 그 동생은 누이에게 얹혀사는 "얼이 빠"진 "우거지상"이며 영애에게는 누이에게 할 말을 못하는 "너무 병신스러운" 인물이다. 그러나 아끼꼬는 그를 보고 "우습고도 일변 가여"워하며 "사람이 너무 착해서 그렇다고"(309면) 생각한다. 그리고 고보 시절 아끼꼬의 수신 선생은 '톨스토이'가 착하고 바보같다고 말했는데 아끼꼬는 그 기억을 바탕으로 누이의 동생이 바보처럼 보인다는 점 그리고 소설을 쓴다는 점에 착안하여 그에게 '톨스토이'라는 별명을 붙였다. 아무도 괘념치 않았던 '톨스토이'의 소설 쓰기를 아끼꼬는 눈여겨보았던 것이다.

또한 '톨스토이'에 대한 아끼꼬의 사랑에는 동병상련의 감정이 자리잡고 있다. 소설을 쓴다면서도 누이 밑에서 고생하며 사는 그의 삶과, 고보를 중퇴하고 여급 생활을 하는 자신의 삶이 비슷하다고 생각한 것이다. 김유정은 「어떠한 부인을 마지할까」(『여성』, 1936.5)에서 "나와 똑

같이 憂鬱한 그리고 나와 똑같이 피를 吐하는 그런 女性"[32]을 만나길 원한다고 했다. 그는 그러한 동병(同病)이 있어야 서로 이해할 수 있고, 그 가운데 애정이 "비로소出發"(428면)한다고 생각했다. 「따라지」에서 작가 자신의 모습이라고 할 수 있는 '톨스토이'를 바라보고 사랑하는 주체를 까페 여급 아끼꼬로 삼은 이유라고 볼 수 있는 대목이다.

아끼꼬는 '톨스토이'에 대한 사랑 때문에 영애의 이사 가자는 성화를 무시한다. 그리고 주인 노파와 그의 조카가 톨스토이를 집에서 쫓아내려고 할 때 제 일처럼 뛰어들어 '톨스토이'를 보호하려다 순사에게 잡혀가는 신세가 된다. 아끼꼬가 봄의 기운이 물씬 풍기는 사직원 마당에서 순사를 물리치고 집으로 돌아오는 대목은 「따라지」에서 가장 정채를 띤 부분이다. 파릇파릇 돋은 잔디, 빨래소리, 풋뿔 경기, 자동차의 싸이렌 등 사직원 마당을 이루는 풍경은 "벽바닥으로 구데기가 슬슬기어"(303면)드는 사직골 꼭대기 초가집과는 다르게 활달한 생명력을 품고 있다. 그러한 자연의 생명력은 김유정이 들병이에게서 발견한 생명력과 다르지 않으며 '도시의 들병이' 아끼꼬에게서도 발견할 수 있는 힘이다. 그런 점에서 사직원 마당에서 이루어지는 아끼꼬의 '귀환' 선언은 김유정의 소설 쓰기를 통한 악착한 현실에서의 해탈 선언으로 볼 수 있다. 「슬픈이야기」의 '나'가 '떠남'으로 자기 부정의 의지를 공고히 했던 것과는 다른 지점인 것이다.[33]

김유정은 「따라지」에서 자기 자신을 응시하는 주체로서 도시판 들병이인 까페 여급 아끼꼬를 선택했다. 아끼꼬는 기왕의 김유정 소설에

---

32 『전집』, 428면.
33 김한식은 『생의 반려』에서 작가의 분신격인 명렬의 사랑에 대해 자기 부정과 그것을 넘어선 새로운 의욕의 생성이라는 의미를 부여한다. 그런 점에서 「슬픈 이야기」의 자기 부정은 「따라지」의 '사랑'의 예비적 단계라고 볼 수 있다.

서 묘사되었던 들병이의 생명력을 지니고 있는 인물일 뿐만 아니라 작가 자신의 모습이라고 할 수 있는 '톨스토이'의 슬픔을 이해할 수 있는 인물이기도 하다. 실제 삶에서는 짝사랑만 해 왔던 김유정이 작중에서 그 관계의 방향을 바꾸어 자신의 분신격인 인물이 짝사랑을 받는다고 한 설정은 의미심장하다. 아끼꼬의 활달한 생명력과 '톨스토이'가 지닌 슬픔의 공유는 '사랑'으로 표현되는데 이는 결국 작가가 도달한 자기인식의 반영이라고 볼 수 있다.

5. 새로운 방법으로서 사랑

「病床의 생각」(『조광』, 1937.3)은 연애편지의 성격을 띤 글이지만 내용은 주로 작가 자신의 문학관이 담겨 있다. 김유정은 그 글에서 제임스 조이스의 「율리시스」로 대표되는 신심리주의 문학을 비판하고 사물을 대하는 새로운 방법으로서 사랑을 강조한다. 그러면서 그는 "사랑이 무엇인지 우리는 전혀 알길이 없"(471면)다며 자신의 주장에 대해 한 발짝 물러서고 있다. 이러한 후퇴를 논리적 회피라고 볼 수는 없다. 사랑에 대해 안다고 하며 그에 대해 설명하는 것이 오히려 무모한 일이기 때문이다. 사랑은 논리로 설명할 수 있는 것이 아니라 작품을 통해서 표현될 수 있을 뿐이다. 김유정의 '물러남'은 소설 쓰기를 염두에 둔 것이었다.

김유정은 당시 유행하던 새로운 예술 사조를 비판하긴 했지만 무조건 배척하지는 않았다. 그는 '구인회'의 회원이었다. 그리고 박태원의 소설을 즐겨 읽었으며 결핵과 문학을 매개로 이상과 교유했다. 김유정 말년의 도시 배경 소설은 '구인회'의 소설 문법을 일정 정도 따르고 있다. 「두꺼비」, 「슬픈이야기」, 「따라지」가 그러하다. 그 중, 「슬픈이야기」와 「따라지」는 김유정이 자신만의 방식으로 '구인회'의 소설 문법을 전유(專有)하여 창작한 작품이다. 박태원이 작가의 분신격인 인물을 형상화하는 데 사회적·경제적 낙오자적인 측면을, 이상이 예술가적인 측면을 부각했다면 김유정은 자신의 삶을 이루는 진경 자체로 진입했다. 그것은 삶의 시간이 얼마 남지 않았다는 비장한 각오에서 비롯되었다고 볼 수 있다. 그는 두 작품에서 각각 '나'와 '들병이'의 '엿보기'를 통해 슬픔에 싸인 자기를 돌아보고 또한 그 자기를 껴안음으로써 자기인식을 시도하고 있다.

융에 따르면 예술가, 시인은 자기의 아니마, 아니무스를 화폭이나 작품 속에 형상화한다. 그렇다면 김유정 소설에 등장하는 들병이는 아니마, 즉 김유정의 무의식 속에 있는 여성적 요소가 아니었을까. 김유정 소설 속에 등장하는 들병이의 삶은 실제 김유정의 삶과는 정반대로써 그가 억압해 왔던 모습들이었다. 그런 점에서 작가 김유정이 들병이의 삶을 그린다는 것은 억압되어 왔던 자신의 무의식을 의식화하는 과정이었다고 할 수 있다.

흥미로운 점은 「따라지」에서 '도시의 들병이'인 아끼꼬가 작가의 분신격인 톨스토이를 사랑한다는 것이다. 이는 『생의 반려』에서 작가의 분신격인 명렬이 기생 명주를 사랑하는 것과는 상반된다. 명렬은 그가 짝사랑하는 기생 명주에게 보내는 편지에서 "당신의 그 처참한 면상은 분이 덮었고 그리고 고은 비단은 궂은 그 고리를 가리웠"(270면)다며 악담을 쏟아낸다. 그러면서도 명렬은 "명주를 숭상하"며 나아가 "연모의 정을 떠나 완전히 상대를 우상화"(272면)[34]한다. 이처럼 명렬의 사랑은 사랑이라기보다는 정처를 찾지 못해 방황하는 감정의 너울에 불과하다. 실제 삶에서 김유정이 보여준 사랑은 이러한『생의 반려』의 사랑을 닮았다.

이와는 달리「따라지」의 사랑은 작가 김유정이 소설 쓰기를 통해 작중에 구현해낸 가치이다. 강인하고 따뜻한 생명력을 지닌 아끼꼬의, 한없이 무기력하지만 착한 '톨스토이'에 대한 사랑은 작중에서 실현되지 않지만 그 가능성마저 부정되지는 않았다. 그 사랑은 작중에 가능태로 남아 있다는 점에서, 김유정이 '병상'에서 마지막으로 강조한 것이 '위대한 사랑'이라는 점에서 김유정이 그려낸「따라지」의 '사랑'은 소중하다.

---

[34] "원형으로서의 아니마, 아니무스는 그것이 투사되어 경험될 때 잘 인지될 수 있는 것이다. 비근한 예로 이성 간의 사랑에서 강렬한 황홀감을 일으킬 때, 그리고 상대방이 이 세상에 둘도 없는 선녀, 현자賢者 또는 영웅으로 인식될 때, 거기에는 언제나 아니마, 아니무스 원형의 일방적 또는 상호 투사가 일어나고 있다. 남성은 그녀에게서 현실적인 여성을 보고 있는 것이 아니라 자기의 무의식에서 투사된 여신상女神像을 보고 있는 것이며, 여성은 그에게서 신화에 나오는 영웅상, 성자聖者상 같은 것을 보고 있는 것이다." 이부영, 앞의 책, 103면.

참고문헌

1. 기본자료

전신재, 『원본 김유정 전집』, 강, 2008.

2. 단행본

김영기, 『金裕貞―그 문학과 생애』, 知文社, 1992.
유인순, 『김유정 문학 연구』, 강원대 출판부, 1988.
______, 『김유정을 찾아가는 길』, 솔과학, 2003.
이부영, 『분석심리학―C.G. 융의 인간심성론』, 일조각, 2011.
전상국, 『김유정―시대를 초월한 문학성』, 건국대 출판부, 1995.
전신재 편, 『김유정 문학의 전통성과 근대성』, 한림대 아시아문화연구소, 1997.

3. 논문

김종구, 「金裕貞 소설의 행위자, 초점자, 서술자와 敍事水準」, 『한남어문학』 21집, 1996.
김주리, 「근대 사회의 관음증과 李箱이상 소설의 육체」, 『문예운동』 107집, 문예운동사, 2010.
김한식, 「절망적 현실과 화해로운 삶의 꿈―'구인회'와 김유정」, 『상허학보』 3, 상허학회, 1996.
유인순, 「김유정의 우울증」, 『현대소설연구』 35집, 현대소설학회, 2007.
이경림, 「초기 박태원 소설과 이상 소설에 나타나는 공통 모티프에 관한 연구―'절름발이' 짝 모티프를 중심으로」, 구보학회 편, 『박태원 문학과 창작방법론』, 깊은샘, 2011.
전남일, 「'최소한의 주택'의 사회사적 변천과 공간 특성―일제강점기 이후 현재까지 서울 지역의 사례를 중심으로」, 『대한건축학회논문집』 27권 3호, 2011.3.

현순영, 「구인회 연구」, 고려대 박사논문, 2009.

홍혜원, 「폭력의 구조와 소설적 진실—김유정 소설을 중심으로」, 『현대소설연구』 47집, 현대
　　소설학회, 2011.

제 2 부

/

김유정 소설과 현실 인식

김유정의 「만무방」에 나타난 폭력성

김승환

1. 서론―「만무방」 읽기

김유정 소설에는 특이하다고 해야 할 정도로 농촌의 정서와 농민의 일상이 두드러지게 드러난다. 「따라지」를 비롯한 몇몇 작품에서 도시와 도시인들을 담아내기는 했지만 김유정 소설의 주요 무대는 농촌 또는 산촌이다. 그에 대한 문학사적 평가는 한국을 대표하는 농민문학이라는 것과 삶의 공간으로써의 농촌문학이라는 것으로 정평이 있다. 또한 증오심 대신 유머가 가득찬 식민지 치하 농촌의 궁핍상을 그린 작품[1]이며 '어둡고 삭막한 농민들의 삶을 때로는 희화적으로 때로는 해학적

---

1 김윤식 · 김현, 『한국문학사』, 민음사, 2001, 322~323면.

으로 그려냄으로써 농민들의 끈질긴 생명력의 저변을 질박하게 펼쳐'[2] 놓았다는 평가도 있다. 또 다른 평가는 김유정이 '세속성에 대한 풍자, 인생의 비극에 대한 초탈, 서민의 언어를 다룬 재능, 즐거움을 독자에게 주는 문학관[3]을 가진 소설가였다는 것과 1930년대 농촌의 풍속도[4]를 그린 리얼리즘 작가라는 것이다.

그런데 우리는 식민지 치하의 모든 문학은 일정하게 알레고리의 성격을 가지고 있다[5]는 제임슨의 말을 환기할 필요가 있다. 김유정 문학이 농민문학임에는 분명하고 농촌소설임을 부정할 수 없지만 농민과 농촌이라는 표면텍스트 이면에 무엇인가 민족적 알레고리를 심어 놓았을 것이 분명하다. 만약 김유정 소설이 단순한 농민소설과 농촌소설이라고 말한다면 그것은 김유정 문학의 본질을 간파하지 못한 분석이며 문학사적 의의를 반감시키는 평가이다. 제임슨은 식민지 작가는 의식적이건 무의식적이건 민족문제를 작품 속에 심어 놓는다고 주장했다. 이에 대해 하정일은 김유정이 "민중의 관점에서 지역을 아래로부터 새롭게 재편성함으로써 지역의 리얼리티를 생생하게 복원"[6]했다고 진단했으며 전신재는 아이러니의 문학장치를 가진 리얼리즘 문학[7]으로 분석했다. 이것은 김유정 문학에는 리얼리즘의 창작방법론과 반제항일의 세계관이 담겨 있다는 뜻이고 민족적 의미가 실려 있다는 관점이다. 하지만 김유정의 작품에서 반제항일이나 프롤레타리아적 전망을 읽기는 쉽지 않다.

---

2 권영민, 『한국 현대문학사』 1, 민음사, 2002, 516면.
3 백 철, 『新文學思潮史』, 신구문화사, 1980, 494면.
4 장양수, 「1930~45년 소설경향의 몇가지 흐름」, 『한국 현대문학사』, 현대문학, 1995, 212면.
5 Fredric Jameson, "Third-World Literature in the Era of Multinational Capitalism", *Social Text* 15 (Fall 1986), p.69.
6 하정일, 「지역·내부 디아스포라·사회주의적 상상력―김유정 문학에 관한 세 개의 단상」, 『민족문학사연구』 47호, 2011.12, 104면.
7 전신재, 「김유정 문학 제대로 읽기」, 『당대비평』 통권 제3호, 1998.3, 497면.

필자가 주목하는 것은 주인공 응칠의 폭력성(暴力性)이다. 김유정 문학의 폭력성에 대해서는 폭력의 모티브가 반복적으로 재현되고 있으며[8] 그것은 매저키즘의 욕망과 폭력으로 드러나고 있고[9] 절망적 상황과 부조리로 인하여 생기는 파탄은 사회적 문제[10]이며 그런 문제의식은 폭력과 허위성과 수직적 초월[11]로 현현된다고 분석된 바 있다. 이런 선행연구들은 해학과 풍자의 표면구조와 함께 폭력과 자학이라는 내면구조가 병행함을 반증한다. 따라서 폭력과 폭력성을 통해서 리얼리즘의 창작방법과 반제항일의 세계관을 추출하고자 하는 것은 무리한 추론이 아니다. 하지만 김유정의 소설 전체에 폭력성이 관류하지는 않는다. 그러므로 폭력이 선명하게 드러나는 「만무방」을 통해서 폭력과 폭력성을 분석하고자 하는 것이다.

「만무방」의 주인공인 응칠은 식민지 강원도 산촌의 평범한 농민이었다. 그런데 그는 시간이 갈수록, 즉 시간구조에 따라서 이야기가 진행될수록, 부랑자형 인물의 전형으로 변화한다. 소설에 나타난 그의 폭력적 행위만으로 보면 부정적 인물형이어야 한다. 하지만 작가의 시선은, 다른 농촌 출신 작중 인물들에 대한 시선과 마찬가지로, 따스하고 부드럽다. 여기서 따스하고 부드럽다는 것은 작가의 서사전략일 것인데 그의 서사전략은 서술자로 하여금 작중인물을 객관화하고 간접화하도록 만든다. 일반적으로 순응이나 비폭력은 농촌의 농민들이 가진 기본적 속성이다. 따라서 농민이 폭력적이 된다는 것은 봉건시대 민란

---

8   조남현, 「김유정 소설과 동시대 소설」, 『김유정의 귀환』, 소명출판, 2012, 21면.

9   김주리, 「매저키즘의 관점에서 본 김유정 소설의 의미」, 『한국 현대문학 연구』20집, 2006.12, 320면.

10 한만수, 「김유정 소설(金裕貞小說)의 아이러니 분석(分析)」, 『동악어문논집』 제21집, 1986.10, 267면.

11 홍혜원, 「김유정 소설에 나타난 폭력의 구조와 소설적 진실」, 『김유정의 귀환』, 소명출판, 2012, 106면.

(民亂)의 예에서 보듯이 특별한 상황에서 특별한 사건이 벌어졌다는 뜻
이다. 이 특별한 상황의 특별한 사건은 전형적인 인물을 만들어 낸다.
아마도 폭력이야말로 특별한 사건의 전형적 인물의 행위일 것이다. 특
히 식민지시대의 폭력은 민족해방운동과 반제항일의 왜곡된 행위일
가능성이 있다. 하지만 김유정의 텍스트에서 반제항일은 표면구조로
드러나지 않는다. 그러므로 은유나 상징이 아닌 알레고리[12]로 처리되
었다고 추론할 수 있다는 것을 전제로 주인공 응칠의 폭력과 폭력성의
의미를 살펴보기로 한다.

2. 폭력의 서사

1) 자학의 폭력

「만무방」의 응칠은 폭력적인 인물이다. 함부로 닭이나 돼지를 잡아
먹고, 걸핏하면 싸움을 벌이며, 지주의 뺨을 때리는가 하면, 우격다짐

---

12 알레고리는 '다른 것(allos)'을 '공개적으로 말하다(agoreuein)'가 결합된 표현방법이다. 알레
　　고리라는 창작기법은 예술가의 입장에서는 배후(背後)에 숨겨둔 의미이고, 수용자의 입장에
　　서는 상상력을 통하여 다른 것으로 해석해야 하는 텍스트다. 일종의 암호를 매복한 것과 같
　　으므로 암호해독이 필요하게 된다. 예술가들은 자기가 표현하고 싶은 것을 표현하지 못하는
　　상황에 놓일 수 있다. 검열이라든가 감시 등이 그런 상황이다. 이때 예술가는 자신이 의도하
　　는 것을 표현하지 못하므로, 반대로 표현하거나 비유적으로 표현하게 된다. 이처럼 예술가
　　가 작품 속에 내면의 진실(behind the truth)을 매복해 두면, 수용자는 의식적이건 무의식적
　　이건 숨겨진 뜻을 해석하고 작가의 본래 의도를 이해한다. 그러므로 알레고리적인 작품이나
　　공연은 표면구조와 심층구조가 나뉘는 이중구조로 형성된다.

으로 도박판을 뒤흔든다. 도저히 살 수가 없어 야반도주를 한 그는 유리걸식하면서 주재소를 드나드는 부랑자형 인물의 전형이다. 유인순은 이런 인물을 경계인(marginal man)으로 보고[13] 비농군의 언표적 행위를 분석[14]한 바 있거니와 부랑자 응칠의 인물성격은 작품 전체에 폭력적으로 전경화(foreground) 되어 있다. 그 폭력의 절정은 벼를 훔친 도둑을 잡은 다음 그 도둑에게 가하는 응징의 폭력과 그 도둑이 동생이라는 것을 알고 서로 말다툼을 한 다음에 가하는 자학의 폭력이다. 그런데 서술자와 작가인 김유정의 응칠에 대한 시선과 묘사는 부정적이지 않다. 오히려 폭력이 증가할수록 응칠에 대한 이해도 비례하여 증가한다. 즉, 폭력이라는 부정적 행위의 예상되는 반비례의 함수(函數)를 깨고 서술자와 작가는 긍정적 시선으로 서술하고 있는 것이다. 왜 이런 현상이 벌어지는 것인가?

　작품분석이나 독해를 할 때, 작가의 의도에 따라서 해석할 필요는 없겠지만 우리는 작가가 왜 그런 서사전략을 취했는가에 대해 주목할 필요가 있다. 식민지하의 주변부인 강원도 산촌 농민의 천성은 양순(良順)할 수밖에 없다. 그 양순한 응칠 부부는 가재도구 몇 개를 남기고 야반도주(夜半逃走)를 하게 된다. 그가 야반도주를 한 것은 농민이 살 수가 없는 구조적 모순 때문이다. 전형적이면서 유형적인 소작농민 응칠이가 특별한 잘못이 없음에도 불구하고 완전히 거덜이 난 후에 야반도주하는 전후는 이렇다.

　　그도 5년 전에는 사랑하는 아내가 있었고 아들이 있었고 집도 있었고, 그때야 어디 하루라도 집을 떨어져 보았으랴. 밤마다 아내와 마주앉으면 어찌하

13　유인순, 『김유정 문학 연구』, 강원대 출판부, 1988, 29면.
14　위의 책, 32면.

면 이 살림이 좀 늘어볼까 불어볼까, 애간장을 태이며 갖은 궁리를 더하고 더
하였다마는 별 뾰족한 수는 없었다. 농사는 열심으로 하는 것 같은데 알고 보
면 남는 건 겨우 남의 빚뿐. 이러다가는 결말엔 봉변을 면치 못할 것이다.[15]

　이 야반도주의 순간 응칠은 세간 목록을 벽에 적어 놓았다. '독이 세
개, 호미가 둘, 낫이 하나로부터 밥사발, 젓가락, 짚이 석 단'이라는 사
실적 묘사는 궁핍한 정경이면서 리얼리즘의 상징적 효과를 고려한 서
술이다. 그런 다음 응칠은 문들을 걸어 닫고 울타리 밑구멍으로 세 식
구가 빠져나왔다. 몰락과 패배의 극적인 장면이 다소 낭만적으로 묘사
되기도 했지만 정착이나 유랑이 모두 좌절로 이어지고 비극의 숙명[16]으
로 이어지는 과정을 보여주는 김유정다운 서사전략이다. 이처럼 작가
김유정이 묘파(描破)하고 있는 것은 몰락할 수밖에 없는 식민지 농민의
극한적 생존환경이다. 따라서 야반도주는 전형적 상황에 처한 몰락 농
민의 전형적인 행위로 보아야 한다. 한편 야반도주의 에피소드는 유랑
의 에피소드와 함께 식민지 농민의 몰락을 상징하는 모티브다. 그러니
까 폭력적 상황에 대한 식민지농민의 대응은 일탈적 방법인 야반도주
인 셈이고 그 야반도주는 폭력에 대한 수동적 회피인 셈이다.
　야반도주의 에피소드는 단순한 서술이 아니라 구조적 맥락에 대한
김유정식의 해결방법이다. 그러므로 이 에피소드 이후 응칠의 폭력은
끊임없이 증강되는데 폭력의 증강이라는 함수(函數)는 폭력의 불가피성
을 의미한다. 응칠에게 놓인 삶의 길은 폭력 이외의 다른 방법은 철저

15　김유정, 「만무방」, 『김유정 전집』 1, 가람기획, 2003, 162면. 「만무방」은 조선일보에 1935년
　　7월 7일부터 31일까지 연재된 작품인데 이 글에서는 비교적 현대어로 잘 옮긴 가람기획의 전
　　집의 판본을 토대로 한다. 이하의 인용은 이 판본의 면수만 기재한다.
16　손광식, 「김유정의 소설에서 '유랑'과 '정착'의 관계를 해석하는 문제」, 『국제어문』 제16집,
　　1995.5, 321면.

하게 차단되어 있다. 성실한 소작농이나 임금노동자의 길이 있기는 하지만 궁벽진 산촌을 배경으로 하기 때문에 이 역시 봉쇄되어 있다. 왜냐하면 첫째 소작농의 길은 동생 응오에서 보듯이 역시 몰락의 길이 예정되어 있고, 둘째 강원도 산촌을 떠나지 못하는 응칠과 같은 부랑자는 산업구조에 편입될 가능성이 없기 때문이다. 이러한 응칠의 폭력성은 구조적 폭력이지만 인간 내면에 내재하는 본능적 폭력의 성격이 있다.

메를로-퐁티(M. Ponty)에 의하면 폭력은 인간의 불가피한 현상이다. 그러니까 인간은 폭력적이 아닌 것과 폭력적 행위 중에서 하나를 선택하는 것이 아니다. 인간은 원래 폭력적이고 그 폭력은 분명히 필요한 것이며 인간 존재는 폭력을 피할 수 없는 동물성을 가지고 있다. 따라서 인간의 동물성은 생존환경에 따라서 폭력으로 분출하고, 이를 통하여 법 이전의 실존의 문제가 되는 것[17]이다. 이것을 실존주의적 개념으로 바꾸어 정언명제(categorical proposition)화하면 '인간이라는 존재보다 폭력이라는 실존이 앞선다.'가 된다. 이렇게 볼 때 응칠의 폭력은 단순한 동물적 폭력이 아니라 식민지 지주제하의 실존적 폭력이다. 그런데 존재하기 위해서 폭력적이 되어야 하는 이 상황은 현실참여를 강제한다.

그렇다면 응칠의 폭력, 더 정확하게 말하면 폭력의 양태는 어디에서 연유하는가? 이에 대해 송기섭은 식민지 농민들의 절망이 연출한 내적 감정과 시대의식[18]이라고 말하며 하정일은 "식민주의와 연동된 계급적 착취의 문제"[19]라고 진단한다. 두 연구자가 강조한 것은 응칠의 폭력은 시대가 강제한 결과라는 것이면서 지배자로부터 학습된 폭력이라는

17　Maurice Merleau-Ponty, *Humanism and Terror*, trans. by John O'Neill, Boston : Beacon Press, 1969, p.25.
18　송기섭, 「김유정 소설과 만무방」, 『현대문학이론연구』, 2008.4, 274면.
19　하정일, 「지역·내부 디아스포라·사회주의적 상상력―김유정 문학에 관한 세 개의 단상」, 『민족문학사연구』47호. 2011.12, 85면.

것이다. 또한 응칠의 폭력은 모방욕망이 작동된 구조적 폭력이다. 이것을 르네 지라르는 타인에 의한 비자발적 욕망[20]으로 규정한다. 그는 주체와 타자의 관계를 욕망이론으로 설명하면서 중간항으로 매개자를 설정한 바 있다. 그의 이론을 흔히 욕망의 삼각형이론이라고 하는데 주체는 자기 스스로 목표를 설정하고 실현하는 것이 아니라 매개자를 모방하고 학습함으로써 목표를 구체화하고 실행한다.[21] 그런데 학습되고 모방된 구조적 폭력은 가해자가 숨겨져 있고 피해자가 자학을 하는 특이한 구조로 드러난다. 따라서 「만무방」의 주인공 응칠의 폭력은 최후의 한계상황에서 식민지배자들의 폭력을 학습한 폭력일 뿐 아니라 다른 길이 없는 식민지 농민의 역설적 폭력이라고 할 수 있다.

2) 저항의 폭력

퐁티가 말한 것과 같이 인간은 동물성(動物性)을 가진 동물이다. 이 동물성 중의 하나가 폭력성인데 동물의 폭력은 단순히 생존을 위한 폭력이다. 특히 동물은 고문과 같이 폭력을 위한 폭력을 행사하지 않는다. 한편 홉스의 사회계약설에서 보듯이 인류는 지식, 법, 윤리, 도덕, 규범, 관습과 같은 사회제도를 만들면서 동물성을 규제했고, 동물적 본성보다는 인간적 규범으로 사회가 작동되는 체제를 만들었다. 가장 폭력적인 상태는 야만(野蠻)인데, 홉스는 이것을 만인에 대한 만인의 투쟁(War of all

---

20 Rene Girard, *Violence and the Sacred,* trans. by Patrick Gregory, Baltimore : Johns Hopkins University Press, 1977.
21 지라르의 이런 폭력구조는 기독교의 희생양모델을 구조화한 것이므로 전유하여 적용하기에는 적합하지 않지만, 폭력의 양태를 모방과 학습으로 설정한 것은 인용할만한 이론이다.

against all)으로 정리한 바 있다. 그리하여 국가가 형성되고 사회가 발달함에 따라서 비폭력을 대신하는 법과 도덕 등이 인간을 지배하게 되었다. 그래서 폭력은 어떤 경우에도 악(惡)으로 규정된다. 하지만 지라르의 말처럼 잔인한 폭력은 반대의 결과[22]나 정당성을 가지는 경우가 있는데 그것은 부당한 폭력의 상황에서 다른 수단이 없을 경우에 발생한다.

　응칠이의 죄목은 여기에서도 또렷이 드러난다. 구구루 가만만 있었으면 좋은 걸 이 사품에 뛰어들어 지주의 뺨을 제법 갈긴 것이 응칠이었다.
　처음에야 그럴 작정이 아니었다. 그는 여러 곳 물을 마신 만큼 어지간히 속이 튄 건달이었다. 지주를 만나 까놓고 썩 좋은 소리로 의논하였다. 올 농사는 반실이니 도지도 좀 감해 주는 게 어떠냐고. 그러나 지주는 암말 없이 고개를 모로 흔들었다. 정 이러면 하여튼 일년 품은 빼야 할 테니 나는 그 논에다 불을 지르겠수, 하여도 잠자코 응하지 않는다. 지주로 보면 자기로도 그 벼는 넉넉히 걷어들일 수는 있다마는 한번 버릇을 잘못 해놓으면 어느 작인까지 행실을 버릴까 염려하여 겉으로 독촉만 하고 있는 터였다. 실상이야 그까짓 벼쯤 있어도 그만, 없어도 그만, 그 심보를 눈치채고 응칠이는 화를 벌컥 낸 것만은 좋으나 저도 모르게 대뜸 주먹 뺨이 들어갔던 것이다. (165면)

소작인의 형이 지주의 뺨을 갈긴 것은 생각할 수 없는 사건이다. 하지만 응칠에게는 가능했다. 그것은 자신이 소작인이어서가 아니라 폭력으로 지주를 이길 수 있다고 믿기 때문이고 그 폭력은 정당하다는 신념이 있기 때문이다. 그것은 '나는 그 논에다 불을 지르겠수'라는 협박에서 잘 드러난다. 당시 소작제도는 일제의 비호를 받고 있었지만 흉작

22　앞의 책, p.4.

이 되면 소작료를 감해주는 제도가 있었다. 그러니까 응칠의 이런 협박은 '어지간히 속이 튄 건달', 즉 현실에 대하여 어느 정도는 알고 있는 건달의 협박이다. 이것은 르네 지라르의 말처럼 폭력은 비이성적인 것 같지만 매우 이성적인 행위[23]이다. 폭력의 결과는 주재소에 끌려가서 유치장 생활을 하는 것이겠지만 응칠은 이미 전과자이기 때문에 지주는 제도적 장치에 의지할 수도 없다. 따라서 지주는 폭력에 대응하는 조치를 취할 수 없으며 거꾸로 심리적으로 폭력에 복종하는 현상이 발생한다. 즉, 응칠의 폭력은 폭력에 대한 폭력이므로 정당하고 또 이성적인 폭력이 된다.

이 응칠의 폭력은 식민지배자의 합리적 공간에 저항하는 피식민인들의 비합리 공간이라는 점에서 근대성에 대한 비판의식[24]으로 볼 수 있다. 따라서 응칠의 폭력과 저항은 극한적 상황에 처한 식민지 농민의 반사행동에 해당한다. 또한 응칠의 폭력은 개인적 폭력이지만 사실은 '사회의 차별적 권력 분배로 표현되는 사회적 불평등에 기인하는 구조적 폭력'[25]이다. 그러니까 응칠의 폭력성은 오년 전 '짚이 석 단'이라고 써 놓고 야반도주를 한 다음 살이 에이도록 추운 겨울날 젖먹이 아이가 얼어 죽게 생겨 아내와도 이별한 다음 획득한 일종의 획득형질인 셈이다. 극한적 환경에 처한 응칠이 그 환경에 적응하기 위하여 스스로 획득한 형질은 동생 응오로 인하여 폭발한다. 소작농민이면서 천성적으로 성실한 동생 응오 역시 제 아내가 죽게 생겼어도 의원 한 번 보이지 못할 처지이며 벼 수확을 하더라도 빈 지게만 남게 되는 극한적 상황에

---

23 위의 책, p.2.
24 김화경, 「김유정 문학의 근대 자본주의 경험과 재현 양상」, 『김유정의 귀환』, 소명출판, 2012, 194면.
25 문성훈, 「폭력 개념의 인정이론적 재구성」, 『사회와 철학』 제20호, 2010, 69면.

놓여 있다. 이 소설의 이야기 구조로 보면 응오 역시 언젠가는 폭력적이고 저항적인 인물로 바뀔 수밖에 없다.

응칠 응오 형제가 살 수 있는 단 하나의 길은 저항과 전복이다. 형제 앞에 놓인 상황은, 비유하자면 도살장(屠殺場)으로 들어가는 길목인 셈이고, 죽지 않으려면 최소한의 저항이라도 해야 하는 것이며, 그 저항의 강도에 따라서 죽지 않고 살 수도 있다. 그래서 응칠은 동생 응오를 대신하여 지주를 때리는 극단적인 행위를 하고야 만다. 하지만 이 저항은 미래의 희망과 전망이 없는 충동적 폭력이다. 여기서 중요한 것은 폭력을 행사하지 않을 수 없는 조건에 처해 있다는 것이다. 양순했던 응칠이나 근실한 농민 응오 형제로 상징되는 조선 농민은 이 폭력이 상징하는 것과 같이, 폭력 이외의 다른 길이 없다. 여기서 폭력의 잠재적 폭발성과 휘발성을 담담한 필치로 묘파한 김유정의 서사전략이 빛난다.

3) 비극의 폭력

「만무방」은 서사구조의 형식성이 완결적인 작품이다. 발단-전개-갈등-절정-결말로 이어지는 흐름은 서사의 상호관련을 유지하면서 잘 짜여 있다. 그런데 절정과 결말의 극적 구조가 역전에 역전을 거듭하면서 식민지 농민의 실상이 상승구조로 설정되어 있다. 더 중요한 폭력은 식민지적 자본주의 체제하에서 '노동계급에 가해지는 착취의 폭력'[26]이지만 이에 대한 대응폭력이 개인의 폭력으로 전환된다는 문제가 발생한다. 가령 이 작품의 마지막 폭력이자 절정은 형 응칠이 동생 응

26　신진욱, 「근대와 폭력」, 『한국사회학』 제38집 4호, 2004, 4면.

오에게 가하는 폭력이다. 사건의 발단은 벼를 훔치던 응오가 형 응칠에게 현장을 들키는 것으로부터 시작된다. 이 행위를 상징하는 공동묘지는 죽음과 절망의 언표[27]이고 이 심층의 절망은 표층의 폭력적 비극에 상응한다. 동생 응오의 논에 도둑이 들었다는 소식을 듣고 매복하던 응칠은 어슴푸레한 어둠 속에서 벼를 훔쳐가는 도둑을 발견했다. 담대한 응칠은 이 도둑을 후려친 다음 잡고 보니 자기 동생이자, 그 논의 소작인인 응오였다.

기막힌 응칠에게 응오는 자기 논의 벼를 자기가 먹지 못하는 현실을 토로한다. 아내는 병석에 누웠고 이미 먹은 장리쌀로 추수를 하더라도 빈 지게로 돌아와야 하는 것이 응오의 처지다. 이런 처지를 잘 아는 응칠이는 측은지심(惻隱之心)이 들어 황소를 훔칠 것을 제안한다. 그러자 응오는 그런 도둑질을 절대로 할 수 없다고 고개를 저으면서 '명색이 형이라며?'라고 말하는 순간 응칠이는 동생 응오에게 가혹한 폭력을 행사한다. 응칠이 응오를 때린 이 폭력은 가학과 피학이 자신에게로 향해 있는 자학의 폭력이다. 응오의 이 순박한 발화로 인하여 폭력에 대한 폭력마저 차단당한 응칠의 행위는 폭력의 상대를 잃어버린 혼돈의 심리 그 자체다. 그러니까 폭력의 주체 응칠은 폭력의 대상을 상실하고 자기를 타자로 설정한 다음 자기에게 폭력을 행사하는 것이다. 이처럼 김유정은 자기 논의 벼를 자기가 훔치는 응오를 통하여 농민들의 애환(哀歡)을 그려내고 그 애환은 형 응칠을 통하여 폭발적인 울분의 힘으로 응축됨을 보여준다. 그것이 잘 드러나는 대목이 다음과 같은 장면이다.

대뜸 몽둥이는 들어가 그 볼기짝을 후려갈겼다. 아우는 모로 몸을 꺾더니

---

27 유인순, 앞의 책, 39면.

시나브로 찌그러진다. 뒤미처 앞 정강이를 때렸다. 등을 팼다. 일어나지 못할
만큼 매는 내렸다. 체면을 불구하고 땅에 엎드려 엉엉 울도록 매는 내렸다.
　홧김에 하긴 했으되 그 꼴을 보니 또한 마음이 편할 수 없다. 침을 퉤, 뱉어
던지곤 팔자 드센 놈이 그저 그렇지 별수 있냐. 쓰러진 아우를 일으켜 등에
업고 일어섰다. 언제나 철이 날는지 딱한 일이었다. 속 썩는 한숨을 후— 하
고 내뿜는다. 그리고 어청어청 고개를 묵묵히 내려온다.(188면)

　응칠은 동생 응오가 '명색이 성이라며?'라고 응수하자 이와 같은 폭
력을 행사했다. 그러니까 응오는 자기 논의 벼를 훔칠 수밖에 없는 처
지를 이해하지 못하는 응칠에게 저항적 응수를 했다가, 응칠의 화를 돋
운 것이다. 이 희극적이면서 처절한 장면은 절망과 비극이 잘 드러난
폭력의 양상[28]이다. 순간적으로 동생 응오를 때리기는 했지만 응칠이
의 마음은 아팠다. 등에 업고 내려오는 응칠과 업혀서 내려오는 응오
사이에는 말없는 형제애와 운명의 공동체의식이 상승하는 순간이다.
형제는 폭력을 통해서 일체감을 느끼지만 침묵 속에서 울분을 싹틔운
다. '에—이 고얀 놈, 할 제 볼을 적시는 것은 눈물이다.'라는 대목이 보
여주는 것처럼 형제는 극단적 비극에 눈물을 흘리고 만다. 이것은 비극
의 폭력이면서 폭력에 대한 일종의 역설이다.
　이 폭력은 행위를 의미하는 것인 동시에 폭력의 성격을 의미한다.
즉, 이 폭력에는 누가 누구에 대한 폭력을 어떻게 행사했느냐보다 더
중요한 비극성(悲劇性)이 내재해 있다. 가령 이 대목에서 소를 훔치자는
형의 제안을 거절했다고 해서 형이 동생을 때리는 것은 역설적 행위다.
이 형제는 이제 어떤 일도 할 수 없다. 그런데 이 극단적 행위는 최서해

28　홍혜원, 앞의 책, 105면.

식의 파괴와 다르다. 극단적 절망에 내재한 희미한 여명(黎明)이 있기 때문이다. 그것은 형제가 발 디디고 있는 삶의 현장과 비록 식민지이지만 민족이라는 실체와 그것이 역설적으로 드러나는 해학의 알레고리로 표현된다. 이에 대해서는 농민의 비애(悲哀)가 고발에 이르지 못했다는 평가가 있고[29] 폭력적 인간성과 악마성이 해학으로 드러난다는 평가[30]가 있다. 하지만 이 장면에서 드러나는 비극성이나 악마성은 폭력의 알레고리로 볼 수 있다. 작가 김유정은 식민지 농민의 몰락과 패배가 또 다른 폭력을 유도하는 상황을 통하여 폭력적일 수밖에 없는 조선 농민의 분노를 은유하고 있는 것이다.

3. 폭력과 인물형

1) 식민지 룸펜프롤레타리아 계급

식민지 민중의 정신적 이상증세를 분석한 것은 프란츠 파농이었다. 그는 식민지 민중들이 겪는 정신적 이상 증세는 착취와 탄압을 자행하는 제국주의 지배정책 때문이라고 단언했다. 정신분석학을 사회현상에 접목한 『검은 피부, 하얀 가면(*Peau Noire, Masques Blancs*)』에서 파농은 자신의 검은 피부를 증오하는 것을 식민지배를 내면화한 증상[31]으로 보

---

29 김상태, 「김유정과 해학의 미학」, 『한국 현대소설사 연구』, 민음사, 1984, 321면.
30 김윤식・정호웅, 『한국소설사』, 문학동네, 2000, 235면.

았다. 「만무방」은 파농의 이 진단과 같이 식민지 민중들의 병리적 현상이 해학과 은유라는 알레고리로 표현되어 있다. 「만무방」에서 표면적으로 드러나는 것은 지주와 소작인의 관계 그리고 주변부화되어 있는 부랑자형 인물이다. 하지만 응칠이나 응오의 저항행위는 지주제도에 대한 반감이 아니며 일제의 식민정책과 상관이 멀다. 따라서 지주와 소작관계를 가지고 계급적 이데올로기나 식민지 지배정책과 연결하는 것은 무리다.

한편 주인공 응칠은 부랑자형 인물로 계급이론으로 볼 대 폭력성을 가진 룸펜프롤레타리아다. 마르크스는 이들은 타락하고 위험한 부류, 부랑자, 제대 군인, 전과자, 소매치기, 창녀, 넝마주이, 거지 등으로 이루어진 '분해된 대중', 즉 '모든 계급의 폐품'이라고 경멸했다. 또한 룸펜은 노동을 할 의지가 없이 빈둥거리는 무위도식자, 한 곳에 정착하지도 않는 유랑자, 유리걸식하는 빈민, 사기와 같은 죄를 저지르는 범죄자를 일컫는다. 그러니까 야비한 정치가나 모사꾼들이 이들에게 돈이나 음식 등을 제공하고 반동적(反動的) 운동에 동원하여 사회를 혼란 상태에 빠트린다는 것이다.

룸펜은 독일어 사기꾼 또는 불량배라는 의미의 Lumpen에서 유래했다. 이것을 마르크스와 엥겔스가 『독일 이데올로기』(1845)에서 계급의식이 없고 생산에 기여하지 못하며 혁명에 방해가 되는 부류라는 의미

---

31 Frantz Fanon, *Peau Noire, Masques Blancs*, 1952, 이석호 역, 『검은피부, 하얀가면』, 인간사랑, 1998, 283면. 파농은 1953년 알제리 정신병원 의사로 근무하다가 알제리 민족해방전선(FLN)에 가입하여 혁명의 대오에 투신한 후 1961년 알제리 독립을 목전에 두고 타계했다. 정신과 의사에서 전사(戰士)로 다시 태어나면서 그가 가진 생각은 '폭력에 대항하는 폭력'이다. 프랑스 식민지 알제리의 예에서 보듯이 서구 제국주의자들의 식민지배는 그 자체가 이미 폭력이다. 식민지 원주민들을 타자화시키고 착취하고, 억압하고, 고문하고 또 살해한다. 법과 제도 역시 폭력에 불과하다. 식민지 민중이 정신이상 증세를 보이는 것은 바로 이런 고통과 억압의 결과이다. 이 결과 식민지 민중들은 자기 땅에서 유폐당하고 또 대지에서 저주받은 존재로 살아갈 뿐이다.

로 사용한 후, 사회학 용어로 정착되었다. 이후 대부분의 사상가들은
룸펜을 쓸모없는 부랑자로 간주했다. 이들은 생산수단을 가지지 못했
기 때문에 생산구조에 편입되지 못한 과잉인구(過剩人口)로 분류되며 대
부분 실업상태에서 고립되고 무기력하게 겨우 목숨을 연명한다. 이 과
정에서 토지와 일터를 상실하고 완전히 몰락하는 부류가 생긴다. 가장
먼저 농민이 와해되는데 그 중에서도 자작농이 토지가 없는 소작농으
로 전락[32]한다.

반면 트로츠키는 『파시즘에 관하여』(1971)에서 왜 노동자가 룸펜이
되는가에 대하여 설명하면서 룸펜을 혁명의 시기에 일정한 역할을 할
수 있는 존재로 설정했다. 이것은 바쿠닌의 급진적인 견해를 수용한 것
인데 마르크스와 달리 바쿠닌은 더이상 빼앗길 것도 없고 쫓겨날 곳도
없는 룸펜들에게 의미를 부여했다. 트로츠키는 죽음을 예감하고 미리
작성한 유서에서 '인생은 아름다워라! 훗날의 세대들이 모든 악과 억압
과 폭력에서 벗어나 삶을 마음껏 향유하게 하자!'[33]라고 썼던 비폭력주
의자였으나 본인은 살해당했다. 바쿠닌은 혁명의 주체는 농민이기는
하지만 실업상태의 지식인, 도둑이나 강도를 포함한 빈민층, 건달 등도
혁명 세력의 연대와 강화를 위해서 필요하다고 보았다. 이들은 산업사
회에 감염되지 않은 존재들이고 부르주아와는 완전히 절연된 존재들
이기 때문이다. 이들은 더이상 잃을 것도 없고 얻을 것도 없다. 하지만
분명한 것은 현재의 상태로는 살아갈 수 없다는 것이다. 따라서 이들

---

[32] 이들 룸펜프롤레타리아는 집단화되지 못할뿐더러 계급의식조차 없기 때문에 이런 상황에
서 체계적인 저항을 할 수가 없다. 당연히 자본가계급과 투쟁할 수 없으며 사회적 의식을 가
지기도 어렵다. 그래서 김유정 소설에서 보듯이 투전, 도박, 싸움, 사기, 매춘, 걸식 등의 양태
를 보이는 것이고 그것 때문에 더욱 더 극단적인 상황으로 몰리게 된다. 간혹 계급투쟁에 참
가하는 경우가 있으나 거꾸로 지배계급에게 매수당해 그들의 앞잡이가 되는 경우가 많다는
것이다.

[33] L. Trotsky, "Trotsky's Testament", 27 February 1940, Coyoacan.

룸펜들은 어떤 방법으로든지 세상을 전복시켜야 한다. 그렇기 때문에 바쿠닌은 룸펜을 혁명의 동지로 간주했던 것[34]이다.

이런 바쿠닌의 생각은 여러 방면에 영향을 미쳤고, 무정부주의로 통합[35]되었지만 프란츠 파농에게 그대로 전수된다. 파농과 바쿠닌에 의하면 룸펜들의 폭력에 대한 폭력은 정당한 것이고 식민지 민중들의 폭력은 폭력이 아니라 인간해방을 위한 행위가 된다. 이것은 폭력이라는 부정을 부정할 경우에는 폭력이 아니라 긍정이라는 논리다. 아도르노가 정초한 부정의 변증법은 부정의 부정은 긍정이지만 한 번 부정된 것은 끝까지 부정되어야 한다는 것이다. 이런 관점에서 볼 때 응칠과 같은 식민지 민중은 폭력적인 상황에 처해 있고, 민중들에게는 폭력성이 잠재해 있으며, 그 폭력성을 깨우치고, 그 폭력을 바탕으로 부당한 폭력에 폭력으로 저항하는 것은 정당한 행위다.

조선 농민 응칠이 보여준 폭력에 대한 더 강력한 폭력은 이들 뿌리 뽑힌 자들 즉, 부랑자나 범죄자와 같은 룸펜프롤레타리아에 의해서 조성되는 폭력이다. 이 룸펜은 특정한 민족의 특정한 시대에 출현하는 특수한 인물형이 아니다. 그러니까 룸펜이 출현하는 구조와 모순에 주목한다면, 응칠을 비롯한 부랑자형 인물의 긍정적 의미가 부여될 수 있

---

34 Bakunin had a view almost opposite of Marx's on the revolutionary potential of the lumpenproletariat and the proletariat. Bakunin "considers workers' integration in capital as destructive of more primary revolutionary forces. For Bakunin, the revolutionary archetype is found in a peasant milieu (which is presented as having longstanding insurrectionary traditions, as well as a communist archetype in its current social form—the peasant commune) and amongst educated unemployed youth, assorted marginals from all classes, brigands, robbers, the impoverished masses, and those on the margins of society who have escaped, been excluded from, or not yet subsumed in the discipline of emerging industrial work…… in short, all those whom Marx sought to include in the category of the lumpenproletariat."

35 Robert M. Cutler, *Introduction to The Basic Bakunin : Writings, 1869-1871* (Buffalo, N.Y. : Prometheus Books, 1992), p.27.

다. 식민지 조선의 농민들은 한계조건상 룸펜이 될 가능성이 높다. 실제로 응칠의 예에서 보듯이 자기 자신 때문이 아니라 주어진 조건으로 인하여 룸펜 또는 부랑자가 되는 경우가 많다. 그런 점에서 응칠은 작중인물의 주인공이라는 의미와 함께 룸펜으로 몰락하는 조선농민을 상징하고 대리하는 인물형이라고 할 수 있다. 따라서 응칠과 같은 폭력적 부랑자들에게서 새로운 혁명의 가능성을 찾을 수 있다. 그런 점에서 '인식의 재구성과 현실 전복의 서사'[36]는 혁명을 의미하는 것이며 그 방법은 폭력에 대한 폭력이다.

2) 부랑자형 인물 응칠

주인공 응칠은 사기꾼, 부랑인, 건달의 전형이다. 그에게는 법이나 제도, 도덕이나 윤리가 중요하지 않다. 그저 하루하루의 연명이 중요하고, 자유로운 유랑이 중요하며 생존의 현실이 중요하다. 사회적으로 볼 때 이런 인물은 사회악이고 쓰레기이며 가치 없는 존재일 뿐이다. 하지만 작가의 시선은 응칠을 부정적으로 보지 않는다. 작가 김유정은 삼인칭관찰자 시선을 통하여 객관화를 확보한 후 일정한 거리를 유지하면서 객관성을 증강시킨다. 이를 위하여 김유정은 자신의 감정이나 판단을 배제시킨 것 같은 서사전략을 구사하고 있다. 하지만 이것은 작가의 치밀한 서사전략이므로 이 서사전략과 서사결과에 나타난 의도를 정확하게 읽어내야 한다.

서술자의 응칠에 대한 긍정적 시선은 부분적 긍정이다. 당연히 돼지

---

36 김경애, 「「만무방」의 서술 구조 연구」, 『비평문학』 제31호, 2009. 3, 94면.

나 닭을 잡아먹는 도둑질이나 어두컴컴한 동굴에서 벌이는 도박판이나 막무가내로 주먹을 휘두르는 행위를 긍정적으로 묘사할 수는 없다. 그러나 작가는 심리묘사를 최소화하고 장면묘사를 주로 하는 방식을 통하여 부정을 약화시킨다. 즉, 돼지를 잃어버린 농민이나 얻어맞은 지주라는 타자(他者)를 서사의 중심에서 배제시킴으로써 응칠이 비도덕적 인물이라는 사실을 은폐하는 것이다. 작가가 전경화(foreground)시킨 것은 응칠이라는 인물과 그의 폭력성이다. 그렇다면 봉건제나 자본제 생산양식에 편입되어 있지 않고, 여러 사람에게 피해만 줄 뿐이며, 유랑하고 걸식하면서 건달 노릇만 하는 응칠이는 무슨 의미가 있는 것인가? 이런 인물을 설명하는 것이 구조적 계급으로서의 룸펜이다. 작품에서는 그를 이렇게 묘사하고 있다.

> 먹고만 싶으면 도야지구, 닭이구, 개구, 언제나 옆을 떠날 새 없겠지, 그리고 돈, 돈도…….
>
> 그러나 주재소는 그를 노려보았다. 툭하면 오라, 가라, 하는데 학질이었다. 어느 동리고 가 있다가 불행히 일만 나면 누구보다도 그부터 붙들려간다. 왜냐면 그는 전과사범이었다. 처음에는 도박으로 다음엔 절도로 또 고 다음에도 절도로, 절도로…….(163면)

원래 양순하고 성실했던 응칠이는 도박, 절도, 절도, 절도의 전과 사범이 되고 말았다. 그렇지만 작가는 그런 그의 행위를 제어하는 것이 정당하다는 태도를 취하지 않는다. 다만 행위를 묘사함으로써 간접화시키지만 이 간접화는 응칠에 대한 긍정적 시선의 간접화다. 절도에 대한 가치판단을 배제하기 때문에 서술자는 텍스트내의 인과만을 기술하는 존재에 머문다. 하지만 이런 서술자의 서술은 텍스트 밖의 실제 작가 김유정의 서사전략이라는 것은 자명하다.

앞에서 본 것과 같이 마르크스에 의하면 룸펜은 정의로운 형제 노동자와 농민이 혁명을 위해 자기를 던질 때 오히려 지배자의 앞잡이 노릇을 하거나 건달로 사회적인 악을 생산하는 존재다. 이런 이유 때문에 룸펜은 역사유물론과 계급투쟁에서 노동자와 농민 그리고 인텔리겐치아를 주축으로 하는 혁명의 주체에서 배제했던 것이다. 그러므로 파농은 룸펜에 특별한 의미를 부여하면서 식민지 민중의 수동적 폭력을 능동적 폭력으로 바꾸는 것이야말로 식민지해방운동의 첫걸음[37]이라고 단언한다. 하지만 라프(RAFP)와 연계를 가진 카프(KAFP) 역시 프롤레타리아문학에서 이런 룸펜을 배제했다. 오히려 한국 근대문학에서 룸펜은 프로문학이 아닌 모더니즘 문학에서 주요 인물로 설정되는 경우가 많았다. 이렇게 볼 때 최서해의 인물들이 보여주는 폭력성과 이기영의 인물들이 보여주는 이데올로기로 대별되는 프로문학과 달리 김유정의 은유적인 폭력성은 한국문학사에서 특이한 위치를 차지한다.

폭력적 룸펜 응칠은 비폭력적 양순한 농민 응칠보다 중요한 의미를 가진다. 폭력은 파농이 말한 것처럼 자기 땅에서 유배당한 존재들의 저항 수단이며 식민지 민족해방운동의 출발점이다. 작품 곳곳에 나타나는 것과 같이 응칠은 자신의 폭력성을 감추지 않는다. 이 응칠은 이미 식민지 구조에 순응하거나 교화될 수 없는 인물형이다. 그는 자기 내면

---

37 Frantz Fanon, *The Wretched of the Earth*, (1961), trans. by Constance Farrington, New York : Grove Weidenfeld, 1963, pp.22~30. 파농은 제국주의와 더불어 민족주의에 대해서도 신랄하게 비판하면서 지식인들의 임무는 현실을 정확하게 인식하고 대중에게 올바른 가치를 심어주는 일이라고 강조했다. 이 해방의 주체는 계급의식을 가진 프롤레타리아와 더불어 더 저주받은 자들, 즉 완전히 자기의 땅을 빼앗기고 쫓겨난 농민들이다. 또한 할 일도 없고 무엇을 할 의지도 없어 보이는 부랑자, 실업자, 유랑자, 범죄자, 사기꾼들인 룸펜프롤레타리아(Lumpenproletariat)도 해방전선의 한 축이 될 수 있다. 이들이야말로 아무 것도 가진 것이 없고 잃을 것도 없는 최하층의 민중 즉, 자기 땅에서 유배당한 빈민이기 때문이다.

의 폭력성을 정확하게 인지하고 있을 뿐 아니라 그 폭력이 나쁘다고 생
각하지 않으며 나아가 폭력이야말로 문제를 해결하는 길이라고 믿고
있다. 이것은 표면적으로 볼 때 부정적 인물의 반사회적 행동을 통해
반어[38]로 드러나는 소설문법이지만 심층적으로는 부정의 부정이라는
부정변증법(negative dialects)[39]이다. 한마디로 응칠은 현실을 철저하게
부정하는 폭력적 주체가 되어 있는 것이다. 그 밖에 성격상 능동성도
가지고 있으므로 식민지 조선의 해방주체가 될 가능성이 매우 높은 인
물이다. 이렇게 볼 때 김유정은 해학과 풍자라는 알레고리를 통하여 잠
재된 식민지 농민의 혁명주체를 이 작품에서 은유적으로 묘사했다고
할 수 있다.

3) 성실한 농민형 응오

부주인공 격인 응오는 성실한 농민이다. 형 응칠과는 달리 좋은 평판
을 받고 있고 또 누구나 인정하는 성실한 인물이다. 이 성실한 소작농
민 응오는 몇 년을 일하여 아내를 맞이했다. 그런데 그 아내가 병에 걸
리고 말았다. 그리하여 마침내 응오는 도둑질이라는 역설적 폭력을 저

---

38 박세현, 『김유정 소설연구』, 인문당, 1990, 43면.
39 아도르노가 말한 부정변증법은 헤겔의 변증법을 전제로 한다. 그런데 아도르노에 의하면 변
    증법적 과정을 거치고 나서도 여전히 차이가 나거나 차별이 있는데 이것은 이질적인 비동일자
    들이 근본적인 모순을 안고 있기 때문이다. 따라서 대립과 모순을 극복한 합이라는 것은 있을
    수 없다. 단지 인간의 인식 속에서 부정을 부정하는 것일 뿐이다. 그런데 아도르노가 보기에
    헤겔의 변증법은 긍정변증법으로 결과는 언제나 긍정이다. 이것은 헤겔이 가지고 있던 보편
    에 대한 믿음으로 인하여 생기는 자가당착(自家撞着)으로 특수와 개별을 무시하는 것이다. 그
    런데 객관성과 보편성이 아닌 주체성과 개별성을 보장하기 위해서는 결과가 부정으로 귀결되
    는 변증법이 필요하다. 이를 위해서는 철저한 비판이 반복적으로 수행되어야 한다. Theodor
    W. Adorno, *Negative Dialectics*, trans. by E.B. Ashton, London : Routledge, 1973, pp.5~21.

지르고 만다. 그는 다음 인용문과 같이 공격적인 폭력을 행사하지 않고 벼를 훔치는 것과 같은 수동적 폭력을 행사한다.

흰 그림자는 어느 틈엔가 어둠 속에 사라져 보이지 않는다. 그리고 다시 나올 줄을 모른다. 바람소리만 웽웽 칠 뿐이다. 다시 암흑 속이 된다. 확실히 벼를 훔치러 논 속으로 들어갔을 것이다. 여깽이 같은 놈이 궂은 날새를 기화삼아 맘껏 하겠지. 의리 없는 썩은 자식, 경작에서 같이 굶는 터에— 오냐 대거리만 있어라. 이를 한번 부윽 갈아붙이고 차츰차츰 논께로 내려온다.

응칠이는 논께로 바특이 내려서서 소나무에 몸을 착 붙였다. 섣불리 서둘다간 낫의 횡액을 입을지도 모른다. 다 훔쳐 가지고 나올 때만 기다린다. 몸뚱이는 잔뜩 힘을 올린다.

한 식경쯤 지났을까, 도적은 다시 나타난다. 논둑에 머리만 내놓고 사면을 두리번거리더니 그제야 기어 나온다. 얼굴에는 눈만 내놓고 수건인지 뭔지 헝겊이 가리었다. 봇짐을 등에 짊어 메고는 허리를 구붓이 뺑손을 놓는다. (186면)

자기 땅에서 쫓겨나고, 유형자처럼 사는 형 응칠과 달리 근실한 농민인 응오의 도둑질은 극단적인 한계상황이 만든 전형적 반사행위이다. 응오의 폭력은 제도에 대한 역설적 폭력이다. 그는 자기논의 벼를 베고 추수를 하면 어떤 일이 벌어질까를 잘 알고 있다. 그간 빌어먹은 장리쌀이나 농사비용으로 인하여 빈 지게를 털렁거리면서 돌아설 수밖에 없다. 이것을 김유정은 '캄캄하도록 털고 나서 지주에게 도지를 제하고, 장리쌀을 제하고, 색초를 제하고 보니 남은 것은 등줄기를 흐르는 식은 땀이 있을 따름. 그것은 슬프다 하기보다 끝없이 부끄러웠다. 같이 털어 주던 동무들이 뻔히 보고 섰는데 빈 지게로 덜렁거리며 집으로 돌아오는 건 진정 열적기 짝이 없는 노릇이었다. 참다 참다 못해 응오는 눈에 눈물이 흘렀던 것이다.'라고 서술한다.

　적극적이고 공격적인 성격의 응칠과 달리 응오는 순응적이고 성실한 성격이다. 그래서 응오는 소작농―자소작농―소지주와 같은 신분 상승의 가능성이 있는 인물이다. 그러나 응오는 몰락의 플롯 중 아내의 병과 벼훔치기 에피소드에서 드러나듯이 뿌리뽑힌 식민지 농민의 길을 갈 수밖에 없다. 그러니까 형제에게 주어진 길은 몰락뿐이다. 몰락 농민이 갈 길은 더 몰락하여 죽거나 자신을 몰락시킨 현실을 전복(顚覆)하는 것이다. 이 형제가 현실 전복의 길을 갈 것인가는 작품에 드러나지 않는다. 그것은 작가가 강원도 농촌 민중을 바탕으로 한 지역성을 리얼리즘에 근거하여 묘사[40]했고, 식민지 농촌에 대한 통찰력으로 드러난 리얼리즘의 정신[41]으로 형상화시켰기 때문이다. 하지만 이 알레고리에 내재한 심층구조는 전복이라는 최종의 전망을 향해 나가는 식민지 조선의 농민이다. 그 전망의 길에 폭력이라는 행위가 있고, 폭력 행위는 사건 진행의 계기가 되며, 그 계기는 알레고리로 표현되고 있다. 따라서 형제의 폭력은 폭력에 대한 폭력이며 모순된 세계의 변혁을 위해 도전하는[42] 행위다.

　응칠과 마찬가지로 룸펜이 되어가는 응오의 미래는 여러 요인에 의해서 결정된다. 즉 이들은 생산수단도 없고 전망도 없으며 잃을 것도 없기 때문에 당장의 이익만 쫓기가 쉽다. 무엇보다도 이들에게는 역사적 전망이 부재한다. 또한 혁명을 통한 미래건설의 의지도 부족하며 현실에 대한 비판적 분석도 부재한다. 오로지 당장의 캄캄한 현실과 절망

40　하정일, 앞의 논문, 104면.
41　박세현, 앞의 책, 174면.
42　박정규, 『김유정 소설과 시간』, 깊은샘, 1992, 169면.

스러운 현실이 놓여 있을 뿐이다. 따라서 미래에 대한 전망이 부재한 룸펜들의 행동은 극단적이고 파괴적일 수밖에 없으므로 그들의 인식은 저항적일 수밖에 없고 그 저항은 '삶의 의지와 희망'[43]으로 전화될 가능성을 잉태하고 있다. 하지만 순응적 인물인 응오가 저항적 인물이 되는 것은 자기 정체성, 환경, 민족감정, 가족관계, 교육정도, 능력 등에 의해서 종합적으로 결정되기 때문에 예측이 불가능하다. 하지만 작가가 식민지 농민이 처한 구조적인 모순을 객관화된 시선으로 묘파하고 있다는 점에서 큰 의미가 있다. 적어도 마르크스가 염려한 것과 같이 룸펜 응칠과 농민 응오가 혁명의 반동적 인물이 될 가능성은 적어 보인다. 이것이 바로 김유정이 묘파한 몰락 농민에 대한 따스한 시선의 본질이다. 이처럼 김유정의 현실인식에 의하면 룸펜 응칠과 몰락해 가는 응오가 사회변혁 즉, 반제항일과 반봉건 프롤레타리아 사회변혁의 인물이 될 가능성이 있는 인물인 것이다.

4. 결론 – 전망 부재 속의 전망

　김유정의 「만무방」은 강원도 산촌을 배경으로 하는 농민소설이다. 1930년대를 시대배경으로 하고 있으므로 전근대 봉건제라기보다는 반봉건제(半封建制)하의 농촌을 배경으로 하고 있으며 핍진한 농민들을 주

43　전신재, 「김유정 소설의 설화적 성격」, 『김유정의 귀환』, 소명출판, 2012, 212면.

인공으로 하고 있다. 이 작품의 주인공 응칠은 빚에 쫓겨 야반도주를 한 다음 부랑자 또는 룸펜프롤레타리아가 되어 유리걸식하면서 목숨을 연명하는 폐품과 같은 존재다. 그는 지주의 뺨을 때리는가 하면, 도박판에서 우격다짐으로 돈을 강탈하는 등, 전형적인 부랑자의 행동양식을 보여주고 있다. 하지만 응칠에 대한 작가의 시선은 비판적이거나 부정적이지 않다. 그것은 작가가 내포작가를 통하여 서술의 거리와 시점을 조절하기 때문이고 응칠이라는 인물형을 통하여 현실 전복의 희망을 찾기 때문이다.

필자가 주목한 것은 응칠이라는 인물의 행위가 아니라 룸펜프롤레타리아를 따스한 시선으로 묘사하는 김유정의 서사전략이다. 작가 김유정이 유리걸식하는 부랑자 응칠을 따스한 시선으로 묘사한 것은 식민지 농민의 몰락에 대한 이해를 전제로 하기 때문이다. 이 작품에 내재한 심층텍스트의 폭력은 구조적 폭력이지만 표면텍스트의 폭력은 개인의 폭력으로 드러난다. 김유정은 이 개인의 폭력을 통하여 식민지적 근대화의 과정에서 몰락할 수밖에 없고, 살아가는 방법도 없으며, 그래서 폭력성이 발동될 수밖에 없다는 식민지 농민의 전형성을 포착했던 것이다. 이런 몰락의 서사는 주인공 응칠의 부랑아 행동양식과 순박한 농군 응오의 저항적 행위로 병렬되면서 해학과 풍자라는 표면구조를 형성한다. 그러니까 양순한 농민 응오도 종당에는 저항과 폭력의 길로 들어설 수밖에 없음을 보여주는 한편 폭력의 정당성과 폭력 이후의 역사적 전망을 함의하고 있는 것이다.

이런 몰락의 서사에서 폭력은 필연적 저항의 수단이다. 이 알레고리에 의하면 폭력적 인물이야말로 시대현실을 정직하고 정확하게 인식하는 인물이다. 이런 상황에서는 비폭력적 인물이 오히려 반시대적이고 반사회적이라는 점에서 폭력의 알레고리적 의미가 드러난다. 마르크스가 쓰레기, 낙오자, 혁명의 방해꾼으로 간주한 룸펜(lumpen)은 바쿠닌, 트로츠키, 파농에 의해서 혁명의 동력으로 설정된 바 있다. 그러니까 자기 땅에서 쫓겨날 수밖에 없는 구조에서 더이상 쫓겨날 곳이 없는 최후의 인간들은 어차피 현재의 체제를 전복(顚覆)시켜야 한다는 것이다. 따라서 주인공 응칠과 같은 룸펜은 혁명의 연대세력이 될 가능성이 높다. 제임슨의 말처럼 식민지 작가의 작품에 민족적 알레고리가 내포되었을 수 있다면 응칠의 폭력은 민족해방운동과 반제항일의 왜곡된 행위일 가능성이 있다.

응칠의 거친 폭력성이나 응오의 순한 폭력성은 식민지 농민이 학습되고 내면화된 폭력성이다. 파농이 말한 것과 같이 폭력에 의해서 폭력화되고 지배자에 의해서 내면화된 폭력이 이들 농군의 신체에 각인되어 있다가 어떤 계기가 되면 폭력으로 분출한다. 파농의 말처럼 식민지배자의 법과 제도는 그 자체가 이미 폭력이므로 폭력에 대한 폭력은 잘못이 아니다. 나아가 식민지배자들이 주입한 폭력성을 역전시키고자 폭력을 행사하는 것은 정당하다. 아도르노의 말처럼 부정의 부정은 긍정이 되더라도 끝까지 부정해야 하는 것과 같이 응칠과 응오의 폭력은 피할 수 없는 식민지 농민의 정당한 폭력이다. 그러니까 사건의 핵심인 폭력은 리얼리즘과 현실변혁의 세계관을 상징하는 서사전략인 것이다.

하지만 응칠과 응오 형제에게는 전망이 부재한다. 어떻게 희망을 설계해야 할지 알 수 없고 앞으로 어떤 미래가 닥쳐올지 예측할 수 없다. 이런 전망 부재로 인하여 이야기는 몰락의 서사와 패배의 구조로 짜여 있다. 즉, 응칠이 응오를 심하게 때린 다음 업고 내려오는 장면은 그 어떤 전망도 제시하지 않으면서 객관화된 보여주기(showing)와 읽기텍스트(readly text)에 머물러 있다. 하지만 김유정은 룸펜프롤레타리아인 응칠과 양순한 농민 응오를 통해서 저항의 싹을 예시한다. 이것은 김유정이 식민지 조선의 현실을 정확하게 인식하고 있었음을 반증(反證)한다. 이 작품에 등장하는 응칠이나 응오가 전복의 주체가 될 수 있을지는 알 수 없다. 그러나 김유정은 이 인물들이 마르크스가 말한 반동적 인물이 될 가능성만은 배제하고 있다. 따라서 응칠의 행위에서 볼 수 있는 폭력과 폭력성은, 아주 희미하지만 김유정의 역사적 전망을 반증하는 상징적 행위이다.

참고문헌

권영민, 『한국 현대문학사』 1, 민음사, 2002.

김경애, 「「만무방」의 서술 구조 연구」, 『비평문학』 제31호, 2009.3.

김상태, 「김유정과 해학의 미학」, 『한국 현대소설사 연구』, 민음사, 1984.

김유정, 「만무방」, 『김유정 전집』 1, 가람기획, 2003.

김윤식·김현, 『한국문학사』, 민음사, 2001.

김윤식·정호웅, 『한국소설사』, 문학동네, 2000.

김주리, 「매저키즘의 관점에서 본 김유정 소설의 의미」, 『한국 현대문학 연구』 20집, 2006.12.

김화경, 「김유정 문학의 근대 자본주의 경험과 재현 양상」, 『김유정의 귀환』, 소명출판, 2012.

문성훈, 「폭력 개념의 인정이론적 재구성」, 『사회와 철학』 제20호, 2010.

박세현, 『김유정 소설연구』, 인문당, 1990.

______, 『김유정의 소설세계』, 국학자료원, 1998.

박정규, 『김유정 소설과 시간』, 깊은샘, 1992.

백 철, 『新文學思潮史』, 신구문화사, 1980.

손광식, 「김유정의 소설에서 '유랑'과 '정착'의 관계를 해석하는 문제」, 『국제어문』 제16집,
        1995.5.

송기섭, 「김유정 소설과 만무방」, 『현대문학이론연구』, 2008.4.

신진욱, 「근대와 폭력」, 『한국사회학』 제38집 4호, 2004.

유인순, 『김유정 문학 연구』, 강원대 출판부, 1988.

장양수, 「1930~45년 소설경향의 몇 가지 흐름」, 『한국 현대문학사』, 현대문학, 1995.

전신재, 「김유정 소설의 설화적 성격」, 『김유정의 귀환』, 소명출판, 2012.

______, 「김유정 문학 제대로 읽기」, 『당대비평』 통권 제3호, 1998.3.

조남현, 「김유정 소설과 동시대 소설」, 『김유정의 귀환』, 소명출판, 2012.

파농, F., 이석호 역, 『검은피부, 하얀가면』, 인간사랑, 1998.

하정일, 「지역·내부 디아스포라·사회주의적 상상력－김유정 문학에 관한 세 개의 단상」,
        『민족문학사연구』 47호. 2011.12.

한만수, 「김유정 소설(金裕貞小說)의 아이러니 분석(分析)」, 『동악어문논집』 제21집, 1986.10.

홍혜원, 「김유정 소설에 나타난 폭력의 구조와 소설적 진실」, 『김유정의 귀환』, 소명출판,
2012.

Adorno, Theodor W., *Negative Dialectics*, trans. by E.B. Ashton, London : Routledge,
1973.

Cutler, Robert M., *Introduction to The Basic Bakunin : Writings, 1869~1871*, Buffalo,
N.Y. : Prometheus Books, 1992.

Frantz Fanon, *The Wretched of the Earth*, (1961), trans. by Constance Farrington, New
York : Grove Weidenfeld, 1963.

Girard, Rene, *Violence and the Sacred*, trans. by Patrick Gregory, Baltimore : Johns
Hopkins University Press, 1977.

Jameson, Fredric, "Third-World Literature in the Era of Multinational Capitalism", *Social
Text* 15, Fall 1986.

Merleau-Ponty, Maurice, *Humanism and Terror*, trans. by John O'Neill, Boston : Beacon
Press, 1969.

Trotsky, L., "Trotsky's Testament", 27 February 1940, Coyoacan.

자본주의보다 먼저 온 실패의 예후와 대안적 윤리[*]

이 경

1. 들어가기

김유정 소설의 농촌에는 농민이 없고 도시에는 도시인이 없다. 농촌을 배경으로 한 경우 농민보다는 노름꾼, 금쟁이 혹은 들병이의 활약상이 주를 이루며, 도시를 배경으로 한 경우에는 룸펜, 부랑자를 비롯한 일용잡급직이 중심인물로 제시된다. 정상적인 농민생활이 끝났을 뿐 아니라[1] 도시에서의 삶 역시 정상성에서 일탈된 경우가 대부분이다.

이와 같은 현상은 그가 초점화하고 있는 것이 하층민이라는 사실에

---

*   이 글은 『코기토』 제73호, 2013에 게재되었던 것을 다시 수록한 것이다.
1   서준섭, 『한국 모더니즘 문학의 연구』, 일지사, 1988, 339면.

기인하며 이와 관련하여서는 이미 많은 연구가 축적되어 있다. 토속적 해학성에 대한 관심[2]에서 시작된 김유정 연구사는 식민지 현실의 궁핍상에 대한 리얼리즘적 관점[3]의 조명을 거쳐 오늘날에 와서는 식민지 근대와 자본주의에 대한 나름의 대응양식[4]을 찾는 방향으로 전개되고 있다. 식민지 근대의 피해자라는 위치에서 벗어나, 대응의 능동적 가능성을 담보하는 방향으로 김유정 소설의 연구가 이행되어 온 것이다.

이 글은 기존의 연구성과들을 바탕으로 자본주의에 대한 여성주의적 비판을 도모하는 페데리치[5]와 자본주의의 비합리성에 주목한 벤야민[6]의 논의에 기대어 김유정 소설을 해석한다. 실패를 거듭하는 작중인물의 서사를, 이후 본격적으로 맞닥뜨리게 될 자본주의의 모순에 대한 예후로 보고자 한다.

---

2 서정록, 「한국적 전통에서 본 김유정의 문학」, 『동대논총』 1, 1969; 이주일, 「유정문학의 향토성과 해학성」, 『국어국문학』 83, 1980; 박진수, 「「변강쇠가」와 「안해」의 대비연구」, 이화여대 석사논문, 1983; 조석현, 「김유정 소설의 해학성 연구」, 성균관대 석사논문, 1987; 윤지관, 「민중의 삶과 시적 리얼리즘－김유정론」, 『세계의 문학』, 1988 여름; 김미현, 「김유정 소설의 카니발적 구조 연구」, 이화여대 석사논문, 1990 등.

3 박철석, 「한국 리얼리즘 소설 연구」, 동아대학교, 『대학원논문집』 16, 1991; 김영택·최종순, 「김유정 소설의 근대적 특성」, 『비교한국학』 16.2, 2008; 전흥남, 「「금 따는 콩밭」의 중층성과 문제점」, 『한국언어문학』 49, 2002 등.

4 이경, 『한국 근대소설의 근대성 수용양상』, 태학사, 1999; 안미영, 「김유정 소설의 문명 비판 연구」, 『현대소설연구』 11, 1999; 강심호, 「김유정 문학의 위반의식 연구」, 서울대 석사논문, 2001; 김양선, 「1930년대 소설과 식민지 무의식의 한 양상－김유정 소설에 나타난 향토의 발견과 섹슈얼리티를 중심으로」, 『한국 근대문학연구』 5-2, 2001; 김주리, 「매저키즘의 관점에서 본 김유정 소설의 의미」, 『한국 현대문학연구』 20, 2006; 김주리, 「김유정 소설에 나타난 파괴적 신체 고찰」, 『한국 문예비평연구』 21, 2006; 권채린, 「김유정 소설의 도시 체험과 환등상적 양상」, 『현대소설연구』 47, 2011.

5 실비아 페데리치, 황성원·김민철 역, 『캘리번과 마녀』, 갈무리, 2011. 물론 그녀는 자본주의 발달 과정의 핵심이자 마르크스가 결여한 부분이 바로 마녀사냥임을 논증하는데 초점을 맞춘다. 자본주의 이행과정에서 분출된 저항의 에너지를 분산, 파편화시키는 정치적 기획인 마녀사냥이야말로 유럽 자본주의 탄생의 핵심요소라고 주장한다. 해서 본고의 논지와는 다소 거리가 있으나 여기서의 마녀사냥 역시 자본주의의 퇴행적 측면을 비판하는 매개인 만큼 자본주의에 반하는 벡터에 주목하는 본고와 방향을 같이 한다.

6 발터 벤야민, 최성만 역, 「종교로서의 자본주의」, 『발터 벤야민 선집 5－역사의 개념에 대하여, 폭력비판을 위하여, 초현실주의 외』, 길, 2008, 119~126면.

돈에 유혹되어 온갖 계산과 상품화전략으로 그것을 얻으려 하나 종국에는 실패하고 마는 서사의 반복은 지금까지 식민지 근대라는 한계상황, 바보인물, 아이러니, 괴물성 등의 관점에서 설명되어 왔다. 하지만 이는 보다 근본적으로는 자본주의의 작동방식에 기인한다. 노동생산성의 향상에 주목하여 자본주의의 발달을 결핍으로부터 인류를 해방시킬 물적 조건이 마련된 계기이자 봉건체제로부터의 인간해방에 이르는 필연적인 과정으로 본 마르크스와 달리 페데리치는 이 부분에 반론을 제기하며 자본주의는 진화의 산물이 아니라 오히려 예속노동에 저항해 왔던 농민들의 반봉건투쟁에 대해 지배계급이 일으킨 반혁명이었다고 주장한다. 자본주의는 봉건제 말엽, 태업, 거짓순종, 좀도둑질, 밀렵 등의 일상적 저항에서부터 무장봉기에까지 이르는 광범위한 변혁의 움직임을 파괴해버린 반혁명이라는 것이다.[7]

자본주의는 중세적인 억압으로부터 노동과 성이라는 생산성을 해방하였지만 그것을 화폐에 종속시키고 또 사적 영역화시킴으로써 이전 사회에서 나타났던 부분적, 지역적 통제를 오히려 전면적이고 국가적인 통제로 대체하였다는 김용구의 주장[8]도 같은 맥락을 이룬다. 자본주의의 핵심에는 임노동과 노예화 간의 공생관계가 있으며 이는 노동력 파괴와 축적의 변증법으로 이어지기에 인간의 해방과 연결될 수 없다. 폭력 그 자체가 생산적인 힘으로 작용하기 때문이다.[9]

소설의 시대적 배경을 이루는 1930년대는 봉건적 착취와 식민지 근대의 자본적 착취가 병존하며 수많은 자영농민들을 그 생활의 근거인 토지로부터 축출하던 시기였다.[10] 일제에 의한 토지 / 임야조사사업이

---

7   실비아 페데리치, 앞의 책, 30~45면.
8   김용구, 『한국소설의 유형학적 연구』, 국학자료원, 1995, 12면.
9   실비아 페데리치, 앞의 책, 41면.

지주-소작농의 착취구조를 확대·강화하면서 봉건적 생산관계를 심화시키는 한편, 식민지 조선에 진출한 일본독점자본이 도입한 공장제 생산방식은 농촌에서 쫓겨나게 되는 농민들을 임금노동자로 편입할 수 있는 상태에까지는 이르지 못하였다. 수많은 농민들이 절대빈곤의 나락으로 떨어지고 있었음에도 그들이 그 빈곤을 피하거나 우회할 수 있는 도시가 제대로 형성되지 못하였던 것이다. 자본주의의 얼개는 들어와 자리잡았으나, 농민들이 그 속에 편입되어 노동할 수 있는 여건은 제대로 성숙하지 못 한 것이다. 세속화된 종교의 형태로 최중심급에 좌정한 것은 자본이나, 현실은 노동착취와 빈곤으로 일관되는 상태가 당대의 현실이었던 것이다.

이와 같은 식민지 근대 자본주의 구조 안에서 하층민들이 도모하는 축적의 꿈은 실패를 반복할 수밖에 없다. 식민지야말로 자본주의를 가능하게 했다는 페데리치의 진단은 이를 더욱 뚜렷이 한다.[11] 벤야민이 자본주의에 공상 혹은 종교의 맹신성과 비합리성이 내장되어 있다고 주장한 것[12]은 이런 맥락에서이다. 진보, 행복에 대한 자본주의의 약속은 신화에 불과하다. 노동력을 파는 것으로는 미래의 행복을 기약할 수

---

10 김진균·정근식에 의하면 1930년대는 근대 자본주의에 의한 신체통제가 본격화되어 "정확한 시공간에 정확한 행동을 수행한다는 훈육적인 신체의 공리가 확연해진다"고 한다. 표준화된 신체규율을 습속화함으로써 시간을 자본으로 환원할 수 있도록 하는 것이다. 김진균·정근식 편,『근대주체와 식민지 규율권력』, 문화과학사, 1997, 제1장. 이와 같은 신체적 규율의 양상은 「생의 반려」에서 두드러지며, 그 외의 소설에서는 크게 부각되지 않는다. 당대가 자본주의로의 이행과정에 있을 뿐 아니라, 지주-소작인의 봉건적 생산관계가 여전히 지배하고 있었기 때문이다.

11 자본주의가 성숙되면 그 초기에 나타났던 폭력은 소멸될 것이라고 보았던 마르크스와는 달리, 페데리치에 의하면 초기축적단계에서 나타났던 폭력은 아직도 여전히 잔존하고 있을 뿐 아니라 세계적 규모의 전쟁과 약탈, 여성의 지위하락 등의 형태로 자본주의에 필수적인 형태로 포섭되어 있다.(실비아 페데리치, 앞의 책, 30~31면) 억압하는 사람만이 진보를 주장할 뿐 억압받는 사람에게 역사는 진보적이었던 적이 없었다는 벤야민의 주장도 이와 유사하다.

12 발터 벤야민, 앞의 글, 119~126면.

없기에 도박, 착각, 환상이 지배한다. 세속적 종교의 심급에 돈은 위치해 있으나 그를 획득하기 위한 생산수단은 담보되지 않으며 바로 여기에 자본주의의 비합리성, 종교성이 자리한다는 것이다. 축적의 꿈은 거의 종교적인 소망으로 대치된 셈이다.[13]

이와 같은 시대상황은 그대로 소설의 배경을 이룬다. 작중인물들은 농촌에서 밀려난 존재인 동시에 결핍으로부터 인류를 해방시킬 자본주의의 혜택으로부터도 배제된 사람들이다. 토지의 사유화와 농산물의 상품화는 오히려 농민을 자신의 생활기반이었던 토지로부터 분리시켰으며 화폐경제의 출현은 또 다른 형태의 예속을 결과한다. 토지사유화가 해방시킨 것은 노동자가 아니라 지주이고 자본이었다는 페데리치의 주장은 바로 이 점을 지적한 것이다.

농촌에서 밀려난 작중인물들이 자본에 유혹되고 자본과 공모하나 늘 실패할 수밖에 없는 것은 이런 까닭에서이다. 이들이 시도하는 금광, 매춘, 노름, 서울살이 등의 허황한 축적의 꿈은 이들의 어리석음과 괴물성뿐 아니라 자본주의를 비추어내는 거울 역할을 한다. 이 이상한 거울은 자본제의 비합리성을 날카롭게 비추어낸다. 농지라는 생계수단의 대안을 자본주의에서 찾지만, 그들을 기다리고 있는 것은 착취당하는 임금노동자라는 지위와 노동의 소외이다. 교환가치화를 위한 생산수단을 갖지 못한 그들에게 결핍으로부터 인류를 해방시킬 자본의 꿈은 종교나 미신에 가깝다. 그것은 미래의 가능성일 뿐이기 때문이다. 도박과 노름, 금광 등을 노리는 작중인물의 욕망과 실패는 자본주의의 이와 같은 메커니즘을 거울반사하는 것이다.

이 글은 소설에서 제시되는 실패의 경로에 주목하여 김유정 소설을

---

13 이런 자본주의의 이질성을 잘 보여주는 것으로는 이광수, 「구술사를 통해 본 방글라데시 이주노동자 샤골씨의 한국 사회적응에 미친 요인」, 『코기토』 72, 2012 참조.

분석한다. 실패의 모티프를 장차 본격화될 자본주의적 병폐와 이에 대응하는 작중인물의 능동적 가능성을 드러내는 계기로 해석한다. 나아가, 피해자화에 고착되지 않는 작중인물의 능동성에서 저항, 염치, 도리 등의 윤리[14]적 가능성을 발견하고자 한다. 자본주의가 본격적으로 도래하지는 않았지만, 인간을 괄호치는 자본주의의 물신성을 예지하고 실패를 통해 이를 균열함으로써 자본주의를 넘어서는 윤리적 대안의 가능성을 탐색하려는 것이다.

2. 자본주의의 종교성에 대한 거울반사

김유정은 자기파괴의 관점에서 문명의 두 얼굴을 정확하게 직시한 문명비판자[15]이자 자본의 두 얼굴을 정확하게 직시한 자본주의 비판자이다. 돈 앞에서의 평등과 자유계약 그리고 결핍으로부터의 해방이라는 환상과는 달리 자본주의적 현실은 착취와 궁핍으로 드러나기 때문이다.

돈놀이, 매춘, 금광 등 작중인물이 꿈꾸는 축적의 방식은 이와 같은

---

14 푸코에 의하면 모럴은 외부에서 주어지는 공동체의 준칙들로, 가족, 교육, 교회 등 다양한 규제체제를 통해 개인이나 그룹에 제시되는 행동규칙과 가치들의 총체이다. 윤리란 그런 규범에 대한 주체의 고유한 판단, 성찰, 행동양식을 의미한다. 도구적 성찰성에 의해 질서잡힌 삶, 정돈, 계획이 세워지고 규칙에 포섭된 삶, 공동체의 모럴이 제공하는 확고한 해답이 의심, 부정된다. 윤리적 삶의 핵심에 망설임, 주저, 행위의 중단과 같은 수동성이 자리잡고 있는 것은 이 때문이다. 김홍중, 『마음의 사회학』, 문학동네, 2009, 49면에서 재인용

15 안미영, 앞의 글, 160면. 문명을 산출한 모태가 되는 근대는 진보와 파괴의 두 가지 속성을 공유한다. 자기유지를 위한 이성의 몸짓이 쌓아올린 욕망의 바벨탑이 종국에는 전통적인 인륜을 사장시키고 마는 자기파괴의 결과를 초래한다.

모순에 대한 공모인 동시에 자본주의적 이상의 허구를 폭로하는 계기이다. 만사를 돈 아래에 위치시키는 작중인물의 태도에서 자본의 종교성을 읽을 수 있으며 이는 자본의 기율이 조롱당하고 패러디되는 것으로 귀결된다. '둔갑술', '발복' 등의 수사가 함축하듯, 작중인물이 욕망하는 돈은 훈육된 신체의 노동, 합리성, 등가성 등의 자본제적 기율과는 무관하며 오히려 미신에 가까운, 비합리적인 욕망의 대상이다. 하지만 바로 이 비합리성이야말로 벤야민적 의미에서 자본주의의 요체이다. 합리적인 것처럼 보이는 자본주의는 인간의 무지 혹은 종교성과 같은 비합리적 요소를 그 배면에 품고 있다. 돈에 대한 철저한 복종, 그리고 은총을 기다리는 소망과 기대심리가 자본주의를 구성한다는 것이다.[16]

　이 점에서, 작중인물이 품은 돈의 '둔갑술'과 '발복'에의 기대는 비합리적이고 종교적인 자본제의 작동방식을 첨예하게 비추어낸다. 비록 모두 실패로 돌아가지만, 합리성, 노동, 근면 등의 가치가 아니라 횡재의 유혹에 들린 인물들의 태도야말로 자본주의의 본질을 제대로 드러내는 것이다. 행복, 진보에 대한 자본주의의 약속은 신화에 불과하며 도박, 미신 등이 오히려 그 속성으로 등재된다. 한탕을 노리는 작중인물들의 욕망이야말로 자본주의의 근본적 속성과 닿아있는 셈이다.

　「땡볕」과 「생의 반려」는 병원과 공장 등의 근대적 장치를 배경으로 자본에 유혹되고 자본과 공모하나 죽음과 히스테리로 귀결되는 서사이다. 근대적 장치인 병원과 공장은 작중인물에게 횡재의 계기로 충격된다. 가장 근대적인 장치가 가장 전근대적인 '발복'으로 수용되는 것이다.

16　벤야민은 자본주의의 종교적 구조를 말하면서 세 가지의 특성을 열거한다. ① 순수한 제의 종교이며, ② 제의는 영원히 지속되며, ③ 이 제의는 부채를 지운다. 발터 벤야민, 앞의 글, 122면; 강신주, 『상처받지 않을 권리』, 프로네시스, 2009, 157~173면 참조.

「(…중략…) 한달에 십원식 월급을 주고 그뿐인가 먹이구 입히구 이래가
며 지금 연구하구 있대지 않어?」 (…중략…) 영문모를 안해의 이 병은 얼마
짜리나 되겠는가,고 속으로 무척 궁금하였다. 아히가 십원이라니 이건 한 십
오원쯤 주겠는가, 그렇다면 병 고치니 좋고, 먹으니 좋고, 두루두루 팔짜를
고치리라고

― 「땡볕」, 305면[17]

우선 이 돈이 가서 늘고 뿔어서 큰 철량이 되려니, 하는 생각만 필요하였다.

― 「생의 반려」, 253면

병원과 공장이 지닌 자본제적 속성은 치료와 노동이 상품으로 거래
되는 것이나 작중인물들에게는 횡재의 계기로 기대된다. 「땡볕」에서
병원을 의료서비스와 돈이 교환되는 공간이 아니라 병도 고쳐주고 월
급도 줌으로써 '두루두루 팔짜를 고치는' 곳으로 기대하는 것은 무지나
어리석음 때문이기도 하지만 무엇보다 병원이라는 근대적 이상과 자
본이라는 종교의 환상에 전염된 결과이다. 병원이 함의하는 과학과 연
구의 환상, 자본이 함의하는 은총과 시혜의 환상이 소문의 형식을 통해
그들에게 각인된 것이다.

자본의 환상과 착취적 현실의 간극이 보다 본격화된 양상은 「생의
반려」에서 공장의 양복부에 근무하는 '누님'의 욕망에서 읽을 수 있다.
그녀의 현재와 미래에서 주인담론으로 자리하는 것은 돈이다. 그녀의
현재는 월급에, 미래는 부자가 될 것이라는 기대에 종속된다. '어떤 사
람이 이백원 빚놀이로 이태도 못돼 삼천원짜리 집을 샀다'는 풍문이 그

---

17 인용의 출처는 전신재, 『원본 김유정 전집』, 한림대 출판부, 1987이며, 숫자는 이 책의 면수
　　를 가리킴.

녀가 기대고 있는 축적의 미래이다. 봉급생활자가 노동의 대가인 월급을 떼돈을 위한 판돈 정도로 인식하며, 미래를 설계한다는 사실을 부각시키는 것 자체가 작중인물을 유혹하는 자본주의의 비합리성에 대한 방증이다. 이는 결국 불안과 히스테리로 귀결될 뿐이다.

월급이 아니라 '돈이 가서 늘고 뿔기를' 기대하는 누이의 허황한 꿈은 근면성, 합리성, 등가성이라는 자본주의의 기율에 대한 조롱에 다름 아니다. 그것은 꿈의 허황함보다는 자본주의적 계산의 비합리성, 미신성 자체를 되비춘다.

가족제도 또한 이와 같은 공상적 계산의 예외가 아니다. 소설에서 결혼 및 가족은 혈연보다는 개인의 욕심과 돈을 중시함으로써 근대적 혼인제도의 특성을 갖춘 것처럼 보인다. 혼인은 '오십 석 땅'으로, 열네살짜리 딸은 '백석 땅'으로, 안해는 '소 한 바리'로 계산됨으로써 인륜과 천륜의 위에 돈이 자리하는 현실을 예각화시킨다.

> 뭉태가 입두달째엔 어지간히 출중한게집일게다. 이런 걸 데리고 술장사를 한다면 그박게 더 큰수는 없다. 뒤해만 잘하면 소한바리쯤은 락자없이 떨어진다. 그리고 아들도 곳 나야할텐데 이게 무엇보다 큰 걱정이엇다.
>
> ―「총각과 맹꽁이」, 18면

그러나 개인과 계산을 내세움에도 불구하고 이는 근대적이거나 자본주의적이기보다는 미신과 공상에 가깝다. 소설의 기획이 대부분 실패할 수밖에 없는 것은 그것이 비합리적 계산에 기인하기 때문이다. 이기적인 계산을 표방하고 있지만 그것은 이익든커녕 실패만이 약속되는 것이기에 계산에 전혀 미치지 못한다. 이는 가족은 팔았으되 땅은 획득되지 않음으로써 가난은 여전하고 식구만 상품의 자격으로 전락하는 악순환을 결과한다. 작중인물의 이와 같은 계산방식 자체가 이미 자본주의의 비합리성을 거울반사하는 것이다.

자본주의가 변화시킨 농촌의 상황은 금광을 통한 욕망에서 잘 드러난다.

> 금을 보드니 (…중략…) 마치 죽통에 덤벼드는 도야지 모양이다.
>
> ―「노다지」, 45면

제국주의의 수탈과 화폐경제의 출현, 토지의 사유화로 드러나는 자본주의화는 토지를 생존의 터전이 아니라 축적과 착취의 도구로 의미화하며 노동자를 토지로부터 분리시키는 결과를 낳는다.[18] 농촌이 황금에 들린 장소로 손쉽게 이전되는 것[19]은 이 때문이다. "필연은 고사하고 개연이나 요행의 뒷받침조차도 없는"[20] 금점 혹은 사금 캐기는 다비신, 옥당목, 흰 고무신과 분 등의 신상품을 소유하는 호사로, 농사는 겨우 풀칠도 안 되는 비렁뱅이로 은유되는 것은 이 시기가 식민지 자본주의에 의해 농촌의 전통적 공동체가 와해되는 이행기임을 잘 보여준다.

---

18 이런 현상은 자본의 초기축적에서 가장 첨예하게 나타난다. 자본주의의 초기축적은 엔클로저 운동과 더불어 차지소작농에 대한 지대상승의 양상으로 이루어진다. 우리나라의 경우에도 1910년 일제강점 이래의 토지조사사업은 지주-소작인이라는 봉건적 체제의 강화와 함께 지대의 상승을 통한 착취의 심화로 이어진다(휴버먼, 장상환 역, 『자본주의 역사 바로 알기』, 책벌레, 2000, 3면). 이미 성숙한 일제의 독점자본이 우리나라에 유입되면서 토지를 생산수단화하고 그로부터 농민들을 축출하는 상황을 대상으로 이루어진다는 점에서 자본의 초기축적의 경우 이상으로 가혹한 억압과 착취가 예정되어 있다.

19 16~17세기에 걸쳐 남미의 금, 은의 유입으로 인해 발생하는 가격혁명은 토지에 투여하는 노동력이 창출하는 가치보다는 토지 그 자체의 가격상승이 가장 중요한 소득의 원천으로 인식되게끔 하였다. 토지는 생산의 수단이 아니라 투기를 위해 매매하는 하나의 상품으로 전락한 것이다(휴버먼, 앞의 책, 139면). 소설에서 논밭이 금투기의 대상으로 전락하는 것도 같은 맥락에서 이해될 수 있다. '노동이 아니라 도박(김주리, 앞의 글)으로 설명되기도 한다.

20 전흥남, 앞의 글, 431면.

「금」, 「금 따는 콩밭」, 「노다지」 등의 소설에는 이와 같은 묘약으로서의 금과 그것이 야기한 분할이 잘 드러나 있다.

이와 같은 작중인물의 비합리적 욕망은 바로 자본주의의 본질적인 비합리성에 대한 폭로에 다름 아니다. 여기서 병원, 공장 등은 의료와 노동을 위한 공간이 아니라 근대제도의 외피를 쓴 마법, 횡재의 장소일 뿐이다. 자본주의적 기미에 노출된 농사와 가족공동체 또한 '금따는' 콩밭, '소 한 바리'의 교환가치로 그 용도가 변경된다. 병원에서 횡재를, 공장에서 빚놀이를, 금광노동에서 노다지를, 콩밭에서 금줄을 욕망하는 것은 도박, 미신성을 중핵으로 삼은 자본주의라는 신화에 대한 지적이자 비틀기로 해석된다. '돈이란 돈은 깡그리 도집어 올 노름판' 혹은 '금이 푹푹 쏟아지는 화수분' 등으로 은유되는 도착과 미신에의 맹신은 식민지 근대의 파행적 현상이자 작중인물의 괴물성, 어리석음의 외현인 동시에 자본주의 자체의 미신성, 비합리성에 대한 거울반사라는 것이다. 이는 계획, 합리, 근면, 절제에 바탕한 풍요와 평등이라는 자본주의 명제를 균열시킨다. 뿐만 아니라, 이와 같은 작중인물의 공모에는 그 비합리성과 미신성으로 인해 야기되는 필연적 실패가 예비되어 있다.

다음 장에서는 일탈의 윤리를 매개하는 실패의 경로를 살펴본다.

3. 실패의 경로

여기서 실패는 일차적으로 작중인물이 도모하는 돈벌이의 실패이지만 이 실패는 개인의 실패를 넘어서는 능동적인 의미를 지닌다. 그것은 자본주의적 기율을 농민의 몸에 새기려는 자본적 기획에 패배를 안겨주는 실패이기 때문이다.

> 간호부 둘이 달겨들어 우선 옷을 벗기고 주무를제 한해는 놀랜 토끼와 같이 조고맣게 되어 떨고 있었다. (…중략…) 한쪽에 번쩍번쩍 늘려 놓인 기게가 더욱이 마음을 죄이게 하는 것이다. 한해가 너머 병신스리 떨므로 옆에 섰는 덕순이까지도 제면적지 않을 수 없었다.
>
> ─「땡볕」, 306

> 누님은 경무과분실 양복부에 다니는 직공이었다. (…중략…) 눈매는 허황하게 되고 몸은 바짝 파랬다. (…중략…) 공장에서 얻은 히스테리로 말미아마 그는 제 승미를 제가 것잡지 못하도록 되었든 것이다.
>
> ─「생의 반려」, 241면

> 제일 안전한 방법이 있으니 그것은 덮어놓고 꿀떡, 삼키고 나가는 것이다. 제아무리 귀신인들 뱃속에 든 금이야. (…중략…) 심지어 덕히는 항문이에다 금을 박고나오다 고만 뽕이 났다.
>
> ─「금」, 61면

> 금점에 사람죽은 것은 도수장 소죽엄에 짐배없이 예사다.
>
> ─「금」, 62면

> 살기 위하야 먹는걸, 먹기 위하야 몸을 버리고 그리고 또 목숨까지 버린다.
>
> ─「금」, 66면

「땡볕」의 작중인물들은 자신의 병을 연구대상으로 제공함으로써 횡재를 하고자 했으나 횡재는커녕 입원조차도 허락되지 않는 실패자로 남는다. 병원의 기율 안에서 이들은 월급은 고사하고 환자로서도 자격 미달이다. 더욱이 이들의 비극은 질병을 매개로 잉여를 취하려 하다가 실패한 데서 그치지 않는다. 자본의 타자인 이들은 또한 '과학문명으로부터 소외'된[21] 근대 문명의 타자이기도 하기 때문이다. 병원에 낭자한 피와 고름에 충격받고 '달려들어 옷을 벗기려는' 간호사 때문에 놀라며 번쩍번쩍한 기계 앞에서 '병신스리' 위축되는 이들의 모습은 새로운 형태의 엔클로저[22]인 의료권력과 대면한 타자의 모습에 다름 아니다. 만사가 교환가치화되는 자본주의를 모방함으로써 병원에서 팔자를 고치려던 욕망은 환자의 자격에도 미달되는 야만으로 수렴된 것이다.

그러나 이들의 실패가 치료행위를 상품화하는 자본주의적 의료체계를 낯설게 한다는 점이 간과되어서는 안 된다. 자신의 병을 연구대상으로 제공한 대가로 월급을 기대하는 계산의 농담화는 생명을 교환가치화하는 의료자본의 실체를 낯설게 되비춘다. 비록 풍문과 소문에 의지한 무지의 소산이라 할지라도 작중인물들이 병을 보여준 대가로 월급을 요구한 것은 의료서비스의 구매자가 곧 생체 제공자로도 활용되는 환자의 위치에 대한 선취된 통찰로 해석된다. 대상화된 환자의 신체가 의료자본의 이익에 기여하는 경로를 가시화시킨 것으로 이해될 수 있는 것이다.

21　안미영, 앞의 글, 146면.
22　페데리치(앞의 책, 299면)는 민간에서 통용되던 치유법을 배제하고 전문의학이 들어서는 과정을 다음과 같이 설명한다. "'낮은 계급'앞에는 치료의 형태를 띠고 있으면서도 값비싸고 낯설며 도전할 수 없는 과학지식의 벽이 우뚝 솟아올랐다." 의료의 상품화는 치료행위에 대한 대가의 지급이 강제된다는 측면뿐 아니라 의료가 전문가적, 관료적 프로그램에 의해 구성되면서 고통과 질병, 죽음에 대한 인간의 정치적 자율성을 근원적으로 박탈하였다는 점이 그 핵심을 이룬다.

“죽었으면 죽었지 배는 안 째유”라는 작중인물의 반응 또한 이 지점에서 의미를 획득한다. 그것은 생명을 교환가치화하고 인간을 대상화하는 의료권력에 대해 그녀가 단 한 번 행사하는 거부권이다. 물론, 치료비 등의 부담으로 인한 것이지만 그녀의 거부는 무엇보다 의사의 권위를 토대하는 ‘건강이라는 환상’에 대한 거부라는 점이 중시되어야 한다. 건강에 대한 환상으로 의학의 대상이 되어 배를 째기보다는 차라리 죽음을 감수하겠다는 선택을 예의주시해야 한다는 것이다. 죽음이라는 자학적 선택에도 불구하고 그녀는 이로 인해 ‘도덕적 괴물’[23]의 지위를 얻는다. 무엇이 증상이고 누가 아픈가를 결정하고 그것을 바로 잡는 심문관의 힘[24]을 의사로부터 소거함으로써 그녀는 ‘병신스리’ 떠는 의학의 대상에서 주체로 이동하는 것이다.

병원에서의 실패는 공장에서의 실패와 상동성을 이룬다. 공장의 일용직 노동자인 「생의 반려」의 ‘누님’은 노동자로 훈육되지 않는다. 노동과 월급이라는 범주 너머를 꿈꾸기 때문이다. 그녀가 노동하는 이유는 월급 그 자체보다는 월급이 ‘늘고 뿔어서 큰 철량’이 되기를 기대하는 심리에 있다. 이 때문에 그녀의 실패는 당연한 것이지만 이 실패는 개인의 차원을 넘어선다. 그녀는 노동하는 신체로서 실패하였기에 이는 자본주의적 훈육의 실패이기도 한 것이다. 그녀는 노동에 익숙해지는 것이 아니라 노동에 결박되어 히스테리화되며, ‘허황한 눈매’, ‘바짝 파랜 몸’으로 남을 뿐이다. 자본이라는 미신은 환상과 현실 사이의 자기분열과 인간을 도구화하는 히스테리를 결과하며, 이는 그녀 자신뿐 아니라 주위사람 또한 감염시킨다. 억압적 노동으로 인한 ‘분통을 꾹꾹 참았다가 집에 와서 동생에게 폭발’시키므로 동생 또한 ‘누이의 밥을 먹

---

23 김주리, 앞의 글, 392면.
24 이반 일리히, 박홍규 역, 『병원이 병을 만든다』, 미토, 2004, 55면.

고 그 분풀이로 사용되는 노동자'로 재노동화된다. 자본주의라는 종교와 착취라는 현실의 간극에서 발생하는 히스테리는 그 주변사람에게로 전염, 확산되지만, 바로 이와 같은 실패의 경로는 개인을 넘어 자본의 욕망을 교란할 가능성을 지닌다. 신체는 결코 기계처럼 훈육되지 않는다는 것을 보여주기 때문이다.

개인의 실패를 통해 자본을 균열하는 것은 가족관계에서도 여일하다. 「가을」, 「정조」, 「산골 나그네」 등은 가족의 교환가치화에서 출발하는 실패 모티프로 이루어진다. 작중인물들은 이익이라는 자본주의의 강령을 열심히 모방하지만 그 획득에 실패한다. 아내와 딸을 비롯한 가족을 교환가치화함에도 불구하고 그에 상응하는 이익은 획득되지 않는다. 아내의 매춘으로 몇 가지 살림을 장만하는 경우가 있기는 하나, 이는 한시적인 성공일 뿐 궁극적인 전망은 막혀 있다. 성공하는 사례는 3인칭과 간접화법으로, 실패는 1인칭과 직접화법으로 서술되는 것 또한 실패를 초점화하고 성공을 원경화, 예외화하려는 의도로 이해된다.

들병이 / 아내의 연속성은 이와 같은 경향을 더욱 극단화한다. 페데리치에 따르면 매춘의 금지는 자본주의적 기율의 확립과 유관하다. 중세유럽의 경우 매춘이 지역공동체를 위해 사회적 서비스를 제공하는 긍정적인 측면이 인정되었으나, 근대에 들어서면서 가족 밖에서 이루어지는 모든 성적 활동은 범죄화된다. 새로운 자본주의적 노동규율을 내면화시키기 위해서이다. 상속과 재생산의 공간인 가족이 위협받거나 혹은 "노동에 들어갈 시간과 에너지를 다른 곳에 낭비하게" 만들기 때문이다. 자본주의사회에서 매춘은 "성을 이용하여 남자들을 꼬드겨 타락에 이르게" 하는 행위로 정의된다.[25]

하지만 소설의 매춘은 역의 과정을 통해 자본주의의 가족 개념이 가지는 이중성을 폭로한 것으로 해석된다. 자본주의의 규율과는 달리 결혼 / 매춘, 안해 / 들병이가 연속선상에 놓이는 것[26]은 인륜과 사랑 등으로 포장되어온 결혼의 교환가치적 성격[27]에 대한 폭로이다. 아내는 '교환가치화'되며 들병이와 호환 가능한 존재로 제시된다. '얼굴 똑똑한 안해'는 '술장사'의 성공을 보장하고 들병이 / 안해는 "소 한바티쯤은 낙자 없이 떨어질" 미래를 약속한다. 토지사유화와 농촌의 자본주의화는 농촌의 빈곤화를 초래하며 이는 매춘의 증가, 여성노동의 평가절하와 연동된다. 아내는 사랑에 기반하여 출산(=재생산)의 역할을 수행하는 지위에서 직접적으로 잉여가치를 생산해야 하는 하나의 생산수단으로 드러난다. 「산골 나그네」에서 약간의 밥과 옷을 위해 유부녀인 여성인물이 '갈보'는 물론 아내가 되어달라는 요청까지 수용하는 것은 이런 맥락에서이다. 밥과 옷을 위한 일종의 노동이 혼인으로까지 확대되었다는 것이 문제이지만 여기서 혼인 또한 교환가치를 위한 일종의 직업처럼 의미화된다. 술을 파는데 그치지 않고 결혼까지 감수해야만 밥과 옷 등의 잉여를 마련할 수 있다는 사실은 결혼 / 매춘 사이에 놓여 있는 정상 / 비정상, 금기 / 위반이라는 이항대립의 균열을 의미한다. 「가을」에서 제시되는 아내 매매계약서는 그 연장이자 정점에 놓인다. 가정은 더 이상 험한 세상의 피난처가 아니라 험한 세상 그 자체임을 잘 보여준다.

　이처럼 교환가치화라는 지상과제에의 공모와 실패를 거듭하는 작중인물들의 행보는 결과적으로 자본제의 자기모순을 드러낸다. 자본주의

25　페데리치, 앞의 책, 288~298면.

26　보통 이 연속성은 가부장제의 폭력성을 비판하기 위한 것이나 여기서는 교환적 성격에 초점을 맞춘다. 실제로 이 시기는 이러한 결혼의 거래적 성격이 폭발한 시기이기도 하다.

27　이는 결혼을 실제적 가장인 처녀의 아버지와 잠재적 가장인 미래의 남편 사이에 체결되는 홍정, 일종의 사적 거래로 파악하는 푸코(『성의 역사』, 푸른역사아카데미, 2012, 90면), 결혼 첫날밤의 성행위를 허락받은 강간으로 정의내리는 바타이유(조한경 역, 『어로티즘』, 민음사, 2009, 120면)와 입장을 같이하는 측면이 있다.

는 '가족'을 가장 중요한 사회구성단위로 신성시하면서도 그 가족의 유지와 운영, 재생산을 위한 노동—특히 여성의 노동—은 비노동 non-work으로 처리한다. 이는 노동으로부터 충분한 임금을 획득하지 못하거나 별다른 생산수단을 가지지 않는 경우 생존을 위해서는 여성을 교환가치화하도록 강제한다. 자본주의는 가족을 신성시하면서도 동시에 가족의 해체를 강요하는 자기 모순을 내재하는 셈이다. 소설은 이와 같은 자본제의 자기모순을 정확하게 파고든다.

이처럼 작중인물들의 실패는 개인의 실패를 넘어서 근대 자본주의의 모순을 폭로하는 계기로 작용한다. 이런 양상은 동물의 은유에서 극단적으로 드러난다. 「가을」에서 아내를 매매하는 자의 직업이 소장수라는 사실은 단적인 예이다. 전 남편이나 현 남편 모두에게 있어, 소는 아내의 등가물이다. 아내는 '10년 소처럼 부리거나' '소장에서 하던 버릇 대로' '물러달라지 않을' 조건까지 달아 매매하는 대상일 뿐이며 '소 한 마리와도 바꾸지 않을' 것이라는 데서 알 수 있듯, 그녀에 대한 찬사 역시 소를 인용하여 구사된다. 상품화의 기대는 인간의 동물화로 귀결되고 만 것이다. 자기이익의 극대화라는 자본의 욕망은 일신의 안락을 위한 아내와 딸의 상품화로 모방, 반복되었으나 교환가치의 획득은 실패하고 인간의 동물화만 남아있는 셈이다.

「노다지」, 「금」에서 동물화는 자본주의적 신체의 은유이자 일탈의 표상으로 이동한다. 금광은 인간을 관리자 / 노동자, 감독 / 도적으로 분할하며 이는 또한 '또꾸모기' '항문이' 등에서 유표화되듯, 일본제국주의 / 식민지조선의 분할과 연동된다. 작중인물들은 두 가지 점에서 동물화와 연관된다. 첫째, 자본주의가 "노동력 이외에는 그 어떤 재산도 없는 개인들"을 "가장 야만적인 형태"로 착취하기 위해서는 '항상 돼지같은 몸뚱이'처럼 그들을 "후진적이고, 문명화되지 않았으며, 인간적인 연대를 할 가치가 없"는 인간으로 구성한다. 개인의 생활을 비하하고 이들을 노동하는 기계로 전락시킴으로써 착취의 기반을 구성하는 것이다.[28] 둘째, 그들은 착취당하는 동물에서 스스로 물신에 사로잡힌 동물로 이전한다. 코제브를 인용하며 일본의 소비사회를 비판하는 히로키에 의하면 간주체적으로 형성되는 인간의 욕망과는 달리 동물은 "특정한 대상을 가지고 그것과의 관계에서 충족되는 단순한 갈망"으로서의 욕구밖에 가지지 않는다.[29] 황금이 그들을 주인의 자격으로 부린다는 점에서 그들은 동물화된 존재에 가깝다. 황금을 욕망하는 모습이 '죽통에 덤벼드는 도야지' 혹은 금을 먹는 '또구모기'로 묘사되고, 금을 넣기 위해 짓이긴 발은 '선지같은 고기덩이'로 제시되며 그들의 죽음이 '도수장 소죽엄에 짐배없는' 것은 이런 맥락에서이다.

동물화가 인간관계의 분열로 이어지는 것은 당연한 수순이다. '금쟁이치고 순한놈 못봤다'는 단언과 '서로 두둘겨 죽이는게 일'인 상황은 자신의 이익을 극대화하는 자본주의적 기율을 그대로 반복하는 모방[30]이다. '살기 위하야 먹는걸, 먹기 위하야 몸을 버리고 또 목숨까지 버린다'는 언설은 자본제하의 노동과 물신화가 가져오는 인간의 전락과 가치전도를 뚜렷이 예시한다.[31]

그러나 동물화는 동시에 착취당하는 자본주의적 노동기계이기를 거부하는 역할을 한다. 금을 캐는 노동에서 금을 훔치는 노력으로 전이된

---

28 페데리치, 앞의 책, 13면.
29 여기서는 각자가 각자의 결핍-만족의 회로를 닫아버리는 폐쇄적인 상태가 구성된다. 아즈마 히로키, 이은미 역, 『동물화하는 포스트모던』, 문학동네, 2007, 144~151면.
30 홍혜원(「폭력의 구조와 소설적 진실-김유정 소설을 중심으로」, 『현대소설연구』 47, 2011, 402면) 역시 「노다지」의 인물관계를 서로의 욕망을 모방하고 경쟁하는 관계로 파악한다.
31 이 점에서 "자본의 축적은 우리의 욕망에서 생겨나는 것이 아니라 역으로 그것이 우리의 욕망을 만들어내"는 것이라고 비판한 가라타니 고진(『윤리21』, 사회평론, 2001, 190면)의 안목은 정확하다.

욕망에서 이를 읽을 수 있다. 죄의식과 양심 등과 무관한 영역에서 이루어지는 이들의 훔치기는 자본주의적 노동에 대한 본능적 문제제기에 다름 아니다. 근대적 규율 제도로 순치되지 않는 공포스런 타자의 일탈적 저항[32]은 오히려 이 지점에 대한 설명으로 더 적확하다. 동물에 은유되는 이들의 탐욕과 일탈은 노동을 담당하지만 잉여가치의 축적에서는 완벽하게 소외되는 자본주의적 구조에 균열을 내는 역할을 하는 것이다.

식민지 근대 자본주의를 살아가는 작중인물들은 자본을 절대가치로 수용하고 전래의 모든 가치를 그 아래에 놓는다. 가족을 교환가치로 환산하고 금점을 치며 농촌을 떠나 서울로 이주하는 작중인물의 행태의 근저에는 자본이 자리한다. 자본의 호출에 응하는 이와 같은 노력에도 불구하고 이들은 실패한다. 페데리치의 말처럼 자본주의가 해방시킨 것은 지주이기에 그들이 꿈꾸는 자본축적은 대초에 가능하지 않다.[33] 작중인물이 도모하는 축적의 기획과 실패는 이런 인식의 소산이다. 콩밭에서 금을 따는 것만큼이나 미신적인 자본의 작동구조가 필연화하는 실패를 폭로하는 방식의 하나인 것이다. 자본주의는 아직 본격화되지 않았으되, 자본주의적 한계의 예후는 이미 미만해 있는 셈이다. 따라서 그 꿈이 실패하는 결말은 애초에 췌사에 지나지 않는다. 소설에서 실패과정이 축약된 것은 이에 기인한다. 축적에 유혹되어 착취와 상품화에 공모하나 종국에는 인간의 동물화로 귀결되는 식민지 근대 자본주의의 배면을 날카롭게 부각시키고 있는 것이다.

---

32 김양선, 앞의 글, 156면.
33 「안해」의 예를 들어 김양선(163면)은 남편은 전근대적 가부장제의식으로 자본의 축적이라는 근대적 욕망을 추구하기 때문에 욕망의 좌절을 예정된 수순으로 본다. 그러나 본고는 자본주의 체제 자체가 이들의 축적을 허용하게 설계되어 있지 않다는 점에 대한 거울반사로 해석한다.

이하에서는 이와 같은 실패의 서사가 남긴 잉여, 실패라는 의미로는
포괄되지 않는 윤리를, 자본의 외부를 상정하는 부랑의 정치학과 교환
가치를 넘어서는 윤리적 주체에 대한 탐색으로 나누어 천착한다.

4. 실패의 잉여 – 교환의 실패에서 대안적 윤리로

작중인물들의 실패는 자본주의의 한계를 드러내는 예후이며 돈놀이,
매춘, 노름, 금 훔치기 등은 이와 같은 한계에 대한 나름의 대응양식이
다. 하지만 「만무방」의 작중인물들은 실패를 통해 교환가치의 외부로
나아간다. 등가성과 교환의 외부를 상정한다는 데 윤리의 가능성이 자
리하며 그것은 비자본주의적인 대안들과 절도와 중혼 등의 위반을 통
해 드러난다.

1) 부랑의 실력행사

「만무방」에서 제시되는 응칠의 노동거부와 절도는 실패에 윤리적
차원[34]을 기입하는 역할을 한다. 자기 논의 벼를 자신이 훔치는 응오의

---

34 푸코에 의하면 모럴이 대타자, 상징적 체계를 통합된 전체로 복원하는 것이라면, 외부에서
주어진 도덕과는 달리, 윤리는 선험적으로 주어지는 준칙들을 의심하고 거부하는 데서 시작
된다. 윤리는 자신에게로 되돌아가되 본질주의로 귀속되는 것이 아니라 스스로 자신을 조직
하는 불확정의 힘으로 돌아가는 것을 의미한다. 김홍중, 앞의 책, 49면에서 재인용.

절도는 수탈에 대항하는 정당한 자신의 몫에 더한 주장으로 해석될 수 있음에 비해, 응칠의 절도는 사적 소유라는 관념 자체에 대한 문제제기 역할을 하는, 보다 큰 의미를 지닌다. 정당한 자기 몫이 아니라 사유재산제도 자체의 불공정성과 대면한다.

> 오늘 아츰만 해도 한 친구가 차자와서 벼를 털텐데 일좀 와 해 달라는 걸 마다하엿다. 몇푼 바람에 그까진걸 누가하느냐. 보다는 송이가 좋앗다. 왜냐면 이땅 삼천리강산에 늘려노힌 곡식이 말정 누거럼. 먼저 먹는 놈이 임자 아니야. 먹다 걸릴만치 그토록 양식을 싸아두고 일이다 무슨 난장마즐 일이람.
>
> —「만무방」, 79면

> 그 일이라야 도적질 이지만, 들어가 욕보던 이야기를 하면 그들은 눈을 커다라케뜨고 (…중략…) 저들도 그와가티 진탕먹고 살고는 십흐나 주변업서 못하는 그 울분에서 그런 이야기만 들어도 다소 위안이 되는 것이다. 응칠이는 이를 잘 알고 그 누구를 논에다 거꾸루 박아노코 달아나다가 붓들리어 경치든 이야기를 부지런히 하며 (…중략…) 힌소리를 치면 그들은, (…중략…) 속업시 술을 사주고 담배를 사주고 하는 것이다.
>
> —「만무방」, 95면

응칠의 노동 거부는 게으름에 기인한 것이 아니라 근대식민지 자본의 수탈체계에 대한 이유 있는 저항이며, 나아가 '돈 몇푼 바람에' 노동력을 파는 공모에 대한 거부이다. "양식을 싸아두고 일이다 무슨 난장맞을 일이람"이라는 언설은 분배에 대한 분명한 문제제기에 다름 아니다. '지주의 뺨을 제법 갈긴' 전력과 절도 또한 같은 맥락에서 해석된다. 노동을 거부하고 송이파적을 나온 부랑은 일종의 자유에 값한다. 물론,

빈궁화로 인한 것이지만, 이것이 착취적인 교환에 대한 거부권의 행사라는 점은 분명하다.

엥겔스[35]가 부랑인을 '새롭게 등장하고 있는 자본주의 체제에 반항적으로 대응하는, 길들여지지 않는 존재'로 정의하는 것은 이 때문이다. 농사를 전면거부 하지만 "건강한 농민적 본성"을 지닌 존재라고 하는 것은 이 점을 대변한다. 신체의 규율은 자본주의 발달의 전제조건 중 하나이다. 자본주의 노동규율을 통해 만들어진 노동계급은 자신의 신체를 최고의 입찰자에게 양도할 자본으로 규정한다. 이는 신체를 의지의 문제로 만드는 자기관리 메커니즘을 발달시키며 이를 통해 신체의 노동기계화가 이루어진다. 하지만 신체는 노동력의 조건인 동시에 저항요인이다. 신체가 죽어야 노동력이 산다고까지 설명되는데,[36] 살아서 펄펄 뛰는 응칠의 신체는 노동력으로의 전환을 온몸으로 거부한다. '송이의 번고향이로되 아마 일년에 한 개조차 먹는 놈이 드문' 소외된 노동에서 벗어나 그가 '혀가 녹을 듯이 향기로운 그맛'을 향유하는 주체로 등장하는 것은 이를 잘 보여준다. 교환회로로부터의 일탈이 그에게 주체의 위치를 선물한다는 데서 등가교환이라는 자본적 기율의 이중성이 드러난다. 등가성은 착취의 다른 형식에 지나지 않는 것이다.

나아가 그는 사유화를 부정한다. 물론 그의 절도는 소외된 노동을 대신하는 것일 일 뿐 사유화의 욕망과는 무관하다. "도야지구 개구 먹고 싶으면 언제나 엽흘 떠날새 업겠지."라는 독백에서처럼 그는 사적 소유라는 경계를 승인하지 않는다. 닭서리를 하는 그에게 가책이 없는 것은 이 때문이다. 산에 있는 송이를 따듯, 남의 닭을 잡아서 산 채로 찢어먹

---

35   프리드리히 엥겔스, 이관형 역, 『칼 맑스, 프리드리히 엥겔스 저작선집』 2권, 박종철출판사, 1997, 139면.

36   페데리치, 앞의 책, 218~230면.

을 뿐, 양심과는 무관하다. '맛이 좀 적었다'라는 독백이 잘 드러내듯, 그가 느낀 것은 양심의 가책이 아니라 다만 양념의 가미가 필요하다는 것뿐이다. 남의 닭을 생식하는 야성과 돈을 위해 파는 대신 송이를 향유하는 자유는 개인과 사유화에 토대하는 자본주의적 교환체계에 틈을 내는 역할을 하는 것이다. 응칠의 행동은 계산할 줄 모른다는 점에서 백치와 건달의 그로테스크한 윤리[37]와도 상통한다. 그것은 소유와 분배 체계에 대한 이의제기이자 그에 대한 이반을 실천하는 일종의 실력행사이다. 그에 대한 다른 농군들의 찬사는 그의 태도를 정당화하고 일반화한다. 그의 괴물성이 다른 사람까지도 포섭한 것이다.[38] '누구를 논에다 거꾸루 박아노코' 달아나던 응칠의 경험담은 그들을 대리만족시키는데, 이는 달리 말하면 그가 농군들의 대리인 자격으로 지주를 비롯한 지배층들을 응징한 것으로도 설명될 수 있겠다. 아우의 딱한 사정에 대한 해결책으로 그가 또 하나의 절도를 기획하는 것은 이와 같은 사적 소유와 분배에 대한 저항의식, 그리고 이에 대한 다른 농꾼들의 광범위한 동의와 지지 그리고 경의에 근거하고 있는 것이다.

「소낙비」, 「만무방」에서 제시되는 장소들에서 공유지의 가능성을 확인할 수 있는 것은 이런 맥락과 유관하다. 토지의 사유화와 농작물의 상품화가 가속화되면서 폐지되고 산산조각난 공유지의 가능성을 읽을 수 있다.

해동갑으로 해갈을 하고나면 캐어모은 도라지 더덕을 얼러 사발가웃 혹은 두어사발 남즉하게 되는 것이다. 그러면 동리로 나려와 주막거리에 가서 그걸 내주고 보리쌀과 사발바꿈을 하엿다.

---

37 서영채, 『문학의 윤리』, 문학동네, 2005, 222~226면.
38 김주리, 앞의 글, 390면.

— 「소낙비」, 25면

산골에, 가을은 무르 녹앗다. 아름드리 로송은 빽빽이 느러박엿다. (…중략…) 새새이 끼인 도토리, 뺏, 돌배, 갈잎들은 울긋불긋, 잔듸를 적시며 맑은 샘이 쫄쫄거린다. (…중략…) 흙내와 함께 향깃한 땅김이 코를 찌른다. 요놈은 싸리버섯, 요놈은 잎 썩은 내 또 요 놈은 송이 — 아니, 아니 가시덩쿨속에 숨은 박하풀 냄새로군.

— 「만무방」, 78면

소설에서 제시되는 농촌은 단순히 "서정적이고 생명력이 약동하는 공간" 혹은 "다양한 근대적 욕망이 충돌하고 모순이 현시되는 공간"(김양선, 2004, 155면)의 의미를 넘어 자본화의 외부를 상징하는 유표적 의미를 지닌다. 사유지가 아닌 장소에서 드러나는 작중인물의 해방감은 이를 잘 보여준다. 이는 목초지, 숲, 화합할 수 있는 열린 공간 등으로 구성되는 공유지와 상통한다. 이는 집단적 의사결정과 협업노동을 장려하는 것 외에도 농민들이 서로 연대하고 어울릴 수 있는 물질적 토대였다.[39] 공동체적 농경지 이용은 농가를 흉작으로부터 보호했기에 이는 소농과 소작인의 재생산에 필수적이었다. 비록 연대와 공동체의 장소로까지 의미화될 수 없다 하더라도 소설에서 돌배, 송이 등을 따거나 도라지와 더덕 등을 캐는 채집공간은 공유지와 비슷한 역할을 한다. 제도적으로 보호되는 착취방식인 도지 혹은 소작료 걱정을 하지 않고 자원을 채취할 수 있다는 점에서 말이다. 「소낙비」의 여성인물이 유일하게 미소짓고 「만무방」의 응칠이 버섯의 '혀가 녹을 듯이 향기로운 그맛'

---

39 페데리치, 앞의 책, 115면.

을 향유하는 장소가 바로 이에 해당한다. 토지에 대한 권리나 사회적 권력이 약한 존재들에게 공유지의 사회적 기능은 특히 중요하다. '울긋 불긋, 쫄쫄거리는 맑은 샘, 향긋한 땅김, 박하풀 냄새' 등에서 드러나듯 시각, 청각, 후각, 촉각, 미각 등 단번에 복원되고 있는 이 다양한 감각 들이야말로 돈의 명령에 의한 노동이 아니라, 눈 맑은 피로에 의해 회 복된 사물의 감각일 것이다.[40] 이 공간들은 '좋았던' 과거에 대한 향수의 의미를 넘어 현재에 영향을 미치는 막 지나간 과거(immediate past)[41]의 동력을 함축하며 나아가 사유화와 상품화의 외부를 상정하는 대안적 장소로 자리매김될 수 있는 것이다.

　이상이 사적 소유와 분배에 대한 이의제기와 대안적 윤리에 대한 탐 색이라면 「산골 나그네」, 「정분」, 「가을」 등은 교환가치를 통해 그것을 넘어서는 윤리의 차원을 제시한다.

2) 교환의 주체에서 윤리적 주체로

　「만무방」, 「땡볕」에서 제시되는 파산의 방식은 염치에서 비롯된 윤 리적 주체의 가능성을 현시한다.

> 「저 사촌형님께 쌀 두되 꿔다먹은거 부대 잊지 말구 갚우」 (…중략…) 「그 러구 임자옷은 영근 어머니더러 사정 얘길하구 좀빨아 달래우」
>
> ― 「땡볕」, 309면

40　한병철, 김태환 역, 『피로사회』, 문학과지성사, 2012.
41　벤야민의 말이다. 권채린, 앞의 글, 48면에서 재인용.

안해는 지게우에서 그칠 줄 모르는 그 수많은 유언을 차근차근 남기자, 울자, 하는 것이다.

— 「땡볕」, 310면

독이 세 개, 호미가 둘, 낫이 하나, 로부터 밥사발, 젓가락집이 석단까지 그 담에는 제가 빗을 엇어온데, 그 사람들의 이름을 쭉적어 노앗다. (…중략…) 조선문으로 나의 소유는 이것 박게 업노라. 나는 오십사원을 갑을 길이 업스매 죄진 몸이라 도망하니

— 「만무방」, 82~83면

자기의 이해관계를 돌보지 않음으로써 윤리적인 인물들은 자본주의적인 생활감각과는 반대방향으로 나아간다(서영채, 225면). 벌이를 찾아 서울까지 왔으나 만사는 점점 더 나빠지고 병으로 목숨까지 잃을 지경이지만 빚을 갚으라는 그녀의 유언은 인간으로서의 도리를 제시한다. 비극으로 그 자존심을 회복하는[42] 것이다. 사촌에게 진 보리쌀 두 되의 빚과 남편의 빨래 등에 관한 당부 등이 그녀가 남긴 유언의 대종을 이룸으로써 그녀는 최종심급이 돈일 수 없음을 분명히 한다. 죽음을 목전에 둔 그녀는 자신에 앞서 타자를 우선시키며, 타자에 대한 염치로 일관한다. 자신의 죽음보다 사촌에게 진 사소한 빚과 남편에게 지운 사소한 짐을 더 앞세움으로써 그녀는 개인주의와 이윤을 골자로 하는 자본제의 기율을 낯설게 비추어내는 것이다.

「만무방」의 응칠부부 역시 파산하여 빚을 못갚고 야반도주하지만 그들은 가해자로만 정체화될 수 없다. 그들 또한 열심히 일 했으나 실

---

42 김주리, 앞의 글, 392면.

패할 수밖에 없는 사회구조의 피해자이기 때문이다. 숟가락, 밥사발, 종지 등 그들이 도망가면서 남긴 성명서의 물목은 곧 그들의 벌거벗음을 증명하는 목록이다. 이들의 성명서가 희화화[43]를 넘어서 해석되어야 하는 이유는 여기에 있다. 등가성에 근거한 교환의 관점에서 이들의 행위는 명백히 불법적인 것이지만 자신들의 생존을 위한 최후의 것조차 남기지 않았다는 점에서 윤리적이다. 벌거벗은 몸뚱이 말고는 모두 내놓았기에 그들의 도망은 타자에게 최선을 다한 결과이기도 하다. 이들이 보여주는 파산의 방식은 등가성과 교환의 외부에 자리하는 윤리의 가능성을 제시하는 것이라 할 수 있다.

「산골 나그네」, 「솟」, 「가을」, 「애기」는 실패한 교환을 계기로 윤리적 주체로 이행되는 과정을 보여준다.

> 하여튼 인제부터는 게숙이를 짜라 다니며 벌어먹겟구나, 하는 새로운 생활만이 깃블 뿐이다.
>
> —「솟」, 124면

> 「왜 남의 솟을 쌔가는 거야 이 도적년아 —」
>
> —「솟」, 136면

> 「아니야 글세, 우리솟이 아니라니깐 그러네 참 —」
>
> —「솟」, 137면

> 없는 죄가 있는 듯이 얼굴이 확확 단다. (…중략…) 그래 이번에 해보니까

---

43 이경, 앞의 책, 116~117면; 김양선, 앞의 글, 157면.

장사도 잘할뿐더러 안해로서 훌륭한 게집이다. 참이지 몇칠 살아밧지만 남
편에게 그렇게 착착 부닐고 정이 붙는 게집은 여지껏 내 보지 못했다.

—「가을」, 179~180면

팔자를 고쳐준다고 멀쩡한 딸만 하나 얼려죽이는 셈이지요.

—「애기」, 385면

　남편을 몰래 숨겨두고 며칠간 주막에서 일을 하고 옷을 훔쳐 달아나
는 「산골 나그네」의 교환은 외견상 빈틈 없는 계산정신[44]을 보여주는
전형적인 등가성의 교환이다. 그러나 교환을 주도하는 것은 돈이 아니
라 도리라는 점에 착안하면 오히려 등가성과 교환회로의 외부를 향한
가능성을 읽을 수 있다. 나그네 / 덕돌모자의 관계를 추동하는 것은 거
래가 아니라 도리이다. 덕돌어미는 배고픈 나그네에 대한 도리로서 찬
밥 몇 덩이를 대접하였고 그에 대한 보답으로 방아를 찧어주는데서 시
작된 나그네의 도리가 마침내 결혼까지 가게 된 것이다. 거짓결혼으로
몸을 팔고 잉여를 취한다는 점에서 그녀는 교환가치화된 존재이지만
동시에 가짜이자 '임시직'으로서의 한도를 넘어 충실과 진심을 다한다
는 점에서 교환가치를 넘어선다. 계약관계인 덕돌과 그 어미에게 목적
을 위한 수단 이상의 충실을 다한다는 것이다. 특히, 옷은 훔쳐가되, 굳
이 은비녀를 두고 간 나그네의 신의와 염치는 '결벽성'[45]에 그치지 않고
잉여가치를 넘어서는 윤리의 가능성을 증명한다.
　남편을 위해 옷을 훔치는 나그네와 달리 「솟」의 작중인물이 자신의
살림을 훔쳐내어 들병이에게 갖다주는 것은 교환을 염두에 둔 행위이

44　김주리, 앞의 글, 383면.
45　위의 글, 383면.

다. 가족을 버리고 계숙을 따라가 일신의 안락을 도모하려던 계산의 결과이다. 물론 그의 계산은 실패하지만 바로 이 실패로 인해 윤리적 의미가 자리할 여지가 발생한다.

'안해를 맞아들일 때 행복을 계약하던 솟'조차 빼내는데 이르는 그의 계산속은 들병이 남편의 등장 때문에 결과적으로 실패하지만, 바로 그 실패야말로 그에게 잠재된 윤리성이 현현하는 계기이다. 떠나는 계숙의 짐 속에서 자기 집의 솟을 발견하고 '이 도적년아'라며 달려드는 아내를 말리는 그의 태도는 스스로에 대한 부끄러움에 기인한다. 레비나스[46]에 의하면 수치심이란 도덕적 과오가 야기하는 감정상태가 아니라 감추고 싶어하지만 은폐할 수 없는 모든 것 앞에서 인간이 느끼는 감정이다. '우리 솟이 아니라니까 그러네'라는 그의 대답은 서사과정에서 단 한 번도 드러나지 않았던 체면과 염치가 작열하는 언술이다. '우리' 솟이 아니라는 그의 부정은 솟을 포기한다는 것을 의미하며 이 지점에서 체면은 계산을 넘어선다. 안해는 물론이고 아들까지 버릴 정도로 일신의 욕심만을 취하던 존재가 여태까지 굴려왔던 계산속의 전부를 포기하고 손해를 감수하는 선택을 하기 때문이다. 계숙 / 자신의 이자관계에 계숙의 남편이 개입하고 급기야 안해까지 끼어들며 나아가 구경나온 이웃의 시선까지 중첩됨으로써 그는 자신만의 계산을 상대화하는 성찰적 거리를 확보한다.

「가을」의 소장수 역시 술장사를 목적으로 아내를 사는 데 돈을 투자하는 시장형 인간이지만 그 매매의 실패 때문에 그는 윤리적 존재의 가능성을 지닌다.[47] 남의 아내를 살 때까지의 소장수는 '얼굴 똑똑한 안해'

---

46 김홍중, 『마음의 사회학』, 문학동네, 2009, 66면에서 재인용.

47 '손님들 모두에게 애정부여해야 한다는 계약이라고 김주리(앞의 글, 301면)는 설명하나 들병이가 손님에게 애정부여해야 한다는 것은 계약내용이 아니다. 들병이는 어디까지나 계약

를 사서 술장사를 시키려는 계산의 주체[48]였으나 그 계산의 실패는 그를 교환가치의 외부로 이동시킨다.[49] 자신과의 사기결혼 후에 원래 남편과 도망간 여자를 찾아 헤매는 것이 금전적 손해 때문이 아니라 '그렇게 착착 부닐고 정이 붙는 게집'으로 인한 일종의 '사랑병' 때문이라는 그의 고백으로 인해서이다. 소장수에게 있어서의 사랑은 인간으로 관심을 이동하게 하는 계기이며, 매매계약서를 타고 오기도 하는 것이다. 금전적 손해를 넘어서는 그의 '사랑병'은 "남의 안해를 판 돈에서 대서료를 받는 것이 너머 무례한 일인것쯤" 아는 나의 염치만큼이나 윤리적인 것이다. 사기결혼의 피해자인 그와 그 사기계약서의 작성자인 '나'는 일종의 적대관계임에도 불구하고 양자가 같은 하늘 아래 '우리'로 묶일 수 있는 것은 이와 같은 윤리적 토대 때문이다. 등가성과 교환의 외부에 자리한 비자본주의적 윤리의 가능성 때문인 것이다.

교환의 주체에서 윤리적 주체로의 이동은 「애기」에서도 확인될 수 있다. 「애기」에서 결혼은 땅 오십석을 위한 거래로 파악되기에 필수가 족은 기꺼이 다른 남자의 아이를 밴 여자를 관용하나 이 교환은 실패하고 부정한 아내 / 며느리와 남의 혈통인 딸만 낙착된다. 그러나 거래의 주체였던 필수가 윤리적 주체로 전환하기 시작하는 것은 바로 이 실패의 순간이다. 차차 아내가 귀여워지고 아내라는 이름만 들어도 괜찮은 필수의 변화야말로 이 전환을 알리는 시작지점이다. 결혼의 유일한 근

에 의거한 관계을 뿐이기에 진심, 신의 등과는 무관하다.

48 김양선(앞의 글, 161면)은 취처가 목적이 아니라 이윤 얻기가 목적이라고 하지만 이는 교환 당시의 경우에만 타당하다.

49 비록 속임수로 계획된 며칠간의 아내 역할이지만 안해는 그 역할에 충실함으로써 인간에 대한 예의를 다한다. 아내로서 훌륭했다는 소장수의 소회가 증명하듯, 의사-아내라는 계약이 요구하는 역할 이상으로 최선을 다했기 때문이다. 소장수로 하여금 장삿속을 떠나서 그녀를 뒤쫓게 할 만큼의 충실이라면 그것은 윤리의 역할에 다름 아니다. 소장수 속의 타인을 끌어 낸다는 점에서 말이다.

거였던 교환가치의 기대가 실망과 배반으로 귀결되었음에도 불구하고 발생한 변화이기 때문이다. 이는 교환가치라는 목적보다 정을 우선시키는 결단으로까지 설명될 수 있으며 나아가 정조라는 당대적 통념을 가로지른 것이라는 점에서 더욱 의미심장하다. 아이를 버리려다 도로 데려오는 필수의 선택은 이와 같은 토대 위에서 가능하다. 임신한 아내를 수용하는 것이 정조관념에 대한 이반이라면 아내가 혼전임신으로 낳은 '다른 남자의' 딸을 '멀쩡한 딸'로 수용하는 것은 혈연관념을 가로지르는 윤리이다. 계산과 정조, 그리고 혈연을 가로질러 안해와 아이를 끌어안음으로써 필수는 윤리적 주체로 승격되는 것이다.

여기서 자기이익의 극대화라는 자본주의적 욕망체계를 균열시키는 새로운 시작지점을 발견할 수 있다. 특히 손해를 감수하는 작중인물들의 결단은 교환가치와 효용성을 괄호친 것이기에 더욱 유의미하다. 부끄러움을 통해 인간은 스스로의 비인간성과 디면하고 성찰하는 주체로 이동한다. 스스로의 존재조건인 동물성을 초월하거나 통제하는 한에서, 인간으로 성립하는 것이다.[50] 이기적 계산에 기초한 욕심은 체면을 통해 증여[51]의 가능성을 제시한다. 이익, 교환가치, 목적의 의미계열체로부터 이탈하여 손해, 실패를 스스로 감수하는, '불가능한 교환'[52]의 가능성을 보여주는 것이다.

---

50 김홍중, 앞의 책, 75면에서 재인용.
51 증여론을 개척한 모스(이상률 역, 『증여론』, 한길사, 2011, 제4장)는 증여를 위신, 명예와의 교환으로 설명한다.
52 장 보르리야르, 배영달 역, 『불가능한 교환』, 울력, 2001, 제1장.

5. 마무리

이 글은 반복되는 실패의 패턴에 주목하여 김유정 소설을 분석함으로써 식민지 근대 자본주의의 모순과 대안을 찾아내고자 하는 시도였다. 농촌을 배경으로 하든, 도시를 배경으로 하든 서사의 대부분은 떼돈이라는 유혹에 들린 사람들의 실패에 할애된다는 사실에 주목하여 미신성, 종교성으로 함축되는 자본주의 자체의 비합리성을 천착하고자 하였다. 돈을 최종심급에 두되 생산수단을 담보하지 않는 구조가 자본주의의 종교성을 강화하는 것으로 드러나며 이와 같은 구조 하에서 돈을 향한 욕망은 실패로 귀결될 수밖에 없다.

2장에서는 자본주의의 미신성, 비합리성을 살펴보았다. 작중인물들은 '월급주는 병원'과 '돈이 늘고 뿔어서 철량이 되는' 환상, 가족의 교환가치화와 노다지의 꿈 등으로 자본주의를 모방, 반복하나 이는 실패로 귀결될 뿐이다. 3장에서는 이러한 실패의 경로를 살펴보았다. 자본에 유혹되어 자본과 공모하였으나 결국은 실패하는 과정을 통해 인간은 무지와 야만, 그리고 수동적 피해자로 전락, 하락하고 만다. 그러나 이 필패의 경로는 개인의 실패를 넘어 자본의 실패를 노정하는 의의를 지닌다. 작중인물들이 반복하는 꿈과 실패는 불가능한 자본의 꿈과 자본주의적 합리성에 숨은 비합리성과 미신성을 폭로하는 주요한 계기로 드러나는 것이다.

하지만 이와 같은 피해의 위치에 고착되지 않고 저항적 주체와 윤리적 주체로서 이동을 시도한다는 데 김유정 소설의 의의가 있다. 4장은 교환의 실패를 비자본주의적 윤리로 전이시키는 이행과정에 주목하였다. 이 과정에서 드러나는 자본에 대한 비자본주의적 대응방식을 통해 피해자주체를 넘어서는 능동적 가능성을 확보할 수 있었다.

자본주의가 아직 본격화되기 이전임에도 불구하고 그보다 먼저 도착한 실패의 예후들을 김유정 소설은 민감하게 포착함으로써 식민지 근대를 배후하는 자본의 문제를 직시하며 나아가 그것을 넘어서는 윤리를 제시하고 있는 것이다.

참고문헌

강신주, 『상처받지 않을 권리』, 프로네시스, 2009.

강심호, 「김유정 문학의 위반의식 연구」, 서울대 석사논문, 2001.

권채린, 「김유정 소설의 도시 체험과 환등상적 양상」, 『현대소설연구』 47, 2011.

김미현, 「김유정 소설의 카니발적 구조 연구」, 이화여대 석사논문, 1990.

김양선, 「1930년대 소설과 식민지 무의식의 한 양상－김유정 소설에 나타난 향토의 발견과
　　　　섹슈얼리티를 중심으로」, 『한국 근대문학 연구』 5-2, 2001.

김용구, 『한국소설의 유형학적 연구』, 국학자료원, 1995.

김주리, 「김유정 소설에 나타난 파괴적 신체 고찰」, 『한국 문예비평 연구』 21, 2006.

＿＿＿＿, 「매저키즘의 관점에서 본 김유정 소설의 의미」, 『한국 현대문학 연구』 20, 2006.

김진균・정근식 편, 『근대주체와 식민지 규율권력』, 문화과학사, 1997.

김홍중, 『마음의 사회학』, 문학동네, 2009.

서영채, 『문학의 윤리』, 문학동네, 2005.

서준섭, 『한국 모더니즘 문학의 연구』, 일지사, 1988.

안미영, 「김유정 소설의 문명 비판 연구」, 『현대소설연구』 11, 1999.

윤지관, 「민중의 삶과 시적 리얼리즘－김유정론」, 『세계의 문학』, 1988 여름.

이　경, 『한국 근대소설의 근대성 수용양상』, 태학사, 1999.

이광수, 「구술사를 통해 본 방글라데시 이주노동자 샤골씨의 한국 사회적응에 미친 요인」, 『코
　　　　기토』 72, 2012.

임덕영, 「한국 자본주의 이행시기의 부랑인 및 부랑인 정책에 대한 고찰－Marx 이론을 중심으
　　　　로」, 성공회대 석사논문, 2008.

전흥남, 「「금 따는 콩밭」의 중층성과 문제점」, 『한국언어문학』 49, 2002.

한병철, 김태환 역, 『피로사회』, 문학과지성사, 2012.

홍혜원, 「폭력의 구조와 소설적 진실－김유정 소설을 중심으로」, 『현대소설연구』 47, 2011.

아즈마 히로키, 이은미 역, 『동물화하는 포스트모던』, 문학동네, 2007.

마르셀 모스, 이상률 역,『증여론』, 한길사, 2011.

발터 벤야민, 최송만 역,『발터 벤야민 선집 5 - 역사의 개념에 대하여, 폭력비판을 위하여, 초
　　현실주의 외』, 길, 2008.

실비아 페데리치, 황성원 · 김민철 역,『캘리번과 마녀』, 갈무리, 2011.

엘마 알트파터, 염정용 역,『자본주의의 종말』, 동녘, 2007.

이반 일리히, 박홍규 역,『병원이 병을 만든다』, 미토, 2004.

죠르쥬 바따이유, 조한경 역,『에로티즘』, 민음사, 2009.

프리드리히 엥겔스, 이관형 역,『칼 맑스, 프리드리히 엥겔스 저작선집』2권, 박종철출판사,
　　1997.

휴버먼, 장상환 역,『자본주의 역사 바로 알기』, 책벌레, 2000.

김유정 소설에 나타난 농촌 노총각의 성과 결혼

손윤권

1. 실레 연작과 농촌 노총각의 문제

1930년대는 일제의 농촌수탈정책이 본격화되면서 농업을 기반으로
하던 많은 사람들이 만주로 이주를 하던 시대였다. 당시 식민주체인 일
본은 물론이고, 이들의 방조와 보호 아래 있었던 지주와 마름의 횡포 역
시 자작농을 소작농으로 전락시켰고, 소작농들은 각종 도지를 내지 못하
다가 만주로 이주하거나 유랑민이 될 수밖에 없는 상황이었다. 당대 발
표된 많은 소설들은 리얼리즘적 시각에서 농촌의 실상을 재현해냈다. 김
유정의 30여 편 소설 중 열두 편[1]의 단편소설들도 당대 강원도의 한 농촌

---

1 「산골 나그네」, 「총각과 맹꽁이」, 「소낙비」, 「가을」, 「안해」, 「솥」(「정분」), 「만무방」, 「금 따

마을을 배경으로 일제의 식민지 농업 정책으로 인한 농촌 경제의 파탄과, 지주와 마름의 횡포로 자생력을 잃고 피폐해진 농촌의 실상을 다루고 있다. 다각적인 측면에서 농촌의 문제를 접근하고 있는 점에서 일종의 연작소설[2]로도 볼 수 있는 이 소설들은 독립된 한편 한편마다 각기 다양한 농촌문제 중 하나를 쟁점화하고 있고, 전체를 연결시키면 당대 발표된 어떤 장편소설 못지않게 총체성을 지닌다는 사실을 확인할 수 있다. 당시 리얼리즘 계열의 농촌소설[3]은 지주와 소작인 간의 계급 간의 대립과 갈등에 초점을 맞추고 있는데 대체로 농촌 노총각의 문제는 후경화돼 있는 경우가 많다. 동시대 활동했던 다른 작가들의 작품과 달리 김유정은 농촌 노총각 문제를 중요한 농촌 문제의 하나로 부각시키고 있다는 점에서 주목된다. 그것은 김유정이 당시 고향 실레[4]에 머물면서 노총각[5]의 신

___

는 콩밭」, 「떡」, 「산골」, 「봄·봄」, 「동백꽃」(이상 발표순서 순). 여기에 「땡볕」도 연결시켜 읽을 수 있다.

2 "독립된 완결 구조를 갖는 일군의 소설들이 일정한 내적 연관을 지니면서 연쇄적으로 묶여 있는 소설 유형을 가리킨다. 우리나라의 경우, 연쇄적인 관계를 이루는 일군의 소설들은 대개 단편 소설들이지만, (…중략…) 장편소설과는 달리 연작소설은 연작을 이루는 각 작품들이 각각의 독립된 제목과 이야기 구조를 가지고 있으며, 그 자체로서도 작품으로서의 독립성과 자립성을 지니게 된다. 그러나 각 작품에서 작중인물들은 그 일부, 또는 전부가 중복되어 나타나는 경우가 많으며, 대부분 한 작품에서 주변적 역할을 맡은 인물이 다른 작품에서는 주 인물로 나타나는 형태를 취하고 있다." 한용환, 『소설학사전』, 문예출판사, 1999, 320면.

3 1930년대를 대표할 수 있는 농촌소설로는 이광수의 『흙』, 심훈의 『상록수』, 이기영의 『고향』 등을 들 수 있다.

4 김유정은 산문 「5월의 산골짜기」에서 고향을 "앞뒤 좌우에 굵직굵직한 산들이 빽 둘러섰고, 그 속에 묻힌 아늑한 마을이다. 그 산에 묻힌 모양이 마치 옴팍한 떡시루 같다 하여 동명을 실레라 부른다. 집이라야 대개 쓰러질 듯한 헌 초가요, 그나마도 오십호 밖에 못되는, 말하자면 아주 빈약한 촌락이다"라고 묘사하고 있다. 김유정기념사업회, 『김유정 전집』 하, 강원일보 출판국, 1994, 192면.

5 십대 중후반이 연령규범(결혼적령기)이라고 했을 때 실레마을에 내려왔을 당시 청년 김유정은 이미 노총각에 해당되는 나이였다. 천석지기 부잣집 도련님으로 태어나 비록 가세는 기울었어도 고향에서 냉대를 받지는 않은 것을 자료를 통해 확인할 수 있다. 당시 김유정은 서울의 연희전문을 중퇴하고 내려온 인텔리였지만, 그는 동병상련의 입장에서 마을 사람들과 어울렸던 것으로 보인다. 청년들을 모아 농우회와 야학을 조직하는 등 활발하게 활동을 한 것으로 알려져 있다. 아직 폐결핵이 발병하여 몸 상태가 심각한 상태는 아니었지만 그 역시 결혼을 하는 것이 쉬운 상황은 아니었던 것으로 보인다. 이십대 중반 작가가 된 이후 서울에

분으로 농촌의 노총각들과 만나고, 그들의 문제를 동병상련·역지사지의 입장에서 파악했음을 보여주는 반증이기도 하다. 「산골 나그네」(『제1선』, 1933.3), 「총각과 맹꽁이」(『신여성』, 1933.9), 「봄·봄」(『조광』, 1935.12), 「가을」(『사해공론』, 1936.1) 등은 춘천 실레에서의 삶을 정리하고 상경한 김유정이 연이어 발표한 소설들로 노총각의 성과 결혼 문제를 전경화해서 보여주고 있는 단편소설[6]이다. 이 소설들은, 국제결혼이 아니면 결혼하기 힘든 2000년대 한국 농촌의 노총각 문제와도 연관지어 읽게 만드는 힘을 지니고 있다. 텍스트로 삼은 소설들은 소설사회학적 입장, 페미니즘의 입장에서 연구돼 왔고 서사구조나 인물유형을 다루는 연구에서도 언급·분석된 바 있지만 '노총각'을 초점으로 하여 성과 결혼의 문제를 중점적으로 다룬 연구는 현재까지 미흡한 편이다. 본 논문은 현재에도 사회적 이슈가 되는 노총각의 만혼 문제와 관련, 김유정 소설에 재현된 노총각들의 성과 결혼의 문제를 살펴보는 데 연구의 목적을 둔다.

살 당시에도, 대부분 남성들이 결혼을 했을 나이인데 그는 경제적 궁핍과 병의 악화 때문에 결혼을 할 수 없었다. 작가의 전기적 사실로 미루어 봤을 때, 노총각들에 대한 서술에는 실제 작가의 것으로 추정되는 동정과 연민이 내포작가의 서술태도에 중첩되는 것으로 보인다. 주인공들의 결혼이 좌절되도록 서사를 전개한 데에는 이런 개인사가 반영되었을 것으로 추측해 본다. 김유정의 실레 마을 체류와 활동에 대해선 김영기의 「김유정의 생애」(김유정기념사업회 편, 『김유정 전집』) 참조.

6　당대의 입장에서 노총각의 연령규범을 살펴보기 위해 살펴본 다른 소설로는 「산골」(『조선문단』, 1935.7)과 「동백꽃」(『조광』, 1936.5)이 있다.

2. 1930년대의 결혼적령기와 노총각의 범위

최근 한 설문조사[7]를 보면 예전보다 노총각·노처녀의 기준 나이가 상향조정됐다는 사실을 확인할 수 있다. 그런데 노총각·노처녀의 기준과 결혼적령기는 시대의 분위기 및 산업구조와 연관 지어 파악해 볼 필요가 있다. 전통적으로 과거 농경사회에서는, 현재의 사춘기에 해당하는 십대 중후반에 결혼을 하는 게 일반적이었다. 남성의 경우 생물학적으로 아이를 갖게 할 수 있고, 생계를 꾸려갈 수 있는 농토와 육체를 갖고 있으면 결혼을 했고, 여성 역시 생물학적으로 임신이 가능하고 가사노동을 할 수 있는 나이면 결혼을 했다. 1930년대의 남자들의 결혼적령기는 언제였을지에 대한 답은 한경혜의 논문에서 찾아볼 수 있다. 한경혜는 일제 강점기에 결혼을 했던 남성노인 38명의 구술을 통해 결혼연령의 역사적 변화를 고찰한 바 있는데, 이 논문을 통해서 당시의 연령규범(결혼적령기)이 대체로 십대 중반이었음을 확인할 수 있다. 구술에 응한 남성 노인들 대부분은 십대 중반에 결혼을 했고, 한두 해 늦춰지는 것을 혼기를 놓치는 것으로 인식했다고 한다.[8] 이때 노총각은 십」

7　다음은 2012년 7월 『조선일보』, 『경향신문』, 『한국경제신문』 등에 실린 기사의 요약문으로 노총각·노처녀의 연령규범에 대한 것이다. 2012년 결혼정보회사 '바로연'은 결혼적령기 미혼남녀 768명(남 385명, 여 383명)을 대상으로 2012년 6월 23일부터 7월 7일까지 '실제 노총각 노처녀가 되는 나이가 몇 살이라고 생각하는가'를 주제로 설문조사를 했는데 이 설문조사에서 응답자들 중 41%(315명)가 '남성 36세 이상, 여성 33세 이상'을 노총각·노처녀의 기준으로 보았다. 이어 '남성 30세 이상, 여성 30세 이상' 34%(262명), '남성 38세, 여성 35세 이상' 25%(192명)가 뒤따랐는데, 노총각의 기준 연령을 30세 이상으로 본다는 응답은 과거 노총각과 노처녀의 연령보다 상향조정돼 있다는 것을 알 수 있다. 툴과 십 년, 이십 년 전만 해도 삼십대 중반까지는 차치하더라도 이십대 후반이 되면 노총각·노처녀로 분류했다. 이는 평균수명의 연장, 의학기술과 헬스·뷰티 등 피부 관리와 몸 관리로 인해 비롯된 사회적 분위기를 반영하는 것이라 볼 수 있다.

8　1920~1929 동시집단에서는 15,6살과 17살의 결혼이 규범적인 것으로 응답하였다. 1910~1919

대 후반에서 이십대 초반이 된다.

　김유정의 소설 중 현재의 기준으로 봤을 때는 소년이지만 당시로서는 결혼적령기의 총각이 등장하는 소설은 「동백꽃」과 「산골」이다. 「동백꽃」의 '나'는 정확히 열일곱 살로 나타나지만 「산골」의 석숭이나 도련님의 나이는 정확하게 밝혀져 있지 않다. 두 소년은 십대 후반으로 보인다. 「산골」에서 종의 딸 이뿐이와 같이 자란 것으로 봐서 도련님은 이뿐이와 동갑이거나 한두 살 위로 보인다. 이 점에서 도련님은 십대 후반이라고 할 수 있는데, 그의 어머니인 마님은 당시의 관념으로 아들을 '늙은 총각'으로 부르면서, 상냥한 아가씨를 찾느라[9] 고심한다. 「산골」의 노마님의 '늙은 총각'이란 말은 생물학적 나이를 말한다기보다는 농촌공동체에서 일상적으로 부여한 연령규범에서 일탈해 있다는 의미를 지니고 있다. 「동백꽃」의 '나', 「산골」의 석숭이와 도련님은 십대 중후반에 해당하는 인물들로서 한창 이성에 대한 관심과 성적 욕망이 충만한 인물들이다. 십대 중후반에 장가를 가고, 시집을 가는 게 일반적이었던 1930년대를 배경으로 한 김유정 소설 속 청소년들은 한창 이성 간의 호기심에 부풀어 있고 성관계를 경험하며 결혼을 앞둔 처녀·총각으로 재현돼 있다. 이처럼 평균수명이 높지 않던 1930년대에는 십대

동시집단에 비해 10대 후반(17살, 18살)을 포함하는 것으로 약간의 변화를 보였으나, 이 코호트 응답자 대부분들은 10대 중반(15, 16세)을 규범적 연령으로 지각하고 있음을 볼 수 있다. 1930년 이후, 십대후반으로의 이동이 명확히 나타남을 볼 수 있다. 예를 들면 1920년에 18살에 결혼한 응답자들은 자신의 결혼이 늦었거나, 적령이었다고 응답한 바면, 1940~1949 코호트의 29번 응답자는 18세의 자신의 결혼이 일렀다고 대답하였다. 1930~1939 코호트에 속하는 응답자들은 17, 18, 19세를 적령기로 응답하는 율이 높았다. 한경혜, 「사회적 시간과 한국 남성의 결혼연령의 역사적 변화」, 『한국사회학』 제27집(겨울호, 1993), 299면.

9　김유정, 「산골」, 유인순 편, 『동백꽃』, 문학과지성사, 2005, 191면. 김유정 작품 전체는 전신재 교수의 『원본 김유정 전집』을 참고했지만, 본문 인용은 현행 맞춤법과 띄어쓰기로 편집돼 있는, 유인순 교수가 펴낸 『동백꽃』(문학과지성사, 2005)으로 하였다. 본문 인용시 작품명 옆에 면수만 표기하도록 한다. 인용의 강조 표시는 필자의 것이다.

중후반이 결혼적령기였기 때문에 그 나이의 소년은 아이보다는 어른 쪽에 가까운 '총각'의 범주에 들었던 것이다. 이 점에서 소설 속의 십대 중후반의 나이를 현재의 기준으로 청소년으로 보기엔 무리가 따른다.

그렇다면 소설 속 노총각들은 1930년대 당시의 연령규범으로 봤을 때 얼마나 결혼이 늦어진 것인가? 「봄·봄」, 「산골 나그네」, 「총각과 맹꽁이」의 주인공들은 각각 나이가 스물여섯, 스물아홉, 서른넷이다. 아울러 「가을」의 재봉이 경우 나이가 명시돼 있지는 않지만 적어도 서른 안팎은 돼 보인다. 동료인 조복만이 결혼한 지 십년이 됐고 아들 영득이가 다섯 살이나 됐다는 사실을 상기해 보면, 재봉이의 경우 적어도 스물다섯에서 서른 사이의 나이라고 추정해 볼 수 있다. 중심인물은 아니지만 「총각과 맹꽁이」에서 덕만이가 '성님'으로 부르는 뭉태는 삼십 대 후반에 해당되는 인물이다.

「산골」의 석숭이가 아직 혼담도 오가지 않은 상태의 이뿐이와 결혼할 꿈을 꾸는 데 반해 , 노총각들은 경제적 궁핍으로 인해 결혼을 하지 못한 채 떠꺼머리총각으로 무시와 외면을 당하고 있다. 이들이 결혼적령기인 십대 중후반에 결혼을 했다면 「동백꽃」의 '나'나 「산골」의 석숭이 나이의 아들을 두었을 수도 있는 나이이지만, 결혼을 하지 않은 이유로 떠꺼머리총각으로 분류될 뿐이다.

다음은 연령규범을 어기고 결혼을 못 시키는 데 대한 비난이 담겨있는 「산골 나그네」의 한 장면이다.

> 떠꺼머리총각을 그냥 늙힐 테냐고. 그러나 형서가 부침으로 감히 엄두도 못 내다가 겨우 올봄부터야 서둘게 되었다. 의외로 일은 손쉽게 되었다. 이리저리 언론이 돌더니 남산에 사는 어느 집 둘째딸과 혼약하였다.
>
> —「산골 나그네」, 20면

떠꺼머리총각이란 나이는 찼지만 아직 성례를 하지 않아 상투를 틀지 못하고, 머리를 땋고 다니는 총각을 말한다. 떠꺼머리총각은 혼기를 넘겼는데도 사회적 지위는 청소년과 동급으로 취급된다. 담화에서 덕돌이 어머니는 아들을 '떠꺼머리총각'으로 부르는 주위 사람들의 말에 자극을 받고 이어 아들의 성례를 준비하게 된다. 덕돌이는 다른 소설에 등장하는 덕만이나 재봉이만큼 숫기가 없고 어수룩하지는 않지만 그렇다고 활발하고 적극적인 성격의 소유자도 아니다. 그러나 결혼식을 분기점으로 전혀 다른 면모를 보인다. 물론 위장결혼인지 여부를 모른 채 성례를 치르긴 하지만 그는 장가를 들자마자 이전과는 비교할 수 없는 자신감으로 예전과 다른 태도를 보인다. '떠꺼머리총각'이라는 호명에 따른 소외, 배제에서 벗어났기 때문이다. '첫날을 치르고 부쩍부쩍 기운이 난다'(23면) 같은 문장은 결혼식이 덕돌이에게 자신감과 정체성을 회복시켜 주었음을 의미한다. 이후 덕돌이는 의복과 외모 관리에도 신경을 더 쓰면서 자존감과 정체성을 회복한다. 이처럼 결혼은 비관주의에 빠져있던 한 노총각의 삶을 빠른 시간에 바꾸어주는 효력을 발휘한다.

> 덕돌이가 볏단을 다시 집어 올릴 제 그 이웃에 사는 돌쇠가 옆으로 와서 품을 앗는다.
>
> "애 덕돌아! 너 내일 우리 조마댕이 좀 해줄래?"
>
> "누구보고 해라야? 응? 이 자식 까놀라!"
>
> 어제까지는 턱없이 지냈단대도 오늘의 상투를 못 보는가 —
>
> —「산골 나그네」, 25면

인용문은 결혼이 덕돌이의 태도에 많은 변화를 주고 있음을 보여준다. 나그네(들병이) 앞에서 저자세를 보였던 이전과 달리 위 인용문에서 덕돌이의 행동 및 말투는 많이 바뀌어 있다. 그동안 미성년자 취급에서 탈피하고 싶었던 덕돌이는 위와 같은 발화를 통해 자신과 허물없이 지내던 돌쇠와의 위치도 확실히 해둔다. 한때는 반말을 하며 지냈던 친구이자 동료였지만 결혼 이후 상하 관계를 확실히 해두려는 모습을 보인다. '상투'는 '떠꺼머리'와 대조되는 것으로서 기혼남과 미혼남의 경계가 되고 있다. 이처럼 '상투'는 기혼자, 성인이라는 정체성을 부여해주는 표지가 된다. 결혼은 같은 동료와의 관계도 위계화할 수 있는 계기로 작용한 것이다.

이처럼 「산골 나그네」는 적령기를 넘긴 노총각에게 결혼이 지니는 상징적 의미를 '떠꺼머리총각'과 '상투'의 대립으로 보여주고 있는 소설이다. 나머지 「총각과 맹꽁이」, 「봄·봄」, 「가을」 역시 덕만이와 비슷한 떠꺼머리 노총각들의 결혼 문제를 중심서사로 하고 있다.

3. 농촌 경제의 피폐화로 인한 결혼의 좌절

「산골 나그네」, 「총각과 맹꽁이」, 「가을」, 「봄·봄」의 노총각들이 결혼을 하지 못한 근원적 이유는 무엇인가? 덕돌디, 덕만이, 재봉이, 머슴의 결혼이 늦어진 이유는 일제의 수탈정책과 지주와 마름의 횡포에 의한 자작농에서 소작농으로의 전락과 무관하지 않다.

「산골 나그네」의 덕돌이네 경우 아버지가 부재한 가운데 홀어머니가 술집을 차려 겨우 연명하고 있는 집이다. 그의 어머니는 술장사만으로는 살림이 어렵기 때문에 남의 집 방아품을 팔아서 가계를 꾸려가고 있다. 덕돌이는 지난봄, 혼담이 오고갔던 여자 쪽 집에서 선채금 삼십 원을 달라고 했을 때 요구한 금액을 제대로 줄 처지가 못돼 파혼한 전력이 있다.

「총각과 맹꽁이」의 덕만이 역시 아버지가 부재한 가운데 홀어머니와 함께 살고 있는 노총각이다. 그의 홀어머니는 남의 집 방아품을 팔아 밥을 얻어와 생계를 꾸려간다. 덕만이네는 누이를 시집보내면서 받은 선채마저 빚을 갚느냐고 다 써버린 상태다. 이런 상황에서 덕만이는 소출도 없는 땅을 가혹한 도지를 내가며 울며 겨자 먹기로 농사를 짓는 소작농이다.

> 가혹한 도지다. 입쌀 석 섬. 보리·콩·두 포의 소출은 근근 댓 섬, 나눠먹기도 못 된다. 본디 밭이 아니다. 고목 느티나무 그늘에 가려 여름날 오고 가는 농군이 쉬던 정자 터이다. 그것을 지주가 무리로 갈아 도지를 놓아먹는다. 콩을 심으면 잎 나기가 고작이요 대부분이 열지를 않는 것이었다. 친구들은 일상 덕만이가 사람이 병신스러워, 하고 이 밭을 침 뱉아 비난하였다. 그러나 덕만이는 오히려 안 되는 콩을 탓할 뿐 올해는 조로 바꾸어 심은 것이었다.
>
> ―「총각과 맹꽁이」, 30면

인용문은 농사를 생업의 근본으로 알고 살아가는 덕만이가, 소출도 좋지 않은 땅에 붙여진 가혹한 도지를 내가면서 소작농으로 전락해 가는 모습을 보여준다.

「가을」의 재봉의 아버지는 십년 전만 해도 땅 마지기나 있었던 자작농이었지만 현재는 소작농으로 전락한 상태이다. 재봉이가 여러 노총각들 중 읽고 쓸 수 있는 것은 학교를 다녀본 경험이 있기 때문인데, 학교를 다닐 수 있었다면 과거 집안 형편은 현재보다 나았다는 것을 의미한다. 그러나 소작농으로 전락한 이후 농사를 지어 도지를 내고 나면 남는 것이 없고 설상가상으로 어머니마저 와병중이다. 재봉이는 생계가 곤란해지자, 아내를 파는 복만이와 돈으로 여자를 사서 아내를 삼으려는 황거풍을 선망하는 지경에 이른다. 재봉이는 가난에서 벗어나기 위해 금점으로 가거나, 노름판에 끼어볼까도 생각하지만 이마저도 돈이 없어 실행하지 못한다. 가난한 집안 형편으로 인해 결혼이 요원해진 재봉은 아내를 팔아 돈을 만들 요량 때문으로라도 결혼에 대한 욕망을 버리지 못한다. 가혹한 도지의 문제는 이 작품 속 복만이 내외가 재봉과 황거풍에게 사기를 치고 위장 이별, 위장 결혼을 한 이유이기도 하다. 이처럼 「산골 나그네」, 「총각과 맹꽁이」, 「가을」의 노총각들은 일제의 가혹한 농촌수탈정책과, 일제를 후광으로 하여 자작농을 소작농으로, 소작농을 다시 이농민 혹은 유랑민으로 만드는 지주와 마름의 농간에 의해 땅을 잃거나 소작농으로 전락한 집안의 아들로 재현돼 있다.

「총각과 맹꽁이」와 「봄·봄」에 등장하는 뭉태는 봉필영감을 통해 땅을 얻어 부치다 밉보여서 소작마저 떨어진 상태다. 소작마저 어렵게 된 상황에서 뭉태는 건달로 마을 곳곳에서 외면을 당하거나, 동료인 덕만이네 밭에서 품팔이(품앗이)를 하고 있는 중이다. 노총각들 중 최연장자라고 할 수 있는 뭉태는 나이도 많은데다 경제적 형편마저 열악하기 때문에 추후 결혼은 더 불투명해 보인다. 뭉태가 들병이들과 무수히 접촉을 하고 유부녀까지 집적거리는 등 비행을 일삼는 것은 결혼의 출구가 막혀있기 때문으로 보인다.

한편 「봄·봄」의 머슴 '나'가 머슴살이를 하고 있는 것은 다른 노총각들보다 더 상황이 열악함을 보여준다. 머슴은 자작농은커녕 소작농마저 여의치 않아서 악명 높기로 유명한 마름 봉필영감의 집에서 4년 넘게 노동력을 착취당하고 있는 것이다. 그런 머슴 '나'는 자신의 집안 사정으로는 결혼이 불투명함을 인식하고 그 대안으로 데릴사위를 선택해 머슴살이를 감내하고 있는 것이다.

이렇게 결혼이 늦어진 노총각들은 결혼하여 아들을 낳아 후사를 잇는 욕망을 버리지 못하고 있다. 「총각과 맹꽁이」에서 덕만이에게 무엇보다 큰 걱정은 결혼을 하지 못해 아들을 낳지 못할 수도 있다는 것이다. 덕만이는 '반드시 장가는 들어야 한다'(p.30)고 다짐하기까지 한다. 이 다짐 속에는 후사를 이어야 하는 가부장제 사회의 규범이 내면화되어 있다. 「봄·봄」의 머슴이 구장 영감을 찾아가 성례의 필요성과 타당성을 논할 때 논리적 근거로 사용한 것도 '나이가 찼기 때문에 아들이 급하다'(207면)는 것이다. 농경사회에서 아들을 낳는다는 것은 존재감과 정체성을 동시에 확인받을 수 있는 일이다. 노총각에게 결혼 실패는 성욕의 좌절뿐만 아니라 후사를 이어 가계를 이어가는 일의 단절마저 의미한다.

이처럼 「산골 나그네」, 「총각과 맹꽁이」, 「봄·봄」, 「가을」의 노총각들이 결혼을 못한 것은 소비자본주의 사회에서 살아가는 노총각들처럼 자아계발을 위한 보류와 연기, 기호와 취향에 따른 선택의 문제가 아닌 식민지 농촌경제의 몰락을 초래한 수탈정책과 지주와 마름의 횡포에서 그 이유를 찾을 수 있다.

4. 들병이의 방문과 성욕의 일시적 해결

김유정 소설의 노총각들은 농촌의 구조적 모순 때문에 소작농이 되
거나 머슴으로 전락하면서 결혼의 좌절을 경험한 이들이다. 「동백꽃」
의 '나'와 「산골」의 '석숭이', '도련님' 같은 당시 결혼적령기 소년들이 비
밀스러운 공간을 확보해 구애를 하고 성욕을 푸는 데 반해 노총각들은
들병이와 일시적인 연애, 성관계를 경험하는 더서 그칠 뿐 연애와 결혼
같은 단계로의 진전을 보이지 못한다. 「산골 나그네」, 「총각과 맹꽁
이」, 「가을」, 「봄・봄」의 주인공들인 노총각들에겐 성욕 해결의 출구
가 막혀있는 상황이다. 당시 서울을 비롯한 몇몇 대도시의 항구나 기차
역을 중심으로 일본이 설치한 유곽이 있어, 결혼을 하지 못한 총각들도
유곽 출입이 가능했지만 김유정 소설 속 농촌 노총각들에겐 지리적, 공
간적 특성상 그 출구도 막혀 있다. 1930년대 당시는 매춘이 법으로 금
지돼 있지 않던 시대였지만, 가난한 농촌 노총각들에게 유곽 출입은
용이한 일이 아니었다. 도시에 비해 자유연애를 통한 결혼이 아닌 중매
결혼이 보편적인 상황이었고, 남녀의 내외라는 관습,[10] 여성의 순결 역
시 중요하게 여겨지는 상황이었기 때문에 현재의 자유로운 연애와 혼
전성관계가 가능한 상황이 아니었던 것이다. 농촌, 그중에서도 소설의
폐쇄적인 산촌에서 노총각들은 농한기에 찾아오는 들병이와의 일시적
연애와 성관계를 제외하면 성적 욕망을 해결할 수 있는 방법이 없었다

---

10 「산골 나그네」에서 덕돌이 어머니는 '혼자 자는 여자 방에 떠꺼머리총각이 들어가 자는 것을
상서롭지 못하(15면)게 여기면서 덕돌이에게 마을에 가서 자고 오라고 시킨다. 그러나 방아
를 찧어주고 오던 날 저녁 덕돌이가 나그네의 방에 들어가 신체 접촉을 시도하는 장면은 눈
감아준다.

고 볼 수 있다.

1930년대 당시 술과 몸을 같이 파는 들병이는 '1차 술집 종업원, 2차 성매매 여성'[11]으로 불릴 수 있는 산업형 매춘(겸업형 성매매)의 전신으로 볼 수 있다. 마을에서 금지하거나 규제하지 않는 상황에서 이루어지는 들병이의 일시적 체류는 농촌 노총각들의 유일한 성욕 해결구로서의 역할을 감당했다고 볼 수 있다. 이런 상황에서 들병이는 기혼남보다는 미혼의 총각들, 그중에서도 노총각들에게 환심을 살 수밖에 없는 대상[12]이다.

다음은 「산골 나그네」와 「총각과 맹꽁이」에서 들병이(혹은 갈보)의 방문을 반기는 남성들(노총각들)의 반응을 다룬 장면이다.

(A) 밥들을 먹고 나서 앉았으려니깐 갑자기 술꾼이 몰려든다. 이거 웬일인가. 처음에는 하나가 오더니 다음에는 세 사람 또 두 사람. 모다 젊은 축들이다. (…중략…) 그중에 얼굴 넓적한 하이칼라 머리가 야리가 나서 상을 받으며 주인 귀에다 입을 비겨댄다. "아주머니 젊은 갈보 사왔다지유? 좀 보여주게유." 영문 모를 소문도 다 듣는고! "갈보라니 웬 갈보?" 하고 어리삥삥하다 생각을 하니 턱없는 소리는 아니다.

—「산골 나그네」, 16~17면

(B) "여보게들, 오늘 참 들병이 온 것을 아나?"

이 말에 나찬 총각들은 귀가 번쩍 띄었다. 기쁜 소식이다. 그 입을 뻔히 쳐

---

11 들병이의 방문 목적은 우선은 술을 파는 것이지만 경우에 따라서는 '가친 자(같이 자) 주'(「총각과 맹꽁이」, 35면)는 목적도 있음을 확인해 볼 수 있다.

12 「솥」의 근식이나 「안해」의 '나' 같은 남편은 이미 결혼을 한 상태로 들병이를 성적 욕구를 풀 대상으로 이용하기보다는, 농업을 포기하고 술장사와 매춘을 겸하여 한몫 돈을 벌어보려는 속셈으로 접근하고 있다.

다보며 뒷말을 기다린다. 반갑기도 하려니와 한편으로는 의아하였다. 한참
바쁜 농시방극에 뭘 바라고 오느냐고 다 같은 질문이다.

— 「총각과 맹꽁이」, 31면

(A)는 「산골 나그네」에서의 들병이(나그네)가 왔다는 소식을 듣고 젊
은 사내들이 모여드는 장면이다. 들병이는 자신의 정체를 숨기지만 우
연찮게 술집으로 찾아왔기 때문에 갈보로 받아들여진 것이다.[13] 음주
와 매춘까지도 감안한 사내들 중 하이칼라, 상투박이 등은 머리모양으
로 보아 기혼남들로 보이며, 이들은 들어서기가 무섭게 나그네(들병이)
를 성애화한다.

(B)는 「총각과 맹꽁이」에서 들병이(혹은 갈보)의 방문 소문을 들은 노
총각들의 반응이다.

농한기도 아닌데 바쁜 농사꾼들을 상대로 나타난 들병이에 대해 총
각들은 의아한다는 반응을 보인다. 이 의아함은 오히려 반어적 표현에
해당된다. 일상적으로 들병이가 마을을 방문하는 것은 농한기인 겨울
이 관례인데(「솥」, 「안해」), 여름날 '한참 바쁜 농시방극'에 예기치 않은
들병이가 방문한 것이다. 아직 호미씻이[14]가 아직 끝나지 않은 상태에
서의 예기치 않은 들병이의 방문은, 조밭을 매며 더위에 지친 한 무리
의 노총각들의 기분을 금세 고조시킨다. 소설 도입부에서 언급된, 덕만
이가 소작하게 된 '밭'의 도지 문제, 가뭄으로 인한 건조하고 무더운 날

---

13 나그네는 들병이가 아닌 척하지만, 사내의 무릎에 앉아 담배를 피우는 모양이나 성추행을 묵
묵히 받아 견디면서 밤새 술을 마시는 것으로 보아 들병이라그 볼 수 있다. 「솥」의 계숙이나
「총각과 맹꽁이」의 들병이처럼 전문적 들병이는 아니지만 병든 남편을 부양하기 위해 불가
피 들병이에 준하는 모습으로 이 마을, 저 마을을 떠돌아다니며 방아품도 팔고 술집 작부도
겸하면서 생계를 유지하는 여성으로 보인다. 이 글에서는 편의상 들병이로 부르도록 한다.
14 호미씻이. 농가에서 김매기를 끝낸 음력 7월경에 날을 받아 하루를 쉬며 음식을 장만하고 즐
겁게 노는 일을 말한다. 유인순 편, 『동백꽃』, 문학과지성사, 2005, 377면 참조.

씨로 인한 흉년의 예감은 출구가 막혀 있는 농촌 노총각들의 답답한 상
황을 핍진하게 그려내는 데 유효하다. 이렇게 불투명한 전망 때문에 자
포자기할 수밖에 없는 '나찬 총각들'에게 들병이의 방문은 일시적이나
마 힘을 북돋워준다.

　물론 인용문에서 '나찬 총각들'이 모두 노총각은 아닐 테지만 적어도
결혼적령기에 놓여있거나 그 이상이 되는 노총각들임을 알 수 있다. 소
설의 중후반부를 지나가 보면 총각들이 여섯 명임을 알 수 있다. 이 안
에 노총각은 뭉태와 '깜둥이 총각', 덕만이가 들어있는데, 이들은 성적
욕망이 강한 상태로 술을 마시는 것보다 성관계 쪽에 더 관심이 쏠려있
는 상태이다. 주인공 덕만이는 이런 목적 외에도 들병이와 결혼하여 아
들을 낳고 아내를 들병이로 술장사를 할 환상까지 품고 있다. 저녁에
이들이 술판을 벌인 것은 음주의 목적보다는 성관계 목적이 더 강하다.
술판에서 덕만이가 자기소개를 마친 뒤 세 친구가 먼저 잠이 들고, 노
총각들인 나머지 세 친구는 취기가 오른 상태에서 들병이와 성관계를
맺을 기회를 찾는다. 이때 뭉태가 재빨리 오줌을 누러가는 척 밖으로
나가자 눈치를 챈 들병이가 따라나선다. 덕만이는 한참 후에야 정황을
파악하고 두 남녀를 찾아 나서게 되고 뭉태가 들병이와 콩밭에서 성관
계를 맺는 걸 목격한다. 배신감에 두 사람에게 항의를 하지만, 덕만이
는 들병이에게 오히려 회유를 당하고 만다. 깜둥이 총각도 콩밭으로 들
어가 연이어 들병이와 성관계를 맺지만[15] 융통성이 부족한 덕만이에게
는 이마저도 허용돼 있지 않다.

---

[15]　이 부분은 전쟁 중의 병사들이 위안부(성노예)를 상대로 줄지어서 차례를 기다리며 일시적
　　으로 성욕을 해결하는 모습과 연결된다. 「총각과 맹꽁이」의 이 장면 뒤로 '此間七行略'이라고
　　검열 때문에 삭제된 표시가 나오고, 이어 덕만이가 '이것을 보니 가슴은 더욱 쓰라렸다.'(39
　　면)라고 서술되어 있다. 이 부분은 들병이가 저항을 하는데도 불구하고 깜둥이 총각이 콩밭
　　으로 끌고 들어가 강간을 하는 장면을 묘사한 것으로 추측된다.

「산골 나그네」와 「총각과 맹꽁이」 두 소설의 인용문에 나타난 담화 상황은 생물학적으로 한창 성욕이 왕성한 나이의 남성들이 모여 있는 군대의 한 공간에서의 상황과 크게 다를 것이 없다.[16] 훈련 중이거나 병영 내에서 집단으로 모여 있는 남성들에게, 일반 여성이 근처에 나타난 것이나 근처 다방의 종업원 여성(겸업형 매춘)이 나타났을 때의 반응과 유사한 장면이라고 볼 수 있다. 일반적으로 성적 욕구가 억제돼 있는 군인들은 '치마만 두르면' 연령을 막론하고 여성으로 보인다는 말은 군대 내의 여성의 성애화 과정을 보여준다. 외부와의 교류가 차단된 군대 내에서는 여성이 성적 대상화되기 쉽고, 입영 전 혹은 휴가 중에 만난 매춘업소 여성과의 관계에 대한 이야기를 비롯해 애인과의 연애와 성경험이 무료하고 반복적인 일상에서 기운을 북돋워주는 음담패설이라는 사실을 떠올렸을 때 농사로 지친 심신의 노총각들이 보이게 되는 들병이에 대한 환심과 기대는 불가피해 보인다.

「봄·봄」의 머슴 '나'는 점순이와 강압적인 성관계를 맺을 수 있는 기회가 있으나 자제를 하며 자라지 않는 키를 원망한다. 여기에 대해 뭉태는 핀잔을 주지만, 화자는 성례의 날만을 기다리며 금욕에 가까운 일상을 보낸다. 머슴이 성례를 재촉하는 이유는 아들을 낳아보려는 목적도 있지만, 한창 때의 성욕을 주체하지 못한 데서 나온 반응이라고도 해석할 수 있다. 특히 화전밭을 갈다 말고 머슴이 몸살을 앓는 것으로 착각하며 나른해 하는 장면은 성적 욕구가 억제돼서 일어나는 일종의

---

16 이는 군사주의 남성성과 연결된다. 태평양전쟁 당시는 물론이고 한국전쟁, 베트남전쟁에 이르는 모든 전쟁에 출전한 군사들은 거의 막사나 병영, 전쟁터 가리지 않고 근처에 접근하는 여성들을 매춘화하는 데 이른다. 일본군 위안부 같은 표현은 이런 군사주의 남성성이 투영된 표현으로 정확히는 일본군 성노예로 보는 것이 옳다. 최근에는 성매매라는 표현이 통상적으로 잘 쓰이고 있지만, 성매매라는 표현 역시 문제가 따르기 때문에 보편화된 '매춘'을 그대로 사용하도록 한다.

히스테리 현상으로 볼 수 있는 부분이다.

　이처럼 김유정 소설의 노총각들은 일시적으로나마 성적 욕망을 해결할 수 있는 기회도 잡지 못하는 인물들로 설정돼 있다. 「산골 나그네」에서 덕돌이의 경우 '나그네'의 위장결혼으로 며칠간의 결혼생활을 경험하지만, 이마저도 사기결혼으로 판명되면서 다시 노총각으로 회귀하게 된다. 「봄·봄」의 머슴 '나'는 장기간의 머슴살이에도 불구하고 결혼의 기회도, 성적 욕망을 해결할 수 있는 기회도 찾지 못한 채 반복적으로 노동력만 제공하는 위치에 머물러 있다. 「총각과 맹꽁이」에서 덕만이는 성적 욕망을 해결할 수 있는 기회를 잡지 못하며, 「가을」의 재봉이는 결혼을 체념한 채 막연하게 농사를 등질 생각에 빠져 있다. 「봄·봄」, 「안해」, 「솟」, 「총각과 맹꽁이」에 모두 등장하는 뭉태는 뚝건달로서 작품 어디서나 거침없이 들병이와 관계를 맺으며 유부녀인 「안해」의 아내까지도 농락하려고 드는 인물이다. 이렇게 노총각이 등장하는 소설에서 뭉태를 제외한 나머지 노총각들은 일시적인 성적 욕구 해결조차 쉽지 않은 상태에 놓여 있다.

5. 자존감 결여와 성별(gender)의 역전 현상

　농촌 노총각들에게 결혼이란, 오랫동안 미성년자 취급을 받아왔던 성인집단·농촌공동체로부터의 배제와 소외가 아닌 인정과 편입의 의미를 지닌다. 텍스트 내에서 노총각들은 결혼을 하지 못했다는 이유로

이방인 혹은 잉여인간으로 취급될 수 있는 하위계층 남성들이다. 이들
은 자존감 결여로 저자세로 일관하거나, 의사를 표현할 경우 예기치 않
은 발화로 함으로써 빈축을 사기도 한다. 이들은 기혼남성들이 희롱과
농락의 대상으로 여기는 들병이에게조차 존대를 쓰면서 저자세를 보
인다. 다음은 「산골 나그네」의 한 장면으로, 파혼의 상처를 안고 있는
덕돌이가 예기치 않게 방문한 들병이에게 저자세로 일관하며 청혼을
시도하는 내용이다.

> "그럼 와 그러는 게유? 우리 집이 굶을까 봐 그리시유?" "……" "어머니도
> 사람은 좋아유…… 올에 잘만 하면 내년에는 소 한 바리 사놓을 게구 농사만
> 해두 한 해에 쌀 넉 섬 조 엿 섬 그만하면 고만이지유…… 내가 싫은 게유?"
>
> ─「산골 나그네」, 22면

인용문에서 살필 수 있듯이 덕돌이는 스물아홉 살임에도 불구하고,
열아홉 살밖에 안 된 들병이에게 존댓말을 쓰고 있다. 이때 덕돌이의
존댓말에는 예사높임이 쓰이고 있다. 나그네를 갈보로 취급하고 몰려
든 유부남들이 여자에게 반말로 대하고, 성적 접촉을 시도하고 농락하
는 장면과는 대별되는 부분이다. 덕돌이는 나그네에게 남편이 있다는
사실은 모른 채 조급한 마음에 경제적 능력을 과장하며 청혼을 시도하
고 있다. 초면에 차리는 예의에서 나온 행동이거나, 산골 나그네에게
호감을 보이기 위한 행동으로도 해석되지만 자존감의 훼손에서 나온
저자세라고 보는 것이 옳아 보인다.

여지껏 누르고 눌러오던 총각의 쿠더분한 울분이 모조리 폭발하였다. 에
이 하치못한 인생! 하고 저 몸을 책하고 난 뒤 계집으로 앞으로 달려들어 무릎

을 꿇었다. 두 손은 공손히 무릎 위에 얹었다. 그 행동이 너무나 쑥스럽고 남다르므로 벗들은 눈이 갔다.

"뵙기는 아까부터 봤으나 인사는 처음 여쭙니다." 하고 죽어가는 음성으로 억지로 봉을 뗐다. 그로는 참으로 큰 용기다. "저는 강원도 춘천군 신남면 증리 아랫말에 사는 김덕만입니다. 우리 아버지가 승이 광산 김갑니다."

두 손을 자꾸 비비더니

"어머니허구 단 두 식굽니다. 하치못한 사람을 찾아주셔서 너무 고맙습니다. 저는 서른넷인데두 총각입니다."

"?"

계집은 영문을 몰라 어안이 벙벙하다가

—「총각과 맹꽁이」, 37면

예문에서 확인할 수 있듯이 「총각과 맹꽁이」의 덕만이는 욕구 불만의 상태로 억압돼 있는 것을 살펴볼 수 있다. 결혼을 하지 못해 받은 사회적 무시와 조롱, 성적 욕구 불만, 자존감 결여가 뭉뚱그려져 생긴 것이 '누르고 눌러오던 총각의 쿠더분한 울분'이라고 할 수 있다. 평상시 덕만이는 동료들에게서까지 동정과 연민보다는 무시를 당한 처지이기 때문에 자존감이 심각하게 훼손된 상태이다. 그 결과 덕만이의 자기소개를 잇는 모든 발화들이 저자세로 일관해 있는 것이다. 자존감의 결여를 단적으로 보여주는 표현이 '하치못한'인데, 이 표현은 '변변치 못한', 다시 말해서 오늘날 젊은 층에서 잘 쓰는 '루저'라는 말에 해당된다. 덕만이는 남들은 무시부터 하고 보는 들병이 여자에게 무릎을 꿇고, 두 손은 무릎 위에 얹고는 마치 임금님이나 상전 앞의 신하나 종 같은 자세로 이야기를 시작한다. 이어 두 손을 비비면서 한다는 소리는 뜬금없이 자신을 찾아주어서 고맙다는 인사와, 불필요한 자기소개이다. 요즘도 나이를 직접 물어보지 않는 이상 먼저 말하지 않는 것이 관례이다. 덕만이는 여성에게 호감을 줄 수 있는 면을 전혀 지니지 못한 상태에서 들병이를 배우자로 생각하고 있었던 것이다. 이어지는 그의 말은 결격 사유로 가득 차 있다. 이 중에서도 무엇보다도 희화화되는 것은 다른 총각이나 유부남들이 하대를 하면서 들병이를 성적 대상화하는 데 반해, 덕만이는 들병이가 배우자가 될 거라는 착각으로 존대를 하고 있다는 사실이다. 그는 높임법의 단계 중에서도 가장 높은 아주높임을 써서 자신을 표현하고 있는데, 나이가 어린 들병이한테 정식으로 자신을 소개하는 우스꽝스러운 장면을 연출하고 만 것이다.

일반적으로 남녀의 관계에서 여자가 나이가 많은 커플의 경우일지라도 대개 남자는 여자에게 반말을 쓰는 경향이 있다. 술집을 겸한 겸업형 매춘업소에서도 남자가 여자종업원한테 존댓말을 쓰면 '못난 놈'으로 취급[17]된다. 그런데 이 담화에서 덕만이는 마치 면접관 앞의 면접자 혹은 상관 앞의 후임 병사처럼 관등성명을 대다시피 자신의 출신과 성씨, 나이를 노골적으로 드러낸다. 특히 나이를 표현하는 부분에 있어 '저는 서른넷인데두 총각입니다' 하는 부분은 연령규범을 넘긴 데 대한 위축감이 배어나는 표현으로 아주높임의 등급으로 표현하고 있다. 자랑거리가 아닌데다가 아주높임의 존댓말 구사는, 들병이에게 빈축을 사는 지경에까지 이르게 한다. 남존여비가 아직 완전히 청산되지 않은 농경사회에서 덕만이는 들병이한테조차 무시와 조롱을 당하는 처지가 된 것이다. 이렇게 낮은 자존감은 높임표현에서 상대에 대해 예사높임이나 예사낮춤, 나아가 아주낮춤을 못 쓰게 만든다고 볼 수 있다.

---

17 술집의 경우 종업원 여성은 남자의 생물학적 나이와 무관하게 '오빠'라는 호칭을 쓴다. 이 '오빠'라는 호칭은 남녀의 관계를 상하관계로 재편하고, 이 관계 속에서 성의 구매자와 성의 판매자의 관계, 서비스를 사는 쪽과 파는 쪽의 관계를 공고히 한다.

농촌 사회에서 노총각들은 결혼을 하지 못했다는 열등감, 마을사람들로부터의 무시와 조롱은 기혼남에 대한 비교로 이어지면서 '열성적 인간'을 내면화하게 된다. 덕만이가 자신을 '하치못한'으로 규정해버린 것은 겸양이기 이전에 자존감 결여의 상징적 표현, 농촌 노총각들 전체가 처한 처지를 단적으로 드러내주는 표현이라고 할 수 있다. 더군다나 배경으로 제시되는 농가 근처에서 암수가 정답게 울어대는 맹꽁이 소리는, 인간의 본능인 성마저도 자유롭게 구사할 수 없는 한 남성의 무력감과 그런 자신을 '병신' 취급하는 사람들로 인해 궁지에 몰린 비참한 상황을 강화하는 소설적 장치로 쓰이고 있다. 더군다나 평소 의형제라고 믿었던 뭉태의 배신으로 인해 덕만이는 결혼은 차치하고 하룻밤의 연애마저도 이루지 못한 '열등한 인간'이라는 심각한 자존감의 훼손을 경험하게 된 것이다. 이처럼 여러 노총각 중 「총각과 맹꽁이」의 덕만이는 가장 열세한 처지에 놓여 있는 노총각이라고 볼 수 있다. 그런 덕만이의 입에서 나온 발화는 노총각들 중 누구보다도 남녀관계에서 일반적으로 쓰이는 '여성 존댓말―남성 반말'인 대화의 규범을 역전시키면서, 따라지 중에서도 가장 무력한 위치로 전락되는 듯한 모습을 보인다.

6. 사기와 배반의 결말 구조와 남는 문제

「총각과 맹꽁이」, 「산골 나그네」, 「봄·봄」, 「가을」을 관통하는 서사 구조의 공통된 특성은 작중인물들 중 뭉태를 빼놓고는 대부분의 노총각들이 농촌의 취약한 경제 구조에 함몰된 상터에서 융통성 없는 성격, 무지와 자기비하로 사기를 당한다는 사실이다. 작중인물인 노총각들은 결혼에 대해 조급함을 버리지 못한 상태에서 자신들에게 접근한 이들로부터 사기를 당한다. 「산골 나그네」에서 덕돌이 모자는 불쑥 찾아든 들병이를 농촌의 처녀를 대체할 수 있는 배우자로 가정하고 각각 아내와 며느리로 맞았다가 배신을 당한다. '나그네'는 생계 문제와 남편의 부양 문제를 우선시했기 때문에 이들의 호의를 저버리고 배반을 감행한 것이다. 「총각과 맹꽁이」에서 덕만이는 뭉태와 들병이 양쪽 모두에게서 배신을 당한다. 덕만이가 의형이라고 여기는 뭉태는 결혼을 주선해달라고 부탁한 덕만이의 청을 따돌리고, 자신의 성적 욕망만 채워버리고 신의는 저버린다. 들병이는 덕만이의 순정을 받아들이지 않은 채 자신의 본분이 술과 몸을 파는 여자임을 내세워 덕만이가 현실을 자각하게 만든다. 이로써 덕만이는 결혼과 들병장사를 통한 금시발복의 욕망의 좌절을 겪지 않을 수 없게 된다. 「가을」에서 재봉이는 평소의 친분 때문에 복만이의 부탁을 받고 아내를 판다는 매매계약서를 써준다. 그러나 복만이 내외가 도주하면서 황거풍으로부터 협박을 받게 되고, 이어 술집 할머니에게서 구전을 떼이면서 이중으로 사기를 당하게 된다. 「산골 나그네」와 「가을」 두 작품은 결혼을 매개로 한 사기극이라는 점에서 공통된다.

한편 「봄·봄」의 마름 봉필영감은 머슴의 므지와 어수룩함을 보고 사기를 감행한다. 봉필영감은 충분한 노동력을 제공받았으면서도, 유전적 특징 때문에 자라지 않을 점순의 키를 이용해 성례를 지연시키면서 큰딸의 경우처럼 머슴의 노동력을 착취하고 인권을 유린한다. 봉필영감의 편에 서 있는 구장 영감 역시 머슴의 입장을 이해해주는 척하지만 결국은 미성년자와 결혼하는 것을 불법으로 내세우며 노총각 머슴의 반박을 무화시키고, 착취의 구조 안으로 되돌려놓는다.

가난한데다가 성적 출구까지 막혀 있는 노총각들은 어떤 계층의 인물들보다 열등감과 좌절감을 많이 느끼는 인물들이다. 이들의 발화는 다른 남성이나 여성들의 발화에 비해 자기비하적인 특성이 강하다. 어수룩한 인물들의 상황을 악용한 주변인물의 배신과 계약 위반은, 출구가 막힌 노총각의 처지를 더 비관적으로 몰고 간다. 더군다나 결혼을 매개로 한 사기와 배반으로 인해 이들은 '들병이', '노름꾼', '우랑민'만도 못한 하층민으로 전락한다. 소설에 등장하는 노총각들은 구조적 모순에 저항할 수 없는 하위계층들로, 주변인물들에게서조차 소외를 당하는 모습으로 재현돼 있다.

김유정은 동시대 발표된 여러 농촌소설이 지주와 소작인 간의 갈등을 내세워 계몽, 투쟁의 서술전략을 펴는 것과는 달리 인간의 기본적인 본능, 즉 성욕마저 철저히 봉쇄되는 구조를 통해 당대 농촌의 심각한 경제난뿐만 아니라 식민지 농업 정책이 어떤 전망도 내릴 수 없는 사면초가의 상태로 만들어 놓은 농촌의 현실을 재현해낸다. 출구가 막혀있는 노총각들의 성과 결혼은 전망이 불투명한 식민지의 상황에 대한 하나의 알레고리로 작용한다. 지주와 소작인의 대립 문제를 표면에 내세우기보다는 인간의 기본권 — 특히 성욕 같은 기본적 욕구가 좌절되는 현상을 쟁점화한 소설을 통해 김유정은 당시 농촌문제의 실상을 감각적이면서도 구체적으로 밝히는 서술전략을 구사했다고 볼 수 있다. 이처럼 김유정은 1930년대 초반부터 중반에 이르기까지, 동시대의 리얼리즘 계열의 작품 창작에 동참하면서도 지주와 소작인의 문제를 전면적으로 내세우기보다는 총각의 결혼 좌절에서 파생되는 여러 문제를 통해 농촌문제를 구체화시킨다. 특히 구조적 모순에 따른 노총각의 만혼 문제는 당시로부터 70여 년이 흐른 소비자본주의 시대에서도 여전히 이어지고 있는 만혼의 문제, 그로 인해 파생되는 사회문제를 더불어 살펴보게 만든다. 좁게는 농촌의 노총각들에서 도시 거주 노총각의 문제, 한국에 거주하고 있는 이주노동자의 결혼문제까지 확대될 수 있는 가능성을 지닌다. 차후 이러한 연관성과 가능성 위에서 영화와 드라마, 소설을 아우르는 연구가 추가됐을 때 김유정 소설 속 농촌 노총각 문제가 1930년대에 국한되지 않고 동시성을 지닌 문제로 부각될 수 있을 것이다.

참고문헌

김유정기념사업회, 『김유정 전집』 상·하, 강원일보출판국, 1994.

김유정 문학촌 편, 『김유정 문학의 재조명』, 소명출판, 2008.

김유정학회 편, 『김유정의 귀환』, 소명출판, 2012.

김유정학회, 『제2회 학술연구발표회 자료집』, 2012.4.21.

김정태, 「농촌지역 결혼연령 성비 분석과 국제결혼의 의의」, 한국사회학회 전기사학대회 발표
　　　자료집, 2005.6.

김태현·전길양·김양호, 『사회변화와 결혼』, 성신여대 출판부, 2002.

박경선, 「『삼천리』에 나타난 1930년대의 결혼관」, 『인문과학연구』 27, 2010.12.

박종성, 『한국의 매춘』, 인간사랑, 1994.

변화순·황정임, 「산업형 매매춘에 관한 연구」, 한국여성개발원, 1998.

안연선, 『성노예와 병사 만들기』, 삼인, 2003.

유인순, 『김유정을 찾아가는 길』, 솔과학, 2003.

유인순 편, 『동백꽃』, 문학과지성사, 2005.

유홍준·현성민, 「경제적 자원이 미혼 남녀의 결혼 연기에 미치는 영향」, 『한국 인구학』 제33
　　　권 제1호, 2010.

은기수, 「결혼으로 이행에 있어서 연령규범과 순서규범」, 『한국인구학회』 제18권 1호, 1995.6.

이영준, 『깐깐 노총각 중국 결혼 원정기』, 아름다운사람들, 2009.

이혜경, 「혼인이주와 혼인이주 가정의 문제와 대응」, 『한국 인문학』 제28권 제1호, 2005.

전신재 편, 『원본 김유정 전집』, 강, 2007.

지그문트 프로이트, 김정일 역, 『성욕에 관한 세 편의 에세이』, 열린책들, 2004.

클라우스 브링커, 이성만 역, 『텍스트언어학의 이해－언어학적 텍스트분석의 기본 개념과 방
　　　법』, 한국문화사, 1994.

텍스트연구회 편, 『텍스트언어학』 1, 서광학술자료사, 1993.

한경혜, 「사회적 시간과 한국 남성의 결혼연령의 역사적 변화」, 『한국사회학』 제27집(겨울호, 1993).

한용환, 『소설학사전』, 문예출판사, 1999.

김유정 소설에 나타난 '돈'

황태묵

1. 서론

1937년 29세로 요절하기까지 김유정은 30편의 단편소설을 남겼다. 김유정이 남긴 그 작품들의 면면을 살펴보면 농촌을 배경으로 한 작품과 도시를 배경으로 한 작품, 금광 체험을 다룬 작품과 자전적 체험을 다룬 작품으로 분류해 볼 수 있다. 이들 소설에 일관되게 나타나는 공통적인 특성으로는 '가난의 문제를 객관적으로 그리되 이를 독특한 소설언어의 문체로 나타내고 해학적으로 처리하고 있음'[1]이라 할 것이다. 기존 논의들의 반복되는 주장처럼, 김유정의 소설 전편을 통해 강박에

---

1 유인순, 『김유정을 찾아가는 길』, 솔과학, 2003, 87면.

가까울 정도로 되풀이되고 있는 '가난의 문제'는 '먹고 사는 일'과 직접적으로 연결되어 있다. 다시 말해, 매 끼니를 해결해야만 하는 궁핍의 생존형태가 하나의 보편적 현실로 제시되고 있는 것이다.

'밥'이 인간 생활의 핵심적인 관심사였다는 점에서 밥은 문학의 보편적 주제의 하나로 다루어져 왔다.[2] 밥의 문제가 경제적으로 구조화되면 돈의 문제가 되는데[3] 이 돈의 문제는 매우 절실한 삶의 문제를 환기시킨다. 김유정 소설에는 돈으로 고통 받는 존재들의 이야기가 반복적으로 변주되고 있다. 김유정의 소설에 나타나는 '돈'(=화폐)[4]는 인신매매, 매춘, 폭력, 노름, 가정파탄, 피해망상, 히스테리, 배신, 음모, 정서적 불안, 우울, 공포 등의 다양한 현상을 직접적으로 견인하는 인상적인 매개로 부조되어 있다. 그의 소설에서 '인물들 사이의 관계를 맺고 푸는 기본적인 동력으로 돈(황금)'[5]이 작용하고 있음은 작품 도처에서 어렵지 않게 발견할 수 있다.

소설 속의 인물들이 들병이를 찾고(「총각과 맹꽁이」, 「솟」), 들병이가 되는(「소낙비」, 「안해」) 그 이면에는 돈의 문제가 깊숙하게 개입되어 있다. 또 장인과 사위(「봄봄」), 동료(「노다지」, 「금따는 콩밧」, 「금」), 부부(「야앵」), 가족(「형」, 『생의반려』), 세입자와 집주인(「따라지」)의 갈등에도 돈의 문제가 밀접하게 연동되어 있다. 이 외에도 소설 곳곳에 채무자, 도박꾼, 구

---

2   포스터는 현대소설이 중심으로 삼고 있는 인간사를 '출생', '사랑', '죽음', '밥', '잠' 이라고 지적하고 있다. 이에 대해서는 에드워드 포스터, 이성호 역, 『소설의 이해』, 문예출판사, 1983, 55면 참조.

3   우찬제, 「한국 현대소설의 경제적 상상력 연구」, 『현대소설과 경제』, 한국 현대소설학회, 2000, 46면 참조.

4   일반적으로 돈이 일상의 감각을 담고 있는 용어라면 화폐는 교환가치로서의 성격(추상화된 돈)으로 규정된다. 반면에 자본은 화폐가 상품의 생산과 소비라는 순환고리 속으로 들어갔을 때, 즉 이윤을 생산했을 때 쓰이는 개념에 가깝다. 이 글에서 사용되는 돈의 개념은 자본보다는 화폐와 유사한 개념임을 밝힌다.

5   김철, 「꿈·황금·현실」, 『문학과 비평』 통권 4호, 1987 겨울, 256면.

두쇠, 수전노, 마름, 금전적 탐욕자, 방탕자, 소작인, 유랑민, 들병이, 금
잽이, 여급 등의 인간군상을 형상화한 것 역시 작가가 돈의 위력이 충
만한 사회적 현실을 반영한 결과로 볼 수 있다.

이러한 의미에서 김유정의 소설에는 돈의 욕망과 결핍이 불러온 고
통과 불행, 그것이 물신화되는 과정에서 생겨난 폐해, 금전적 가치와
윤리적 가치의 갈등에 이르기까지 돈을 매개로 한 다양한 상상력이 표
현되어 있다. 이 과정에서 돈은 인간과 인간의 관계를 연결시키는 매개
가 되고, 사건을 추동하는 핵심적인 인식소로 기능하고 있다. 또한 가
족의 생존권을 좌우하는 근본적 요소이며, 구원과 파멸을 동시에 안겨
주는 양가적 매개로 작동하고 있다.

그렇다면 김유정 소설에서 돈이 이처럼 중요한 요소로 부각되는 것
은 무슨 이유 때문일까. 선행 연구에서는 '식민지 수탈구조의 형상화'
'근대 자본주의 경험의 재현'[6] 등이 지적되었다. 이러한 평가는 비교적
합당한 것이라 할 수 있지만 농촌소설과 도시소설, 특히 자전적 소설에
나타나는 돈의 특성을 상호 이질적인 것으로 취급하는 문제를 보여주
고 있다. 이것은 농촌소설과 도시소설에 나타난 돈의 문제와 자전적 소
설에 나타난 돈의 문제를 이질적으로 판단한 결과이다. 그러나 김유정
소설에 나타난 돈은 당시 식민지 자본주의 체제의 보편적 기호일 수도
있지만 김유정의 개인적 경험이 가지는 특수적 기호이기도 한 것이다.

글쓰기가 트라우마를 극복하는 수단으로 자신의 외상적 체험을 재
현하는 형식이라 할 때,[7] 김유정에게는 소설쓰기가 바로 자기 삶의 억

---

6   김준현, 「김유정 단편의 반(半)소유 모티프와 1930년대 식민지수탈구조의 형상화」, 『현대소
설연구』 28, 한국 현대소설학회, 2005와 김화경, 「김유정 문학의 근대 자본주의 경험과 재현
양상」, 김유정학회 편, 『김유정의 귀환』, 소명출판, 2012 참조.
7   지그문트 프로이드, 임홍빈 외역, 『정신분석강의』, 열린책들, 2003, 374면 참조.

압적 상흔을 분출시키는 적절한 기제가 되었을 것이다. 김유정의 소설에서 돈이 중요한 요소로 자리하고 있는 것에도 그가 돈 때문에 겪어야 했던 육체적 고통과 정신적 궁핍이 그만큼 컸기 때문이라고 볼 수 있다. 이런 맥락에서 "김유정에게 있어 가난은 단순히 경제적인 어려움을 의미하는 것이 아니라 화해로운 삶에서 절망적인 상황으로의 추락을 의미한다"[8]라는 지적은 충분한 설득력을 지니고 있다.

이 글은 김유정의 고난사와 관련하여 구체적으로 '돈'이 그의 인생 역정을 좌우하는 주요한 변수이자 결정적인 힘이었다는 점을 전제로, 김유정의 작품과 돈의 문제에 관해서 검토하려는 작업이다. 이를 위해, 먼저 김유정의 자전소설에 등장하는 주인공들의 돈에 대한 인식을 살펴본 다음, 돈의 문제가 농촌소설과 도시소설에 어떠한 양상으로 드러나고 있는가를 고찰하고자 한다. 이는 돈의 문제를 출발점으로 김유정 소설의 한 가지 양상을 파악하려는 작업이기도 하다.

2. 자전소설과 돈의 문제

이른바 자전소설은 한 작가의 소설세계를 이해하거나 창작 동기의 원천을 파악하는 데 있어 중요한 정보를 제공해준다. "화자가 자기 자신의 경험을 회상"하거나 "자전적인 체험의 직접적인 토로라는 서술

8　김한식, 「절망적인 형실과 화해로운 삶의 꿈」, 상허학회, 『근대문학과 구인회』, 깊은샘, 1996, 296면.

적"[9] 형식을 작품의 주요한 모티프로 취하기 때문이다. 김유정의 자전소설 역시 이러한 특징이 잘 드러나 있다. 김유정의 자전소설로 읽을 수 있는 작품으로는 「심청」, 『생의 반려』, 「두꺼비」, 「연기」, 「이런 음악회」, 「슬픈 이야기」, 「따라지」 등과 사후에 발표된 「형」이 있다. 이 가운데 『생의 반려』, 「두꺼비」, 「이런 음악회」 등이 김유정의 학생시절 체험이 투사된 소설이라면, 「연기」, 「슬픈 이야기」, 「따라지」 등은 청년시절 체험이 투사된 소설이라고 볼 수 있다. 반면 가장 늦게 발표된 「형」은 앞선 유년시절 체험이 투사되어 있어 보다 세심한 관찰이 필요한 소설이다.

「형」은 김유정의 개인사 및 가족사 정보가 비교적 정확하게 제시되고 있다는 점, 회고적 관점에서 비교적 차분하게 가족 몰락의 원인을 돌아보고 있다는 점에서 주목을 요한다. 또한 이 작품은 『생의 반려』, 「두꺼비」, 「따라지」 등 일련의 자전소설과의 상호텍스트적 맥락에서 접근할 때 매우 흥미로운 정보를 제공하고 있다. 하나는 이전 작품들에서는 등장한 적이 없었던 아버지가 처음 등장하고 있다는 점이고, 다른 하나는 작가 자신의 무의식 깊이 있는 유년의 기본 갈등을 노출시키고 있다는 점에서 주목된다.

「형」에서 등장하는 아버지는 당대에 수 십 만원을 이룩한 재산가이면서도 가족을 위해서는 절대로 돈을 쓰지 않는 '수전노'로 묘사되고 있다. 이에 반해 장자인 형은 병든 아비와 가족과 조혼한 아내까지 외면하고는 작첩으로 부친의 재산을 탕진하는 인물토 묘사되고 있다. 이 소설에서 아버지와 형의 마찰은 아버지가 아들을 향해 식칼을 던지는 사건으로 드러나고, 이 대립은 아버지의 죽음으로 끝이 난다. 전기적인

9　한용환, 『소설학 사전』, 고려원, 1992, 34면.

사실에 의하면 김유정의 형(김유근)은 가족의 갈등과 불행에 책임이 있는 사람이다. 예를 들어『생의 반려』에 형상화되어 있는 김유근의 모습은 아래와 같이 나타나 있다.

> 그(명렬―인용자)에게는 형님이 한분 있었다. 주색에 잠기어 밤낮을 모르고 남봉군이었다. 그리고 자기 일신을 위하얀 열사람의 가족이 히생을 하라는 무지한 폭군이었다.(⋯중략⋯) 그는 한달식 두달식 곡기도 끊고 주야로 술을 마시었다. 그리고 집안으로 기생들을 홀몰아 드리어 가족앞에 드러내놓고 음탕한 작난을 하였다. (⋯중략⋯) 그는 술을 마시면 집안세간을 부수고 도끼를 들고 기둥을 패었다. (⋯중략⋯) 식칼을 들고는, 피해다라나는 가족들을 죽인다고 쫓아서 행길까지 맨발로 나오기도 하였다. 젖먹이는 마당으로 내팡게쳐서 소동을 이르켰다. 혹은 아이를 움물속으로 집어던져서 까무러친 송장이 병원엘 갔다.[10]

위 인용문에서 보듯 자전소설 속의 형님의 모습은 극악무도한 난봉꾼으로 묘사되고 있다. 주색에 빠져서 가족을 폭행하고 기생들과 음탕한 장난을 하는 등 악행을 수시로 일삼는 무지한 폭군으로 등장하고 있는 것이다. 이로 인해 소설 속 주인공 명렬은 "자기의 가정사에 관한 일을 남이 물으면 낯을 찌푸리"고(『생의 반려』, 282면) 그 점을 회피하고자 노력하는데, 이러한 무의식은『생의 반려』의 주인공 아니 김유정의 내면을 지배하는 상처받은 자의식이었다고 볼 수 있다. 특히 형으로부터 받은 폭력의 기억이 우울증과 정서적 불안감 등 한층 깊은 상처로 극단화되어 나타난다는 점을 고려한다면, 이 성장 체험이 어린 유정의 내면

---

10 전신재 편,『원본 김유정 전집』(개정판), 강, 2008, 258~259면. 이하 작품 인용은 각주 없이 본문의 괄호 안에 작품명과 면수만을 기록하기로 한다.

과 심리에 얼마나 커다란 충격으로 다가왔을지 짐작할 수 있다.

　그런데 「형」에서 김유정은 자신에게 깊은 상처이자 치유하기 힘든 고통이었을 기억인 형과 아버지의 갈등을 고백적으로 서술하고 있거니와, 이는 불행했던 가족사의 상처를 해소하려는 그 나름의 필사적인 노력이라고 할 수 있다. 이에 관한 회상과 체험이 특히 주목되는 것은 형이 아버지와 갈등을 맺고 푸는 원인에 돈을 드고 있다는 점이다.

> 첫대 돈이 없으매 형님은 몸이 달았다. 아버지는 자식을 사랑하였고 단신의 몸같이 부리긴 하였으나 돈에 들어선 아주 맑았다. 가용에 쓰는 일전일푼이라도 당신의 손을 거쳐서야 들고났고 자식이라고 푼푼한 돈을 맡겨본법이 없었다. 형님은 여기서 배심을 먹었다. 효성도 돈이 들어야 비로소 빛나는 듯싶다.
>
> ——「형」, 380면

> 환자는 말른 얼굴에 저윽이 안심한빛을 띠이며 몇 마디의 유언을 남기곤 송장이 되었다. 점돈을 노면 일상 부자간 공이 맞는 괘라 영영 잃은 놈으로 쳤드니 당신 앞에 다시 돌아오매 조히 마음을 논 모양이었다. 그리고 형님의 효성이 꽃핀 것도 이때이었다. 그는 시급하여 허둥거리다가 단지를 하고자 어금이로 자기의 손가락을 깨물어 뜯었다.
>
> ——「형」, 385면

　자본주의 경제 원리 속에서 돈은 이중성, 전환성, 등가성, 마력성, 순환성 등의 성격을 지닌 매우 복잡한 존재이다. 짐멜에 따르면, 돈은 인간에게 최악의 고통과 최고의 행복이라는 모순된 감정을 불러일으킴과 동시에 경멸적인 무관심과 복종적 헌신 사이의 여러 감정을 환기시킨다.[11] 또한 돈은 본질적으로 수단적인 성격을 지니지만 대부분의 사람들에게 심리상 절대적인 목적이 된다는 점에서 이중적이고 모순적이며 "이 사실은 돈으로 하여금 실제 생활의 주요한 당위 원칙이 응축되어 있는 상징이 되도록 한다"[12]고 지적한다. 아울러 가치가 아닌 교환으로 모든 것을 재단하는 돈이야말로 "수단이 목적으로 변한 극단적인 보기"[13]라고 규정하면서 이것이 근대 자본주의의 속성이라고 말하였다.

위 인용문은 앞서 돈이 인간을 지배하게 되는 심리와 과정이 형의 모습을 통해 재현되고 있다는 점에서 흥미롭다. 소설 속의 화자는 '형이 애초부터 망골은 아니었으며, 효성도 지극했음'을 말한다. 화근은 돈이 었는데, 부친에 의해 돈줄이 막히자 형이 '배심'을 먹었다는 것이다. 형의 돈에 대한 욕망은 부친의 돈을 몰래 빼돌릴 만큼 절박한 것으로 나타나고 이는 결국 아버지에 대한 짙은 애증의 감정으로까지 발전한다. 돈으로 얻을 수 있는 물질적 안락과 그에 기반한 행복이 아버지에 의해 박탈당한 상태에서는 경멸적인 무관심과 난폭함을 드러내지만 다시 가장의 지위를 되찾은 상태에서는 아버지에 대한 복종적 헌신이라는 극단적인 감정을 드러내고 있는 것이다. 이 사이에서 형은 가장 심각한 고통과 최고의 행복이라는 극단적인 양가적 감정의 모순을 체현하고 있거니와, 이는 돈의 끌림에 따라 욕망의 흐름이 좌지우지되는 인간의 나약함을 극적으로 상징하고 있다.

이 대목은 부자간의 관계뿐 아니라 효나 불효와 같은 전통적인 윤리의식마저도 교환 가치로 전락시키는 돈의 위력과 허망함을 잘 설명해주고 있다. 형의 '배심'과 '단지'는 아버지에 대한 애증의 그림자가 투사된 결과이지만 근본적으로 그러한 의식과 행동을 규율하는 동적 요소

---

11 게오르그 짐멜, 안준섭 외역, 『돈의 철학』, 한길사, 1983, 361면 참조.
12 위의 책, 298면.
13 위의 책, 297면.

는 ‘돈’이라 할 수 있다. 즉 형의 선택은 오직 더 많은 유산을 얻어내기 위한 것으로 사실상 철저하게 돈의 가치에 지배된 결과에 다름 아닌 것이다. “부모가 물려주는 거만의 유산은 무릇 불행을 낳기 쉽다. 더욱이 이십오륙의 아무 의지도 신념도 없는 청년에 있어서는 더 이를말 없을 것이다”(『생의 반려』, 258면)라는 화자의 진술과 형의 방탕한 생활에서 확인할 수 있듯이, 유복한 환경에서 자란 형에게 돈은 윤리적 타락의 수단이 되고 말았다. 이는 형이 부친의 유산을 둘러받기 위해 수단과 방법을 가리지 않는 인물이라는 점, 그 유산을 유지하지 못하고 종국에 몰락한다는 점에서 그러하다.

8남매 중 일곱째로 자란 김유정은 조실부모한 이후 형과 누이에 의해 양육되었는데, 이때부터 돈 문제로 감당하기 힘든 고통을 겪어야 했다. 안회남의 기록에 따르면, 유근은 돈에 갈급증이 날 때마다 유정에게 “네 이놈, 칼을 받을 테냐?” “네 이놈, 주먹을 받을 테냐?”[14]라는 반(半) 협박을 일삼았고 유산 분배 문제로 유정과 갈등을 빚곤 했다. 실제로 소송 사건 이후 유정은 “형에게 입을 다물고 말았으며, 형 역시 동생과 사이가 뜨”[15]게 되었다고 한다. 자전소설 「형」과 『생의 반려』 등에서 유정은 이러한 형의 모습을 방탕한 생활로 선대의 유산을 탕진하는 인물로 그려내고 있다. 특히나 「형」에서는 유산 탓에 아버지와 형이 갈등하고 형이 가족을 폭행하는 상황을 고백해 놓고 있는데, 이러한 사실은 어린 유정의 삶에 그 장면들이 아주 커다란 영향력을 끼쳤던 때문이라 할 수 있다.

한편으로 『생의 반려』와 「따라지」 등의 소설에서 확인되는 바는 누이의 이중적인 시선과 태도에 괴로워하는 주인공의 모습이다. 이 점이

---

14 안회남, 「겸허」, 『한국 근대 단편소설 대계』 12권, 태학사, 1988, 480면.
15 위의 글, 491면.

역시 중요한 이유는 바로 유정 자신의 삶이 소설의 상황으로 설정되어 있기 때문이며, 그것은 실제로 유정이 둘째 누이의 집에 얹혀 지내던 시절 "목간값에서부터 담배값에 이르기까지 누이의 신세를 져야했고, 매형 정씨의 눈치"를 봐야 했던 체험이 작품 곳곳에 반영되어 있기도 하다.[16] 주목되는 것은 형(남편)과의 관계에서 폭력의 객체였던 누이가 '나'와의 관계에서 폭력의 주체로 전환되고 있다는 점이다. 예컨대 누이는 이혼과 공장일 등으로 쌓인 피로를 "만만하고 양순한 동생"(『생의 반려』, 262면)에게 풀어 해소하고자 하는데, 누이가 '나'를 구박하는 배경에는 역시 돈 문제가 핵심으로 자리하고 있다.

이런 의미에서 김유정의 자전적 삶의 왜곡에는 돈을 사이에 둔 부자지간의 갈등, 형과 누이의 폭력이 하나의 정신적 외상으로 자리하고 있었던 것으로 이해된다. 그것은 "내가 자라난 그 가정을 저주할 때, 제일 처음 나의 몸을 쏘아드는 화살"(「형」, 376면)이라고 토로하는 화자의 고백적 진술을 통해서도 알 수 있거니와, 이 정신적 상흔은 그가 정상적인 성장과는 거리가 먼 방황과 고통 속의 삶을 살아갈 수밖에 없었던 요인이 되었던 것으로 보인다. 이러한 신산한 삶의 굴곡은 정신적, 육체적인 것과 아울러 경제적인 것에서 김유정을 더욱 황폐하게 만들었다고 볼 수 있다. 물론 이는 그의 내면에 돈에 대한 강렬한 집착이 하나의 퇴행적 심리로 깃드는 한편으로 돈에 대한 부정적 인식이 자리하는 계기가 되었던 것으로 파악된다.

하로는 골피를 찔으럿다. 철궤에들은 지전뭉치를 헤어보기가 불찰, 십원짜리 다섯 장이 없어졌음을 알았든 것이다. 아침에 그는 상청에서 곡을 하고나

---

16 김영수, 「김유정의 생애」, 『김유정 전집』, 현대문학사, 1968, 411면.

드니 안방으로 들어가 출가하였든 둘째누님을 호출하였다. (…중략…) 이건 때리는게 아니라 필시 죽이는 소리이리라. 애가가가, 하고 까부러지는 비명이 들리다간 이번엔 식식거리며 숨을 돌리는 신듯, 그리고 다시 애가가가다. (…중략…) 그래도 단서는 얻지 못하였으니 셋째, 넷째, 끝의 누님들은 물론 형수, 하녀, 또는 어린 나에 이르기까지 어찌 그 그문을 면할 수 있었으리랴.

— 「형」, 386면

뻔둥뻔둥 놀고 자빠져 먹는다 하여 일상 들볶던 누님, 이왕이면 나도 이 판에 잔뜩 갚아야 한다. 누님이 붙잡고 우는 황금을 나는 앞으로 탁 채어가며, "이거 왜 이래? 닳으라고."하고 네 보란듯이 소리를 냅다 질렀다.

— 「연기」, 312면

앞의 인용문은 「형」의 마지막 대목이다. 술고 난봉으로 유산을 탕진하던 형이 집안에 두었던 돈이 사라진 것을 빌미로 가족구성원 모두에게 폭력을 행사하는 장면이다. 이 장면에서 형의 폭력은 가혹하다 할 만큼 정도를 벗어나 있는데, 이러한 가학적인 행동은 금전강박증 내지 돈 콤플렉스에서 연원하는 것이라 볼 수 있다. 돈에 대한 과도한 집착과 불안이 극단적인 폭력에 이르게 한 것이다. 물론 이에 대한 화자의 반응은 '비애'와 '혐오'의 정서로 나타난다. 이는 형의 탐욕에서 비롯된 외상의 부정의식이라 할 수 있다. 또 화자로 하여금 돈에 대한 부정적 인식을 갖게 하는 원인이 되고 있다. 「형」의 '나'와 『생의 반려』의 명렬을 통해서 짐작하건대, 김유정은 돈으로 촉발된 형의 폭력을 경험하며 심각한 실존의 위기를 겪었던 것으로 보인다. "덜덜덜덜 떨어가며 가슴을 죄었다. 그리고 속으로는 (은제나 저 자식이 죽어서 매를 안맞나……)하고 한탄하였다"(『생의 반려』, 259면)라는 명렬의 발언에서 알 수 있는 바와 같이, 형의 폭력으로 표상되는 돈의 문제는 '나'의 거세의 위협과 살의의 공포를 자극할 정도로 대단히 심각했음을 보여준다.

뒤의 인용문은 「연기」의 한 대목이다. 우연히 얻은 황금으로 '나'는 지금까지 자신을 구박한 누이로부터 벗어나려 한다는 내용이다. 그런데 탈출의 매개 또한 돈 말고는 없었음인지 '나'는 꿈속에서 돈을 구하고 탈출을 기도하고자 한다. 이러한 '나'의 모습은 돈에 대한 강렬한 열망이 하나의 퇴행적 심리로 깃든 상황을 잘 보여준다. 겉으로 돈에 대한 경멸과 혐오의 정서를 보이면서도 속으로는 그 강도 못지않은 강렬한 욕망을 꿈꾸고 있는 것이다. 이는 부정의식에 대한 '반동형성' 즉 내면의 억압된 욕망이 표출된 경우로, 하나의 방어기제로서의 왜곡이 작동한 것이라고 할 수 있다. 『생의 반려』의 명렬과 「연기」의 '나'를 통해서 짐작하건대, 김유정은 누이에게 얹혀 지내며 형언할 수 없는 정신적 상처를 받았던 것으로 보인다. 이러한 사실은 "누님을 몹시 증오하였다"(『생의 반려』, 275면)가 "누님에게 악의를 품었든 자신이 끝없이 부끄러웠다"(278면)라고 말하는 명렬의 발언에서 알 수 있는 바처럼, 누이의 경제적 압박과 언어적 폭력은 '나'의 분열과 균열의 심리적 증상으로 작용한다.

김유정의 자전소설에서 돈은 이처럼 "주인공의 꿈이면서 동시에 추악한 현실세계를 대리한다."[17] 이는 가족 간의 불화와 폭력의 원인이 되었던 돈에 대한 김유정의 양가감정이 반영된 것으로 보인다. 주목할 점은 이러한 돈의 문제가 위 두 작품의 경우에는 주인공의 내면을 억압하고 지배하는 근원적인 공포와 두려움, 강박적인 피해망상으로까지 나타난다는 것이다. 이는 생의 마지막까지 돈 때문에 폭력과 수난과 고통의 삶을 영위해야 했던 김유정의 암울한 초상을 여실히 반영하고 있다고 할

---

17 이재선, 「한국문학의 금전관」, 『한국문학 주제론』, 서강대 출판부, 1991, 320면.

수 있다. 이 대목이야말로 김유정의 우울증과 피해의식, 정서적 불안의 기원에 돈에 대한 강박증이 자리하고 있음을 전형적으로 보여주는 구절이라 할 것이다. 이렇게 보면, 돈에 대한 김유정의 문제의식은 김유정 소설을 제대로 이해하기 위한 중요한 키워드의 하나라고 할 수 있겠다.

3. 희생양과 소유물로서의 여성

김유정의 농촌소설은 대체적으로 주제나 구조가 유사한 경우가 많다. '뿌리 뽑힌 인간들의 빈궁한 생활상, 비정상적인 부부관계, 경제적으로 열세인 남성과 우세한 여성, 순박한 인간성, 원점회귀 구성'[18] 등이 그러하다. 마찬가지로 돈의 문제가 갈등의 원인으로 제시되는 경우가 많다는 것도 주목할 점이다. 김유정 농촌소설의 배경을 이루는 가난의 문제는 거시적인 측면에서 일제의 식민지 농업정책의 결과로 나타난 농민 계층의 신분 전락과 일정한 연관을 맺고 있다. 1, 2차 산미증산계획으로 구체화되었던 수탈정책의 영향으로 상당수의 농민들이 소작인으로 전락하고 다시 유랑민으로 추락하는 과정에서 농촌 공동체의 삶이 붕괴된 것이 그 예이다.[19] 「가을」에는 당대 농민층이 겪고 있는 고난

---

18 전신재 편, 앞의 책, 17면.
19 일제총독부의 공식 통계 자료에 의하면, 1925년에만 152,112명의 농민이 고향을 버리고 해외로 이주하였고, 1930년에는 거지의 수가 58,204명에 이르는 것으로 집계되고 있다. 이 당시 농민들의 이농 현상과 소작농으로의 전락은 일제의 식민지 농업정책에 기인한 결과라고 할 수 있다. 이에 대해서는 조동걸, 『일제하 한국 농민 운동사』, 한길사, 1979, 102면 참조.

의 실제가 선명하게 드러나 있다.

> 기껏 한해동안 농사를 지엇다는 것이 털어서 쪼기고 보니까 나의 몫으로 겨우 벼 두말 가웃이 남았다. (…중략…) 이걸로 우리식구가 한겨울을 날 생각을 하니 눈앞이 고대로 캄캄하다. 나두 올겨울에는 금점이나 좀 해볼까 그렇지 않으면 투전을 좀 배워서 노름판으로 쫓아 다닐까, 그런대도 미천이 들 터인데 돈은 없고 복만이 같이 내팔을 안해도 업다. 우리 집에는 여편네라군 병들은 어머니밖에 없으나 나히도 늙었지만(좀 부끄럽다) 우리아버지가 있으니까 내 맘대룬 못하고
>
> ―「가을」, 193면

「가을」의 화자가 아내를 내다 판 복만과 비교하여 다를 게 없는 자신의 현실적 상황을 자조하는 장면이다. 위 인용문에는 소작농의 신분으로 가족을 부양하기도, 겨울나기도 어려운 가난한 삶이 문제가 되고 있다. 이러한 소설적 현실은 「만무방」에서 응칠 부부가 빚 때문에 농토를 떠나 유랑하며 생계를 잇는 상황과 크게 다르지 않다. 여기에 한 몫 하는 것이 일을 하고 싶어도 할 수 없는 현실인데, 그 중심엔 식민지 구조적 모순에 기인한 가난의 문제가 자리하고 있다. 그런데 김유정의 농촌 소설을 돈에 대한 관점으로 해석할 때 소설 속 농민들의 삶의 형태가 대체로 부정적이거나 비정상적으로 묘사되고 있음은 주목을 요하는 대목이다. 이는 어떤 상황에서라도 인간들은 수단과 방법을 가리지 않고 비인격적 대상인 돈을 가장 중요한 가치로 욕망한다는 사실을 보여주기 때문이다.

「가을」은 돈이 가난한 현실의 반영일 수도, 일확천금에 대한 욕망과 인신매매・매춘의 부정적인 매개로 기능할 수도 있음을 보여주는 사

레이다. 이 과정에서 문제가 되는 것은 여성들의 몸과 성이 가부장 남성들의 경제적 욕망의 희생양과 수난의 대상으로 전락하는 상황이다. 「가을」에서 복만의 아내는 돈 50원에 매매되는 남편의 소유물이자 등가적 교환의 대상에 불과한 존재로 형상화되고 있거니와, 여성의 몸과 성을 재산 증식의 수단이나 물신화의 대상으로 파악하는 문제는 여타의 농촌소설에서도 반복적으로 변주되고 있다.

김유정의 대표작의 하나인 「봄·봄」에서 점순은 '나'와 장인 영감과의 흥정의 대상으로 거래되고 있다. '나'는 딸이 자라는 데로 혼례를 시켜주겠다는 장인 영감의 말에 속아 "돈 한푼 안받고 일하기를 삼년하고 꼬박이 일곱달동안"(156면) 일을 해주고도 혼려를 이루지 못한다. 이 상황이 답답한 점순이는 '나'를 조른다. '나'는 장인 영감에게 재차 간청하지만 "아 성례구머구 기집애년이 미처 자라야 할게 아닌가?"(162면)라는 핀잔만 듣게 된다. 결국 갈등이 촉발되어 싸움이 일어났을 때 장인을 거드는 점순을 보며 '나'는 "얼빠진 등신이 되고"(168면) 만다. 이와 같은 서사의 경개에서 알 수 있는 것처럼, 이 작품에서 이기적인 가부장으로 등장하는 봉필영감은 딸자식을 하나의 인격체로 바라보기보다 노동력을 유인하는 상품이나 재산증식의 한 방편으로 인식하고 있다. 딸을 앞세워 데릴사위의 노동력을 착취하면서 그 노동력이 마뜩치 않으면 바로 데릴사위를 갈아드리는 태도가 한 보기이다.

이러한 양상은 「애기」의 외조부에서도 발견할 수 있다. 「애기」의 외조부는 「봄·봄」의 봉필영감과 마찬가지로 딸을 통해 "덕좀 봐야지, 부자놈만 하나 걸려라"(389면)라고 생각하는 인물이다. 그런데 "잘만하면 만원이 될지, 이만원이 될지, 모르는" 딸이 가난한 남자의 애를 임신하자 이번엔 손해가 될 것이라는 생각에 오십 석의 땅을 붙여 혼사 거래를 시도한다. 이 과정에서 과년한 딸은 재산증식의 수단으로서의 용도가 폐기되자마자 일체의 소유권이 매매되는 대상으로 전락하고 있다. 이렇듯 「애기」의 외조부가 보여주는 딸들에 대한 태도는 봉필영감의 사고방식과 동일한 상관성을 갖는다고 볼 수 있다. 두 사람 모두 인색한 구두쇠라는 점, 돈을 위해서라면 수단과 방법을 가리지 않는 다는 점, 돈과 재산증식을 가장 우선하는 가치로 삼고 있다는 점에서 그러하다.

그런데 여기에서 한 가지 흥미로운 사실을 발견할 수 있다. 가족의 여성을 재산증식의 수단으로 간주하는 이러한 가부장의 모습이 사실은 몇몇 자전소설에 등장하는 김유정 아버지(형)의 위인 됨과 그 성격적인 면에서 매우 흡사하다는 점이다. 자전소설에 묘사된 김유정의 부친은 애기의 외조부나 봉필영감 못지않게 인색하고 재산을 증식하는 데만 집착했던 '수전노'이며 '소싯적에는 뭇사랑에 몸을 헤였던' 비도덕적인 인물로서 "돈으로 말미암아 시집을보낼쩍마다 딸들의신세를 조렸고, 또 마즈막엔 아들까지 잃었"(「형」, 382면)던 위인이다. 자식들에게 돈의 긍정적인 가치를 심어주지 못하고 돈을 모으는 것에만 집착했던 아버지의 초상은 김유정이 부친으로 대표되는 지주(가부장)의 삶과 사고방식을 비판적인 것으로 그리게 되는 원인이 되었던 것으로 보인다. 그런 면에서 "춘천 우리 고향에서는 우리 집안이 망하는 것을 좋아한다"[20]는 유정의 고백은 돈 모으는 것을 절대유일의 가치로 삼았던 부친에 대한 비판적 인식이 투사된 것이라고 할 수 있다.

비단 이 두 작품뿐 아니라 여성이 남성들의 재산증식의 수단이나 교환가치를 가진 상품으로 간주하여 거래 대상으로 타자화되는 양상은 다른 소설에서도 쉽게 찾아볼 수 있다.[21] 복만의 아내나 덕만과 필수의

20　안회남, 앞의 글, 508면.
21　「산골 나그네」에서 서사 주체로 기능하고 있는 덕돌 모친이 '나그네'를 '작부' → '딸' → '며느리'로 인식하는 데에는 '주막의 이익' → '소한바리'의 값 → '선채금 삼십 원'이라는 교환가치

어린 누이들이 반강제에 의해 선채로 팔리거나 첩으로 거래되는 상황
이 이를 잘 반영하고 있다. 물론 이 과정에서 그녀들의 주체적인 의사
나 의지는 전혀 고려의 대상이 되지 못한다. 그런데 가족을 돈과 교환
하는 이러한 남성들의 폭력과 횡포는 필연적으로 여성의 희생과 수난
에 결정적인 영향을 미치기 마련이거니와, 대표적인 경우로 매춘을 들
수 있다. 매춘이 문제가 되는 것은 여성에게 있어 가장 신성해야 할 성
이 가장 비루하고 몰개성적인 수단인 돈과 교환됨으로써 인간의 인격
과 품위를 현저히 손상시킨다는데 있다. 그러므로 "매춘은 모든 인간관
계 중에서 단순한 수단으로서의 상호전락(轉落)의 가장 명확한 보기"[22]
인 것이다. 김유정의 농촌소설 중에 성의 교환을 다루고 있는 대표적인
작품으로는 「소낙비」를 들 수 있다.

> 남편은 시골물정에 능통하니만치 난데업는 돈이원이 어데서 어떠케 되는
> 것까지는 추궁해 무를랴 하지 안엇다. 그는 저윽이 안심한 얼골로 방문턱에
> 걸터안즈며 담뱃대에 불을 그엇다. 그제야 안해드 비로소 마음을 노코 감자
> 를 삶으러 부엌으로 들어갈랴 하니 남편이 겨트르 걸어오며 치근한 듯이 말
> 리엇다. (…중략…) 가난으로 인하야 부부간의 애틋한 정을 모르고 나나리
> 매질로 불평과 원한중에서 복대기든 그들도 이 밤에는 불시로 화목하였다.
> 단지 남의 품에 들은 돈 이원을 꿈꾸어보고도―
>
> ―「소낙비」, 48면

적인 계산이 개입되어 있기 때문이며 「총각과 맹꽁이」에서 떡만이가 들병이와 살기를 바라
는 것은 경제적 욕망과 장가를 들려면 필요한 돈이 들병이에게는 필요 없기 때문이다. 「안해」
에서 남편이 아내에게 들병이 교육을 시키는 것은 아내를 내세워 '돈 한 몫 크게 잡고자 하는
때문이고 「땡볕」의 주인물인 덕순이 병든 아내를 병원에 데려가는 것은 병을 고치는 기회에
팔자를 한 번 고쳐보려는 때문이다.
22 게오르그 짐멜, 앞의 책, 473면.

「소낙비」에서 춘호 부부의 갈등과 폭력이 돈의 매개로 잠시나마 해소되는 상황이 서술되어 있다. 이들 부부의 불화는 춘호의 돈에 대한 강박과 욕망에서 발생한다. 흉작과 빚에 몰려 고향을 떠난 춘호의 유일한 관심사는 투전판에서 횡재하여 산골을 벗어나는 것이다. 춘호는 투전판 밑천인 돈 2원을 마련하기 위하여 아내의 매춘을 사주하고, 춘호 처는 남편의 강박과 폭력에 못 이겨 리주사에 몸을 판다. 춘호 처는 자신의 매춘 행위를 '모욕'과 '수치', '봉변'과 '몹쓸지랄'로 생각하면서도 '성공은 성공이엇다'는 것을 다행으로 여긴다. "이까짓거야 골백번 당한대도 남편에게 매나 안 맞고 의조케 살수만잇다면"(46면)이라는 표현에서 보듯, 춘호 처에게는 아내로서의 도덕적 의무를 지키는 일보다 남편과의 원만한 관계가 더 중요한 가치로 나타난다. 반면에 무능한 남편으로 형상화되어 있는 춘호에게는 일확천금에 대한 욕망이 우선하는 가치이다. 물론 그 돈의 성격이 어떠한 것인지는 전혀 문지가 되지 않는다. 춘호에게는 돈이 산골에서 서울행을 가능하게 하는 유일한 희망이기 때문이다.

이 같은 춘호의 모습에서 알 수 있는 바와 같이, 김유정 소설의 가부장 남성들은 돈을 취하기 위해 가족(여성)의 희생과 수난을 강요하는 모질고 악한 존재로 그려지고 있다. 가장이라는 책무에서 보자면 그들은 아버지나 남편으로서 부적격자이지만 가부장적 이데올로기와 전통적인 가족제도의 틀 안에서는 가족들에 대한 절대적 권력을 행사하는 부정적인 타자로 위계화 하는 것이다. 여성들의 희생과 수난은 이러한 모순된 상황에서 정점을 보여주는데, 그 핵심엔 돈의 위력과 폭력이 놓여 있다. 그러나 「소낙비」와 「안해」의 결말이 암시하는 것처럼, 일확천금을 꿈꾸는 그들의 욕망은 구체적으로 노동이나 생산이 결여된 사행심에 기대고 있다는 점에서 어떠한 잉여가치도 창출할 가능성은 낮다고 볼 수 있다. 「노다지」와 「금」에서 황금에 유혹된 더팔과 덕순의 운명이 비극적으로 종결되고 있는 설정 또한 같은 맥락에서 이해할 수 있다. 그런 점에서 김유정은 돈을 위해서라면 타인의 인간적 존엄이나 인격 그리고 자기 자신의 목숨도 마다하지 않는 인간들의 전락과 몰락을 통해 수단이 목적을 압도하는 삶의 허무함과 물신주의적 가치관에 대한 비판적 인식을 반영하고자 했던 것으로 보인다.

그런데 「소낙비」에서 리주사에게 정조를 판 춘호의 아내 경우는, 「산골 나그네」의 나그네처럼, 단순하게 타락한 것으로 보기에는 간단치 않은 문제가 있다. 그렇다고 그녀가 건전한 도덕관을 갖춘 여성이라는 말은 아니다. 물욕이나 쾌락의 차원에서 훼절을 선택하지 않았다는 것이며, 그 선택이 가정을 지키기 위한 노력으로 드러난다는 점을 말하는 것이다. 이는 돈 문제로 가정의 불화와 가족의 몰락을 경험한 김유정의 내면의 심리가 반영된 결과로 보인다. 「산골 나그네」의 나그네를 병든 남편에게로 돌아가게 하는 설정이나 「솟」의 근식이를 가정으로 돌아가게 하는 설정 또한 같은 맥락에서 이해할 수 있다. 김유정에게 있어서 절망적인 삶의 문제는 자기 자신의 고통뿐 아니라 가족사의 상처를 드러내고 치유해야하는 절실한 과제와도 연관된다는 점을 주목할 필요가 있다.

이와 관련하여 고향 실레마을에 대한 작가의 남다른 관심은 눈여겨볼 대목이거니와, 유정의 실레마을 체험은 개인사나 문학사에 있어 중요한 전환점이 되었다고 할 수 있다. 당시 실레마을 민중들에 대한 체험과정에서 유정은 들병이의 전직이 농군으로 '農村의 恐惶期의 産物'이라는 역사적 자각과[23] 더불어 비극적인 인간의 삶에 대한 자기인식[24]을

---

[23] "가을은 農村의 唯一한 名節이다. 그와 同時에 여러 威脅과 屈辱을 격고 나는 한 逆境이다. 말하자면 그들은 地主와 빗쟁이에게 收穫物로 주고 다시 한겨울 念慮하기 爲하야 한해동안 쌈

갖게 된 것으로 보인다. 실레 민중들의 실화[25]를 소설화하고, 실레에서 농촌계몽 운동을 전개하였던 것도 그러한 맥락에서 이해할 수 있다. 민중들에 대한 관심과 관찰은 공동체가 붕괴되면서 나타난 농촌의 궁핍화와 비윤리적인 인간들의 실태를 확인하는 계기가 되었고 한편으로 가족사의 상흔을 외부로 발산하는 중요한 바탕이 되었던 것이다. 결국 실레마을 민중들에 대한 유정의 연민과 풍자의 이중적 시선은 자기 삶의 확인과 이해에서 비롯된 양가적 감정이 투사된 결과라 할 것이다.

을 흘렷는지도 모른다. 여기에서 한번 憤發한 것이 즉 들썽이生活이다. (…중략…) 이것이 다른데 例를 잡으면 埃及의 집씨―(流浪民)的 存在다. 한참 落葉이 질 쌔이면 秋收는 大槪 끚치난다. 그리고 窮하든 農村에도 坊坊谷谷이 두둑한 볏섬이 늘려노힌다. 들썽이는 이쌔로부터 自然的 活動을 始作한다. 마치 그것은 볏섬을 襲擊하는 참새들의 行動과 同一視하야도 조타. (…중략…) 그들은 飽食以外에 그담해 여름의 生活까지 支撑해나갈 延命資料가 必要하다. 왜냐면 봄, 여름이란 가장 窮할 쌔이요 싸라 들썽이의 가장 큰 恐慌期다."(밑줄은 인용자). 전신재, 「朝鮮의 집시-들썽이 哲學」, 앞의 책, 415~416면.

24 "어느날 그녀(인용자 : 들병이)와 잠자리를 같이 하던 그(인용자 : 김유정)는 담배연기에 숨이 답답해서 눈을 떳습니다. (…중략…) 들병이의 사내를 그는 본 것입니다. 그는 필연적으로 복수의 행동이 있으리라고 믿고 경계해 마지않았읍니다만 사내는 아무렇지않게 그가 눈을 뜬 것을 발견하자 "일찍두 않은데 가보지……" (…중략…) 이런 일이 있은 후 그는 들병이를 다시 보고 생각했습니다. 이때 그가 시골에서 눈에 띄게 달라진 것이 있다면 민주적이었다는 점입니다. 몰락도정에 있을망정 그의 집안사람들이 다 反常을 가리어 家奴를 대하기 짐승처럼 했으나 유독 그는 존경하는 말로 그들을 대했습니다."(밑줄은 인용자). 김영수, 앞의 책, 407~408면.

25 「산골 나그네」에서 덕돌 모자는 김유정 집안의 소작인이었던 돌쇠 모자, 「봄·봄」의 데릴사위, 장인, 점순은 김유정의 집 앞 개울 건너에 살았던 최순일, 김종필, 김씨만, 「동백꽃」의 점순은 김유정이 오르내리던 백두고개와 새고개 중턱 오막살이집의 행랑방에 살던 가베라는 처녀를 모델로 하였고, 「소낙비」의 리주사와 「총각과 맹꽁이」·「안해」에 등장하는 뭉태 등도 실존인물을 모델로 하였다고 한다. 유인순, 앞의 책, 71~72면 참조.

4. 증여되지 않는 사랑의 양상

김유정 소설 작품 중에서 도시를 배경으로 한 소설의 인물들은 농촌의 인물들에 비해 보다 더 간계하거나 뻔뻔스러운 인물로 형상화되었다는 점에서 그 성격을 달리한다.[26] 이는 도시적 삶에 대한 유정의 부정적 인식과 어느 정도 연관성이 있어 보인다. 김유정이 도시에서 겪은 삶의 과정은 결코 순탄하지 않았다. 형의 파산과 낙향으로 인해 유정은 경제적으로 고단한 학창 생활을 보내야 하였고 형수와 삼촌 집 등을 전전하며 눈칫밥을 먹어야 했던 것이다. 김유정 소설에 등장하는 도시 하층민들의 궁핍한 생활상과 주위 환경은 이때의 체험이 반영된 것이라고 볼 수 있다. 그러한 양상은 「슬픈이야기」, 「따라지」, 「두꺼비」, 『생의 반려』 등 일련의 도시를 배경으로 한 자전적 소설을 통해서 확인할 수 있는데, 그 배경의 중심엔 가난한 지식인의 고단한 삶과 글쓰기의 문제가 자리하고 있다.

1937년 1월에 쓴 수필 「病床迎春記」에는 밀폐된 방에서 병마에 시달리며 "脫出을 計劃하는 獄中의 罪人 와도카티"(455면) "深夜의 캄캄한 밤" "子正으로 석점까지"(454면) 원고를 쓰는 유정의 모습이 자세하게 나타나 있다. 『생의 반려』에서 볼 수 있는 '정신병 환자', '광인', '우울', '절망', '권연', '짐승', '햇빛 보기 싫어하는 기질' 등과 「심청」과 「따라지」에서 볼 수 있는 '누렇게 뜬 얼굴' '열벙거지', '햇빛을 돗봐서 시드런 얼굴', '밤

---

26 농촌소설의 여성 인물들이 '살기 위한 매춘'을 선택하는데 비혜 도시소설에 등장하는 여성들은 돈을 축적하거나 소유하기 위한 방편으로 매춘을 이용한다는 점에서 차이점을 지닌다. 예컨대 「따라지」의 '아끼꼬'와 '영애'는 카페의 손님과 거래를 통해 화대를 챙기고, 「정조」의 행랑어멈은 장사밑천을 마련하기 위하여 주인서방을 적극 유혹하는 모습을 보여준다.

낮 방구석에 틀어박힘', '얼이 빠짐' 등의 이미지는 가난과 병마와 싸우
면서 방에 칩거하여 소설쓰기에 몰두했던 김유정의 자화상을 잘 반영
하고 있다.

앞서 말한 자전소설들에는 이 같은 작가 자신의 개인적 정보와 거의
흡사한 인물이 등장하고 있다. 「슬픈 이야기」의 '나'와 함께 「따라지」의
톨스토이, 「두꺼비」의 '나', 『생의 반려』의 '명렬' 등이 그러한 인물이라
고 하겠다. 이들은 도시의 주변부 셋방에서 살아가는 가난하고 무력한
인물이라는 공통점이 있다. 이 중 「슬픈이야기」와 「따라지」는 돈의 결
핍에 따른 주인공의 좌절과 소외에 대한 내용이 중요하게 다루어지고
있다. 「슬픈이야기」에서 옆방 사내의 일로 사내의 처남과 주인노파에
게 오해를 받은 것에 '안해를 갖든지' '신당리를 떠나든지' 뇌까리는 '나'
의 모습과 「따라지」에서 주변의 이웃들과 유리되어 '홀로 방구석에 멍
하니 얼이 빠져' 앉아 있거나 '사직공원 주변을 배회하는' 것으로 일과
를 소모하는 톨스토이의 형상을 통해 이를 확인할 수 있다. 이러한 주
인공을 직접적으로 지배하는 정서는 고립감과 소외감인데, 그 과정에
돈의 위력과 폭력이 작용한다.

> 비록 낮짝이 쪼그러들어 코, 눈, 입이 번뜻하게 제자리에 못 뇌고는 넉마전
> 물건같이 시들번이 게불고 게불고 하였을망정 제법 총기있어 보이는 맑은
> 두눈이며 깝신깝신 굴러나오는 쇠명된 음성, 아하 돈은 결국 이런 사람이 갖
> 는 게로구나 하고 고개를 끄덕어리다
>
> —「슬픈이야기」, 298~299면

> 누이가 과부결래 망정이지 서방이라도 해가면 이건 어떻걸라고 이러는지
> 모른다. 제 신세 딱한 줄은 모르고 만날 "돈은 우리 누님이 쓰는데요——누님

나오거던 말슴하십시요."

—「따라지」, 303면

「슬픈이야기」에서 '나'가 옆방의 부부싸움에 참견하려는 데는 옆방 사내보다 도덕적으로 우월하다는 자신감이 바탕에 깔려 있다. 적어도 자신은 조강지처를 패서 쫓아내려는 몰염치한 인간은 아니라는 것이다. 이런 우월감에 '나'는 옆방 사내에게 직접 아내를 때리지 말 것을 충고하러 나선다. 그런데 이 과정에 옆방 사내가 '대추 두 개로 돈 팔백원을 모은"(298면)사실을 알게 되면서 그에 대한 '나'의 적대감은 순식간에 "감탄하지 않을수" 없는 감정으로 바뀌어버리고 그 감정은 '나'가 자기 자신의 결핍을 강하게 의식하는 것으로 전도된다.

「따라지」에서 톨스토이의 고민과 갈등은 주인노파와의 대립에서 발생한다. 톨스토이는 밀린 방값을 독촉하는 주인노파와의 관계에서 늘 열세일 수밖에 없는 존재이다. 주인과 세입자의 관계가 그것이다. 세입자인 톨스토이는 주인에게 자신은 돈이 없고, 돈은 누님이 쓴다는 것을 말해보지만 번번이 존재론적, 경제적 소외와 무시만 당한다. 집주인 입장에서 보면 밀린 월세를 독촉하는 것은 재산권을 행사한다는 측면에서 당연한 일로 볼 수 있다. 여기까지의 진행만 보면 노파의 잘못을 지적하기는 어렵다. 그러나 "죽는건 죽는거고 방세는 방세가 아니요, 영감님 죽기로서니 어째 방세를 못 받는단 말이요!"(305면)라는 말에서 보듯, 사람이 죽든 말든 방세를 무조건 받아야 한다는 노파의 입장에는 생명보다 돈이 우선이라는 가치 인식이 전제되어 있다. 조카와 순사까지 동원하여 억지로 세입자를 쫓아내려고 하지단 좌절되고 마는 상황의 반전은 따라서 물욕과 탐욕에 사로잡힌 주인노파의 속물근성에 대한 작가의 비판의식의 발로라 아니할 수 없다. 결국 「슬픈이야기」와

「따라지」의 주인공들이 보여주는 내면의 고독과 소외, 우울과 절망 등의 심정은 돈의 위력과 폭력에 갈등하고 좌절하는 과정에서 유정이 느꼈던 비애와 상실감의 정서를 고스란히 반영한 것이라고 볼 수 있다.

한편 「두꺼비」와 「생의 반려」는 가난한 주인공들의 애정(결핍) 문제를 주요 내용으로 하고 있어 앞의 두 작품과는 또 다른 면모를 보여주고 있다. 이 소설들은 김유정의 짝사랑의 대상이었던 기생 박녹주를 모델로 한 것인데, 「두꺼비」의 옥화나 『생의 반려』의 나명주는 모두 박녹주를 소설화한 것이라고 할 수 있다. 「두꺼비」에서 '나'와 옥화의 관계는 따라서 『생의 반려』에서의 명렬과 나명주의 관계와 대칭을 이룬다. 두 작품에는 주인공 '나'와 명렬이 구애의 대상에게 편지를 보내어 사랑을 갈구하는 상황과 정황이 드러나 있는데,[27] 이보다 더욱 관심을 끄는 사항은 편지를 주는 자와 받는 자 혹은 구애를 당하는 자와 하는 자 사이에 나타나는 불통(不通)적 관계, 달리 말하면 증여[28]되지 못하는 사랑의 문제이다.

그가 집의 일로하야 봉익동엘 다녀 나올 때 조고만 손대여를 들고 목욕탕에서 나오는 한 여인이 있었다. (…중략…) 명렬 군은 저도 모르고 물론 딿아 갔다. 그 집에까지 와서 안으로 놓쳐버리고는 그는 제 넋을 잃은 듯이 한참 멍하고 서 있었다. 그리고 집에 돌아와 그날 밤부터 편지를 쓰기 시작하였다. 매일 한장식 보내었다. 그러나 답장은 한번도 없었다.

---

27 박녹주의 증언에 따르면, 김유정이 구애와 편지를 보낸 기간은 1926년 가을부터 1930년 봄까지라고 한다. 유정이 5년 동안 박녹주에게 구애한 편지의 실체는 아직 확인되고 있지 않다. 이에 대해서는 박녹주, 「나의 이력서」, 『한국일보』, 1974.1.26~1.30 참조.

28 증여는 소유나 교환과는 본질적으로 그 의미와 양상이 서로 다른 경제 원리이자 소통 방식이며 마음의 선물이다. 교환의 원리는 보상이 전제된 경제적 행위이지만 증여는 상품으로서의 물건 교환이 아니라 각각의 '물'에 깃든 인간의 마음을 서로 주고받는 특징을 가지고 있다. 나카자와 신이치, 김옥희 역, 『사랑과 경제의 로고스』, 동아시아, 2003, 43~46면 참조.

— 『생의 반려』, 252~253면

　나는 당신을 진실로 모릅니다. 그러기에 일면식도 없는 당신에게, 내가 대담히 편지를 하였고, 매일과가치 그 회답이 오기를 충성으로 기다리였든 것입니다. 다 나의 편지가 당신에게 가서 얼만한 대접을 받는가. 얼마큼 이해될 수 있는가. 거기 관하야 일절 괘념하야 본 일이 없었읍니다.

— 「病床의 생각」, 464~465면

　앞의 인용문은 『생의 반려』의 명렬이 거리에서 우연히 만난 나명주에 대한 구애의 편지를 보내는 장면이며, 뒤의 인용문은 말년에 구애의 대상으로 알려진 박봉자에게 보내려고 썼던 편지로 추정되는 글의 일부이다.[29] 두 인용문에서 편지는 각각 사랑하는 여인에 대한 열렬한 구애의 흔적이라고 볼 수 있다. 즉 사랑이나 신뢰가 전달되기를 기대하며, 애정의 지속에 대한 증거로 간주하고자 한다는 점에서 '마음의 선물'이 되고 있는 것이다.[30] 그러나 이해와 배려의 윤리관에 기초한 증여의 원리가 이 경우에서는 작용하지 않는데, 편지를 통해 드러나는 그(들)의 태도에서 그 문제를 엿볼 수 있다. 구애의 상대가 비정상적으로 선택되었다는 점, 그 정념이 무모하리만치 일방적이라는 점 등을 지적할 수 있겠다.

　사랑은 상품처럼 교환이 불가능한 인간의 가장 순수한 감정이라는

29　유정은 동일한 잡지의 지면에 글이 게재되었다는 이유로 30통에 달하는 연애 편지를 박봉자(朴鳳子)에게 보냈다고 한다. 박봉자는 박용철의 누이동생으르, 1936년 평론가 김환태와 결혼한 인물이기도 하다.

30　'물(物)'이 보내는 사람의 인격과 분리되지 않는 증여의 원리에서는 마음을 주고받는 선물 교환이 이용된다. 이때 사람들은 자신의 인격과 동일시되는 선물의 증여 행위를 통해서 우정이나 신뢰를 함께 공유하고 타인과 인격적, 소통적 결합을 이르고 있다는 것을 느끼게 된다. 나카자와 신이치, 앞의 책, 174~175면 참조.

점에서 증여의 본질과 유사한 원리를 지니고 있으며, 증여 역시 인간의 마음을 서로 주고받는 소통 방식이라는 점에서 타자지향적인 사랑과 밀접한 연관을 맺고 있다고 할 수 있다. 즉 사랑과 (순수)증여는 교환가치를 매개로 관계를 맺지 않고 타자지향적인 윤리를 취한다는 점에서 상통하는 의미망을 갖는다고 할 수 있다.[31] 그러나 위 인용문에서 확인되는 사랑의 태도는 증여의 원리가 작용하지 않는, 지극히 극단적이면서도 모순적인 어떤 것이라 할 수 있다. 실제로 김유정은 5년 동안 박녹주에게 구애의 편지를 썼으나 매번 거부당했고, 박봉자가 보내온 답장에는 "편지를 보내는 이유가 那邊에 있으리요"였다. 그럼에도 유정은 그녀들을 향한 구애를 멈추지 않았거니와, 유정의 이러한 연애의 형식은 비현실적이라 할 만큼 왜곡되어 있음을 확인할 수 있다. 문제는 언제나 그 해소할 수 없는 사랑에 강한 갈망과 집착을 드러내는 순간에 발생한다.

> 첫째로 그의 편지는 염서가 아니었다. 보건대 염서는 대개 상대를 꼬따웁게 장식하였다. 그의 편지는 상대의 추악한 부분이란 일일이 꼬집어 뜯어서 발겨놓는 말하자면 태반이 욕이었다. 그러므로 상대는 답장을 안할뿐만 아니라 때로는 받기를 거절하였다.
>
> —『생의 반려』, 252면

---

31 '증여로서의 사랑'은 사람과 사람 사이에서의 우정이나 애정의 협력관계를 형성하여 증여자와 증여의 대상자를 하나의 동질적 집단으로 묶어주는 역할을 하게 된다. '증여로서의 사랑'에 요구되는 미덕은 '증여의 대상자' 즉 타자의 고유성과 자유를 인정하는 것이며 이해와 배려의 윤리관에 기초한 타자지향적인 윤리가 개입되어야 한다. 그럴 때에만 사랑이 '증여하는 사람'과 '증여 대상자' 사이의 의사소통을 가능하게 하고 존재의 소외를 극복하는 대안이 될 수가 있기 때문이다.

‘녹주, 내 너를 사랑한다’ 편지 끝에는 이렇게 혈서를 썼다. (…중략…) 편지 끝에는 ‘내가 너를 사랑하는 것을 꼭 알아다오. 네가 나의 사랑을 받아주지 않는다면 나는 너를 죽이고야 말겠다.’[32]

위 인용문을 통해서 김유정의 박녹주에 대한 정념과 집착이 어느 정도였는지를 가늠해 볼 수 있다. 유정은 자신의 마음과 인격적 가치가 담겨 있는 편지와 구애가 끝끝내 외면당한 사실에 상당한 좌절과 충격을 느꼈던 것으로 보인다. 연애편지에 욕설을 쓰고 혈서를 보내는 일 따위는 그러한 외상의 부정의식이 투영된 결과로 볼 수 있을 것이다. 그러나 이보다 주목해야 할 사실은 유정의 박녹주에 대한 갈망과 집착에 맹목적인 소유욕과 조바심, 허영이 개입되어 있다는 점이다. 성취되지 않을 연애(혹은 편지쓰기)에 대한 과도한 몰입과 집착은 사실상 연애의 형식(혹은 책임)으로부터 자유롭지 못한 그의 퇴행적인 심리를 발원하는 증상이 되고 있는 것이다.

그렇다면 유정의 사랑이 증여의 원리에서 작동하지 않는 원인은 무엇일까? 우선 그의 사랑이 현실세계에 존재하지 않는 대상을 향해 있었기 때문으로 보인다. “어머니가 난 보고싶다!”(263면)라고 부르짖는 『생의 반려』의 명렬과 ‘항상 어머니의 사진을 책상 위에 모셔놓고 책을 읽거나 몸에 지니고 다녔다는’ 유정을 통해서 알 수 있는 바처럼, 유정에게 어머니의 존재는 과거의 행복했던 기억이자 그리움의 대상이며 모성의 표상이자 ‘신앙’과 같은 존재이었던 것으로 판단된다. 『생의 반려』에서 명렬이 기생 명주에 몰입하는 것처럼, 김유정이 박녹주 혹은 박봉자에 집착한 것은 그녀를 “어머니로써 동구로써 그리고 연인으로

---

32 박녹주, 앞의 글, 1974.1.26.

써”(『생의반려』, 243면) 동일하게 보았던 때문이다. 즉 유정의 여성에 대한 맹목적인 갈망과 집착은 실상 근원적으로 부재하는 어머니를 향한 끊임없는 몸부림이었던 것이다. 요컨대 유정의 퇴행적인 사랑은 그 출발에서부터 진정한 사랑으로 발전할 수 없는 근본적인 문제를 안고 있었다고 할 수 있다. 유정의 사랑(여성)에 대한 불가항력적인 집착과 몰입은 결국 그 불가능성에 대한 확인이었던 것으로 판단된다.

다음으로는 애정과 돈의 갈등 문제이다.

> 만일 네가 나와 살아준다면 그리고 네가 원한다면 내 너를 등에 업고 백리를 가겠다, 이렇게 다짐을 하면 그뿐일 듯도 싶다. 그 외에는 아버지가 보내주는 흙 묻은 돈으로 돈 한뭉텡이 소포로 부쳐줄 수 잇으면, 하고 한탄이 절로 날때 국숫집 시게가 늙은 소리로 아홉시를 울린다.
>
> ―「두꺼비」, 204면

위 인용문에는 사랑하는 여인의 마음을 붙잡아두고자 하는 주인공의 의식이 잘 드러나 있다. 사랑과 대체 가능한 것은 오로지 타인의 사랑만이 가능할 뿐이다. 마르크스의 표현대로 말하자면, '사랑은 사랑으로 교환될 수 있을 뿐이다.'[33] 문제는 돈으로 교환이 불가능한 사랑을 획득하려 할 때 발생한다. 소설 속 그는 학생의 신분임에도 42원 짜리 순금 '트레반지'를 선물한다. 그러나 이것은 돈으로 여인의 마음을 사려는 행동이라는 점에서 증여로서의 선물이 될 수 없다. 물론 그 반지는 중간에서 자신의 기생 누님을 소개시켜주겠다고 하는 두꺼비가 가로챔으로써 증여되지 않는다. 그런데 이러한 상황 설정은 실제 김유정의

33　칼 마르크스, 김태경 역, 『경제학―철학 수고』, 이론과실천, 1987, 119면 참조.

연애 체험담이 일정하게 반영된 것으로 보인다. 박녹주의 증언에 다르면, 유정은 '양단 치마저고리 한 감', '조그마한 금반지', '가죽신', '털장갑' 등을 선물하며 박녹주의 마음을 얻기 위해 무단히 애를 쓴 것으로 보이기 때문이다. 그리고 이러한 선물과 애정 공세가 거부된 끝에는 항상 협박편지와 함께 실랑이를 벌였다고 한다.

돈과 사랑을 등가적으로 저울질하는 것은 사랑과 사람에 대한 큰 모욕과 실례가 아닐 수 없다. 그런데 이 경우 김유정이 사용한 돈을 금력으로 파악하기에는 어려워 보인다. 오히려 유정은 돈을 쓰고도 '당신이 무슨 돈이 있는데 이런 것을 사오느냐고 무시하는 조로' 망신을 당하였기 때문이다. 금력이라 하기에는 그 돈의 위서가 너무 무력한 것이다. 그렇게 보면 유정의 박녹주에 대한 물질공세는 억압되고 잠재되어 있던 돈에 대한 콤플렉스가 은연중에 선물에 대한 집착으로 나타난 것이라고 볼 수 있다. 보잘 것 없는 돈 때문에, 돈이 없다는 이유로 사랑을 받아주지 않을 것을 염려한 심리가 거꾸로 돈에 강박적으로 매달리게 하는 원인이 되었다는 말이다. 이처럼 유정의 연애에서 애정과 돈이 갈등하는 상황은 사랑으로 가난을 보상받고자 하는 심리가 강하게 내재되어 있기 때문인데, 이는 결국 그의 사랑을 '증여로서의 사랑'으로 나아가지 못하도록 하는 근본 이유가 되고 있다.

5. 결론

　김유정은 1935년부터 1937년에 생을 마감하기까지 창작활동에 매진한다. 그가 투병하던 기간에 작품을 집중적으로 쓰지 않을 수 없게 된데는 다른 무엇보다도 질병을 치료하기 위한 돈이 절실하게 필요한 때문이었던 것으로 보인다.

　정신적, 육체적, 경제적인 고통과 고난으로부터 탈출하기 위해서 시도되었던 소설쓰기는 결과적으로 유정 자신의 생명 단축에 이르게 했다. 아마 누구보다도 유정 자신이 소설쓰기가 병에 해로운 일이라는 것을 잘 알고 있었을 것이다. 그러나 더욱 몸을 지치게 하는 글쓰기가 얼마나 어리석은 행위인지 안다할지라도 이를 포기하기도, 할 수도 없었다. 그에게는 그만큼 돈이 시급히 필요했기 때문이다. 그런 점에서 유정이 '폐결핵 3기를 앓튼 병자의 몸으로 그토록 많은 소설이라는 독약(毒藥)을 써냈던 이유가 창작욕도 아니요, 자포자기도 아닌 단지 원고료 수입 문제 때문'이라는 채만식의 지적[34]은 충분히 설득력을 지니고 있다.

　나는 참말로 일어나고 싶다. 지금 나는 病魔와 最後 談辦이다. 興敗가 이 고비에 달려 있음을 내가 잘 안다. 나에게는 돈이 時急히 必要하다. 그 돈이 없는 것이다.

　필승아.

　내가 돈 百圓을 만들어 볼 작정이다. 동무를 사랑하는 마음으로 네가 좀 助力하여 주기 바란다. (…중략…) 그 돈이 되면 于先 닭을 한 三十마리 고아 먹

34　채만식, 「밥이 사람을 먹다」, 『채만식전집』 10, 창작과비평사, 1987, 544면 참조.

겠다. 그리고 땅군을 디려, 살모사, 구렁이를 +餘뭇 먹어보겠다. 그래야 내가 다시 살아날 것이다. 그리고 궁둥이가 쏙쏘구리 돈을 잡아먹는다. 돈, 돈, 슬픈 일이다. (…중략…)

나는 요즘 가끔 울고 누워 있다. 모두가 답답한 사정이다. 반가운 소식 전해다우, 기다리마.

— 「필승前」, 473~474면

김유정은 이 편지를 친구인 안회남에게 보넌 지 불과 11일 만에 스물아홉 살이라는 젊은 나이로 숨을 거둔다. 이 서신에서 엿볼 수 있는 것은 유정이 죽음을 예감한 사람답지 않게 생명에 대한 강한 애착을 가지고 있었다는 점이다. '병마와 최후 담판을 하여야 겠다'는 각오와 함께 내비친 소망은 '탐정소설을 번역하겠다는 것'과 '닭과 살모사와 구렁이를 먹겠다는 것'이다. 그런데 그렇게 하자면 고두 돈이 있어야 하므로 반드시 돈이 필요하다고 호소하고 있는 것이다. 김유정이 친구인 안회남을 향하여 "돈, 돈, 슬픈일이다"라고 눈물을 흘리며 외치는 이 절규와 한탄은, 따라서 돈이 목적이 되는 삶의 안타끼움과 허무함을 상징적으로 대변하는 그의 유언이라 할 것이다.

죽기 직전까지 김유정을 괴롭힌 것은 질환의 고통이지만 그 질환을 다스리는 것은 돈의 문제라는 점에서 이것은 돈에 대한 고발과 다르지 않다. 짧고 암울했던 유정의 삶과 글쓰기가 이처럼 돈과 관련되어 있음은 중요한 의미를 지닌다. 김유정은 소설을 통해 정상적인 삶과 부부 및 가족관계, 타자와의 연애와 사랑의 감정 등을 억압하고 왜곡하는 돈의 숨겨진 욕망을 적나라하게 드러내 놓고자 하였다. 이러한 돈에 대한 상상력은 자기 자신의 절망적인 삶을 통해 확보한 것이라는 점에서 김유정의 소설은 결국 그의 간절한 염원을 담고 있다고 할 수 있다.

참고문헌

1. 기초자료

전신재 편,『원본 김유정 전집』(개정판), 강, 2008.
안회남,「겸허」,『한국 근대 단편소설 대계』12권, 태학사, 1988.

2. 논문 및 단행본

김영수,「김유정의 생애」,『김유정 전집』, 현대문학사, 1968.
김준현,「김유정 단편의 반(半)소유 모티프와 1930년대 식민지수탈구조의 형상화」,『현대소
　　　　설연구』28, 한국 현대소설학회, 2005.
김　철,「꿈·황금·현실」,『문학과 비평』통권 4호, 1987 겨울.
김한식,「절망적인 현실과 화해로운 삶의 꿈」, 상허학회,『근대문학과 구인회』, 깊은샘, 1996.
김화경,「김유정 문학의 근대 자본주의 경험과 재현양상」, 김유정학회 편,『김유정의 귀환』,
　　　　소명출판, 2012.
우찬제,「한국 현대소설의 경제적 상상력 연구」,『현대소설과 경제』, 한국 현대소설학회,
　　　　2000.
유인순,『김유정을 찾아가는 길』, 솔과학, 2003.
이재선,「한국문학의 금전관」,『한국문학 주제론』, 서강대 출판부, 1991.
조동걸,『일제하 한국 농민 운동사』, 한길사, 1979.
채만식,「밥이 사람을 먹다」,『채만식전집』10, 창작과비평사, 1989.
최성윤,「김유정의 여성인물과 정조의식」, 김유정학회 편,『김유정의 귀환』, 소명출판, 2012.
한용환,『소설학 사전』, 고려원, 1992.

나카자와 신이치, 김옥희 역,『사랑과 경제의 로고스』, 동아시아, 2003.

마르크스 K., 김태경 역,『경제학-철학 수고』, 이론과실천 1987.

짐멜 G., 안준섭 외역,『돈의 철학』, 한길사, 1983.

포스터 E., 이성호 역,『소설의 이해』, 문예출판사, 1983.

프로이드 G., 임홍빈 외역,『정신분석강의』, 열린책들, 2003.

성sexuality과 농촌, 근대적 가부장제의 외부

김유정 소설에서의 매춘과 짝짓기

노지승

1. 소설 「소낙비」에 대한 어느 해석
─김유정 소설에서 매춘을 어떻게 볼 것인가

하명중의 영화 〈땡볕〉(1984)은 대종상 등의 영화상 수상이 말해주듯 그 해의 가장 주목 받는 영화였다. 이 영화는 소설가 김유정의 소설 「땡볕」을 바탕으로 했음을 명시하여[1] 문예영화의 홍보에서 흔히 볼 수 있었던 홍보전략—유명한 소설가의 원작을 바탕으로 한 영화임—을 사용하고 있다. 이 영화는 실제로 김유정의 두 편의 소설 「땡볕」과 「소낙비」를 결합하여 만든 영화이다. 춘호가 자신의 처를 마을의 고리대

---

1 「하명중 〈땡볕〉 감독 겸 배우로」, 『동아일보』, 1984.8.21.

업자인 이 주사에게 내주면서 돈을 빌려오게 하는 영화의 전반부는 「소낙비」에서, 뱃속의 아이가 죽었지만 수술 받지 못하는 후반부의 사건은 「땡볕」에서 가져왔다. 이 영화는 당시 신인이었던 여배우 조용원의 연기로 시선을 끌기도 했는데 이 영화는 당시에 흔히 볼 수 있는 향토적 분위기와 에로틱한 장면들을 결합시킨 80년대 문예영화의 스타일을 전형적으로 보여주고 있다.

이 글의 서두에 이렇게 영화 〈땡볕〉을 언급하는 것은 다음과 같은 장면 때문이다. 이 영화에서도 원작 「소낙비」에서와 마찬가지로 이 주사와 춘호의 처가 관계를 맺게 된다. 원작과 영화가 달라지는 것은 그 이후다. 이 주사에게 겁탈 당한 춘호의 처가 뛰쳐나와 계곡에 들어가 쏟아지는 물로 자신의 몸에 남아 있는 이 주사의 흔적을 없애려는 듯이 자신의 사타구니를 씻는다. 춘호 처의 표정은 분노와 수치 그리고 울분으로 가득 차 있고 거칠게 몸을 씻는 그녀의 행동도 이러한 감정을 온전히 드러내고 있다.

영화 〈땡볕〉의 이러한 장면연출은 김유정의 원작 「소낙비」에 대한, 일종의 해석의 결과로 볼 수 있다. 즉 계곡에서 몸을 씻는 장면은 춘호 처가 이 주사에게 몸을 자발적으로 허락한 것이 아니라 돈을 미끼로 한 일종의 강간이며 이로 인해 그녀가 몹시 심각한 인격적 모욕을 느꼈고 훼손된 자신의 육체를 다시 원상으로 돌려놓고 싶다는 결연한 의지 혹은 바람을 행동으로 표현해 내고 있는 것이다. 그렇다면 원작은 어떠했을까. 원작 「소낙비」에서 묘사된 당시 춘호 처의 심정은 다음과 같다.

그는 몸을 소치며 생긋하였다. 그런 모욕과 수치는 난생 처음 당하는 봉변으로 지랄 중에도 몹쓸 지랄이었으나 성공은 성공이었다. 복을 받으려면 반듯이 고생이 따르는 법이니 이까짓 거야 골백번 당한대도 남편에게 매나 안

맛고 의조케 살 수만 잇다면 그는 사양치 안홀 것이다. 이 주사를 하늘카티, 은인가티 여겻다.[2]

　물론 원작에서의 춘호 처도 이 주사와의 통정을 가리켜 '모욕과 수치', '봉변'으로 표현하고 있다. 그러나 그녀는 이러한 모욕과 수치 그리고 봉변을 심각한 '도덕적' 결함에 연결시키지 않는다. 그녀는 그것을 '성공'이라 생각하고 이 주사를 오히려 하늘같은 은인으로 여기기까지 한다. 돈에 자신의 몸을 성적으로 제공했음에도 이를 고맙게 생각하는, 이러한 상황이 바로 김유정 소설 특유의 아이러니(irony)라고 해야 할까. 84년 영화 〈땡볕〉은 춘호 처가 스스로 도덕적 결벽을 증명해 내고 있음을 원작에 첨가했다는 점에서 원작에 대한 매우 적극적인 해석을 가하고 있음을 알 수 있다. 춘호 처는 자신의 행동에 심한 부끄러움을 느끼고 있고 아울러 자신은 진정 억울하게 '희생'되었다는 사실을 영화가 애써 강조하고 있기 때문이다.

　영화 〈땡볕〉의 한 장면에 대해 다소 장황한 설명으로부터 시작한 것은 이 장면이 김유정 문학에 대한 해석의 한 예를 단적으로 보여주기 때문이다. 김유정 문학에서 특징적으로 등장하는 '매춘'은 주로 식민지 조선 농촌의 파탄과 빈곤의 결과이며 따라서 김유정 문학이 가진 궁극적인 의도와 효과는 자신의 육체를 돈과 교환해야 해야 하는 농촌 여성들의 비참함을 폭로하는 것으로 해석되곤 했다. 이러한 비극적 상황을 미처 사회, 역사적 차원으로까지 확대하여 인식하지 못하거나 그 비극성의 심각성을 모르는 기층 농민들의 무지함을 아이러니를 통해 드러냄으로써 그 비극성을 더욱 강조하는 효과를 가져왔다는 것 그래서 김유정

문학은 '식민지 현실'을 '특유의 스타일'로서 드러낸 것으로 평가된다.

이러한 해석이 과연 김유정 문학에 어울리는 것일까. 이 글은 이러한 의문으로부터 시작하고자 한다. 매춘의 동기가 빈곤이라는 사실 그리고 당시의 농촌이 처한 궁핍한 상황이 이러한 농촌형 매춘 즉 '들병이'의 존재를 가능하게 하는 역사적 팩트라는 사실에는 별다른 이의는 없을 것이다. 그러나 이러한 팩트와 김유정 소설을 연결하고 그럼으로써 그 문학의 궁극적 발화 목적을 추측하는 데서 '해석'은 생겨난다. 앞서 1984년 영화 〈땡볕〉에서는 이 주사에게 몸을 허락한 춘호의 처(영화에서는 '순이')가 관객이 자신을 동정할 수 있도록 울분과 억울함에 가득 찬 표정과 행위를 내보이고 있다. 이주사와의 통정이 의도하지 않은 비자발적인 매춘이었고 실제로는 내면의 순수함을 지키고 있다는 것, 계곡에서 격하게 몸을 씻는 그녀의 행위를 통해 영화는 '매춘'에 대한 도덕적 가치판단을 관객들에게 전달하고 있는 셈이다. 그러나 이에 비해 실제로 원작에서는 춘호 처의 매춘에 대한 도덕적 가치판단은 직접적으로 전달하고 있지 않다. 그렇다면 원작에서 언급된 '성공'이나 '은인'이라는 단어들이 목표한 바는 무엇일까. 상황의 심각성, 부도덕성을 모르고 있는 춘호 처의 무지함을 독자들에게 알려줌으로써 오히려 그 비극성을 증폭시키는 것인가.

김유정 소설이 갖는 의미를 식민지 농촌 현실의 비참함에 대한 '폭로'의 효과로서 언급하게 되면 매우 '평범한' 해석이 될 수 있음은 물론이다. 매춘에 대한 도덕적 판단과 농촌의 현실의 폭로라는 두 가지 의미는 논리적으로 매우 잘 어울리는 쌍이다. 무지한 농촌여성으로 하여금 정조를 훼손하게 하는 부도덕함을 발생시킬 정도로 농촌의 현실은 암울하다는 것 즉 여성의 육체와 '돈'을 교환하게 하는 현실을 보여줌으로써 비극성은 더욱 증폭되는 효과를 갖기 때문이다. 식민지 시기 많은 소설들이 '매춘' 모티프를 자본주의의 폭력을 폭로하는 데 유효하게 사용하는 것은 사실이다.

만약 김유정 소설의 '들병이'와 매춘이 식민지 농촌 현실을 압축적으로 표상하는 매춘이라는 해석이 여전히 유효하다면 결국 김유정 소설은 사회 비판적인 리얼리즘 소설의 범주에 들 수 있다고도 할 수 있을 것이다. 사회주의에 대한 작가 김유정의 호감도 이러한 해석과 의미화를 뒷받침하는 데 유용한 근거가 되곤 한다.[3] 그러나 이러한 해석은 결과적으로 김유정 문학의 개성과 특별함을 살려내기보다는 김유정 문학을 상위의 농촌, 농민 소설이 갖는 일반적 특성 속에 융해시켜 버리는 결과를 가져오기 십상이다. 또한 김유정 소설이 유사한 모티프를 공유하고 있는 김동인의 「감자」(1925)와 나도향의 「뽕」(1935) 강경애의 「소금」(1934), 백신애의 「적빈」(1934) 정비석의 「성황당」(1937)과 차별되는 지점을 밝혀내는 데에도 무력하게 될 수 있다. 또한 풍자, 해학, 아이러니 등의 문체적 특성을 고려한다 해도 이러한 형식적 분석들이 '농촌의 현실'을 키워드로 한, 리얼리즘적 해석 속으로 결국 수렴되고 마는 경향이 있는 것도 사실이다.

김유정 소설의 형식적, 문체적 개성들이 이러한 해석에 수렴됨으로써 김유정 소설은 리얼리즘 소설과 모더니즘 소설의 그 어딘가에 위치한 매우 모호한 위치에 서게 되거나 혹은 리얼리즘과 모더니즘 모두의 호출을 받기도 한다. 김유정 문학을 리얼리즘과 모더니즘이라는 이원화된 프레임 속에 가둘 필요는 없지만 여전히 김유정 소설을 위한 판이

---

3   김유정의 「병상일기」 등 몇몇의 에세이에서 사회주의에 대한 호감이 표현되어 있으며 소설 「만무방」의 응오 응칠 형제의 삶의 방식에 자본주의 근대 너머를 지향하는 공통성이 함축되어 있다는 하정일의 「지역·내부 디아스포라·사회주의적 상상력—김유정 문학에 관한 세 개의 단상」(『민족문학사연구』 47, 2011)가 그 대표적인 견해를 표출하고 있다.

만들어지지 않은 상황에서 기존의 프레임 속어서 자리를 잡지 못하고 있다는 인상을 주기에는 충분하다. 즉 김유정 소설은 그 독특한 개성에도 불구하고 30년대 문학에서는 일종의 '섬'과 같다.

그렇다면 김유정 문학에서의 '매춘'을 어떤 의미와 해석과 연결 짓는 것이 타당할까. 우선 앞서 언급한 20년대와 30년대 농촌과 매춘 그리고 여성의 섹슈얼리티를 다룬 소설들 사이에서 차별화되는 김유정 소설의 맥락적 의미를 추적하는 것이 필요하다. 김유정 소설의 의미는 동시대의 유사한 다른 작가들의 소설과의 대비를 통해 잘 드러날 수 있기 때문이다.

2. 내포독자 혹은 근대인의 시선과 매춘 모티프

식민지 시기인 1920년대와 30년대를 통해 농촌여성의 표상들은 크게 다음과 같은 패턴에서 구축된다. 가난한 농촌여성이 문학사에서 중요하게 등장한 것은 1920년대 중반이다. 모두 1925년에 발표된 김동인의 「감자」, 나도향의 「뽕」, 「물레방아」 여기에 이태준의 「오몽녀」를 덧붙인다면 농촌의 빈곤[4]을 그려내면서 동시에 '농촌' 여성의 매춘이라는

---

4 '도시'라는 공간에서의 매춘이 적어도 30년대에 들어서 문학 속에서 활발하게 등장하기 시작한 것이 1930년경이라는 점을 고려해 본다면 '농촌' 여성의 매춘은 이보다 이른 시기에 등장하기 시작했음을 알 수 있다. 이는 도시의 규모가 상대적으도 작았던 20년대에, 도시가 아닌 농촌이 조선의 전체성 혹은 대표성을 띄었던 것과 관련 있는 듯하다. 바꾸어 말하면 도시와 대비되는 의미에서의 농촌은 아직 존재하지 않았던 것일 수도 있다.

표상을 새롭게 만들어 내었다는 점은 주목할 만하다. 이러한 흐름은 카프 작가들이나 이광수처럼, 농민과 농촌을 계몽의 대상이나 사회주의 농민 운동의 대상으로 보는 지사형 작가가 아닌, 김동인이나 나도향처럼 훨씬 문학주의에 밀착해 있는 작가들에 의해 구현되었다.

1925년경에[5] 형성된 농촌여성의 매춘은 서술자의 도덕적인 판단 하에서 그려지고 있다는 점은 특징적이다. 김동인의 「감자」는 '복녀'의 매춘을 매우 냉정한 시각으로 그려내고 있지만 그녀의 매춘을 도덕적 타락으로 보고 있는 시선 즉 도덕적 판단을 배면에 깔고 있었고 나도향의 「뽕」과 「물레방아」 역시 이 소설의 농촌여성인 '안협집'과 '방원 처'를 색기가 흐르는 요부(妖婦)로 묘사함으로써 그녀들과 외간남자와의 통정에 대한 도덕적 판단을 간접적으로 내보인다. 「감자」나 「뽕」, 「물레방아」는 모두 빈곤의 문제와 계급적 갈등을 다루고 있지만 여기에서 여성들의 통정 혹은 매춘은 이 소설들에서 가장 볼 만한 구경거리(spectacle)로서 전시되고 있다.

김동인과 나도향 이후 농촌 여성의 육체 묘사는 1934년의 소설들 — 강경애의 「소금」이나 백신애의 「적빈」 등 여성 작가에 의한 작품에도 중요하게 등장한다. 강경애의 「소금」은 생존을 위하여 중국인 지주에게 몸을 맡기는 간도의 한 촌부가 등장하며 백신애의 「적빈」은 매춘이 나오지는 않지만 추레한 옷차림의 노파 '매촌댁'의 외양을 사실적으로 묘사하고 있다. 이러한 사실적인 묘사 뒤에는 이러한 추레함을 생생하게 그리고 낯설게 '발견'하는 시선이 있음은 물론이다. 1925년 소설들과는 34년경 강경애의 「소금」의 차이는 농촌 여성의 섹슈얼리티를 하나의

5　1925년은 김동인, 염상섭, 나도향, 현진건 등 시기나 경향은 조금씩 차이가 있지만 이 시기 근대소설의 가장 주목받는 작가들이 초기 소설의 경향에서 탈피하여 새로운 문학적 경향으로 막 전환해 들어간 시기이다.

구경거리로서 전시하지 않는다는 데 있다. 「소금」의 여주인공은 자녀
들의 생존을 위해 중국인 지주의 첩 노릇을 하지만 소설의 서술자는 이
에 대한 도덕적 판단을 유보한다. 대신 억척스러운 혹은 희생적인 어머
니의 행위가 강조되어 있고 이러한 억척과 희생이 인물의 행위의 정당
성을 확보하는 데 일조한다. 백신애의 「적빈」은 매춘행위는 나오지 않
지만 추레한 외양의 노파 매춘댁이 게으른 아들 가족의 생존을 위해 고
군분투하는 장면을 강조한다는 점에서 「소금」과 일맥상통하는 측면이
있다.

그렇다면 1935년 『조선일보』 현상문예 당선작인 김유정의 「소낙비」
(1935)는 이러한 모티프의 계보를 놓고 보았을 때 어떤 의미를 획득할
수 있을까. 김유정 소설의 매춘 모티프는 1935년의 「소낙비」에서 처음
시작된 것은 아니다. 1933년의 「총각과 맹꽁이」(『新女性』, 1933.9)에 이른
바 '들병이'가 등장할 정도로 일찍부터 김유정 소설에서 매춘은 중요한
모티프였다. 「소낙비」의 춘호 처는 「산골 나그네」, 「총각과 맹꽁이」에
서 등장하는 종류의 들병이는 아니지만 김동인의 「감자」와 나도향의
「뽕」처럼 '농촌' 여성의 무지함과 정조관념의 희박함, 이에 대응되는 농
촌 남성의 무능함, 게으름 그리고 상위계급 남성(지배자)들의 성욕이라
는 원인들에 의해 이주사와 통정하게 된다. 돈과 자신의 육체를 교환한
다는 측면에서 능히 '매춘'으로 부를 수 있다.

이 소설에서 춘호 처는 '희생자'로서 묘사되지 않는다는 점은 주목할
만하다. 남편인 춘호은 무능하고 게으르고 이 주사는 뻔뻔하고 강한 성
욕을 가졌지만 춘호 처는 자신의 정조에 대해 부끄러움을 느끼지 않으
면서 오히려 이 주사를 은인으로 생각할 정도이다. 이러한 춘호 처의
묘사가 무지한 농촌 여성을 풍자하거나 비판하려는 의도에서 나온 것
임을 배제할 수 없다. 그러나 김유정의 「산골 나그네」, 「총각과 맹꽁

이」에서부터 이어져 오는 매춘 모티프를 놓고 볼 때 이를 도덕적인 판단의 대상이 아닌, 농촌의 '풍경'으로 그려내고 있다는 점에서 풍자와 비판이라는 요소로부터는 거리가 있다. 춘호 처의 육체는 「감자」와 「뽕」에서처럼 구경거리로서 전시되고 있지만 그녀가 요부로서 묘사되거나 그녀의 행위가 심각한 도덕적 판단의 대상이 아님을 보여주고 있기 때문이다. 또한 도덕적 판단에 수반되는, 춘호 처에 대한 과도한 동정 역시 드러나 있지 않다.

이러한 '풍경'은 어떤 효과를 발휘하는가. 단순한 혹은 중립적인 풍경 즉 묘사 자체를 의도라고 보기는 어렵고 어떤 발화의 의도를 가진 것이라고 볼 수 있다. 약 10년 전 비슷한 모티프와 내용을 가진 「감자」와 「뽕」이 발표되었다는 사실을 1925년 당시 휘문고보 재학생이었던 김유정이 몰랐을 가능성은 비교적 적다.[6] 이러한 확인되지 않는 작가의 경험을 추측하지 않더라도 후대의 작가가 가질 수밖에 없는 선배 작가와의 차별화의 노력과 10년 후에 창작된 김유정의 「소낙비」는 이러한 선행 소설들과의 긴장관계 속에서 발화의 효과가 생성될 수밖에 없다. 그 효과는 다음의 두 가지로 압축해 볼 수 있다.

첫째 농촌 여성에 대한 동일시의 불가능성, 즉 춘호 처에게 문명인 혹은 지식인의 도덕률을 적용할 수 없다는 점을 강조하고 있다는 점이다. 이러한 강조가 가능한 것은 춘호 처가 철저하게 문명인과 지식인의 도덕률의 외부에 위치한 타자로이기 때문에 발생한 것으로 볼 수 있다. 문명인 혹은 지식인의 시선에서 보면 부끄러움을 모르는 춘호 처에게

---

6 김동인의 「감자」는 『조선문단』 1월호에 「뽕」은 『개벽』 12월호에 게재되었다. 최초의 문학 전문지 『조선문단』과 종합지 『개벽』이 당시 문학청년들과 지식인들 사이에 가장 영향력 있는 잡지였다는 사실을 상기시켜 보면 이 소설들을 김유정이 당시에 혹은 그 후에라도 읽었을 가능성은 크다.

문명인들과 동일한 기준에서의 도덕을 적용할 수 없다. 문명인의 도덕은 일부일처제에 기반하여 정조를 지키는 것이다. 춘호 처와 춘호에 대해 문명인들이 어떤 종류의 감정이입(empathy)이나 동일시가 불가능하기 때문에 동일한 도덕률을 적용할 수 없다. 두 번째 짐작되는 효과는 풍자의 대상 혹은 충격을 주려는 대상이 도리어 춘호 처를 타자화하는 문명인 혹은 지식인이라는 것이다. 즉 풍자하려는 대상이 춘호나 춘호 처와 같은 무지한 농민들이 아니라 성을 아무렇지도 않게 내주는 모습을 낯설게 여길 문명인일 수 있다.

춘호 처의 추례한 골몰과 춘호의 폭력성 그리고 이 주사의 뻔뻔한 성욕을 묘사할 수 있었던 것은 이미 이를 낯설게 보는 독자로서의 문명인의 시선을 이미 의식하고 있기 때문이다. 그리고 아내가 어떤 방법으로 돈을 마련하게 될지 잘 알고 있는 남편이 아내의 머리를 곱게 빗겨서 이 주사에게 보낸다는 설정을 별다른 가치판단 없이 서술하는 태도는 일종의 내포 독자(implied reader)인 문명인에게 충격을 주기에 적합하다. 즉 독자로서의 문명인의 시선을 의식하고 그 눈높이를 예측하면서 그 시선이 낯설게 여길 것들을 보여주어 충격을 주는 방식을 취하고 있는 셈이다.

「감자」나 「뽕」의 경우도 「소낙비」의 발화효과와 비슷할 수 있으나 결정적으로 다른 점은 두 번째 태도에서이다. 복녀와 안협집의 스스럼없는 매춘행위는 충격적이고 낯설지만 흥분한 복녀가 낯을 들고 왕서방을 찾아가 죽음을 당한다든지 안협집이 남편 삼보에게서 매춘사실이 발각되고 폭행당하는 장면에서 이러한 충격과 낯섦은 일종의 완충지점을 갖게 된다. 즉 이러한 농촌 세계로부터 거리를 둔 독자들이 자신들의 눈높이와 적절히 타협 가능한 소설의 사건을 발견할 수 있기 때문이다. 그러나 이에 반해 「소낙비」의 이러한 완충지점을 찾지 않는다.

따라서 비슷한 모티프의 선행 소설들에 비해 「소낙비」의 플롯은 문명인, 지식인이 등장인물에 대해 가질 수 있는 최소한의 동일시를 배반하고 철저하게 그 시선의 외부에서 발생된다고 할 것이다. 문명인의 시각은 비문명화된 공간을 구획짓고 그 근대적 시선을 일반적인 것, 당연한 것으로 여긴다. 이러한 태도야말로 전형적인 근대인의 권력행사이다. 김유정의 「소낙비」는 바로 이러한 근대적 도덕률과 그 도덕률의 권력을 뒤엎는 효과를 발휘하고 있다고 볼 수 있다. 그렇다면 「소낙비」 이외의 다른 김유정 소설도 이와 동일한 효과를 갖고 있는 것일까. 그렇다고 볼 수 있다. 이 점은 비슷한 시기인 1935년과 36년에 창작된 이효석의 소설들 「산」, 「들」, 「분녀」, 「메밀꽃 필 무렵」과 비교하면 잘 드러난다. 이효석의 위의 소설들에서 농촌 처녀들은 성적으로 자유분방한 데가 있으며 스스럼이 없이 옷을 벗는다. '매춘'이라고까지는 할 수 없지만 그녀들의 이러한 분방함은 자연의 아름다움과 그 원시적 생명력이라는 시니피에를 얻는다. 도시 혹은 문명과 격리된 농촌이라는 진공의 공간 속에서 자연으로서의 성(性)으로서 그려지고 있는 것이다. 이들은 도덕적으로 비난받지는 않지만 자연의 일부이기 때문에 그 분방함은, 문명의 금욕과는 대비되는 자연의 속성이라는 의미 자질을 얻게 된다. 즉 이효석의 소설은 문명인의 판타지에서 출발하여 끝내는 문명인의 판타지를 끝까지 깨지 않고 지켜내고 있다고 할 수 있다.

이와는 달리 「소낙비」를 비롯한 김유정의 다른 소설들은 역시 자신의 시선과 도덕률을 일반적이고 보편적인 것으로 여기는 문명인(근대인이자 지식인)의 시선에 쾌감을 주다가 어느 순간에 이들 근대인들에게 충격을 준다. 그 방법은 역시 매춘 모티프에서 잘 보여주듯 아내를 소유물과 교환의 대상으로 바라보는 일종의 '전(前) 근대적' 가부장의 모습을 어떠한 도덕적 판단을 배제한 채 보여주는 것이다.

3. 근대적 가부장제 이전의 가부장 — 소유와 짝짓기의 욕구

가부장제가 '여성에 대한 남성의 지배'라고 정의할 수 있다면 이러한 지배형태가 특정한 시기의 이념과 제도를 변수로 두고 있다.[7] 가부장제는 시대마다 다른 제도 혹은 이념들과 결합이 가능한 제도이다. 가부장제가 유교나 파시즘 혹은 자본주의처럼 특정한 시대의 이념, 제도 등과 결합될 수 있기 때문이다. 특히 자본주의와 결합된 자본주의적 가부장제는 '임금'이라는 가부장의 경제력이 남성 권력의 새로운 원천이 되는 형태의 가부장제이다. 즉 근대의 자본주의적 가부장제에서 남성은 이러한 임금 혹은 돈이라는 경제력을 바탕으로 남성으로서의 권력을 소유, 유지할 수 있게 된다.

다른 한편으로 근대적 가부장제는 여성에 대한 남성의 지배라는 가부장제의 기본적인 구도에 여러 가지 요소들을 가미한다. 특히 자유연애와 스위트 홈은 근대적 가부장제에 가미된 새로운 이상(理想)들이다. 1920년대와 30년대를 거쳐 식민지 조선에서는 자유연애를 통해 남녀가 결혼을 하고 결혼 후 '스위트 홈(단란한 가족)'을 구현하는 것이 새로운 시대의 이상(理想)으로 제시되기 시작했다. 이러한 이상들은 남성지배라는 가부장제의 근본적 속성을 감추거나 근대에 들어와 사라진 우애와 화목과 같은 공동체적 덕목을 '가족'이라는 제한된 공간에 투사하는 기능을 가지고 있다. 그러나 중요한 점은 이러한 이상적 가족의 모습은 어디까지나 중간계층 이상 그리고 근대적 교육의 수혜를 받은 도시 거주자들의 이상이라는 점이다.

7　우에노 치즈코[上野 千鶴子], 이승희 역, 『가부장제와 자본주의』, 녹두, 1994, 67면.

김유정 소설 속의 부부형태, 가족의 형태는 이러한 근대적 가족, 부부의 모습과는 '완전히' 대척되는 지점에 있다. 「소낙비」는 물론 그 이후의 소설인 「솥」(1935), 「아내」(1935), 「산골 나그네」(1936), 「가을」(1936) 등 김유정의 소설에는 생존을 위해 혹은 돈을 벌기 위해 아내를 기꺼이 다른 남성에게 제공하려는 남편들이 등장한다. 그들은 아내를 교환의 수단으로 여기고 아내에 대한 자신의 지배 상태를 공공연하게 드러낸다. 「솥」과 「산골 나그네」에 등장하는 '들병이 부부'는 남편의 용인 혹은 의도 하에 아내를 다른 남성에게 접근하게 한다. 아내는 다른 남성과 관계를 가지면서까지 적극적으로 남편을 먹여 살리거나 적어도 남편의 의도에 크게 거부감을 갖지 않는다. 아내들이 이러하다면 남편들은 부양의 능력이 없는 자기 자신의 무능을 부끄러워하거나 아내의 부정(不貞)에 대해 분개할까. 김유정 소설의 남편들은 그렇지 않다.

이런 기맥을 알고 년을 농낙해 먹은 놈이 요 아래 사는 뭉태 놈이다. 놈도 더러운 놈이다. 우리 마누라의 이 낯짝에 몸이 닳엇다면 그만함 다 얼짜지 어서 계집이 없어서 그 걸 손을 대구, 망할 자식도. 놈이 와서 섯달 대목이니 술 얻어먹으러 가자고 년을 꼬였구나. 조금 있으면 내가 올 테니까 안 된다. 해도 오기전에 잠간만, 하고 손을 내끌었다. 들병이로 나가려면 우선 술파는 경험도 해봐야 하니까, 하는 바람에 년이 솔깃해서 덜렁덜렁 따라나섯겟지. (…중략…) 입때까지는 하도 우스워서 꼴들만 보고 있었지만 더는 못 참는다. 지개를 벗어 던지고 방문을 홱 열어제치자 우선 놈부터 방바닥에 메다 꼰 잤다. 물론 술상은 발길로 찻으니까 벽에 가 부서젓지. 담에는 년의 비녀쪽을 지르르 끌고 밖으로 나왔다. 술 취한 년은 정신이 번쩍 들도록 흠뻑 경을 처 줘야 할 터이니까 눈에다 틀어박았다. 그리고 깔고 올라앉어서 망할 년, 등줄기를 두 주먹으로 대구 우렸다.[8]

「안해」의 '남편'은 자신의 아내를 들병이로 내놓을 계획을 가지고 있다. 아내에게 창을 가르치는 등 들병이로서의 나름의 기술을 연마시킨다. 아내도 들병이가 되는 것이 그다지 불쾌하게 여기지 않고 오히려 들병이 수업을 기꺼이 임한다. 그러나 남편은 정작 동네의 다른 남성(뭉태)가 자신의 아내와 술을 마시는 장면을 보자 아내와 남자를 폭행한다. 남편의 이러한 행동은 다른 남자에 대한 질투심에서라기보다는 '들병이로 나갔다가는 넉넉히 딴 서방 차고 달아날' 걱정 즉 자신의 소유물을 잃을 것에 대한 걱정 때문이다. 물론 가부장제 자체가 여성이 남성에게 종속되거나 지배되는 형태이기는 하지만 '근대적' 가부장제는 이러한 소유와 지배의 관계를 표나게 드러내지 않는다. '사랑'이라는 요소로 이러한 지배에 대한 욕구를 감추기 때문이다. 그러나 「아내」의 남편에게는 이러한 포장이나 장식이 아예 존재하지 않는다. 그에게 중요한 것은 자신에 대한 아내의 애정이나 헌신이 아니라 아내의 '소유'이다. 이른바 들병이에 대한 김유정의 사고를 잘 드러내고 있는 수필 「조선의 집시－들병이 철학」(1935)에도 다음과 같은 구절이 등장한다.

> 男便은 이兒孩가 自己의 子息이라고는 밋지안는다. 다만 <u>自己所有</u>에 屬하는 子息이라는 點에 滿足 할쑨이다. (밑줄은 인용자)[9]

들병이로 나간 아내가 아이를 낳고 남편은 그 아이가 자신의 아이라고는 생각하지 않는다. 남편은 그것은 중요하지 않다고 생각하지 않는다. 남편에게 중요한 것은 그 아이가 아내와 마찬가지로 자신의 '소유'라는 점이다. 남편이 아내와 아이에 대한 이러한 소유 여부를 중요시

---

8 김유정, 「안해」, 전신재 편, 『원본 김유정 전집』, 강, 2012, 178면.
9 김유정, 「朝鮮의 집시」, 전신재 편, 『원본 김유정 전집』, 강, 2012, 419면.

여기는 것은 바로 그들이 자신에게 '노동력'을 제공해 줄 수 있기 때문이다. 「안해」에서도 남편은 아내를 들병이로 내놓는 것을 포기하면서 아내에 대한 바람을 돈에서 자식 생산으로 돌리게 된다. 남편에게 아이들은 자신의 핏줄이라는 의미보다는 곧 현물을 생산해내는 노동력이라는 의미가 우선한다. '한 놈이 일년에 벼 열 섬씩만 번다면 열다섯 섬이니까 일백오십섬……'라는 계산법은 아내를 들병이로 내보내는 것과 동일한 계산법이다. 김유정의 또 다른 소설 「가을」에서 아내를 판다든지 그리고 앞서 언급했던 「소낙비」에서 아내에게 매춘으로 돈을 벌어오라는 남편의 종용은 모두 아내를 소유물로 보는 사고방식에서 비롯된 것이다.

아내와 딸이 가부장의 '소유'로서 취급되는 상황은 종종 장인과 사위 사이의 갈등으로도 이어질 수 있다. 김유정의 소설 중에서 가장 잘 알려진 잘 알려진 「봄봄」의 경우가 그러하다. 영악한 장인이 어리숙한 예비 사위를 속이고 있다는 사실 때문에 이 소설에서 이 두 사람이 대등하게 대결하는 것으로 보이지 않는지만 실은 이들은 '점순'이라는 딸을 두고 갈등하고 있다. 가부장제 하에서의 '결혼'을 아버지의 소유로부터 남편의 소유로 여성의 소유권이 넘어가는 의식으로 설명할 수 있다면[10] 장인과 사위가 딸을 두고 갈등을 빚는 상황은 아버지와 남편 간의 소유권 쟁투라고도 볼 수 있다.

이러한 소유권을 둔 쟁투에서 짚고 넘어가야 하는 것은 결혼 혹은 짝짓기의 어려움이다. 「봄·봄」에서 그러하듯 가난한 남성들은 짝을 찾기가 어렵다. 경제력이 가부장 권력의 원천이 되는 가부장제 내에서 경제적으로 무능한 남성이 아내를 얻지 못하게 될 위험에 처하게 될 위험

10　우에노 치즈코, 앞의 책, 66면.

이 있기 때문이다. 일부일처제가 모든 남성이 동등하게 한 사람의 아내를 가질 수 있게 되는 권리를 부여함으로써 남성 평등화를 가능하게 하는 장치이기는 하지만[11] 그것은 아내를 부양할 수 있는 어느 정도 이상 경제력이 있는 남성들에게는 돌아가는 '혜택'이다. 김유정 소설에서는 들병이 남편들도 등장하지만 다른 한편으로는 아내를 얻을 수 없을 정도로 가난한 남성들이 등장한다. 이러한 남성인물들에 비해 차라리 아내를 '소유'한 들병이 남편들은 가용 노동력을 확보한 그럼으로써 상대적으로 부유한 경우이기조차하다.

앞서 언급한 「봄·봄」의 '나', 「동백꽃」의 '나', 「애기」의 남편 그리고 「산골」의 석숭은 모두 경제력으로 인해 짝을 찾지 못한 인물들이다. 「애기」의 남편은 원래 아내가 있었지만 전처가 죽고 난 후에는 가난하여 아내를 얻고 있지 못하다. 「산골」의 '석숭'은 좀 더 부유한 남성(서울 간 도련님)에게 정신이 팔린 '이쁜이'를 좋아함으로서 결국 짝짓기에 실패할 가능성이 높게 보인다. 「동백꽃」의 '나'는 짝짓기에 완전히 실패한 남성은 아니지만 상대적으로 부유한 여성(점순)의 적극성에 주눅 들어 '점순'의 구애를 받아들이기 못한다.

이러한 농촌 남성들이 겪는 짝짓기의 어려움은 결혼에 있어서 중요한 것이 돈 혹은 경제력임을 적나라하게 보여주고 있다. 이러한 어려움은 크게는 경제력이 가부장 권력의 원천이 되는 자본주의적 가부장제에서 비롯되고 있는 것이다. 그렇다면 결국 김유정의 소설은 근대적 가

---

11 일부일처제가 종종 여성들에게 혜택을 주거나 여성의 지위를 신장시키는 제도라도 생각할 수 있지만 그 반대로 일부일처제는 실은 남성 평등화 장치토 해석할 수 있다. 일부다처제가 권력을 가졌거나 능력을 가진 남성들이 1명 이상의 짝을 독점하는 것이라면 일부일처제는 성공하지 못한 중산층 남성이나 하층계급 남성들에게도 짝을 가질 수 있는 기회를 제공하는 장치이다.(D. Barash and J. Lipton, 이한음 역, 『일부일처제의 신화』, 해냄, 2002, 제5장 도대체 일부일처제는 왜 나타난 것인가 참조)

부장제의 외부가 아니라 그 내부에 위치하고 있는 것인가. 궁극적으로 김유정 소설은 그 배경이 농촌이기는 이미 근대화가 시작된 식민지시기를 배경으로 하고 있는 만큼 근대적 가부장제 혹은 자본주의적 가부장제의 완전한 바깥에 위치한 인물들을 그려낸다는 것은 불가능하다. 「가을」에서처럼 아내를 파는 '계약서'를 쓰는 등 근대인들의 흉내를 낼 수 있을 정도로 이미 자본주의는 이미 산골의 촌부들에게도 이미 체화되기 시작한 제도였다.

그럼에도 불구하고 김유정 소설의 인물들이 '마치' 근대적 가부장제에 외부에 놓여있는 것처럼 보이는 것은 사랑과 연애 그리고 스위트 홈이라는 근대적 가부장제의 주요 이념들을 전혀 담고 있지 않기 때문이다. 「동백꽃」의 '점순이'가 펼치는 적극적인 구애 작전도 사랑이나 연애라고 명명되기보다는 차라리 과년한 시골처녀의 짝찾기 프로젝트로 보일 정도이다. 게다가 「소낙비」, 「산골 나그네」, 「솥」 등에 등장하는 부부와 가족의 형태 역시 '스위트 홈'과는 완전히 거리가 멀뿐더러 인물들은 자신이 처한 상황에 대해 한탄이나 탄식과 같은 강한 파토스(pathos)를 품고 있지도 않다. 궁극적으로 김유정 소설은 이들 농촌 인물들을 비판적으로 바라보는 것이 아니라 이들을 낯설게 느낄 정도로 이들과 대극적 위치에 놓인 근대인 혹은 도시인들의 허위(사랑과 연애)를 부각시키는 데 문학사적 발화효과가 있다.

4. 김유정 소설의 문학사적 발화 효과

정리하자면 김유정 소설은 근대적 가부장제의 타자들 — 짝을 얻지 못하는 남성, 들병이 부부를 묘사하는 함으로써 두 가지의 특징을 드러내 보이고 있다. 하나는 여성을 소유물로 바라보고 이를 사랑으로 포장하지 않는 전근대적 가부장제의 특징이고 다른 하나는 이미 본격화된 자본주의화, 근대화의 그림자로서 농촌사회를 보고 있는 시각이다. 후자는 「금 따는 콩밭」, 「금」, 「노다지」 등 특히 이른바 황금광 시대에 '돈 맛을 알게 된 농민들이 서로를 배신하거나 사기를 치는 등의 행위로서도 잘 드러나 있기도 하지만 돈이 새로운 권력기 된 시대에 짝을 찾기 어려운 농촌의 남성들을 통해서도 잘 볼 수 있다. 전자와 후자는 논리적으로 서로 충돌되는 요소가 있기는 하지만 김유정의 소설에서 충돌되지 않고 잘 버무려져 있다.

남성의 존재 가치와 권위가 경제력에 의해 성취됨으로써 자본주의적 가부장제는 경제력 없는 남성들을 루저로 만든다. 김유정 소설의 남성은 이러한 의미에서 모두 '루저'다. 특히 농촌남성들은 아내를 얻지 못함으로써 루저임이 극명하게 드러난다. 이들을 '등치며' 혹은 기생해서 살아가는 들병이와 그 남편 그리고 아내를 얻지 못하는 남성들은 모두 자본주의적 가부장제 시대의 루저들일 수 있다. 식민지 시기의 소설, 특히 30년대 많은 소설들이 자본주의적 가부장제 시대의 루저들을 그린다는 점에서 김유정 소설은 이러한 시대적 흐름과 일통상통하고 있다.

그런데 김유정 소설이 이들 동시대 소설들과 선행 소설들 사이의 대화에서 일정한 효과와 의도를 가진 특정한 발화행위(speech act)라면 김유정 소설은 어떠한 의도와 효과를 가진 것일까. 김유정의 친구들 ―
이상(李箱)과 박태원과 안회남 등의 작가들도 도시의 루저들을 묘사한
소설들로 유명하다. 이들 소설은 근대적 가부장제가 허위어 기반하고
있음을 직접적으로 묘사한다. 예컨대 매춘부 아내에 의해 사육되는
「날개」의 '나'의 모습을 떠올려 보면 이는 쉽게 이해가 된다. 그러나 도
시의 남성 루저들이 근대적 가부장제의 허위를 폭로하면서도 이를 끝
내 버리지 못하고 의식적으로는 그 허위에 사로잡혀 있는 모습을 동시
에 보인다. 이에 비해 아내를 들병이로 내보내고 아내(딸)를 돈 받고 팔
기도 하고 때로는 돈이 없어 아내를 얻지 못하는 김유정 소설의 남성들
은 이러한 근대적 가부장제와는 직접적으로 관련이 없는 것처럼 보이
는 그 외부의 인물들이다. 김동인의 「감자」와 나도향의 「뽕」이 농촌 여
성의 매춘을 문제적 상황으로 묘사하면서 도덕적 판단을 배면에 깔고
농촌여성의 성행위를 구경거리(spectacle)로 묘사하는 것과는 다르게 김
유정 소설에서 남성 '루저'들과 그들의 여자들은 구경거리이기는 하지
만 도덕적 비난, 비판의 대상이거나 연민의 대상은 아니다.

　물론 김유정 소설이 식민지 농촌경제의 파탄을 드러냄으로써 식민
통치와 자본주의를 우회적으로 비판하고 있다고 할 수도 있다. 그러나
이러한 비판적 태도가 적어도 농촌여성의 매춘과 루저들을 도덕적 엄
숙주의로써 계도, 계몽하는 태도에서 나오는 것은 아니며 그들은 김유
정 소설에서 연민과 동정의 대상도 아니다. 또한 김유정이 들병이로 대
표되는 농촌형 매춘과 남성 지배를 옹호하는 것은 더더욱 아니다. 김유
정 소설에서 그들은 단지 그들일 뿐이다. 따라서 김유정 소설은 근대적
가부장제의 '표면'과 '이면'을 동시에 비판하고 있다고 볼 수 있다. 「朝鮮
의 집시」의 일부분을 이러한 맥락에서 인용해 보면 그 의미가 선명하게
드러난다. "들썽이는 어데로 判斷하던 勿論 正當한 勞動者다. 그러나 째

로는 不法行爲가 업는 것도 아니니 그런 째에도 우리는 憎惡感을 갖기보다는 一種의 愛嬌를 늣기게 된다. 왜냐면 그 法式이 너머 單純하고 率直하고 無技巧라 諧謔味가 짜르기 째문이다."[12] 즉 '표면'이란 루저를 양산해내는 근대적 가부장제의 특징이며 '이면'이란 이러한 근대적 가부장제가 가진 도덕률과 그 도덕률의 일방적인 권리행사이다.

<hr>

12 김유정, 「朝鮮의 집시」, 전신재 편, 『원본 김유정 전집』, 강, 2012, 420면.

제 3 부 /

김유정 소설과 문학비평 및 문학교육

1950년대 김유정론 연구

김세령

1. 들어가며

김유정에 대한 선행 논의는 광대한 양만큼이나 다양한 시각에서 연구되어 왔다.[1] 최근에는 '모더니티 재현과 수사전략', '모더니즘 시대의 이야기꾼', '문화콘텐츠', '소통', '탈식민' 등 새로운 접근방식을 통해 김유정 문학을 재조명하려는 연구가 활발히 이루어지고 있다.[2] 이러한 시

---

1   전신재 편, 「김유정 관련 논저 목록」, 『원본 김유정 전집』, 강, 2007 참조.

2   대표적인 논의로는 곽효환의 「김유정, 문화콘텐츠로의 확장」(김유정 문학촌 편, 『김유정 문학의 재조명』, 소명출판, 2008), 김양선의 「1930년대 소설과 식민지 무의식의 양상(1)」(『근대문학의 탈식민성과 젠더정치학』, 역락, 2009), 김화경의 「김유정 문학의 모더니티 재현 양상과 수사전략」(국민대 박사논문, 2008), 우찬제의 「불통 시대의 말더듬이, 그 문학적 소통 가능성」(『근대의 안과 밖』, 민음사, 2008), 이상진의 「문화콘텐츠 '김유정', 다시 이야기하기」(김

점에서 김유정 문학이 한국문학사에서 중요한 위상을 차지하게 되었던 그 기원을 고찰해 보는 작업은 김유정 문학을 보다 깊이 이해하는데 의미 있는 시사점을 제공해 줄 수 있을 것이다.

김유정에 대한 논의는 그가 작품 활동을 했던 1930년대부터 발견된다. 1935년 『조선중앙일보』와 『조선일보』 신춘문예 현상모집에 당선된 이후, 김유정은 활발한 작품 활동을 하였다. 이에 당대 문예시평이나 월평 등을 통해, 그는 신진 작가로 주목받는 동시에 그 문제점을 비판받았다. 그런데 주목되는 것은 글쓴이의 문학 성향에 따라 김유정 문학에 대한 평가가 극명하게 대비를 이루고 있다는 점이다.

문학의 '예술성'에 주목했던 1930년대 문인들은 김유정 문학의 긍정적인 가치와 함께 신진 작가로서 갖는 한계를 부각하고 있다. 김동인은 「금 따는 콩밭」에 대해 침착한 운필(運筆)이며 건실한 표현 등은 상당히 평가할 만하나 읽기에 거북한 거친 문장과 한 개의 기담(奇譚)으로 만들어버리는 경박한 결말은 자중하라고 권고하고 있다.[3] 또한 김문집은 「안해」의 작자는 소위 문호를 꿈꿀 작가는 못되나 농후한 독자성을 향유한 희귀한 존재로서, 스케일의 큼도 없고 근대적 지성의 풍족을 들 수도 없고 제작상의 고츠(骨)도 아직 체득치 못한 작가로 관찰되지만 전통적 조선어휘의 풍부와 언어구사의 개인적 묘미는 소위 조선의 중견, 대가들이라도 따를 수 없는 것이라고 평가하고 있다.[4]

김문집이 포착한 '전통적 조선어휘의 풍부와 언어구사의 개인적 묘

유정학회 편, 『김유정의 귀환』, 소명출판, 2011), 표정옥의 「현대문화와 소통하는 김유정 문학의 놀이 상상력」(김유정학회 편, 『김유정의 귀환』, 소명출관, 2011), 최원식의 「모더니즘 시대의 이야기꾼」(『민족문학사연구』 43, 2010.8) 등이 있다.

3 김동인, 「삼월의 창작—촉망할 신진, 김유정씨 『금따는콩밧』」, 『매일신보』, 1935.3.26.
4 김문집, 「문단시론—김유정」, 『비평문학』, 청색지사, 1938(「병고작가원조운동의 변—김유정군의 관한」, 『조선문학』 3권 1호, 1937.1), 403~404면.

미'는 이후 김유정 연구에서 주목받는 지점이며, 잘 짜여진 근대소설 형식과는 일정 거리를 둔 김유정 문학의 고유성이 1930년대 당대에는 기준에 못 미치는 미흡함으로 인식되고 있었음을 확인할 수 있다.

반면 카프 해산 이후에도 문학의 '사상성'에 주목했던 1930년대 문인들은 당대 문단의 주목을 받았던 김유정 문학 대부분에 대해 평가절하하고 있다. 특히 「산골」에 대한 평가가 부정적이다. 김남천은 이 작품이 편지를 나르는 체부의 존재를 제외하고는 자본의 침입으로 달라진 현대적 농촌관계를 반영하지 못한 채 옛날의 봉건적 신분관계에 머물며 춘향전의 서투른 애화(哀話)적 표현에만 급급하고 있다고 비판하였다.[5] 안함광도 김남천의 평가에 동의하며 진정한 의미에 있어서 리얼리즘 작이 아닌 각설이때식의 비속한 문장과 통속적 작품에 불과하다고 평가하고 있다.[6] 「동백꽃」에 대해서도 유사한 비판이 제시되고 있다. 엄홍섭은 이 작품이 사음(舍音)과 소작농 사이에서 벌어지는 내용임에도 심각한 인생의 체험이라거나 우울한 현대 조선 농촌의 면모를 찾아볼 수 없으며 농촌에서 태어난 총각처녀의 연정을 가볍게 스케치하고 있고 성격묘사의 부조화도 표출되고 있다는 점에서 비판하고 있다.[7] 「금 따는 콩밭」 정도가 현대농민대중의 불안정한 생활과 거기에서 연유된 비극적 표징을 뚜렷한 현실성을 갖고 부조적으로 그리고 있다는 점에서 긍정적인 평가를 받았을 뿐이다.[8]

문학의 '사상성'을 강조하던 이들에게 문학은 현실의 재현이 되어야 하며, 언어적 관심은 부차적인 문제가 된다. 이에 따라 김문집이 높이

---

5   김남천, 「최근의 창작 (2) 사회적 반영의 거부와 춘향전의 哀話적 재현─김유정 「산골」」, 『조선중앙일보』, 1935.7.23.
6   안함광, 「작금문예진 總檢─금년 하반기를 주로」, 『비판』 3권 6호, 1935.12.
7   엄홍섭, 「문예시평─성격묘사의 부조화」, 『조선일보』, 1936.5.6.
8   안함광, 「최근창작평」, 『조선문단』 4권 4호, 1935.8, 122면.

평가했던 김유정의 문장과 어휘에 대한 관심은 비판의 대상이 되며, 「동백꽃」의 점순이는 농촌 풍속의 전형적인 양상을 보여주지 못했기 때문에 개성적인 것이 아니라 실패한 것으로 평가받고 있는 것이다. 이러한 부정적인 평가는 김유정 문학을 자신들의 문학과 대립되는 것으로 바라보던 시각과 연결된다. 한효는 김유정이 단기간에 저널리즘의 총애를 맞게 된 이유로 첫째 저널리즘의 본질적 요청의 대상인 도색적 매력을 다분히 발산하고 있으며, 둘째 막다른 골목에 다다른 부르주아 예술의 가장 특징적인 표상인 언어의 신비화를 새롭게 현현한 까닭이며, 셋째 현실 속 인간생활의 진실성과 배치된 허구 속 예술지상주의의 회색적 마술이 농후하게 담겨있기 때문이라고 보았다. 또한 김유정을 구인회, 이효석 등과 연결 지으면서 부르주아 예술, 예술지상주의에 기반을 두었다고 판단된 당대 문인들에 대한 비판을 가하고 있다.[9] 이처럼 김유정 문학의 '문학성'과 '현실성'을 구별하여 어느 한 측면만을 부각하고 있는 1930년대 김유정론의 특징은 1960년대 이후 문학의 순수·참여 논쟁 속에서 반복되고 있다.[10]

한편 김유정의 사후에는 다양한 문인들의 회고담을 통해 김유정의 삶이 재구성되고 있다. 『조광』(1937.5), 『백광』(1937.5) 특집을 통해 김유정과 친밀했던 문인들이 김유정과 관련된 일화들을 소개한 이래로,[11]

---

9 한효, 「신진작가론―그들의 작품상의 제경향」, 『풍림』 2, 1937.1, 44~46면.
10 1960년대 이후 김유정 문학이 새롭게 주목받았지만 4·19세대 문학에서 표출된 순수참여의 대립은 김유정 문학의 평가로 이어져 어느 한 측면만이 부각되고 있었다. 이에 김병익은 상황의식과 표현방법, 당대적 현실인식과 영원성으로서의 문학적 부정정신을 함께 연결시켜 김유정 문학을 평가해야 한다고 주장하고 있다. 김세령, 「김병익의 초기 비평 연구」, 『현대문학이론연구』 45, 2011.6, 37~38면.
11 『조광』(1937.5)에는 강노향, 김문집, 박태원, 이석훈, 채만식 등이 글을 게재하였고, 『백광』(1937.5)에는 박태원, 채만식, 이석훈 등이 글을 게재하고 있다. 이후에도 김문집의 「김유정의 비련을 공개비판함」(『여성』, 1939.8), 이석훈의 「유정의 면모片片」(『조광』 5권 12호, 1939.12) 등에서 김유정과 관련된 숨겨진 이야기들이 회고되고 있다.

불행했던 그의 삶을 강조하는 한편 이와 대비되는 작품의 성과를 높이 평가하고 있다. 쉴 새 없이 닥쳐오는 불행과 우울과 빈곤 속에서도 가정과 연애와 사업 온갖 것을 잃은 후 문학 한 가지에 모든 열정을 바쳤고, 혜성처럼 문단에 등장하여 눈부신 활동을 하다가 문학적으로 뛰어난 유작들을 남겼다는 것이다.[12] 촉망받던 젊은 작가의 죽음을 애도하는 글의 특성상, 그의 작품에 대한 비판은 사라지고 문학보다 더 극적이었던 그의 삶에 주목하고 있다. 특히 고통스러운 삶 가운데서도 겸손하고 선량했던 겸허의 작가였다는 평가는 이후 김유정 문학의 의의를 부각할 때 중요한 준거로 활용되었다.

지금까지 살펴본 김유정에 대한 1930년대 당대의 평가는 김유정 문학에 대한 논의의 출발점이라는 점에서 의미를 찾을 수 있겠다. 그러나 본격적인 김유정론으로 보기에는 한계를 갖는다. 문예시평이나 월평, 창작평을 통해 김유정의 일부 작품을 대상으로 단편적인 특징에 주목하고 있거나[13] 작가에 대한 일화 중심의 회고담에 머물고 있기 때문이다.

따라서 김유정 문학이 한국문학사에서 유의미한 전통으로 자리매김되었던 기원을 살펴보기 위해서는 1950년대[14] 김유정론에 주목해야 한

12　석산인, 「김유정 저 『동백꽃』을 읽고」, 『비판』 10권 3호, 1939.3, 89면; 안회남, 「겸허―김유정전」, 『문장』 1권 9호, 1939.10, 60면.

13　가령 백철은 월평의 일환으로 김유정의 「이런음악회」에 주목하고 있다. 짧은 단편을 그만치 재미있게 꾸미고 있다는 점에서 작가의 재능을 엿보았지만 내용에 대해서는 구체적으로 증명해야 할 필요를 느끼지 않아 일반적 감상을 이야기하는데 그치고 말겠다면서 10여 줄의 짧은 인상기만 남기고 있다(백철, 「사월창작개평―김유정씨의 「이런음악회」」, 『조선문학』 2권 7호, 1936.6, 213면).

14　1950년대 비평은 6·25전쟁부터 1960년 4·19혁명 이전까지의 문학비평을 포함한다. 6·25전쟁과 4·19혁명이라는 정치사적 사건이 단순히 사회변동에만 영향을 미친 것이 아니라, 1950년대 문학비평과 1960년대 문학비평을 이전 시기와 구별시키는 중요한 변화의 계기가 되었기 때문이다(김세령, 『1950년대 한국 문학비평의 재조명』, 혜안, 2009). 이 글에서 다루고 있는 1950년대 '김유정론'도 6·25전쟁부터 4·19혁명 이전까지의 '김유정론'을 대상으로 범위를 한정하였다.

다.[15] 이전 시기와는 달리 1950년대에는 전문비평가들을 중심으로 작품이나 작가에 대한 인상위주의 단편적인 견해를 넘어 전문화된 실천 비평을 보여주었다. 특히 6·25전쟁을 통해 문학의 '현대성'이 보편적으로 인식되면서 우리의 '전통'에 대한 관심이 함께 부각되었고, 많은 창작을 통해 작품들이 어느 정도 축적되면서 문학사적인 접근을 통해 한국문학 유산에 대한 본격적인 반성과 평가가 이루어졌다. 이는 한국의 문학 유산 중에서 오늘날 계승할 만한 가치가 있는 성과가 있는지 판단하는 작업과 관련된다. 1950년대 '김유정론'도 이러한 맥락에서 이루어졌다.[16]

이 글은 1950년대 본격적인 김유정론으로, 정창범의 「김유정론」,[17] 정태용의 「김유정론—니힐리즘과 문학」,[18] 윤병로의 「김유정론」[19]을 연구대상으로 한다. 백철의 「현대문학의 분화기—인생파의 문학」,[20] 이어령의 「해학의 미적 범주」[21]는 김유정 문학에 대한 중요한 통찰을 보여주고는 있지만 단편적인 논의에 그치고 있기 때문에 관련 논의와 함께 언급하도록 하겠다.

---

15 『1950년대 한국 문학비평의 재조명』(2009)에서는 전문 비평가들의 비평인식의 차이에 따른 '한국문학 유산의 현재적 가치 발견'이라는 측면에서 정창범의 「김유정론」(『사상계』, 1955.11)과 정태용의 「김유정론—니힐리즘과 문학」(『예술집단』, 1955.12)을 대비하였다. 신인 비평가 정창범이 김유정을 통해 '시골뜨기'의 어리석음을 발견하고 당대까지 전통적 생리가 지속되고 있는 작가들을 시대착오적이라고 비판적으로 바라보면서 김유정을 과거의 유물적 가치로 인식하고 있다면, 기성 비평가 정태용은 김유정의 어리석고 무식한 인간들에게서 낙천적이고 유쾌한 생활을 마련할 수 있는 능동성을 발견하면서 김유정을 민족과의 연관 속에서 오늘날도 가능성을 보여주고 있는 가치 있는 전통으로 인식하고 있는 것이다. (위의 책, 356~361면) 본고에서는 연구대상을 1950년대 김유정론 전체로 확대하였고, 한국문학사에서 '김유정론'이 갖는 의미에 집중하여 논의를 심화시켰다.
16 위의 책, 245~246면, 300면, 328~361면.
17 정창범, 「김유정론」, 『사상계』 3권 11호, 1955.11.
18 정태용, 「김유정론—니힐리즘과 문학」, 『예술집단』 2, 1955.12; 정태용, 「김유정론—니힐리즘과 문학」, 『현대문학』 44, 1958.8.
19 윤병로, 「김유정론」, 『현대문학』 63, 1960.3.
20 백철, 「현대문학의 분화기—인생파의 문학」, 이병기·백철, 『국문학전사』, 신구문화사, 1957.
21 이어령, 「해학의 미적 범주」, 『사상계』 6권 11호, 1958.11.

2. 희화화와 청산해야 할 전통적 생리

1950년대 처음 발표된 김유정론은 신인 비평가였던 정창범의 비평(「김유정론」, 『사상계』, 1955.11)[22]이다. 그는 김유정의 작품을 읽으면서 오늘에 와서도 가히 읽을 만한 작품이라는 인상을 받는데, 이는 언제 어느 때 읽어도 항상 새로울 수 있는 고전(古典)이라는 의미에서가 아니라 유정의 세계에서 몇 걸음 내딛지 못하고 피동적인 과거시현에 지나지 않는 1950년대 문학에 눈이 익숙해 있기 때문이라고 보았다. 이처럼 정창범의 김유정론은 당대 무기력했던 현대소설에 대한 비판의식에서 출발하고 있기 때문에, 1950년대 소설과 연결되고 있는 김유정에 대한 평가도 긍정적인 측면보다는 부정적인 측면을 부각하고 있다.

정창범은 김유정의 작품을 '모든 취재를 재료로 삼고 조사(措辭)와 문장을 수련하는 습작기의 시작(試作)'으로 보았던 백철의 평가에 대해서는 반대하고 있지만, 가작(佳作)과 함께 희작(戱作)이 적지 않으며 김유정의 작품 대부분이 소설수법적인 기교에 비약하여 이루어진 것으로 판단하고 있다. 실제로 언급할 가치가 없다고 생각한 「안해」, 「떡」, 「정조」, 「야앵」, 「심청」 등의 작품은 논의에서 제외시키고 있다. 그럼에도 1930년대 김유정에 대한 논의들과 대비해 본다면, 정창범의 논의에 와서 비로소 전문적인 평가를 통해 김유정 문학에 대한 객관적인 거리두기가 가능해졌음을 발견할 수 있다. 김유정의 사후에 이루어진 논의들은 김유정의 작품보다는 삶에 주목하면서 '불우한 삶을 살다 요절한 천재 작가'라는 극찬에 머물고 있다는 점에서 과장된 가치 부여가 이루어

---

22 정창범, 앞의 글, 254~261면.

졌다. 반면 정창범은 언급할 가치가 없다고 생각한 일부 작품들을 논외로 하고 있기는 하지만 김유정의 주요 작품들을 분석하고 그 특징과 한계를 종합적으로 평가하고 있다. 또한 1930년대 문학의 '사상성'에 주목했던 문인들이 정해진 평가기준에 따라 김유정의 '예술성'에 대해 부정적으로만 평가했던 것과 대비해 볼 때, 정창범의 논의는 김유정 문학의 부정적인 측면에 더 주목하고 있으면서도 긍정적인 특징을 간과하지 않고 있다는 점에서 객관적인 거리두기를 보여준다.

이 비평문에서 주목되는 부분은 김유정의 작품세계를 두 계열로 유형화하고 있다는 점이다. 이는 정창범 본인도 인식하고 있듯이 김유정의 작품 세계 전반을 포괄하기에는 부족한 편의상의 분류가 되기 쉽다. 또한 첫 번째 유형에서 김유정의 생활과 보다 딜착된 「두꺼비」, 「연기」, 「따라지」와 객관적 현실을 그리고 있는 「금」, 「금 따는 콩밭」은 함께 묶기에는 이질적인 특징이 발견되며, 작중인물을 바로 작가로 연결 짓는 것에도 문제는 있다. 마지막으로 김유정의 경험과 밀착된 소설을 첫 번째 유형으로 분류할 때 들병이와 관련된 두 번째 유형의 일부 소설은 두 가지 분류 모두에 중복된다는 한계도 보인다. 그러나 이러한 접근방식은 김유정의 작품세계가 갖는 주요 특징들을 포착하고 있다는 점에서 의미 있는 시도로 보인다.

첫 번째 유형은 인간 김유정을 아는데 요긴한 작품세계이다(「두꺼비」, 「연기」, 「따라지」, 「금」, 「금 따는 콩밭」 등). 정창범은 안회남의 「겸허—김유정전」(『문장』, 1939.10)[23]에 나타난 유정의 이력과 이 작품들을 연관 지으면서 설명하고 있다. 이 작품군에 대해서 그는 작품의 구성이나 기교로 보아 치졸한 감이 짙은 것들이지마는, 김유정의 생태를 객관화해보려

---

[23] 안회남, 「겸허—김유정전」, 『문장』 1권 9호, 1939.10.

는 몸부림을 통해 다이나믹한 힘을 주고 있다고 평가하였다. 물론 자신의 경험을 소설화하는 작업들은 이전에도 있어왔다. 그러나 정창범은 이 작품들을 통해 사소설가적인 자기 고백과는 다른, 엄숙한 참회록이 되기에는 너무나 순진치 못한 캐리커처라는 김유정만의 특징을 포착하고 있다. 자신을 합리화하고 정당화하기에는 치명적인 체험과 선험적으로 결정지어진 슬픈 숙명은 인간으로서의 우월감보다는 비굴감을 불어넣어 주기에, 풍자 정신이 아닌 쓰라리고 슬픈 온갖 것들을 자신을 희화화하는 가운데서 나마 비웃어 보려는 최소한도의 아니 최대한의 노력을 보여주고 있다는 것이다. 이처럼 김유정의 삶과 문학을 밀착시켜 등장인물에 대한 희화화를 설명하려는 시도는 정창범의 비평에 이르러 구체적인 작품들과 밀착되며 심화되었고 이후에 나온 김유정론에서도 반복되고 있다.

한편 인간 김유정을 희화화한 문학이라는 정창범의 인식은 김유정 소설을 해학적인 것으로 평가하고 있는 이어령의 「해학의 미적 범주」(『사상계』, 1958.11)와 유사한 지점을 보여준다. 정창범이 김유정 문학의 특징을 비평적 직관과 통찰을 통해 포착했던 것과는 달리, 이어령은 객관적 지식에 근거하여 해학의 개념을 정의내리고 풍자와 대비하면서 그 대표적인 예로 김유정 문학을 들고 있다.

> 이상에서 보았듯이 풍자는 자기부정이 없이 긍정의 세계를 창조함이 없이 국부적인 세계의 일부를 부정하는 웃음이었지만 해학은 자기부정으로써 타애의 긍정을 얻고 세계의 총체성을 부정하는 웃음임을 알 수 있다.
>
> 김성한 씨의 소설이 해학적인 것이 아니라 「풍자적」인 것이라는 근거가, 김유정의 소설이 풍자적인 것이 아니라 해학적인 것이라는 근거가 여기에 있다.[24]

이어령은 부정된 현실 속에 자기가 있느냐 없느냐에 따라 해학과 풍자를 구분하고 있다. 해학이란 부정된 현실 속에 자기가 있는 것으로 자기부정과 새로운 차원의 긍정을 초래하는 웃음이며, 부정된 대상이 바로 자기요 자기의 생활이요 자기와 관계 지워진 것들이기 때문에 눈물 없이는 웃을 수 없는 웃음이 된다고 보았다. 나아가 이런 근거에 따라 풍자적인 김성한 소설과 대비하여 김유정 소설을 해학적인 것으로 뚜렷하게 구분하고 있다.

이처럼 정창범의 글이 김유정 문학론에 집증하여 '회화화'를 이야기하고, 이어령의 글이 '해학'이라는 개념에 집중하여 김유정 문학을 예로 들고 있다는 점에서 각 글에서 김유정 문학이 차지하는 논의의 비중은 다르다. 하지만 두 비평가 모두 김유정 문학의 주요 특징으로 풍자와는 구별되는 자기부정을 통한 웃음에 주목하고 있다는 점에서 공통점을 발견할 수 있다.

다시 정창범의 글로 돌아와서 두 번째 유형을 살펴보겠다. 이것은 이 비평문의 문제인식과 연관되는 과거와 현재 사이를 일관하여 흐르는 주류, 한마디로 전통적인 생리를 보여주는 작품세계이다(「봄봄」,「동백꽃」,「산골」,「산골 나그네」,「만부방」,「솟」,「땡볕」 등).

과거와 현재의 동질성은 우선 무엇보다도 나는 이 어리석음에도 있지 않을까 생각하는 것이다. 다시 말하면 「동백꽃」을 비롯한 뭇 작품이 풍기는 어리석음의 「뉴앙스」는 비단 유정에게만 그치지 않고 상허 효석 그리고 오늘의 중견작가의 세계를 흐르고 있기 때문이다.

더 부연해 말한다면 좋은 의미에서 「시굴떼기」의 어리석음이라고 할까―

---

24 이어령, 앞의 글, 293면.

자연환경도 그렇거니와, 역사적 지리적 숙명의 중량에 은연 중 억눌려 빚어진 피압박감, 그리고 열등의식이 한데 뭉쳐 잠재적으로 이루어 노은 것이 바로 「시굴띄기」의 어리석음이 아닐까―이런 것이 예나 지금이나 우리 문학의 주류를 이루고 있는 것이다.[25]

위의 인용처럼 정창범은 두 번째 유형의 작품 속에 드러나는 어리석음의 본질에서 출발하여, 근대 이전의 자연 상태라고 할 수 있는 '시굴띄기의 어리석음'이 한국의 전통적인 생리로 오늘날까지 지속되고 있음에 주목하고 있다. 그런데 여기서는 '시굴띄기의 어리석음'이라는 단어 자체가 갖는 부정성보다는 오늘의 정황에 부합되지 못한 채 김유정과 유사한 작품세계를 드러내고 있는 1950년대 소설의 한계가 부각되고 있다.

물론 과거의 소박하고 원시적인 감수성을 통하여 하나의 절망, 하나의 불안을 눈여겨보는 것도 작가의 방법이겠으나, 거기서 공명을 느낄 수 없는 것은 그것이 걸핏하면 감상적인 동경의 산물이 되어버리기 쉬울 뿐더러 절망이라든가 불안을 명확하게 조직화하지 못하기 때문이다. 농촌이나 서민(과거의)을 소재로 삼은 유정의 작품이 단순히 그의 자기분열적인 자아전개의 반영인데 그치지 않고 한국의 본질적인 생리의 투영으로 볼 수 있는 것도 실은 지난날의 우리 이 본질적인 생리가 유정의 슬픈 희화정신을 흡수하기에 알맞은 내적 구조를 지니고 있었다는데 그 의의가 있는 것이지 결코 오늘의 본질일 수 있다는 뜻은 아니다.[26]

---

25 정창범, 앞의 글, 260면.
26 위의 글, 261면.

지난날의 전통적 생리가 유정의 슬픈 희화정신을 흡수하기에 알맞은 내적 구조를 지니고 있었기에 의의가 있는 것이지, 시대감각이 변화된 1950년대에는 '시굴떼기의 어리석음'에서 벗어나야 함을 주장하고 있다. 6·25 전쟁 이후 현대적인 것을 지향하는 독자의 시대의식을 따라오지 못한 채, 여전히 '시굴떼기의 어리석음'에 머물 때 그 소설은 감상에 머물거나 현실의 절망이나 불안을 포착할 수 없기 때문이다.

그런데 김유정에 대한 이러한 평가는 정창범의 비평인식과도 직결된다는 점에서 주목된다. 정창범은 다른 비평문에서 비평의 의의를 현대의 무질서에서 보다 적극적인 질서를 이룩하는 것이며, 비평가는 사상가인 동시에 창작가로 인식하고 있다. 이에 지나친 이즘의 적용 등을 통해 기성관념을 유포하는 데에 머물고 있는 기성비평가들에 대해서는 부정적인 입장을 취하고 있다.[27] 이러한 비평 태도에서도 단적으로 드러나듯이, 그는 문학에서 드러나고 있는 기성관념이나 가치의 반복, 특히 이와 밀접하게 관련된 한국적 '전통'이라고 불리던 것들이 1950년대에도 지속되고 있는 것에 대해서는 부정적이다. 반면에 '고전'으로서 현대에도 의미 있을 수 있는 새로운 관념이나 가치 창조를 지향하고 있는 것이다. 여기서 정창범이 '전통'과 '고전'을 구분하고 있는 것은 당대에 널리 쓰이고 있던 '과거로부터 전해 내려온 한국적 전통'이라는 의미와는 대비되는 새로운 '전통' 개념, 즉 현재에도 유의미한 '고전'이라는 엘리엇의 개념[28]을 차용하고 있기 때문이다.[29]

---

27 정창범, 「비평영역의 이동」, 『경향신문』, 1955.8.25~26.
28 엘리엇은 바로 전 세대의 성과를 맹목적으로 또는 그에 집착하여 그 방식을 그대로 좇는 전통이라면 확실히 저지되어야 한다고 보았다. 그가 주장하는 전통이란 유산으로 물려받을 수는 없는 것으로 역사적 의식을 내포하는 것이다. 이는 과거의 과거성에 대한 인식뿐만 아니라 그 현재성에 대한 인식도 내포되어 있으며, 일시적인 것과 영구적인 것을 함께 인식하는 것으로, 한 작가로 하여금 시간의 흐름 속에서 차지하는 자기의 위치와 자신이 속해 있는 시대에 대하여 극히 날카롭게 의식하게 하는 것이다. 한편 이러한 역사의식은 고전의 보편정

따라서 그의 작품평가의 기준이 되는 '고전'이란 과거에 의미 있었던 작품을 넘어 현재에도 여전히 가치 있는 작품이어야 한다. 그런데 김유정의 문학은 1930년대 당대에는 의미 있는 성과를 거두었지만 현대를 사는 1950년대 문학인들이 반성하고 지양해야 할 과거의 유산으로 지속되고 있다는 점에서 정창범은 부정적인 평가를 내리고 있다. 즉 김유정의 문학에서 드러나는 '시굴띄기의 어리석음'은 1930년더의 내적 구조와 부합되면서 그만의 독특한 작품세계로 형상화되었다는 점에서 긍정적인 가치를 인정받고 있다. 반면에 오늘의 시점을 고려하여 평가할 때 시대감각이 변화된 1950년대에도 여전히 지속되고 있는 '시굴띄기의 어리석음'은 시대착오적인 현상이라는 점에서 계승할 만한 현재적 가치가 있는 '고전'이 되지 못하고 청산할 '한국의 전통적인 생리'로 평가받는 것이다.

3. 능동의 니힐리즘과 민족의 언어

정태용의 「김유정론—니힐리즘과 문학」은 동일한 제목의 글로 1950년대 두 차례 발표하였는데, 1955년 『예술집단』에 실렸던 글을 구체적

신과 원숙성을 위해서도 꼭 필요한 요소로 보았다(T.S.Eliot, 이창배 편역, 「전통과 개인의 재능」, 「고전이란 무엇인가」, 『T.S. 엘리엇 문학비평』, 동국대 출판부, 1999, 4~5면, 41~43면).
29 1950년대 엘리엇의 전통론은 한국문학의 역사성과 현대성을 동시에 충족시켜 줄 수 있다고 여겨졌기 때문에 중요한 수용대상이 되었다(전기철, 『한국 전후 문예비평 연구』, 서울, 1994, 199~200면).

으로 수정 보완하여 1958년 『현대문학』에 다시 게재하고 있다.[30] 이러한 정태용의 비평문은 우리 문단에 샛별처럼 나왔다 사라졌던 김유정과 이상을 대비시킴으로써 시작한다.

> 이상의 작중인물들이 주로 생에 대한 권태와 고독과 절망에 찌그러진 인테리였음에 반하여, 유정의 인물은 무식하고 원시적이고 순수하고 단순한 육체노동자였다. 따라서 이상은 그 인물들의 특이한 사고세계를 통하여 독자들에게 매력을 주었는데, 유정은 오히려 건전한 사무사(思無邪)의 인간성을 가지고 우리들을 즐겁게 해준다.
>
> 이상의 소설은 대체로 그 시기의 세계적인 공통성을 띤 지적 고민에서의 탈출기라 할 수 있겠고, 이러한 탈출은 건전하고 상식적인 생활에 대한 열망으로서 이루어지는 것이 아니라, 오히려 인생의 의미에 대한, 혹은 사회적인 제 윤리의식에 대한 극도의 조롱과 회피하는 정신마저, 야유하는 태도로서 수행하였다.
>
> 그러나 금광도 하고 상업도 했다는 유정은 결코 인생을 그렇게 비관하거나 절망하지는 않았다 (…중략…) 인간의 무지와 무능과 그리고 하잘것없는 이 기욕을 경시하거나 증오하거나 하지 않고, 오히려 이해와 애정을 가지고 보아주는 것이다. 인간의 고민이나 분노나 절망을 카리카추어한다는 것은 어떻게 보면 악마적 심리의 발로로 생각될 수도 있지만, 유정은 항상 이러한 깊은 이해와 애정을 가지고, 작중인물의 위치에까지 나려와 이편에 서서 본다.[31]

위의 인용문에서도 드러나고 있듯이, 정태용은 1950년대 신인 비평가들이 높이 평가하였던 이상에 대해서는 부정적인 시각을 표출하는

---

30 정태용(1955), 앞의 글, 106~110면; 정태용(1958), 앞의 글, 170~177면.
31 정태용(1958), 위의 글, 170~171면.

반면, 김유정의 낙관주의가 갖는 긍정성을 부각하고 있다. 김유정의 소설에서 포착할 수 있듯 사람이란 모두 결점이 많아서 남 보기에는 형편없는 꼴임에도 불구하고 자기 딴은 모두 잘나고 똑똑해서 멋대로 욕구하고 주장하고 고집을 부리는 것이다. 그러나 이것을 제삼자의 위치에서 혹은 전지전능한 자리에서 보면 모두가 어처구니없는 희화에 불과하며, 지성이 있는 인텔리의 절망, 고민이나 무식한 사람들의 그것이나 가릴 바가 없다는 것이다. 이러한 김유정 문학의 특징은 작가의 태도, 작중 인물, 문장이라는 측면에서 좀 더 구체적으로 접근되고 있다.

우선 정태용은 작가가 작중인물을 다루는 태도는 전지전능한 신의 위치에 있거나 작중인물의 이쪽 혹은 저쪽에 머무는 양극단을 취하게 된다고 보았다. 이와 관련하여 그는 당대의 소설가였던 정비석과 김유정을 대비시키고 있다.[32] 정창범이 1950년대 소설가들의 문제점을 부각시키기 위해 김유정의 특징을 포착하고 있다면, 정태용은 김유정의 장점을 부각시키기 위해 1950년대 정비석의 문제점을 지적하고 있다.

즉, 통속소설의 작가인 정비석은 때로 전지(全知)적인 주석(註釋)을 지나치게 사용하여 독자에게 불쾌감을 주고 있다고 보았다. 이는 작중인물에 대한 애정과 작품에 대한 성실성의 결여에서 야기된 것으로, 독자는 이제까지 가지고 온 긴장과 작자에 대한 신뢰감을 흩어버리게 되고 작중인물과 사건, 대화 등에 권태감을 느끼게 된다는 것이다. 반면에 김유정은 작중인물을 초월해서 설명하더라도 전지전능의 자리에는 결코 서지 않으며, 객관적 표현의 경우일지라도 작중인물의 위치에까지 내려가 그들의 오성과 감성으로 느끼고 생각하기 때문에 작가와 인물

---

[32] 1955년『문학예술』에 게재된 글에서는 모씨로 언급되었던 내용이, 1958년『현대문학』에 게재되면서 정비석으로 명시되었고 구체적인 설명이 보완되었다. 위의 글, 172~174면; 정태용(1955), 앞의 글, 107면.

과의 거리를 느낄 수 없다는 것이다. 또 많은 경우, 「봄봄」의 데릴사위나 「아내」의 남편처럼 완전히 작가가 작중인물의 한 사람이 되어서, 그 취미나 교양으로 엮어가기 때문에 독자는 작중인물 이외의 작가라는 카메라를 전혀 의식하지 못한다고 보았다. 이처럼 김유정은 작중인물에까지 내려온 겸허한 작가의 태도를 보여주면서, 독자와의 공감을 높이고 있다.

다음으로 등장인물과 관련해서는 1950년대 소설가였던 오영수와 대비하면서, 김유정의 장점을 부각하고 있다. 오영수가 김유정과 유사한 인물들의 의식세계와 심리상태를 그리는데서 멈추었다면, 김유정은 풍자와 동정을 통해 독자와 소통하는 데까지 나가고 있다는 것이다.

> 같은 부류의 인간을 소재를 했으면서 오영수씨는 이러한 〈샤타이어〉나 동정이 없이 그저 있는 그대로 묘사해 감으로써 스스로 작중인물을 동정하지 않았을 뿐 아니라 독자의 동정까지도 받지 못하고 있는 것과는 달리 유정은 어리석고 무식하나마 그들의 선량하고 죄 없는 감정을 동정하면서 소중히 취급해 줌으로 해서 독자들의 우월감을 만족시켜 주고 또한 동정을 사게끔 만들었다.
>
> 그러기 위하여 유정은 스스로 작중인물의 어리석은 인간이 되어 버리고 뽐내지 않는다.[33]

위의 예문에서처럼, 김유정은 스스로 작중인물의 하나가 되어 그들의 정신과 행동이 그려내는 캐리커처에 동기를 제공하게 되고, 그로 말미암아 주관적으로는 비극적 사태를 그려내는데 객관적으로는 희극이

---

33 정태용(1955), 위의 글, 109면.

요 독자의 동정을 자아내는 상황을 전개하게 된다고 보았다. 정태용은 김유정이 유머를 위해 인간을 바보 취급하는 것이 아니라 인간생활의 어쩔 수 없는 여러 가지 모순과 갈등을 유머와 풍자로 묘출함으로써, 평범한 시민들의 선량한 본능과 인정으로 사는 일상생활의 생리를 보여주고 있음을 높이 평가하고 있다. 여기서 정태용이 '풍자'로 지칭하고 있는 것은 정창범의 '희화화'나 이어령의 '해학'에 가까운 것으로 '풍자'의 일반적인 개념과는 거리가 있는 것으로 판단된다.[34]

이는 용어 사용에 대해 지식의 정확성을 강조했던 신인 비평가들과는 대비되는 그의 비평 인식과 직결된다. 정태용은 실존주의와 관련된 용어 논쟁에 대해 언급하면서, 우리에게 필요한 것은 실존주의에 대한 암송이 아니라 그 이론을 자기의 현실적 생의 문제로서 체험화시키는 일이라고 주장한다. 그는 용어가 그 용어를 쓴 문학관이나 인생관에 따라 내포가 달라진다고 보았다.[35] 따라서 정태용은 서구 이론에 대한 엄격한 적용보다는 그 이론을 적용하는 비평가의 문학관이나 인생관에 따른 자의적 적용을 강조하고 있다.

반면 이어령의 「해학의 미적 범주」에서는 정확한 용어 사용을 강조하며 풍자와 해학의 차이를 분명히 구별하고 있다. 풍자가가 공격하고 조소하고 비하할 수 있는 것은 자기가 그렇게 웃음으로 부정하고 있는 대상과 자기를 절연시켜 놓았기 때문이며, 해학은 어느 하나의 대상을 부정하고 있는 것이 아니라 이것도 저것도 아닌 세계 그 자체의 어리석

---

34 김유정 소설의 풍자의 구현양상을 현실고발의 반어적 대응, 이해타산적 가족관계에 대한 냉소, 성의 상품화 비판 등에서 포착하기도 한다(신혜경, 「김유정 소설 연구—해학과 풍자를 중심으로」, 서울여대 석사논문, 1998, 53~54면). 그러나 김유정 소설 속 '풍자'는 '해학처럼 지배적인 특징이라기보다는 소설 속의 일부가 '풍자적'인 특징을 표출하고 있다. 또한 여기서 정태용이 '풍자'라고 포착한 지점도 현실비판이나 현실 고발과 직결된 일반적인 '풍자'의 개념과는 거리를 두고 있다.

35 정태용, 「문단시감 비평과 체험」, 『신태양』, 1959.4, 249면.

음을 부정하고 있는 것이라고 보았다.[36] 김유정의 인물들이 풍자의 대상이었다면 비판의 대상은 될지언정 독자의 공감을 얻기는 어려웠을 것이다. 그러나 김유정의 인물들에서 발견되는 어쩔 수 없는 어리석음은 인물들 개개인을 탓하기보다는 인물들에 대한 동정을 자아내게 한다.[37] 이런 점에서 오해의 여지가 있는 정태용의 '풍자'라는 개념보다는 이어령의 '해학' 개념이 더 적합해 보인다.[38]

한편 김유정의 작중인물들이 갖는 긍정성을 정태용은 니힐리즘의 관점에서 포착하고 있다. 여기에서도 니힐리즘의 정확한 개념 정의보다는 김유정 문학 속에 포착된 전통적 생리를 설명하기 위해 자의적으로 활용하고 있다. 니힐리즘의 '능동성'에 주목하고 있다는 점에서 니체적인 개념과 연결될 수 있겠지만, 정태용은 무의식적이고 생리적인 니힐리즘에 주목하고 있다는 점에서 '신의 죽음' 이후 새로운 가치정립에 주목하고 있는 니체적인 개념[39]과는 구별된다.

---

36 이어령, 앞의 글, 292~293면.
37 풍자나 유머가 기지(wit)와 웃음을 무기로 하고 있는 점에서 공통되지만 애정을 바탕으로 대상을 바라보는 유머와 달리 풍자는 대상을 공격하고 부정하려는 의도가 기본이 된다. 『한국문학의 풍자와 해학』에서는 농촌의 현실을 해학적·토속적으로 잘 표현한 김유정 소설, 식민지 사회의 구조적 모순을 풍자한 채만식 소설을 중심으로 현대소설의 풍자와 해학을 살펴보고 있다(이동근·황형식, 『한국문학의 풍자와 해학』, 대구대 출판부, 2004, 14면, 229~237면).
38 주인공과 부정적 환경과의 관계를 통해 풍자와 해학을 구분하기도 한다. 나병철은 '풍자'의 주인공은 부정적 환경의 관계를 대표하는 인물로 환경과 마찬가지로 공격의 대상이 되는 반면, 김유정 소설에서 드러나고 있듯 해학의 주인공은 부정적 환경에 의해 고통 받는 인물로 동정의 대상이 된다고 설명하고 있다. 나병철, 「해학소설과 동정적 웃음의 전망」, 『소설의 이해』, 문예출판사, 2004, 300면.
39 근대는 전통적인 형이상학과 종교의 허구성이 여실하게 드러나는 시대로 니체는 '신이 죽은 상황'으로 단정하였다. 그러나 니체의 니힐리즘은 신의 죽음 이후 모든 것이 무가치하고 무의미하다는 허무감에 그치지 않고, 감성적이고 생성하는 것 '위에' 세워진 세계를 명확히 거부하면서 새로운 가치정립의 원리를 추구하는 것으로 발전한다. 기존의 최고의 가치들이 무가치하게 되는 중간상태를 적극적으로 인수하면서 진정으로 인간을 성장시킬 수 있는 새로운 가치정립의 원리를 추구하는 니힐리즘을 능동적 니힐리즘이라고 부르고 있는 것이다. 새로운 가치 정립은 지상의 모든 존재자의 본래의 성격인 힘에의 의지를 억압하고 경멸하는 것을 통해서가 아니라 오히려 그것을 철저히 긍정하는 것을 통해서 이루어지지 않으면 안 된다

이와 같은 체관과 끈기로서 순간순간을 엮어 나가는 인간들의 심리적 저변에는 무의식적이나마 생리적인 '니히리즘'이 가로놓여 있다. 이 니히리즘은 그러나 모든 것을 부정하는 것은 아니다. 오히려 낙천적이고 유쾌한 생활을 마련할 수 있는 능동성이요 달관이다. 그러므로 행동과 사고의 모순과 비참은 물질적인 것이오 무식에서 오는 것이지만, 그것은 본질적으로는 구속을 거부하는 무욕무탐하고 동정심이 많은 것이며, 동시에 그것은 과장하지도 않는 것이다.

인생의 비극적 갈등은 우월감과 경멸, 증오심과 이기욕 등등의 제가끔의 무지와 물욕을 현명과 시혜로 과장하고 내세우는데 있다고 유정은 말하는 것이라 하겠다. 전체인간의 이러한 맹점을 심리적으로 추구한 것이 유정의 문학이다. 사실방법은 여하 간에 이러한 욕심과 무지와 어리석음이야말로 문학의 무한량의 토양이다. 어떤 의미에서는 문학은 항상 니힐의 위치에 서서 온갖 비극적인 생활을 극복해가는 과정에 만발한 꽃밭이 아닐가 싶다.[40]

정창범이 전통적 생리로서 '시굴띄기의 어리석음'을 부정적으로 포착했던 것에 반해, 정태용은 무의식적인 생리로서 낙천적이고 유쾌한 생활을 마련할 수 있는 능동성과 달관의 니힐리즘으로 새롭게 접근하고 있는 것이다. 온갖 생활의 아비규환을 초래하는 욕심과 무지와 어리석음이 '시굴띄기'에게만 해당하는 것이 아니라 전지전능하지 못한 모든 인간을 향한 것임을 깨닫게 될 때, 인생의 피로와 권태를 느끼는 지식인들이 아니라 본능적으로 인생을 체관하고 달관한, 보이는 가능한 것에 대해서는 우둔하리만큼 끈기 있게 따라가는 시궁창 인생들의 니힐리즘에 주목하게 되는 것이다. 이런 맥락에서 정태용은 무기력한 이

(박찬국, 「니힐리즘에 대한 니체의 사상」, 『해석학연구』, 1997, 75면, 88~89면).
40 정태용(1958), 앞의 글, 177면.

상의 문학을 비판하고, 낙관적인 김유정의 문학을 긍정적으로 평가했던 것이다.

마지막으로 김유정의 문장에 대해서는 우리 문학사상 가장 구어체로 풀어 쓴 문장이며, 대개가 중류사회적 교양이 없는 위인들의 이 사회 시궁창의 생활, 어휘, 호흡 그대로라고 평가하고 있다. 거칠거나 비속한 문장이라고 부정적으로 평가했던 1930년대 문인들과는 달리, 정태용은 김유정 문학의 이러한 특성을 민족의 깊은 육감이 용솟음치고 있다고 높이 평가하고 있다. 이는 '전통적 조선어휘의 풍부와 언어구사의 개인적 묘미'를 긍정적으로 평가했던 1930년대 김문집의 인상평보다 심화된 전문적인 분석과 평가를 보여준다.

한편 김유정의 문장에 대한 긍정적인 평가는 정태용의 「민족문학론」에서 드러난 비평 인식과도 연결된다. 그는 이상야릇하고 신기한 것만이 문학의 새로움이나 가치가 아니고, 이러한 현실들을 진정 시대적으로 올바르게 살리는 정신의 문제로 체험하고 생활해가는 작품이야말로 새롭고 존귀하고 민족적이며 역사적인 작품이라고 보았다. 또한 우리 문제를 주체적으로 행동하고 체험하고 사상하고 해결해 가는 산 인간의 감정과 이성과 지성의 바탕을 옳게 조직하고 형상한 작품만이 민족문학이라는 것이다.[41] 이런 기준에 비추어 볼 때 1950년대 당대 문학이 세계문학을 강조하며 서구지향적인 새로움에 치중하여 민족문학으로서의 제 역할을 감당하지 못하고 있었다면, 김유정의 문학은 1930년대 당대 민족의 삶, 언어와 밀착된 문학으로서 중요하게 평가받고 있는 것이다.

이처럼 정태용의 비평문에서 김유정의 문학은 가치가 있는 의미 있

---

41 정태용, 「민족문학론」, 『현대문학』, 1956.11.

는 '전통'으로서 인정받고 있다. 1930년대 동시대에 활동했던 이상, 1950년대 정비석, 오영수와의 비교를 통해 1930년대 당대뿐 아니라 1950년대에도 여전히 유의미한 김유정 문학의 가치를 강조하고 있다. 즉 작중인물의 위치에까지 내려온 겸허한 문학, 능동과 달관의 니힐리즘 문학, 민족의 깊은 육감이 용솟음치고 있는 문장이라는 긍정적 가치들을 구체적으로 부각하고 있으며, 특히 민족문학과 직결될 수 있는 능동의 니힐리즘과 민족의 언어라는 측면에 주목하고 있다. 그러나 김유정 문학의 '해학'을 '풍자'라는 개념으로 잘못 지칭하고 있거나 중요하게 포착하고 있는 니힐리즘의 문학이라는 개념이 다소 추상적이다.

4. 생활의식과 문장 기교를 겸비한 인생파적 태도

1950년대의 마지막 시기에 발표된 윤병로의 「김유정론」(『현대문학』, 1960.3)[42]은 이전의 김유정론을 폭넓게 수용하면서도 김유정에 대한 비평가의 새로운 해석을 가하고 있다.

이 비평문은 1930년대부터 1940년대 문학이 정치적 암흑기였음에도 불구하고, 우리의 시대감각이라든가 생활의식과 가장 밀접히 연결될 수 있는 본격소설을 창작했다는 점에서 그전 소설의 전통과는 결별하고 새로운 방향의 혈로를 개척했다고 평가하고 있다. 그런데 1950년대의

---

[42] 윤병로, 앞의 글, 256~262면.

작가들은 아직도 이 시기의 세태소설이나 심리소설 세계의 질적 확대에 그치고 있다고 보았다. 이에 윤병로는 우리 문학의 전통적 본질을 누구보다도 짙게 지니면서도 이른바 인생파 작가라고 불리우는 김유정의 문학세계를 매개로 현대문학의 전통적 주류를 해명해 보고자 한다.

이러한 접근방식은 김유정 소설부터 1950년대 소설까지 지속되었던 전통적 생리에 주목했던 정창범의 「김유정론」과 문제인식에서는 유사한 출발을 보이고 있다. 정창범의 「김유정론」과 차이가 있다면 윤병로의 「김유정론」에서는 김유정의 소설을 박태원, 김남천, 이효석 등의 세태소설과는 구별하여 이상, 현덕, 김동리 등과 함께 심리소설로 묶고 있으며, 그의 소설 세계를 부정적으로 평가하지 않는다는 점이다. 이러한 분류는 별다른 설명 없이 짧게 언급되고 있다. 그러나 이전의 소설 전통과 구별되면서도 1950년대와는 연결되는 특성을 기준으로 분류하다 보니 문학사에서 일반적으로 유사한 계열로 평가받는 이효석이나 김유정을 의식적으로 따로 구분하고 있고, 이효석의 소설을 세태소설로 구분하거나 김동리, 김유정의 소설을 심리소설로 구분하는 것은 설득력이 부족해 보인다.

한편 윤병로는 김유정의 문학세계를 본격적으로 다루기에 앞서, 김문집의 인상평과 안회남의 「겸허—김유정전」, 정창범의 「김유정론」을 언급하고 있다. 먼저 김유정이 아직 미성숙한 소설세계를 보이고 있지만, 전통적 조선어휘의 풍부와 언어구사의 개인적 묘미 면에서는 조선의 중견작가들도 따를 수 없다는 김문집의 평가는 김유정의 작품세계를 이해하는 예비적 지식으로 도움이 될 것이라는 점에서 핵심 부분을 인용하고 있다. 또한 김유정의 친근한 벗 안회남이 쓴 「겸허—김유정전」을 통해 가정과 연애와 사업 모든 것을 잃고 문학에 온 정열을 쏟았고, 절명하는 최후까지 문학을 위하여 성실하게 분투했던 김유정의 인생을 소략하게 정리하고 있다.

마지막으로 이 비평문에서 구체적으로 다루게 될 김유정 소설의 특징들과 관련하여, 정창범의 「김유정론」이 갖는 분류에 이의를 제기하고 있다. 사소설적인 것과 한국의 전통적인 생리를 지닌 작품으로 분류했던 편의상의 분류가 효율적이기는 하지만, 김유정의 세계를 철저하게 관조함에 있어서는 너무나 추상적인 방법이라는 것이다. 따라서 윤병로는 김유정 문학의 특출한 체취를 표출하기 위하여, 비교적 성공한 사소설 형식, 전통적인 한국 어휘의 풍부한 구사, 소극적이나마 하나의 인생파적인 태도로 소설의 특징을 나누어 살펴보고 있다. 김유정의 문학 세계를 총체적으로 담아내기에는 여전히 추상적이라는 한계를 드러내지만, 정창범의 유형화에 대한 문제인식을 가지고 김유정의 문학 특징에 주목하여 구체적인 해명을 보이고 있다.

첫 번째 비교적 성공한 사소설 형식(「동백꽃」, 「봄,봄」, 「아내」, 「따라지」, 「두꺼비」, 「금(노다지)」, 「가을」, 「어린 음악회」, 「슬픈 이야기」 등)은 주인공이 '나'인 일인칭 소설들을 포함시키고 있다. 이러한 소설들은 일인칭 소설이 흔히 저지르기 쉬운 약점을 기묘히 지양하고 있다는 점에서 긍정적인 의미를 발견하고 있다. 이때 이야기를 서술하는 '나'는 자기가 조작한 인물에 대해서 독자로 하여금 자기와 동일한 정도로 친근성을 느끼게 하며, 이야기를 서술하는 '나'는 작자와 소설의 주인공이 동일한 인물인 경우와 같은 정도로 독자들을 납득시키는 진실성을 가질 수 있었다고 평가하고 있다. 정창범의 「김유정론」이 김유정의 삶과 밀착된 인간 김유정을 희화화한 작품들로 작품의 내용 측면에서 첫 번째 유형을 구분했던 것과는 달리, 윤병로는 일인칭 소설과 관련된 사소설 형식을 김유정 문학의 첫 번째 특징으로 포착하면서 새로운 작품들을 포함시키고 있다.

그런데 여기서 '사소설'이라는 개념 설정과 관련해서는 논란의 여지가 있다. 정창범의 경우 인간 김유정을 희화화한 문학을 분류하면서 작가 자신의 생태를 객관화해보려는 몸부림에 주목하고 있기는 하지만 사소설가적인 자기고백과는 엄밀히 구분하고 있다. 그러나 윤병로의 경우 김유정의 일인칭 소설을 사소설로 모두 묶고 있어 혼란을 초래하고 있다. 한국문학에서 사소설이라고 할 때는 단순히 일인칭 소설을 대상으로 하는 것이 아니라 정창범이 인식하고 있듯 일인칭 소설 중에서도 소설가의 체험과 밀착된 자기고백적 소설들로 한정하고 있기 때문이다.[43]

두 번째 특징으로는 외국어를 억지로 우리말로 옮긴 듯한 당대의 서투른 문장과 대비해 볼 때, 김유정의 문장이 전통적인 한국 어휘를 유감없이 구사하고 있다는 점에서 긍정적으로 평가하고 있다. "나는 엉금엉금 기어서 좌우로 치빼지 않을 수 없었다"(「동백꽃」), "더꿈 더꿈 모아 두었다가 먹이지나 못하면 그걸 어떻게 하냐"(「아내」), "바루 히떱게스리 허울 좋은 대답이다"(「금(노다지)」) 등의 구체적인 예문을 제시하면서, 독특한 한국의 전통적인 생리에 알맞은 문장의 체취를 구체적으로 제시하고 있다. 정창범의 「김유정론」에서 전통적 생리를 드러낸 문학을 '시굴떼기의 어리석음'으로 부정적으로 평가했던 데 반해, 윤병로는 김유정의 언어가 갖는 긍정적 가치를 포착하고 있다. 또한 정태용이 김유정의 문장을 민족의 깊은 육감이 용솟음치고 있다고 추상적으로 평가했던 것에서 더 나아가 윤병로는 김유정의 작품을 세밀하게 분석하면서 김유정 문장의 긍정적 측면을 구체화하고 있다.

---

43 백철은 사소설을 작가 개인의 심경적인 세계를 표현한 일본적인 소설로 규정하고 있다. 대부분 작가의 신변을 소재로 하는 고백적인 소설을 사소설로 보고 있으며, 현실도피나 통속성 등의 문제를 제기하고 있다(이한정, 「한국에 있어서의 「사소설」의 인식과 번역」, 『일본어문학』 34집, 2007.9, 352~360면 참조).

세 번째 특징으로는 김유정의 문학 속에서 소극적이나마 하나의 인생
파적 태도를 엿볼 수 있다는 것이다. 윤병로는 이 세 번째 특징으로 인해
김유정 문학이 특별한 주목을 끌게 될 수 있었다고 높이 평가하고 있다.

> 인생파의 작가란 일정한 관념과 사상을 문학 속에 구현시킨 것이 아니고
> 강력한 생활의식으로서 문학을 생활의 한 방편으로 간주하고 있는데 역점이
> 있게 된다.
> 허나 인생파의 작가들이 단순한 생활의식만을 갖고 문학에 임하는 것이 아
> 니고 한편으론 예술지상주의자들에게 못지 않는 훌륭한 문장적 기교를 겸비
> 하고 있다는 것을 그들이 위치한 문학사적 위치가 그대로 설명해 주기도 한다.
> 바로 그것은 우리 신문학의 출발이 어디까지나 관념과 사상이 위주가 되는
> 문학이었고 이에 불비(不備)를 느끼고 일어난 예술지상주의 문학도 궁극에
> 는 우리의 생리에 불일치할 뿐 아니라 피해적이라는 것을 재빨리 인식할 수
> 있는 작가들이 이들 문학이 갖는 병적 요소를 과감히 청산하고 기묘히 지양
> 해서 새로운 문학을 창조했다는 것이다.[44]

한국문학사에 대한 깊이 있는 이해 속에서, 윤병로는 김유정이 속해
있는 인생파 작가를 '관념과 사상 위주의 문학'과 '예술지상주의 문학'
의 대립을 극복하고 두 문학의 한계를 넘어 생활의식과 훌륭한 문장적
기교가 겸비된 새로운 문학으로 인식하고 있다. 이는 김유정 문학을
'현실인식'과 '언어의식'으로 나누어 평가했던 1930년대의 고정된 관점
을 벗어나 김유정 문학의 종합적 가치를 간파하고 있다는 점에서 의미
있는 시각으로 생각된다.

---

[44] 윤병로, 앞의 글, 259~260면.

　그런데 여기서 김유정 문학을 인생파 작가로 분류할 때 그 근거가 되는 것은 인간 김유정에 대한 이해이다. 김유정 문학에 대한 이러한 평가는 백철의 문학사에서 드러난 김유정론이 반영된 것이다.

　백철은 「현대문학의 분화기－인생파의 문학」(이병기·백철, 『국문학전사』, 신구문화사, 1957)[45]에서 김유정 문학을 인생파로 분류한다. 그런데 인생파에 대한 백철의 평가는 윤병로와는 달리 다소 비판적이다. 즉 인생파 문학은 생활에 대하여 그것을 현실적으로 개척하고 추구하는 적극적인 것이 아니라 그 인생을 옆에서 방관하고 서있는 관조적 태도를 보이며, 현실적 생에 대해서는 적극성을 결한 사람들인 대신 생을 예술화하려는 노력은 상당히 강하다는 것이다. 신인 비평가 윤병로가 인생파의 총체적인 특징을 긍정적으로 포착했다면, 1930년대에도 활동했던 백철은 김유정 문학에 대한 이분법적인 인식을 그대로 드러내며 현실의식은 부족하고, 예술지상주의적인 측면이 강한 것으로 평가하고 있다.

　또한 김유정에 대한 백철의 문학사적인 평가도 부정적이다. 그는 김유정이 모든 제재를 재료로 삼고 조사와 문장을 수련하는 습작기의 시작(試作)으로 생각하고 작품을 썼는지도 모른다고 평가하고 있다. 그럼에도 김유정 문학 속에서 소극적이나마 하나의 인생파적 태도를 찾아볼 수 있다는 점에서는 백철이나 윤병로 모두 공통된 시각을 보인다.

　　조실부모한 그의 청년시대가 불행했고 작가로서 등장한 시대도 그 생활고는 심한데다 '상당한 폐결핵'이던 이 작가는 자기고백과 같이 우울이 성격화되었고 그 우울성은 일견 '유모어'해 보이는 그 작품 뒤에 애수를 숨겨 놓았던 것이다. 그의 작중인물이란 대개 어리석고 무지한 인물들인데 작자는 그 인

45　백철(1957), 앞의 글, 418~422면.

물들을 작품무대 위에 올려놓고 어리석은 희비극을 시키되 그 인생의 비극
에 대해서 연출자로서 주도적인 결정을 하지 않고 방관하는 태도를 취했던
것이다.[46]

위의 예문처럼 인간 김유정과 그의 문학 작품을 연결시켜 평가하거
나 김유정의 문학이 인생의 비극에 대해 방관하거나 소극적인 태도를
보이고 있음을 비판적으로 바라보는 시각은 이후 김유정에 대한 다양
한 논의 속에서도 반복적으로 드러나고 있다.

마지막으로 윤병로는 김유정의 대표작으로 「땡볕」을 꼽는다. 김유정
의 「봄, 봄」이 김유정의 인생파적 체취를 훌륭한 기교주의적 문장과 일
인칭 소설양식을 통하여 짙게 발산하고 있기는 하지만, 「땡볕」이 이보
다 한보 앞서 객관소설로나 심리소설로 다 함께 성공하고 있기 때문이
라는 것이다. 즉, 이 작품이 무지한 인간의 사고방식을 철저하게 파악하
고 그의 생활환경에 대한 객관적인 묘사를 심화하였다는 점에서 긍정적
으로 평가하고 있다. 이러한 평가는 생활의식과 훌륭한 문장적 기교가
겸비된 새로운 문학(인생파 문학)을 긍정적으로 평가했던 그의 문학관과
도 연결된다. 「봄, 봄」이 김유정 문학의 문학적 가치를 집약적으로 보여
주면서도 현실이나 인생을 다루는 태도에 있어 한계를 노출한다면, 「땡
볕」은 객관적인 현실인식이나 무지한 인물의 심리변화가 다른 작품들
에 비해 심화되고 있다는 점에서 높이 평가하고 있는 것이다.

한편 윤병로는 필치와 사상이 미완성인 채 고인이 된 김유정 문학의
한계에 대해서 인식하면서도, 이는 그의 시대적인 배경이나 짧았던 활
동 시기와 연관된 것이기에 과도한 비판을 가하고 있지는 않다. 다만

---

46 위의 글, 421~422면.

김유정의 문학이 인생을 달관함에 있어서 너무나 소극적이고 도피적이었다는 약점을 간략히 언급하거나 1950년대의 작가들이 김유정의 세계와 같은 수준에서 방황하고 있다면 비약을 위한 반성의 계기가 되기를 당부하고 있다.

이처럼 윤병로의 「김유정론」은 기존에 발표되었던 김유정에 대한 논의들을 폭넓게 수용하면서, 김유정 문학에 대한 종합적인 평가를 보여주고 있다. 김유정 문학의 세 가지 특징을 통해 그의 문학이 오늘날에도 유의미한 전통으로서 갖는 가치를 긍정적으로 평가하고 있다. 특별히 김유정의 문학이 소극적이나마 생활의식과 훌륭한 문장적 기교를 겸비한 인생파적 태도를 보이고 있다는 점에 주목하고 있다. 그러나 1930년대 미성숙했던 현대의 혼돈과 무질서, 짧았던 문학 활동 기간으로 인해 김유정에게서 드러났던 한계들이 1950년대 작가들에게 반복되는 것에 대해서는 부정적인 평가를 내리고 있다.

이러한 김유정에 대한 평가는 그의 독특한 비평적 위상과도 밀접한 관련이 있다. 신인비평가로서 윤병로는 T.S. 엘리엇이나 I.A. 리차즈 등의 서구 문학이론을 제시하면서 비평의 주요 방향을 제시하고 있다.[47] 그러나 다른 신인비평가들이 무작정 전통과 기성적인 모든 것을 거부하며, 비판적인 위치에서 전통과 인습을 구별하지 못하는 것에 대해서는 반대하고 있다.[48] 이처럼 서구의 현대 문학이론을 적절히 활용하면서도 전통을 계승하여 새로운 가치를 창조하려는 윤병로의 중도적인 비평태도는 정창범이나 정태용과는 대별되는 김유정에 대한 평가로 연결된다.

---

47 윤병로, 「비평의 디렘마」, 『현대문학』, 1959.12, 202~206면.
48 윤병로, 「비평의 새방법론中」, 『조선일보』, 1956.11.17.

5. 나가며

지금까지 1950년대 김유정론을 통해 다음의 사실들을 확인할 수 있었다.

첫째 정창범의 「김유정론」은 김유정의 작품세계를 두 계열로 유형화하면서 편의상의 분류라는 한계를 드러내기도 하지만 김유정 문학의 주요 특징을 의미있게 포착하고 있다. 인간 김유정을 희화화한 유형에 대해서는 김유정의 삶과 구체적인 작품을 밀착시켜 논의를 심화시켰고, '시골띄기의 어리석음'의 유형에 대해서는 부정적인 평가를 내리고 있다. 김유정의 생태나 근대이전의 자연상태를 그만의 독특한 작품세계로 형상화해내고 있다는 점에서 그 성과를 인정하고 있지만, 1950년대 소설에서도 지속되고 있는 '시골띄기의 어리석음'은 현대를 사는 우리가 청산해야 할 전통적 생리라는 점에서 계승할 만한 현재적 가치가 있는 '고전'이 되지 못하고 청산할 '한국의 전통적인 생리'로 평가받는 것이다.

둘째 정태용의 「김유정론—니힐리즘의 문학」에서 김유정의 문학은 의미 있는 전통으로서 인정받고 있다. 1930년대 동시대에 활동했던 이상, 1950년대 정비석, 오영수와의 비교를 통해 1930년대 당대뿐 아니라 1950년대에도 여전히 유의미한 김유정 문학의 가치를 강조하고 있다. 즉 작중인물의 위치에까지 내려온 겸허한 문학, 능동과 달관의 니힐리즘 문학, 민족의 깊은 육감이 용솟음치고 있는 문장이라는 긍정적 가치들을 구체적으로 부각하고 있다. 특히 민족문학과 관련된 능동의 니힐리즘과 민족의 언어라는 측면에서 심화된 인식을 보여준다. 그러나 김유정 문학의 '해학'을 '풍자'라는 개념으로 잘못 지칭하고 있거나 중요하게 포착하고 있는 니힐리즘의 문학이라는 개념이 다소 추상적이다.

셋째 윤병로의 「김유정론」은 기존에 발표되었던 김유정에 대한 논의를 폭넓게 수용하면서도 윤병로만의 비평적 통찰을 통해 새로운 의미를 규명해 내고 있다. 그는 김유정의 문학을 비교적 성공한 사소설 형식, 전통적인 한국 어휘의 풍부한 구사, 소극적이나마 하나의 인생파적인 태도로 나누어 살펴보았다. 특별히 김유정의 문학이 소극적이나마 생활의식과 훌륭한 문장적 기교를 겸비한 인생파적 태도를 보이고 있다는 점에 주목하고 있다. 이 비평문은 김유정의 문학 세계를 총체적으로 담아내기에는 여전히 추상적이라는 한계를 드러내고 있지만, 정창범의 유형화에 대한 문제인식을 가지고 김유정의 문학 특징에 주목하여 구체적인 논의로 발전시키고 있다. 또한 김유정의 문학이 오늘날에도 유의미한 전통으로서 갖는 가치를 긍정적으로 평가하면서도, 김유정에게서 드러났던 한계들이 1950년대 작가들에게 반복되는 것에 대해서는 부정적인 평가를 내리고 있다.

이처럼 1950년대 김유정론은 김유정 문학이 1950년대 당대에까지도 의미 있는 전통인지에 대해서 상이한 평가를 내리고 있다. 이는 발표 시기의 차이라기보다는, 비평가들의 비평 태도에 따른 차이로 판단된다. 전후의 현대적인 것에 가치를 두었던 신인 비평가 정창범이 김유정의 부정적인 측면을 더 부각했다면, 민족이나 전통에 가치를 두었던 기성 비평가 정태용은 긍정적인 측면을 더 부각하고 있기 때문이다. 한편 현대와 전통에 대한 균형을 유지했던 신인 비평가 윤병로의 경우 김유정 문학의 긍정적인 측면과 부정적인 측면을 종합적으로 보고 있다.

1950년대 김유정론은 초기 논의가 갖는 한계로 인해 다각적인 측면에서 접근하지는 못했지만, 김유정 문학이 한국문학사에서 유의미한 전통으로 자리매김되었던 기원을 보여준다는 점에서 그 의의를 발견할 수 있겠다. 김유정의 주요 작품들을 분석하고 있거나 그 가치와 한계를 종합적으로 평가하고 있다는 점은 김유정 문학에 대한 객관적인 거리두기가 가능해졌음을 보여준다. 특히 1950년대 김유정론은 전후의 시대적 제약으로 인해 '현실성'에 대한 깊이 있는 논의는 어려웠지만, 1930년대와 1960년대 이후 김유정에 대한 논의가 '문학성'이나 '현실성' 중 어느 한 측면만을 부각했던 것과는 달리 김유정 문학에 대한 종합적인 가치를 평가하고 있다는 점에서 주목된다.

이러한 1950년대 김유정론의 성과를 바탕으로 1960년대 이후에는 김유정 문학에 대한 활발한 논의가 이루어졌다. 전후의 한계를 넘어서 '현실성'에 대한 긍정, 비판적 긍정, 부정 등 다각적인 평가가 이루어졌지만, 김유정 문학의 '문학성'과 '현실성'을 구별하여 어느 한 측면을 부각하는 경향이 강화되었다는 점에서 1950년대의 종합적인 평가와는 일정 거리를 두게 된다. 물론 신동욱, 김병익 등과 같이 두 측면을 종합적으로 평가하려는 시도도 있었다.[49] 그러나 대부분의 논의가 '토속적 해학',[50] '반산문적이며 토속적인 문체',[51] '자유무애한 낙관주의 인물과 전통적 발상이나 표현 기술의 계승'[52]처럼 '문학성'에 주목하거나 '상황에 대한 증언',[53] '토착적 리얼리즘의 한계',[54] '식민지 농촌의 풍경'[55]처럼 '현실성'에 집중하고 있다. 한국비평사의 주요 쟁점들을 그대로 반영하면서 김유정 문학의 의의가 크게 부각되었던 1960년대 이후 김유정론에 대한 심도 있는 논의는 후속 과제로 남긴다.

---

49 김병익, 「땅을 잃어버린 시대의 언어」, 『문학사상』 22, 1974.7; 신동욱, 「김유정고─목가와 현실의 차이」, 『현대문학』 169, 1969.1.
50 김영기, 「김유정론」, 『현대문학』 153, 1967.9.
51 김용직, 「반산문적 경향과 토속성」, 『문학사상』 22, 1974.7.
52 김상일, 「김유정론」, 『월간문학』, 1969.6.
53 임중빈, 「닫힌 사회의 희화─김유정론」, 『부정의 문학』, 한얼문고, 1972.4.
54 임헌영, 「김유정론」, 『창조』, 1972.4.
55 김윤식·김현, 「개인과 민족의 발견─김유정 혹은 농촌의 궁핍화 현상」, 『한국문학사』, 민음사, 1973.

참고문헌

1. 자료

김문집, 「문단시론─김유정」, 『비평문학』, 청색지사, 1938(「병고작가원조운동의 변─김유
　　　정군의 관한」, 『조선문학』 3권 1호, 1937.1).
김윤식・김현, 「개인과 민족의 발견─김유정 혹은 농촌의 궁핍화 현상」, 『한국문학사』, 민음
　　　사, 1973.
백 철, 「현대문학의 분화기─인생파의 문학」, 이병기・백철, 『국문학전사』, 신구문화사,
　　　1957.
윤병로, 「비평의 새방법론」, 『조선일보』, 1956.11.16~17.
＿＿＿, 「비평의 디렘마」, 『현대문학』, 1959.12.
＿＿＿, 「김유정론」, 『현대문학』 63, 1960.3.
이어령, 「해학의 미적 범주」, 『사상계』 6권 11호, 1958.11.
임중빈, 「닫힌 사회의 희화─김유정론」, 『부정의 문학』, 한얼문고, 1972.4.
전신재 편, 『원본 김유정 전집』, 강, 2007.
정창범, 「비평영역의 이동」, 『경향신문』, 1955.8.25~26.
＿＿＿, 「김유정론」, 『사상계』 3권 11호, 1955.11.
정태용, 「김유정론─니힐리즘과 문학」, 『예술집단』 2, 1955.12.
＿＿＿, 「민족문학론」, 『현대문학』, 1956.11.
＿＿＿, 「김유정론─니힐리즘과 문학」, 『현대문학』 44, 1958.8.
＿＿＿, 「문단시감 비평과 체험」, 『신태양』, 1959.4.
『매일신보』, 『문장』, 『문학사상』, 『백광』, 『비판』, 『여성』, 『월간문학』, 『조광』, 『조선문단』,
『조선일보』, 『조선중앙일보』, 『청색지』, 『창조』, 『풍림』, 『현대문학』 등에 실린 김유정 관련
비평문.

2. 논저

김세령, 『1950년대 한국 문학비평의 재조명』, 혜안, 2009.

______, 「김병익의 초기 비평 연구」, 『현대문학이론연구』 45, 2011.6.

김양선, 「1930년대 소설과 식민지 무의식의 양상(1)」, 『근대문학의 탈식민성과 젠더정치학』,
　　　역락, 2009.

김유정 문학촌 편, 『김유정 문학의 재조명』, 소명출판, 2008.

김유정학회 편, 『김유정의 귀환』, 소명출판, 2011.

김화경, 「김유정 문학의 모더니티 재현 양상과 수사 전략」, 국민대 박사논문, 2008.

나병철, 『소설의 이해』, 문예출판사, 2004.

박찬국, 「니힐리즘에 대한 니체의 사상」, 『해석학연구』, 1997.

신혜경, 「김유정 소설 연구―해학과 풍자를 중심으로」, 서울여대 석사논문, 1998.

우찬제, 「불통 시대의 말더듬이, 그 문학적 소통 가능성」, 『근대의 안과 밖』, 민음사, 2008.

이동근·황형식, 『한국문학의 풍자와 해학』, 대구대 출판부, 2004.

이한정, 「한국에 있어서의 「사소설」의 인식과 번역」, 『일본어문학』 34집, 2007.9.

전기철, 『한국 전후 문예비평 연구』, 서울, 1994

최원식, 「모더니즘 시대의 이야기꾼」, 『민족문학사연구』 43, 2010.8.

엘리엇, T.S., 이창배 편역, 『T.S. 엘리엇 문학비평』, 동국대 출판부, 1999.

김유정 문학의 교과서 정전화(正典化) 연구[*]

7차 교육과정과 2007년, 2009년 교육과정을 중심으로

김지혜

1. 들어가며

김유정은 향토성과 해학성을 바탕으로 1930년대 자신만의 독특한 작품세계를 구축한 작가로 널리 알려져 있다. 1935년『조선일보』에「소낙비」가 당선되며 본격적인 문필 활동을 한 김유정은 1937년 사망하기까지 30여 편의 소설을 발표하였다.[1]「산ㅅ골나그내」(1933.3)에서「안해」(1935.12)까지 11편은 농촌소설로 일괄할 수 있으며, 1936년 이후

---

[*] 이 글은『현대문학이론연구』51호, 2012.12에 게재된 논문을 수정·보완한 것이다.

1 김유정은 문단에 등단하기 이전인 1933년에 이미「산ㅅ골나그내」(『제일선』, 1933.3)를 발표한 바 있지만 공식적인 등단 시기는 1935년『조선일보』와『조선중앙일보』신춘문예에「소낙비」와「노다지」가 당선된 이후부터라 할 수 있다.

발표된 소설의 경우 「가을」(1936), 「동백꽃」(1936), 「금」(1938) 3편을 제외하고는 도시를 배경으로 하고 있다.[2] 김유정은 1935년에는 농촌을 배경으로 한 작품들을, 1936년에는 도시를 배경으로 도시 빈민을 그리는 작품들을 주로 발표한 것이다.

그러나 김유정의 소설은 주로 '농촌소설'의 범주에서 이해되었으며, 그는 향토적이면서 해학적인 특성을 지닌 작가로 알려져 있다. 물론 최근 연구에서는 김유정의 향토적 특징에 대해 재고하는 논의나 모더니즘적 특징, 문화 콘텐츠로서의 가능성 등을 규명하는 연구들이 다양하게 이루어지고 있으나[3] 대다수의 일반 독자에게 각인된 작품은 「봄·봄」, 「동백꽃」, 「만무방」 등의 농촌소설인 것이다.[4] 이러한 인식은 중고등학교 국어 및 문학 교과서에서 다루어지고 있는 김유정 문학의 제재 및 해석에서 비롯된 것이라 할 수 있다.[5] 교과서가 갖고 있는 권위적이고 규범적인 성격을 고려한다면, 교과서에 실린 문학작품을 선정하

---

2   조남현, 「김유정 소설과 동시대소설」, 김유정학회 편, 『김유정의 귀환』, 소명출판, 2012, 16면.

3   대표적인 논의로는 김화경의 「모더니티가 구성한 농촌과 고향 ─ 김유정 '농촌소설' 재론」(『현대소설연구』 39호, 2008), 김화경의 「김유정 문학의 모더니티 재현 양상과 수사 전략」(국민대 박사논문, 2008), 김양선의 「1930년대 소설과 식민지 무의식의 한 양상 ─ 김유정 소설에 나타난 향토의 발견과 섹슈얼리티를 중심으로」(김유정 문학촌 편, 『김유정 문학의 재조명』, 소명출판, 2008), 권채린의 「김유정 소설의 도시 체험과 환등상적 양상」(『현대소설연구』 47, 2011), 곽효환의 「김유정, 문화콘텐츠로의 확장」(김유정 문학촌 편, 앞의 책), 표정옥의 「현대 문화와 소통하는 김유정 문화의 놀이 상상력」(김유정학회 편, 앞의 책), 이상진의 「문화콘텐츠 '김유정', 다시 이야기하기」(위의 책) 등이 있다.

4   유인순은 한 강연에서 현장 조사한 결과 청소년들이 「봄봄」과 「동백꽃」을 김유정의 대표작으로 꼽았으며 그 특징으로는 해학과 토속성을 들었다고 밝혔다.(『김유정을 찾아가는 길』, 솔과학, 2003, 5면)

5   김동환, 이상진은 등은 김유정 소설의 이러한 편향된 인식에 대해 지적한 바 있다. 김동환은 김유정의 소설 중 「봄·봄」, 「동백꽃」, 「만무방」 등이 교과서 정전으로 자리 잡으며 김유정이 '유머 감각 넘치는 이야기꾼', '토속적 해학을 구사하는 이야기꾼', '자신이 창조한 인물과 서술자에 비해 약세인 이야기꾼'으로 제한적으로 특징 지워졌음을 밝혔으며(「교과서 속의 이야기꾼, 김유정」, 김유정학회 편, 앞의 책), 이상진은 이러한 대표작 선정으로 김유정 소설의 병리성, 우울, 일탈, 그림자 등의 요소가 차단되었다고 지적하고 있다. (이상진, 앞의 글)

는 작업이 정전을 선별하는 작업이며 교과서는 정전의 목록이라고 부를 수 있다.[6] 그러므로 고등국어 6차 국정교과서, 5차 문학 검인정 교과서 이래로 빈번히 교과서에 실리고 있는 「동백꽃」, 「봄·봄」 등의 향토성 짙은 작품들은 큰 영향력을 행사하며 김유정 소설의 특징을 일반인들에게 각인시키는 기저가 될 수밖에 없는 것이다.

이처럼 교과서에 실린 문학 작품은 한 작가의 위상 및 작품 세계를 결정하는 데 막강한 역할을 하게 된다.[7] 그러므로 교과서에서 다루어지고 있는 작품 및 교육 방안을 연구하는 것은 교육적 차원에서 중요할 뿐만 아니라 한 작가의 연구에서도 중요하다고 생각한다. 그런 의미에서 교과서 내 김유정 소설의 위상 및 특징을 살펴본 김동환의 「교과서 속의 이야기꾼, 김유정」은 본고에 많은 시사점을 주었다.[8] 김동환은 이 연구에서 김유정 소설이 '대학교양국어', 1~7차, 2007년 개정 교과서에 실린 빈도를 조사하고, 단원 편성과 교과서 비평의 양상을 살펴보고 있다. 그러나 이 논의에서는 정전화 과정에 '대학교양국어'의 영향만을 언급하고 있으며 전 개정교과서를 개괄하고 있는 논의이기에 김유정 문학이 구체적으로 어떻게 다루어지고 있는지 살피기는 어렵다. 이에 본 연구에서는 김유정의 문학이 교과서의 정전이 된 문학사적인 배경과 과정을 간략하게 살펴보고, 7차 교육과정과 2007년, 2009년 교육과정에서 작품 선정 및 교육의 초점이 어떻게 변모하고 있는지를 구체적으로 연구하고자 한다. 이렇게 7차 교육과정 이후부터를 주목한 이유는

---

6 김혜영, 「현대문학 정전 재검토」, 『문학교육학』 25, 2008, 90면.
7 교과서를 통하여 배운 작품은 다른 작품을 이해하는 데 준거 역할을 하며, 지적·정서적 감수성이 예민한 때에 접한 작품들이기 때문에 오랜 잠복기를 거친다 하더라도 감동이 약해지지 않는다. 교과서는 문학 교육의 압축이자 전형인 것이다.(구인환 외, 『문학교육원론』(4판), 삼지원, 2001(김창원, 「문학 교과서 개발에 대한 비판적 점검」, 『문학교육학』 11호, 2003 재인용))
8 김유정학회 편, 앞의 책.

이때부터 문학 능력을 문학 교육의 목표로 전면화하고 있으며, 국어과 교과서의 경우 2007년 개정부터 국정교과서 체제에서 검인정교과서 체제로 변모하면서 문학 제재 선정의 다양화가 이루어졌기 때문이다. 이러한 연구를 통해 초기 교과서에서「동백꽃」과「봄·봄」만이 중요하게 다루어진 것과는 달리 7차 교육과정 이후 김유정 문학이 폭넓게 수용되고 있는 양상을 살펴보려고 한다.

2. 김유정 소설의 교과서 정전화 배경

일반적으로 문학에서의 정전(正典,Canon)은 '읽을 만한 가치가 있는 고전'을 지칭한다. 그러나 교육적 가치를 중시하는 교과서 내의 정전은 문학 정전과 완전히 일치하지는 않는다. 정전의 선정에는 당대의 평가뿐 아니라 문학사적 평가를 바탕으로 작품이 지닌 문학적 가치를 중요하게 고려한다. 그러나 월북한 작가들이나 친일 작가들의 작품처럼 국가 이념에 부합하지 않는 작품들, 중·고등학교 학습자들에게 수용되기 힘든 미적으로 난해한 작품들, 성적으로 불온한 작품들은 교과서 제재로 선정되기 어려운 반면 순수문학의 전통, 저항문학의 전통, 성장소설적 전통을 보여주는 작품은 정전 구성에 수혜를 입어왔다.[9] 즉 교과서 내 정전화이 되는 과정에는 교과서의 교육 목적뿐 아니라 문화적·

---

9   유성호,「문학교육과 정전 구성」,『문학교육학』25, 2008, 43~44면 참조.

정치적 이데올로기와 문학사적인 평가 및 문학전집 현황, 그리고 문단의 헤게모니 등이 작용하는 것이다.[10]

이러한 측면에서 볼 때 김유정의 소설은 교과서 정전으로 자리 잡기에 적합한 작가라 할 수 있다. 순수예술을 추구했던 '구인회' 동인의 한 사람인 김유정은 해방과 한국전쟁 이후 순수 문학과 민족 문학을 중심으로 재편된 한국 문단계에서 주목받는 작가 중 한 명이었고, 그중에서도 「동백꽃」과 「봄·봄」은 이른 시기부터 김유정의 대표작으로 평가를 받았다. 김혜영의 논문에 제시된 자료를 살펴보면, 김유정은 현대문학사에 빈번하게 언급되고 있었으며,[11] 1938년 조광사에서 발표된 『현대조선문학전집』에서부터 거의 빠지지 않고 전집에 수록되고 있음을 확인할 수 있다.[12] 또한 1949년 백철의 『조선신문학사조사』와 1973년 김윤식·김현의 『한국문학사』에서 언급된 김유정의 작품이 「동백꽃」과 「봄·봄」이라는 것을 볼 때, 이 작품들이 김유정의 대표작으로 호명된 것은 오래 전임을 알 수 있다.

그렇다면 김유정의 문학 중 농촌소설인 「동백꽃」과 「봄·봄」 등이 주목받게 된 이유는 무엇일까? 농촌을 배경으로 한 해학적이고 풍자적인 작품들은 1930년대 '농촌'의 기획, 1950년대 비평계의 전통 논의와 맞물리며 더욱 중요시되었다고 생각해 볼 수 있다. 김유정 문학에 대한 이러한 인식은 사실 김유정의 등단 당시 문단의 지배 담론의 자장 안에서 이루어진 것이라 할 수 있다. 김유정이 「소낙비」로 등단했던 1930년

---

10 김혜영, 앞의 글, 96~106면 참조.

11 김유정의 문학은 백철의 『조선신문학사조사』(1949)에 「동백꽃」이 언급된 이후 김윤식·김현의 『한국문학사』(1973), 김윤식·정호웅의 『한국소설사』(1994) 등 여러 문학사에서 중요하게 다루어지고 있다.(김혜영, 앞의 글, 97면)

12 김유정 소설은 『현대조선문학전집』(조광사, 1938), 『조선대표작가선집』(서울타임즈, 1946), 『한국문학전집』(민중서관, 1958), 『한국문학』(삼중당문고, 1978), 『소설문학대계』(동아출판사, 1995) 등에 실려 있다.(김혜영, 앞의 글, 99면)

대 중·후반 조선에는 근대 지식인의 심미적 대상으로 만들어진 '향토' 내지 '고향'이 다양한 양상으로 표상되고 있었고, 이러한 자장 속에서 1936년 네 차례에 걸쳐 '향토' 관련 특집을 마련했던 조선일보 자매지인 『조광』에 김유정의 「봄·봄」(『조광』, 1935.12), 「동백꽃」(『조광』, 1936.5) 등 이 '농촌소설'이라는 장르 표지를 달고 게재되었던 것이다.[13] 데뷔 시기 부터 향토성이라는 특질을 부여받은 김유정은 1936년 이후부터 도시를 배경으로 한 소설을 창작하지만 그 작품들은 초기 작품에 가려 큰 주목 을 받지 못한다. 결국 등단 시기 문단의 지배 담론은 김유정 문학의 특 질을 농촌소설의 범주 내로 규정하는 데 큰 영향을 미친 것이다.

이러한 시각은 1930년대의 단편적인 논의나 회고담을 넘어 전문화된 김유정론이 확립되기 시작한 1950년대에도 이어지고 있음을 확인할 수 있다. 김세령은 「1950년대 김유정론 연구」에서 전문화된 실천비평이 시작된 1950년대의 비평가 정창범, 정태용, 윤병로 등의 '김유정론'을 고 찰하였다. 정창범은 김유정의 희화화된 특징, 즉 해학성에 주목하였으 나 문학 전반에 대해 '시굴떠기의 어리석음'이라는 부정적 평가를 내린 데 반해, 정태용은 민족문학과 관련된 능동의 니힐리즘과 민족의 언어 라는 측면에서 김유정 문학이 지닌 가치를 긍정적으로 평가했다. 또한 윤병로는 「동백꽃」, 「봄·봄」, 「아내」 등을 성공한 사소설로 보았으며, 김유정의 문장이 전통적인 한국 어휘를 잘 사용하고 있는 점을 높게 평 가하고 있다.[14] 이러한 김유정에 대한 논의는 1950년대 비평의 흐름과

---

13 이현주는 1935년부터 1936년 사이 『조광』에 '농촌소설'이란 장르 표지로 실린 작품은 김유정 의 「봄·봄」과 「동백꽃」이 전부라는 점을 지적하며 김유정의 '농촌소설'은 1930년대 후반 '향토'의 창안과 발견이라는 당대 향토 담론의 자장 안에서 이루어진 것임을 밝히고 있다. 김 유정의 「봄·봄」과 「동백꽃」과 더불어 대표적인 향토적 서정소설로 불리는 이효석의 「모밀 꽃 필 무렵」(『조광』, 1936.11)도 제목 앞에 '단편소설'이라는 장르 표지를 달고 있다는 것이 다.(이현주, 「김유정 문학에 나타난 '고향'의 의미」, 김유정학회 제2회 학술연구발표회 발표 문, 2~3면)

연계되어 있는데, 당시 한국 비평계에서는 전쟁 이후 좌익 이념에 대한 논의가 금지되었으며 '현대성'과 '전통'에 대한 논의가 활발하게 진행되었다.[15] 즉 이러한 1950년대 평가 과정을 거치면서 김유정 문학의 본령은 '향토성'과 '해학성'으로 확립되기 시작하였으며, 이러한 시각 역시 김유정 소설이 교과서 정전으로 선정되는 과정에 반영되었을 것이다.

실제로 1950~60년대에 간행되기 시작한 '대학교양국어'에 김유정의 「동백꽃」이 수록된다. 김동환은 '대학교양국어' 교재의 작품 선정의 기준이 '한국어의 아름다움을 잘 보여주는' 작품, '발표 당시부터 현재까지 독자나 평론가들이 주목한' 작품, '한국문학을 대표할 수 있을 것으로 보이는' 작품, '교양인으로서 필요한 작품'들이었다고 한다.[16] 「동백꽃」은 대학 교과서에 2회 실려 있으며, 이러한 대학 교재 역시 이후 김유정의 소설이 교과서 작품 선정되는 데 영향을 미쳤다고 볼 수 있다.

또한 김유정의 「동백꽃」과 「봄·봄」은 김유정의 해학성을 드러내는 대표적인 작품인 동시에 사춘기 남녀의 미묘한 감정을 표현하고 있어 주제나 소재적 측면에서 청소년 학습자들의 눈높이에 적당하다는 장점을 지니고 있다. 교과서 제재 선정에는 실질적인 교육적 요구와 학습자의 요구 역시 중요한 고려 대상이 된다.[17] 중·고등학교 학습자들이

---

14 김세령, 「1950년대 김유정론 연구」, 『현대 문학이론 연구』 49집, 2012.6, 5~29면.
15 '현대성'의 문제가 다양한 서구 문학이론의 수용과 밀접한 관계를 맺는다면, '전통'의 문제는 이에 대한 반작용으로 민족문학론과 관계된다.(김세령, 『1950년대 한국문학 비평의 재조명』, 혜안, 2009, 14면)
16 김동환은 문학의 정전의 형성 과정의 출발점을 1950~60년대에 간행되기 시작한 '대학교양국어' 교재로 보고 있다. 이 시기 간행된 11종의 교재에는 40여 편의 소설이 실리면서 한국 소설의 '대표적'인 작품에 대한 인식이 이루어지기 시작하였으며, 이렇게 구성된 목록들은 이후의 대학교재들을 통해 계속적으로 재생산되고 이후 성인들을 대상으로 한 문학전집 등으로 전이되면서 정전 형성에 중요한 토대가 되었다는 것이다.(김동환, 앞의 글, 36~37면)
17 김창원은 실제 「문학」 교과서의 개발 과정에서 집필자 개인의 관점이나 교육 전체를 관류하는 담론들 간에 경쟁과 균형을 고려하게 됨을 밝히고 있다. 첫 번째는 문학에 관한 공공 담론을 강조하는 관점, 두 번째는 학생 개개인의 문학적 반응을 강조하는 관점, 세 번째는 문학을

같은 또래의 성장과정을 다루고 있는 이들 작품 속 작중 인물들에게 감정 이입을 할 수 있으며, 향토적 언어, 해학적 태도를 통해 언어의 미적 측면과 전통의 문제에 대해 학습을 할 수 있다는 점 역시 이러한 작품들이 선정된 중요한 요인으로 작용했을 것이다.

이러한 이유로 김유정의 작품은 6차 고등국어과 국정교과서에 「동백꽃」이 처음 실린 이후 꾸준하게 교과서에 수록되어 왔다. 7차 고등국어에 「동백꽃」 대신 「봄·봄」이 수록되었고, 처음 문학교과서가 생긴 5차 교과서(1989년)에는 8종 중 「동백꽃」이 5회, 「봄·봄」이 2회 실렸으며, 6차 문학교과서(1995년)에는 18종 중 「동백꽃」이 6회, 「봄·봄」이 5회, 「만무방」이 1회 실려 있음을 확인할 수 있다.[18]

요컨대 김유정의 소설 중 「동백꽃」과 「봄·봄」이 대표작이 되어 교과서 정전으로 자리 잡는 과정에는 문단의 헤게모니와 문학사적 평가, 문학전집과 대학교과서의 영향, 그리고 이 두 작품의 특성 등이 폭넓게 작용했을 것으로 여겨진다.

3. 교과서 내 김유정 문학의 변모 양상

「동백꽃」과 「봄·봄」 등을 중심으로 전개된 김유정 문학의 교과서

제도 교육의 틀 안에서 바라보는 관점, 마지막으로 문학을 학생 발달의 측면에서 바라보려는 관점이며, 이 네 가지 담론이 모두 고려되어야 한다고 주장한다.(김창원, 앞의 글, 50~51면)

18 김동환, 앞의 글, 40~50면 참조.

정전화는 국어교과서가 국정교과서에서 검인정 체제로 전환되고, 심화 과목인 '문학' 교과서 역시 8종에서 18종으로 늘어남에 따라 다양하게 변모하고 있다.[19] 특히 7차 교과서에서는 김유정이 박완서, 윤흥길 등과 함께 정전 작가로 떠오르게 되었는데, 이들의 작품은 중학교 교과서에 이어 고등학교 교과서는 물론 심화 과목인 '문학' 교과서에서 실려 있다는 점에서 학습자들에겐 문학적으로 가치 있는 작가로 여겨지게 된다.[20] 그리고 김유정 문학이 다양화되는 과정은 7차 교육과정 및 2007년 교육과정의 고등 교과서 제재로 사용되고 있는 김유정 소설을 통해 세밀하게 고찰해 볼 수 있다.

이러한 접근을 위해 먼저 7차 교육과정의 '국어' 과목과 '문학' 과목의 목표를 살펴보겠다.[21] 7차 교육과정은 그 이전 교육과정과는 달리 문학 능력을 문학 교육의 목표로 전면화하고 있는 첫 교육과정으로, '성격'에서는 문학 능력을 "학습자가 문학 현상에 능동적으로 참여하여 문학 문화를 형성하는 데 필요한 능력"으로 설명하고, '목표'의 전문에서 "문학

---

19 교과서가 국정교과서에서 검인정 체제로 전환됨에 따라 교과서에 수록된 작품의 수가 많아지고, 다양화된 것이 사실이다. 그러나 그 과정에는 검정 통과를 위해 검증된 작품을 제재로 택하려는 출판사의 영향 및 집필자의 문학적 성향 등 다양한 요인이 변수로 작용하게 된다.

20 김혜영, 앞의 글, 111~112면 참조.

21 제7차 문학교육과정 목표 (김창원, 「문학 능력과 교육 과정, 그리고 매체」, 『문학교육학』26호, 2008, 71면)

국 어	문 학
가. 언어 활동과 언어와 문학에 대한 기본적인 지식을 익혀, 이를 다양한 국어 사용 상황에 활용하는 능력을 기른다. 나. 정확하고 효과적인 국어 사용의 원리와 작용 양상을 익혀, 다양한 유형의 국어 자료를 비판적으로 이해하고 사상과 정서를 창의적으로 표현하는 능력을 기른다. 다. 국어 세계에 흥미를 가지고 언어 현상을 계속적으로 탐구하여, 국어의 발전과 국어 문화 창조에 이바지하려는 태도를 기른다.	가. 문학 활동의 기본 원리와 문학에 대한 체계적인 지식을 이해한다. 나. 작품의 수용과 창작 활동을 함으로써 문학적 감수성과 상상력을 기른다. 다. 문학을 통하여 자아를 실현하고 세계를 이해하며, 문학의 가치를 자신의 삶으로 통합하려는 태도를 지닌다. 라. 문학의 가치와 전통을 이해하고 문학 활동에 능동적으로 참여하여 문학 문화 발전에 기여하려는 태도를 지닌다.

의 수용과 창작 활동을 통하여 문학 능력을 길러, 자아를 실현하고 문학 문화 발전에 능동적으로 참여하는 바람직한 인간을 기른다.”고 밝히고 있다.

그리고 2007년 문학 교육과정의 경우 목표 기술의 틀은 7차와 비슷하나, ‘문학’ 과목에 경험 요소를 추가하면서 지식을 그 자체로서보다는 수행과 결합된 지식으로 강조하고, 감수성과 상상력이라는 부분을 언어에 대한 통찰력, 창의적 사고력, 소통 능력으로 대치하였다. 또한 문학의 생산과 소통 등에서 매체의 활용에 대한 언급이 두드러지고 있다.[22] 2007년 개정에서는 학습자의 능동적이고 창의적인 작품 수용과 생산, 맥락 중심의 문학 교육, 작품의 온전한 이해와 더불어 문학적 문화의 고양을 지향하고 있으며, 그러한 과정을 가능하게 하는 다양한 맥락과 매체가 강조되고 있는 것이다.[23]

요컨대 6차 교육과정에서는 작품의 이해·감상과 향유 능력 등이 중요시되었다면, 7차 교육과정 이후부터는 문학 활동에서 수용과 창작 능력을 강조하고 있으며, 문학의 생산과 소통 내에서 ‘매체’가 부각되고 있다고 볼 수 있다.

이러한 교육과정의 흐름을 고려하여 7차 교육과정과 2007년 개정 교육과정의 고등 국어 교과서와 2009년 개정 교육과정[24] 문학 교과서 중 김유정 문학을 제재로 사용한 경우를 구체적으로 살펴보겠다.

---

[22] 7차 교육과정의 목표 및 문학 능력 구조, 2007년 교육과정 목표 및 문학 능력 구조는 김창원의 앞의 글 71~81면 참조.

[23] 전은주, 「고등학교 국어교과서 수록 소설의 현황에 관한 연구—2007년 개정 교육과정 국어교과서에 수록된 현대소설을 중심으로」, 고려대 석사논문, 2012, 10면.

[24] 2007년 개정 교육과정은 미비한 부분에 대한 추가 수정을 거쳐 2009년 개정 교육과정으로 새롭게 고시되었다.

1) 국어 교과서

고등 국어 교과서는 국정 교과서에서 16종 검인정 교과서로 전환됨에 따라 이전 6차에는 「동백꽃」이, 7차에는 「봄·봄」이 실린 데 비해 「만무방」과 「금 따는 콩밭」이 제재로 개발되며 작품 수록 양상이 다양화되었다.

7차 국어 교과서에는 「봄·봄」이 '다양한 표현과 이해' 단원에 속해 있으며, 언어 이외의 의사 표현 수단 및 언어 부수적인 표현에 대해 알아봄으로써 말의 효과를 높이는 것을 목표로 하고 있다. 즉 문학 자체의 감상과 분석보다는 문학 내 언어 활동에 초점을 맞춘 단원의 제재로 사용되고 있는 것이다.

7차 국어 교과서 (교육인적자원부, 2002)

교과서명	작품명	단원명	학습 목표	학습 활동
국어(상)	봄·봄	3. 다양한 표현과 이해	언어 외적 표현과 언어에 부수되는 표현의 중요성 인식	점순이의 이중적인 태도 이해 / 언어 외적 표현이나 언어에 부수되는 표현

2007년 개정 국어 교과서에는 총 16종 중 4개의 교과서에서 김유정의 작품을 제재로 채택하였다. 7차에 실린 「봄·봄」은 국어과 교육과정의 목표인 '국어 능력' 향상에 맞추어 작품을 감상했기에 김유정 소설이 지닌 해학적 특성 기저에 흐르는 시대적 배경과 비극성을 담아내지 못하였다. 그러나 2007년 개정에서는 문학 작품을 해석하고 이를 통해 새로운 작품을 생산하는 능력이 강화되었고, 「만무방」과 「금 따는 콩밭」이 새로운 제재로 개발됨으로써 김유정 소설에 대한 이해의 폭이 넓고 깊어졌음을 알 수 있다.

2007년 개정 국어 교과서, 총 16종 (교육과학기술부, 2010)

교과서명 / 출판사	작품명	단원명	학습 목표	학습 활동
국어(상) 디딤돌	봄·봄	1. 문학, 희망을 열다	문학이 인간의 삶에 미치는 긍정적인 의미와 효과 발견	토속어, 사건의 순서와 서술의 순서, 구성 요소, 심리 변화에 따른 호칭 변화, 해학적 요인, 작품이 주는 긍정적 가치
국어(하) 천재교육(김)	봄·봄	6. 예술과 비평 1) 느낌 분석하기 적용마당	문학작품을 객관적으로 판단하고 평가한다. 구체적인 근거를 갖추어 예술 작품에 대한 비평문을 쓴다.	작품 감상 후 느낌 정리, 느낌을 형성하는 요소들(인물과 표현 방식, 인물과 사건 전개) 분석, 비평문 쓰기
국어(하) 비상교육	만무방	5. 오늘로 이어지는 한국문학	한국 문학이 형성해 온 전통의 개념과 의미를 이해	주요 사건과 등장인물의 특성 파악, 인물들의 현실 대응 방식, 시대적 배경 및 작가가 현실을 그려 내는 방식
국어(하) 유웨이 중앙교육	금 따는 콩밭	2. 전통의 향기 2) 전통의 계승과 창조	우리 문학의 전통과 민속극의 소통 방식을 이해하고 계승하는 방법 모색하기 전통의 계승과 창조의 양상 파악하기	작품의 분위기, 사회상, 사투리 이해, 인물들의 성격 정리, 영식의 태도 변화와 계기 파악, 전통적 '호야형' 인간상 파악―채만식의 '탁류'와의 비교 읽기

　　국어(상) 디딤돌과 국어(하) 천재교육에서는 7차 교과서와 같이 「봄·봄」을 제재로 사용하고 있는데, 김유정 소설의 언어적 표현뿐 아니라 인물의 표현 방식 및 사건의 구성 등을 구체적으로 분석한다. 그리고 이러한 감상과 분석을 통해 디딤돌에서는 문학이 주는 긍정적 가치를 발견하는 활동으로 나아가고 있으며, 천재교육에서는 비평문 쓰기를 통해 작품을 객관적으로 판단하고 평가하는 활동으로 내용을 심화하고 있다.

　　또한 새로운 제재인 「만무방」과 「금 따는 콩밭」은 "수용과 전승 과정에 유의하여 한국 문학의 전통을 이해한다"는 성취기준에 따른 단원에 속해 있다. 두 작품 모두 「동백꽃」, 「봄·봄」보다는 피폐한 농촌 현실의 암울한 현실이 잘 묘사된 작품으로, 각 교과서에서는 작품의 언어적 특징과 인물의 성격 및 현실 대응 방식 등을 시대적 배경, 사회적 현실과 함께 이해하는 것을 목표로 하고 있다. 특히 유웨이중앙교육에서는 「금 따는 콩밭」의 영식을 전통적인 '호야형' 인간상의 계승과 재창조의 흐름 안에 살피고 있으며, 채만식의 「탁류」와 비교 분석함으로써 작품을 통시적, 공시적 맥락 내에서 이해할 수 있도록 하고 있다. 이러한 학습 활동을 통해 문학사적 맥락의 흐름에서 김유정 문학이 지닌 위상과 가치를 발견할 수 있도록 하는 것이다.

2) 문학 교과서

7차 문학 교과서에서는 총 18종의 교과서 중 11종의 교과서에서 김유정 작품을 제재로 선정하고 있는데, 그 중 「동백꽃」이 9종, 「만무방」이 2종의 교과서에 실려 있다. 7차 국어 교과서에 「봄·봄」이 수록되었기에 문학 교과서에서는 주로 김유정의 대표작인 「동백꽃」을 선정한 것으로 보인다.

7차 문학 교과서, 총 18종 (교육인적자원부, 2002)

교과서명 / 출판사	작품명	단원명 (대단원, 소단원)	학습 활동
문학(상) 두산	동백꽃	Ⅱ. 문학의 수용과 창작 2. 서사와 갈등의 세계 (1) 사랑과 성숙의 아픔	갈등의 원인과 해소 과정, '닭싸움'의 의미, 소재인 동백꽃의 역할과 상징적 의미
문학(상) 디딤돌	동백꽃	2. 서사문학의 수용과 창작 (1) 구성과 시점	닭싸움의 기능, 갈등 해소의 계기, 동백꽃의 상징, 해학성을 느끼게 되는 이유 찾기, '나'와 '점순'의 신분 바꿔 생각하기, 점순의 마음을 표현한 노랫말 만들기

문학(상) 형설	동백꽃	IV. 주제별 수용과 창작	해학성을 만드는 요소, 구절의 함축적 의미, 주인공 '나'가 30년 뒤 소년 시절을 회상하는 글 써보기
문학(상) 상문	동백꽃	III. 갈래별 수용과 창작 2. 이야기와 소설 (5) 시점과 문체	사투리, 독창적 표현, 의성어와 의태어의 효과, 해학성을 이루는 요소, 소설의 시점 바꾸어 보기
문학(하) 교학사	동백꽃	II. 한국 문학과 세계 문학 (4) 일제 강점기 문학	해학적 이유 찾고, 그 문학적 전통을 고전 문학에서 찾아보기, 사건을 시간상으로 정리하기, 시점 바꾸어 소설 창작하기, 두 인물의 관계에 대해 토론하기
문학(하) 대한교과서	동백꽃	IV. 문학의 가치화와 태도 2. 문학 활동에 참여하기	점순이가 감자를 건넨 이유와 '나'가 거절한 이유, 집안을 관계를 고려해 인물의 태도 및 이유 추측, 작품과 유사한 경험 이야기하기
문학(하) 지학사	동백꽃	II. 문학과 문화 1. 문학 문화의 특성	1인칭 시점의 효과, '동백꽃' 점순과 '봄·봄'의 점순 성격 비교, 인물들의 사랑을 연결시켜주는 매개 찾기, 두 남녀의 위치를 바꾸어 생각하기, 소설 부분을 만화로 구성하기, 국어 문화의 관점에서 설명하기
문학(하) 금성	동백꽃	III. 민족 문학의 흐름1 5. 민족 수난기의 문학	작품의 구성을 시간 순서로 재배열하기, 작품 속 소재의 기능, 향토적 어휘를 표준어로 바꾸기, 인물의 성격, 해학적인 표현 찾기, 시점 바꾸어 쓰기
문학(하) 태성	동백꽃	VII. 한국 문학의 특질 3. 민족 문학과 세계 문학	해학적이고 토속적인 사투리 구사의 의도 찾기, '동백꽃'의 역할 및 향토적이고 토속적인 제재 알아보기, 채만식의 '태평천하'와 비교하여 읽기, '동백꽃'을 소박한 사랑을 그린 소설로 평가하는 것에 대한 토론하기, 50년 후 과거 회상하는 자서전으로 창작하기
문학(하) 천재(홍-)	만무방	VIII. 문학 문화의 특질과 인접 영역 1. 문학 문화의 개념과 특성	인물이 처한 상황, 인물의 성격, 심리 상태 상상하기, '응칠'의 현실 인식 태도도 시조 비교하기, 3인칭 관찰자 시점으로 개작하기(해학적, 골계적 분위기)
문학(하) 민중서림	만무방	II. 한국 문학의 특질과 흐름 6. 개화기~일제 강점기의 문학	인물의 성격 비교, 전환적 사건 찾기, 결말 부분의 이유 추측, 현재형과 과거형의 서술이 불분명한 서술의 효과, 황순원의 '모델'과 비교하여 읽기 당시 농촌 현실 조사, 비슷한 소재나 주제 다룬 작품 찾기, 응칠의 아내와 응오 아내가 되어 신세 한탄하는 말 쓰기, 일제 강점기 소설에 대한 조사

 문학 능력을 문학 교육의 목표로 전면화한 7차 문학 교과서에서는 김유정 작품의 문학 언어와 구성, 그리고 시대적 배경을 세부적으로 분석하고 이를 다양한 창작 활동으로 연계하여 심화시키고 있다. 이 중 2종(두산, 형설)에서는 '주제별 수용과 창작', 2종(디딤돌, 상문)에서는 '갈래

별 서사 장르의 수용과 창작'의 제재로 사용되고 있으며, 4종(교학사, 금성, 태성, 민중서림)에서는 '한국 문학의 특질과 흐름'의 제재로 사용되었다. 특히 「동백꽃」의 경우 서사문학의 특성, 주제 및 문학 문화의 특성, 한국 문학의 특질 및 한국 문학의 흐름 등 다양한 단원에 실려 있다. 또한 이러한 작품의 감상은 수용에만 머무는 것이 아니라 점순의 마음을 노랫말로 만들기(디딤돌), 시점 바꾸어 소설 창작하기(상문, 교학사, 금성, 천재), 주인공 '나'가 회상하는 글로 바꿔 써보기(형설, 태성), 만화로 구성하기(지학사) 등 다양한 활동으로 이어지고 있어 김유정 소설을 통한 재창작의 가능성을 확장시키고 있다. 그럼에도 7차 문학 교과서는 김유정의 작품이 주로 「동백꽃」 한 편에 의지하고 있으며, 여전히 해학적이고 향토적인 언어에 집중하는 경향이 보인다.

2009년 개정 문학 교과서에는 김유정 문학이 확장되어 학습자들에게 소개되고 있음을 확인할 수 있다. 2009년 개정에서 눈에 띄는 변화 중 하나는 「동백꽃」이 중학교 교과서로 옮겨감에 따라[25] 김유정 문학의 수용 폭이 다채로워졌다는 점이다. 최근 교육과정이 바뀌면서 점점 많은 제재들이 고등학교 학생용에서 중학교 학생용으로 내려가고 있는데, 이는 김동환의 지적처럼 학습자들의 문학적 경험과 맞물려 김유정 소설이 이전보다 용이하게 수용될 수 있다는 판단에 따른 것이며,[26] 또한 교과서를 집필하는 출판사의 수가 증가하면서 교과서 제재 역시 다양하게 선택되는 현상에 따른 것이다.

능동적이고 창의적인 작품의 수용과 생산, 맥락 중심의 문학 교육,

---

25 김동환의 논의에 따르면 2007년 개정 중학교 1학년 국어1(2009, 23종)에 「동백꽃」이 8회, 「금따는 콩밭」이 1회 실렸으며, 중학교 2학년 국어 교과서(2010, 15종)에 「동백꽃」이 4회 실려 있다.(김동환, 앞의 글, 41면)
26 김동환, 앞의 글, 42면.

2009년 개정 문학 교과서, 총 18종 (교육과학기술부, 2011)

교과서명 / 출판사	작품명	단원명 (대단원, 소단원)	학습 활동
문학 I 천재문화	동백꽃	Ⅰ. 문학의 본질 01. 문학과 언어	점순이의 태도, '닭싸움'의 역할, 서사와 묘사 찾기 및 기능 알기, '감자'와 '닭싸움'이 함축하는 바 정리하기, 해학의 심미적 활동, 소설의 시점을 바꿔 다시 쓰기
문학 I 천재교육 (김)	**동백꽃 만화 동백꽃 －오세영**	Ⅱ. 문학 활동의 방법 2. 문학의 생산 03. 매체 바꾸기	소설의 내용과 분위기가 잘 반영될 수 있도록 만화 지문 채우기, 황순원의 '독 짓는 늙은이'를 만화로 재구성하기
문학 I 교학도서	**만화 동백꽃 －오세영**	Ⅲ. 문학과 매체 2. 매체를 통한 문학 활동 02. 매체를 통한 문학의 수용과 생산	만화의 내용과 인물의 심리 변화를 시간 순서대로 배열하기, 인물의 성격 비교, 소설과 만화 감상의 차이점, 만화에서 표현한 내용을 소설로 써보기
문학 I 해냄에듀	봄·봄	Ⅰ. 문학의 이해 1. 문학이란 무엇인가	갈등의 주요 원인과 인물들의 생각, 인물의 성격 정리하고 성격이 잘 드러나는 대화나 표현 찾기, 작품의 주제, 사투리나 비속어, 해학적 표현이 주제 형상화에 미치는 영향, "우리의 해학 문화와 '봄·봄'의 관계" 모의 인터뷰
문학 I 비상교육	금 따는 콩밭	Ⅲ. 서사문학의 수용과 생산 3. 소설의 배경과 주제	'금'의 의미 변화, 작가가 전달하고자 하는 바 이야기하기, 결말 부분의 표현상의 특징, 시간·공간, 사회적 배경 정리하기, 당대의 사회적 배경에 대응 양상, 문순태의 '징소리'와 비교하기
문학 II 비상교육	봄·봄	Ⅰ. 문학의 위상 1. 한국 문학의 범위와 역사	한국 문학의 전승 방식과 갈래 기준 비교하기, 인물의 성격을 드러내는 방식의 공통점, '심청전'과의 비교
문학 II 신사고	봄·봄	Ⅰ. 문학의 위상 (2) 한국 문학의 전통과 특질	인물 간 갈등의 원인, 성격 파악하기, '흥부전'과의 비교, 전통의 계승과 재창조의 관점에서 어휘, 표현, 미의식 정리, '한국 문학의 전통과 특질'에 관한 보고서 작성하기
문학 II 두산동아	만무방	Ⅱ. 한국 문학의 역사와 전통 1930~1945년대	극적 반전이 일어나는 장면 찾기, 당대의 시대적 배경 추측하기, 해학성이 느껴지는 이유, '흥부전'과 비교하기
문학 I 천재교과서(정)	**김유정 생가에서 －최인호**	Ⅲ. 문학의 수용과 생산 2. 문학 작품의 내면화 (1) 인식적 가치의 내면화	작품 속 등장하는 서구 문화 체험과 인물, 작품들 정리, 문장 부호 사용의 이유, 신문 기사와 연관시켜 읽기, '나의 스무 살 시절'로 짧은 글 쓰기

그리고 매체적 특징을 강조한 2007 개정 이후의 특징은 김유정 문학의 제재 사용에 뚜렷한 변화를 가져왔다. 학습목표에서 김유정 소설의 시대적, 사회적 맥락을 중요시했으며, 김유정 문학을 수용하여 재창작한 작품들이 교과서 내로 편입된 것이다.

「봄·봄」을 제재로 한 교과서 중 해냄에듀는 "우리의 해학 문화와 '봄·봄'의 관계" 인터뷰하기 활동을 통해 김유정의 해학성을 문화적 차원의 이해와 연관시키고 있으며, 비상교육과 신사고에서는 인물을 드러내는 방식을 각각 「심청전」과 「흥부전」과 비교함으로써 전통의 계승과 재창조의 관점에서 김유정 작품을 감상하는 학습 활동을 싣고 있다. 또한 비상교육 문학Ⅰ에서는 「금 따는 콩밭」을, 두산동아 문학Ⅱ에서는 「만무방」을 제재로 다루고 있는데, 전자가 서사문학의 특징을 다루는 단원에, 후자가 한국 문학의 역사를 살피는 단원에 실려 있음에도 작품이 지닌 시대적, 사회적 배경과 그 대응 양상에 집중하고 있다. 「금 따는 콩밭」은 1970년대 문순태의 「징소리」와 비교하고 읽고 있으며, 「만무방」은 「흥부전」과의 비교를 통해 사회적 배경 및 시대 변화를 고려하여 작품을 수용하도록 돕고 있는 것이다.

그리고 중학교 교과서 제재로 내려간 「동백꽃」의 경우 오세영 그림의 만화 「동백꽃」이 천재교육(김)과 교학도서의 교과서 제재로 선정되어 있다. 이는 하나의 콘텐츠를 가지고 여러 개의 장르에서 활용하는 OSMU(One Source Multi Use)의 가능성을 보여주는 것이다. 원작과 만화의 비교 감상을 통해, 문학 작품을 향유하는 방법이 다양화되었으며 생산자와 수용자의 경계가 사라지고 있는 문학의 경향을 보여주고 있다. 교학도서에서는 소설과 만화를 감상할 때의 차이를 통해 각 매체의 형상화 방법 및 효과를 이해하는 활동 학습을 싣고 있으며, 천재교육에서는 「동백꽃」을 읽고 만화 내에 지문을 작성하는 것으로 학습자를 직접 생산에 참여하게 한다.

또한 천재교과서에는 최인호의 「김유정 생가에서」를 제재로 선택하고 있다. 이 소단원에서는 소설가 최인호가 1930년 김유정이 죽기 열흘 전에 쓴 편지에서 힘을 얻어 자신의 고통스러운 젊은 시절을 견딘 이야기를 통해 문학 작품의 감동과 영향력에 대해 학습한다. 최인호는 이 글에서 김유정 생가를 방문하는 에피소드와 함께 김유정의 일대기 및 그가 안회남에게 보내는 편지에서 받은 감동과 위로를 소개하고 있다. 이 제재는 김유정의 작품은 아니지만 김유정의 삶과 문학을 통해 얻은 인식적 가치와 감동을 총체적으로 잘 보여주고 있다. 김유정의 삶과 편지, 그리고 김유정 문학촌과 실레마을은 총체적인 문화 콘텐츠가 되어 김유정 문학을 형성하고, 학습자들에게 수용되는 과정에서 감동을 주고 있는 것이다.

4. 김유정 문학 교육의 확장 가능성

지금까지 7차 교육과정과 2007년, 2009년 개정 교육과정 내에서 김유정 문학이 어떻게 다루어지고 있는지를 살펴보았다. 이미 6차 국정 교과서에서부터 제재로 사용된 김유정의 소설은 교육과정의 개정을 거듭하며 명실공히 교과서 정전 작가로 자리를 잡았다. 이러한 정전화의 과정에는 김유정이 등단할 당시의 문단의 배경과 이후 문화적·정치적 이데올로기, 문학사적인 평가 및 문학전집 현황, 그리고 문단의 헤게모니 등 다양한 요인이 변수로 작용되었을 것이다. 그러므로 등단 당시부터 '농촌소설'을 쓰는 작가로 각인되었던 김유정은 이후 문학사와 문학전집에서도 향토적 작가로 평가받았으며, 이러한 시각은 1950년대 비평들에서도 찾아볼 수 있다. 이러한 과정을 거치며 김유정의 대표작으로 「동백꽃」과 「봄·봄」이 알려졌으며, 이 작품들은 6차 국어 교과서에서부터 빈번히 교과서에 실리게 되었다. 본고에서 7차 이후 국어, 문학 교과서를 검토한 결과, 아직까지 교과서 내 김유정의 작품은 「동백꽃」과 「봄·봄」에 집중되어 있는 것이 사실이며, 이는 김유정 소설의 작품 세계를 제한하고 고착화할 수 있는 것이 사실이다.

그러나 이러한 한계는 2007년, 2009년 개정에서 많은 부분 해소되었다고 생각한다. 피폐한 농촌의 현실을 시대적 배경 속에서 다룬 「만무방」과 「금 따는 콩밭」 등이 교과서 제재로 채택되었을 뿐만 아니라 작품을 다양한 시각에서 분석하고 또 공시적·통시적 맥락 하에서 작품을 이해할 수 있는 학습 활동이 많아졌기 때문이다. 물론 김유정의 작품 세계 중 절반에 달하는 도시 배경 소설이 교과서 내에서 다루어지고 있지 못한 점이 한계라고 지적할 수 있다. 그러나 교육 정전 선택이 갖는 보수성으로 인해 제재 선정에서 큰 폭의 변화를 기대하기는 어려운 상황에서 김유정 작품이 다양한 제재로 활용되고 있다는 점은 주목할 만한 현상이라 생각한다. 또한 문학 교과서에 실린 만화 「동백꽃」과 최인호의 「김유정 생가에서」는 시대와 장르를 넘어 문화콘텐츠로 나아가는 김유정 문학의 가능성을 보여준다 하겠다.

2011년 교육과학기술부가 고시한 교육 과정에서 두드러진 특징 중 하나는 심화 과목인 문학 과목의 성취 기준 세부 항목이 33개에서 14개로 대폭 축소되었다는 점이다. 이는 주 5일제에 따른 교수·학습 환경의 변화와 학습자의 수업 부담 경감이라는 교육 정책이 반영된 결과이다. 이러한 교육 과정 개정에 따라 앞으로 김유정 작품의 교과서 수록 빈도수는 줄어들 수 있을 것이다. 그러나 문학 작품을 다양한 맥락에서 이해하고, 다양한 매체 양식의 창의적 표현 방식에 주목하는 성취 기준에 따른다면, 다양하게 재생산되고 있는 김유정 문학은 앞으로의 교과 내에서도 중요한 작품으로 다루어질 수 있을 것이다. 또한 최근 학계에서 일어나고 있는 김유정 문학에 대한 다각적인 연구 성과 역시 교과서 내에 반영되어 김유정 문학이 지닌 다양한 면모가 학습자들에게 수용되기를 기대해 본다.

참고문헌

1. 기본자료

7차 국어 교과서(교육인적자원부, 2002).
2007년 개정 국어 교과서 총 16종(교육과학기술부, 2010).
7차 문학 교과서 총 18종(교육인적자원부, 2002).
2007년 개정 문학 교과서 총 18종(교육과학기술부, 2011).

2. 단행본 및 논문

김세령, 「1950년대 김유정론 연구」, 『현대문학이론연구』 49집, 2012.6.
김유정 문학촌 편, 『김유정 문학의 재조명』, 소명출판, 2008.
김유정학회 편, 『김유정의 귀환』, 소명출판, 2012.
김창원, 「문학 교과서 개발에 대한 비판적 점검」, 『문학교육학』 11호, 2003.
______, 「문학 능력과 교육 과정, 그리고 매체」, 『문학교육학』 26호, 2008.
김혜영, 「현대문학 정전 재검토」, 『문학교육학』 25, 2008.
김화경, 「김유정 문학의 모더니티 재현 양상과 수사 전략」, 국민대 박사논문, 2008.
박인기, 「문학교육과 문학 정전의 새로운 관계 맺기」, 『문학교육학』 25, 2008.
유성호, 「문학교육과 정전 구성」, 『문학교육학』 25, 2008.
유인순, 『김유정을 찾아가는 길』, 솔과학, 2003.
이현주, 「김유정 문학에 나타난 '고향'의 의미」, 김유정학회 제2회 학술연구발표회 발표문,
    2012.
전은주, 「고등학교 국어교과서 수록 소설의 현황에 관한 연구—2007년 개정 교육과정 국어
    교과서에 수록된 현대소설을 중심으로」, 고려대 석사논문, 2012.

제4부 / 김유정과 문화콘텐츠

김유정 「봄·봄」의 아바타 연구

유인순

1. 들어가는 말

「봄·봄」은 1935년 12월 『조광』지를 통해서 발표되었다. 「봄·봄」에 대한 연구는 소설의 실제 모델에 대한 연구,[1] 해학과 골계를 중심으로 한 전통성 연구[2] 등장인물의 유형연구,[3] 구조분석 및 시간구조에 대한 연구,[4] 반어기법의 연구,[5] 원형비평적 연구,[6] 문화콘텐츠로서의 접

---

1 박태상, 「김유정 문학의 실재성과 허구성」, 『현대문학』, 1987.6, 392면.
2 정한숙, 「해학의 변이」, 『현대 한국 작가론』, 고려대 출판부, 1976; 한만수, 「한국 서사문학의 바보인물 연구—바보민담, 판소리계 소설, 김유정 소설을 중심으로」, 동국대 박사논문, 1991.
3 해학과 골계 및 등장인물에 대한 연구는 김유정 문학 전반을 다루는 가운데 「봄·봄」을 일부 다루고 있을 뿐이다. 이에 대한 연구성과는 졸고 「김유정 문학연구사」, 『김유정 문학의 전통성과 근대성』, 한림대 아시아문화연구소, 1997, 35면, 43면을 참고하기 바란다.

근[7] 등 다양하다.

「봄·봄」이 일반인들에게 알려진 것은 1969년 김수용 감독의 영화 〈봄봄〉부터이다. 이후 「봄·봄」은 1989년 고등학교 검인정 교과서 『문학』에 수록되면서부터, 2002년에는 고등학교 국정교과서 『국어』에 수록 되면서부터[8] 두터운 독자층을 갖게 된다.

「봄·봄」은 작품 발표 당시는 물론 현재까지 패러디, 장르 교체, 매체 교체 등 화려한 변신을 시도해왔다. 이 같은 현상은 문화콘텐츠라는 어휘가 학술용어로 정착되기 훨씬 전부터 나타났다.[9] 시나리오 작가, 희곡작가, TV 드라마 작가, 오페라, 판소리 대본가, 후배 작가들은 그들이 갖고 있는 본능적인 감각으로 원 소스 「봄·봄」에 주목, 새로운 모습의 「봄·봄」을 독자에게 진상했다. 이들이 바로 「봄·봄」의 아바타[10]들이다.

---

4 졸고, 「김유정 소설의 구조분석」, 이화여대 석사논문, 1980; 김용구, 「회귀와 순환의 연속」, 『관악어문연구』 제5집, 1980; 김수업, 「봄·봄의 기법」, 『배달말』 제9집, 1984; 박정규, 「김유정 소설의 시간구조」, 한양대 박사논문, 1991.

5 유종영, 「김유정의 소설 연구―반어 양상과 기능을 중심으로」, 동국대 석사논문, 1982.

6 장경탁, 「한국 근대소설의 순환구조고―이효석의 「산협」과 김유정의 「봄·봄」을 중심으로」, 『성대문학』 제25집, 1987.

7 김유정 및 김유정작품에 대한 문화 콘텐츠 연구에서 「봄·봄」이 언급되고는 있으나 이는 관련 항목에 따른 작품이름 소개에 그치고 있을 뿐이다. 관련 연구 성과물은 다음과 같다. 한명희, 「김유정 문학의 OSMU와 스토리텔링」, 『한국 문예비평 연구』 27, 한국문예비평연구회, 2008; 조희문, 「김유정의 소설과 영화」, 김유정학회 편, 『김유정 문학의 재조명』, 소명출판, 2008; 이상진, 「문화 콘텐츠 '김유정', 다시 이야기하기」, 『김유정의 귀환』, 소명출판, 2012.

8 「봄·봄」은 검인정 교과서 『문학』에서 먼저 보이기 시작한다. 5차교육과정(1989)에 의한 『문학』 교과서 중 2종류에, 6차교육과정(1995)에는 5종류에 7차 교육과정에서는 2종류에, 7차 개정교육과정(2007)에서는 역시 2종류의 교과서에서 이 작품을 다루었다. 한편 국정교과서인 『국어』에서는 7차 교육과정시절(2002)에 이 작품이 수록되기 시작했다.

9 한국에서 문화콘텐츠란 용어는 1990년대 후반부터로 보인다. 이른바 '각종 미디어에 담을 내용물'을 포괄하는 콘텐츠(contents)는 콘텐트(content)의 복수형이다. 콘텐츠는 1999년 E-비즈니스 열풍 속에 나타난 3C(Commerce, Community, Content) 범주를 통해 보통명사화되었고 여기에 '문화'가 합해져 문화콘텐츠로 사용하게 되었으며, 콘텐츠뿐만 아니라 문화콘텐츠란 용어 역시 모두 한국적인 조어라고 한다. 김기덕·신광철, 「문화·콘텐츠, 인문학」, 인문콘텐츠학회, 『문화콘텐츠 입문』, 북코리아, 2006, 14~15면, 24면 참조.

10 '아바타'는 '하강'을 의미하는 산스크리트어 아바타라(Avatara)의 영어식 발음이다. 아바타는 힌두교에서 세상의 특정한 죄악을 물리치기 위해 신이 인간이나 동물의 형상으로 나타나는

이에 본고에서는 「봄·봄」 관련 아바타를 대상으로 장르에 따라 그 변이의 양상을 살필 것이다. 본고에서 「봄·봄」을 텍스트로 삼은 것은, OSMU(One Source Multi Use)로서의 「봄·봄」 만큼 부가가치가 높은 여타의 작품을 본 적이 없었던 데 있다. 여기서 말하는 부가가치란 재화적 측면 보다는 생산된 각각의 아바타들이 사람들에게 주는 감동과 재미를 의미한다.

먼저 문화콘텐츠 관련 이론을 간략히 소개하고 「봄·봄」의 어떤 점이 일반독자는 물론 스토리텔러의 관심을 끌게 되었는가를 살펴볼 것이다. 다음에 「봄·봄」의 동시대 및 이후 시대에 나타난 「봄·봄」의 아바타들을 찾아보고, 이들 아바타들 사이의 변이양상과 그 의미들을 추적해 볼 것 이다.

2. 문화콘텐츠와 「봄·봄」

1) 한국에서의 문화콘텐츠

한국에서 문화콘텐츠에 대한 관심은 1990년대 중반, 영화 〈쥬라기 공원〉의 연간 수익이 한국 자동차 수출 연간 수익의 두 배가 넘는다는

것을 말한다. 본고에서 이 용어를 빌어온 것은, 그 원천(조상)은 같지만 그 형상과 특징에서 서로 유사하면서도 또 서로 다르게 나타난 「봄·봄」의 후손들을 전체적인 흐름 속에서 조망해보고 싶었던 데에 기인한다. http://premium.britannica.co.kr/bol/topic.asp?article_id=rkb04a1046

충격적 사실에서 비롯된다. 1999년, 한국 정부는 국가 전략사업 분야 가운데 하나로 문화콘텐츠 기술을 선정했다.[11] 뿐만 아니다. ‘해리포터 시리즈’와 ‘반지의 제왕’이 소설로, 또 영화, 게임으로, 캐릭터 상품으로 한국에 상륙하면서 예술계, 학계의 관심은 작품이 지닌 예술적 완성도와 심미성에 보다는 그들이 발휘하는 높은 부가가치 앞에 놀라움과 부러움을 금치 못했다. 그 결과는 문화산업, 문화상품, 문화콘텐츠, 문화콘텐츠의 원천이 되는 이야기와 스토리텔링에 주목하기 시작했다.

여기서 말하는 문화산업이란 문화상품의 생산, 유통, 소비와 관련된 산업이고,[12] 문화상품은 문화적 요소가 체화되어 경제적 부가 가치를 창출하는 유무형의 재화와 서비스 및 이들의 복합체이다. 그리고 문화산업이 발전하게 된 배경에는 산업혁명에 뒤이어 전기 영상기술을 통한 커뮤니케이션의 혁신, 뒤따른 대량생산의 기술발달이 문화의 산업적 생산을 가능하게 한데 있다.[13] 문화산업에서 중요한 것은 문화콘텐츠다. 문화콘텐츠(Cultural Contents)는 한국적 조어로 이른바 각종 미디어에 담을 문화적 내용물(역사 문학 예술 등)을 포괄한다.[14]

문화콘텐츠에서 원천이 되는 것이 이야기와 스토리텔링이다.

원 소스로서 스토리텔링이 있다. 그리고 이 스토리텔링이란 상위 범주의 하위범주로서 문학, 만화, 애니메이션, 영화, 게임, 광고, 디자인, 홈쇼핑, 테마파크, 스포츠 등의 이야기 장르가 있다. 상위와 하위, 각각의 하위 스토리

---

11 한승회, 「영화와 자동차 그리고 스크린 쿼터」, 김재범, 『문화산업의 이해』의 일부분이 인용된 오세정, 「이야기와 문화콘텐츠」, 『시학과 언어학』 제11호, 시학과언어학회, 2006, 179면에서 재인용.
12 김기덕 · 신광철, 앞의 책, 18면.
13 오세정, 앞의 글, 180면.
14 김기덕 · 신광철, 앞의 책, 18면.

텔링 장르들은 서로 미학적 영향을 주고받는다. 스토리텔링은 서사형식의 원질이다. 따라서 각각의 장르들은 스토리텔링이란 공통점을 지니면서도 매체의 특성 때문에 형식상의 차이를 띠게 된다.[15]

최혜실 교수는 스토리텔링이 서사형식의 원질이고 상위 범주의 스토리텔링과 하위범주의 스토리텔링은 서로 영향관계에 있음을 지적한다. 달리 말하면 서사물이란 이미 정해져 있는 것이 아니라 끊임없이 역동성을 가지고 있는 텍스트[16]라는 것이다. 결국 스토리텔링이란 원 소스에 시대 변이에 따른 새로운 동기와 의미와 미학적 가치, 작가의 상상력과 창조력에 힘입은 이야기의 변형, 바로 아바타 생산에 다름 아니다. 그렇기에 스토리텔링에서는 '이야기 자체보다는 이야기를 어떻게 텔링할 것인가가 훨씬 중요'[17]한 문제가 된다.

송효섭 교수는 스토리텔링이 수용보다는 생산에 초점을 맞추고 있음에 주목한다. 그러다보니 스토리텔링에는 무엇인가 끊임없이 만들어져야 한다는 강박관념이 존재하고 있음을 간파한다. 그래서 그는 스토리텔링을 '실용적인 측면이 아닌 가치론적 측면에서 새롭게 보아야 할 까닭'[18]이 있다고 강조하기도 한다. 어떻든 「봄·봄」만큼 다양하게 스토리텔링 된 작품도 드물다. 「봄·봄」의 어떤 점이 스토리텔러의 관심을 끌게 되었는지를 살펴보기로 하자.

---

15 최혜실, 「문학, 문학산업, 문학교육의 연결고리로서의 스토리텔링」, 『문학교육학』 29, 한국 문학교육학회, 2009, 58면.
16 이수현, 「「메밀꽃 필 무렵」의 스토리텔링 양상연구」, 『현대문학의 연구』 35, 한국문학연구 학회, 2008, 273면.
17 김요한, 「문화콘텐츠로서의 이야기의 확대 재생산」, 『세계문학비교연구』 30, 세계문학비교 학회, 2010, 271면.
18 송효섭, 「스토리텔링의 서사학」, 『시학과 언어학』 제18호, 시학과 언어학회, 2010, 178면.

2) 원 소스(One Source)로서의 「봄·봄」

시대에 따라 대표적인 서사물의 형식이 바뀌고 원 소스의 성공여부에 따라 막대한 부가가치 창출의 문제가 걸린 만큼 원 소스에 거는 기대는 지대하다. 이와 같은 측면에서 보았을 때 「봄·봄」은 특이한 작품제목, 구비문학적 요소, 전통 사회제도, 시공을 초월한 청춘남녀의 애정전선, 신구세대의 갈등 등 익숙한 소재들이 내재되어 있어 스토리텔링에 따른 그 어떤 장르 앞에서도 안전한 작품이다.

원 소스로서 「봄·봄」의 무엇이 스토리텔러들의 시선을 끌게 했을까.

첫째, 작품명 「봄·봄」이 보여주는 수수께끼다. 「봄」, 또는 「봄봄」 아니라 왜 「봄·봄」인가? 이들은 다음과 같은 추론이 가능하다. 「봄·봄」에서 '·'을 사이에 두고 두 번 반복되는 '봄'은 '계절의 봄'과 '청춘의 봄'을, 동시에 '·'은 '남자의 봄'과 '여자의 봄'의 합일을 방해하는 요인으로, 또는 여주인공 '점순'의 신체 어딘가에 있을 '점(點)'의 시각화로 유추된다. 동시에 '·'을 중심으로 봄과 봄이 팔랑개비처럼 순환되면서 3년 7개월에 걸친 혼례요구와 혼례지연이 봄마다 반복·순환됨을 의미한다. 제목의 의미 유추과정에서 독자는 이미 작품 속에 깊이 들어서게 된다.

둘째, 「봄·봄」에 내재한 전통 요소가 독자의 공감대를 자극한다. 원 소스로서 「봄·봄」에는 실은 그에 앞선 원천자료가 있다. 실화의 소설화[19]가 그것이다. 그리고 여기에는 민담 바보사위 모티브[20]와 전통사회의 결혼풍속인 데릴사위 제도, 농경사회가 갖고 있는 마름과 소작인의

---

19 「봄·봄」이 실화의 소설화임은 이미 밝혀진 바 있다. 박태상, 앞의 글 참조.

20 전신재, 「김유정 소설의 설화적 성격」, 김유정학회 편, 『김유정의 귀환』, 소명출판, 2012. 219~223면.

문제들이 내재되어 있다. 동시에 구비서사 기법이 차용되어 있다. 작년 봄 장인과의 갈등, 어제 구장댁에서의 갈등, 오늘 아침 바짓가랑이를 당기는 유사한 갈등이 세 번 반복된다. 삼세번의 반복은 「동백꽃」에서도 보인다. 이들은 이른바 옛날이야기에 자주 등장하는 삼 세 번에 걸치는 서사구조[21]로 이들은 독자의 무의식에 각인된 전통 시대로의 귀환을 체험하게 된다.

셋째, 「봄·봄」의 특징은 1930년대 춘천지역의 토속어, 비속어 사용, 인물의 성격을 드러내기 위한 장치로 그들의 외모를 희극적으로 묘사하고, 그들의 언행을 엇박자로 살아가는 인물의 그것으로 그려낸다. 경쟁사회에 상처받고 피곤한 현대인들은 성형미인 아닌 못난이에게서, 저마다 잘난 사람 아닌 어리숙한 인물에게서 연민과 자기반성을 통해 마음의 고향을 느끼게 된다.

마지막으로 「봄·봄」은 옛날이야기처럼 짧은 이야기다. 그 내용도 단순하다. 그렇기에 이 이야기를 토대로 스토리텔러는 그들의 상상력을 가미하여 원 소스에 무한 스토리텔링이 가능해진다. 이것이 바로 원 소스 「봄·봄」에 대한 스토리텔러의 관심을 끌어 모은 것으로 보인다.

한편 한혜원 교수는 디지털문화시대 창작기술은 인쇄문화 시대를 배반하면도 계승하고 아울러 구비문학시대의 일부 기법을 활용[22]한다고 했다. 또 현대에는 문자보다 시각에 근거한 시청각적 동영상 시퀀스의 형태로 문자, 이미지, 영상 등 다양한 형태를 입고 생산되고 있다고

---

21 옛날이야기에서는 삼 세 번에 걸친 사건이야기가 많이 나온다. 콩쥐팥쥐에서 콩쥐에게 주어진 임무는 밑 빠진 독에 물 긷기, 곡식 섞어놓은 것을 제대로 가려내기, 삼베 짜놓기(또는 넓은 밭을 매어놓기)와 같은 세 가지다. 남이장군 이야기 가운데 혼인이야기에 나오는 유령퇴치 이야기도 세 번째 걸친다. 신약 마태오 복음에서 예수는 광야에서 악마에게 세 번에 걸친 시험을 받는다.
22 한혜원, 「디지털 스토리텔링의 현황 및 활용방안 연구」, 『한국언어문화』 32집, 한국언어문학회, 2007, 41면.

했다. 한교수의 이 같은 주장은 「봄·봄」에도 적용되어 이 작품은 영화, 연극, 음악극, 오페라, 판소리, 연극, 애니메이션, 음악극 등으로 태어나게 된다.

3.「봄·봄」의 동시대 동일 소재의 작품들

「봄·봄」의 동시대 작품들 가운데 청춘 남녀의 사랑과 데릴사위 제도를 소재로 취한 남궁만의 〈데릴사위〉, 안회남의 「남풍」, 최인준의 「호박」을 살펴보기로 한다.

남궁만의 희곡 〈데릴사위〉는 1931년 1월 발표되었다.[23] 〈데릴사위〉는 추수가 끝난 평양근교의 소작농을 배경으로 5년 전 데릴사위로 들어온 석삼, 외동딸 분이, 장인 유첨지가 벌이는 이야기다. 유첨지는 빛에 몰려 석삼이 혼수감으로 키우는 소를 몰래 팔아버린다. 분이는 평양 술집으로 팔려가는 친구가 부럽고, 분이의 부모는 일확천금의 꿈에 젖어 분이를 술집에 판다. 결국 분이와 유첨지 부부에게 배신당한 데릴사위 석삼은 절망 속에 떨어지면서 작품은 끝난다.

작가 남궁만은 평양 보통학교 중퇴 이후 1929년 15세의 나이로 평양 고무공장의 노동자로 취업, 공장 내의 문학예술 써클에서 작품 활동을 시작[24]했다. 작가의 이 같은 이력이 〈데릴사위〉를 통해 당대 노동자 농

23　남궁만(1915~?)의 〈데릴사위〉는 1936년 『조선중앙일보』의 신춘문예 희곡부문 당선작이다. 이 작품은 『조선중앙일보』에서 1936.1.1~1.28, 14회 연재되었다.

민의 비참상을 고발하는 것으로 나간 것이다.

안회남의 「남풍」[25]은 봄날, 미친 큰 애기를 보면서 삼봉의 회상형식으로 전개된다. 삼봉은 소작농 배가네의 데릴사위로 10년을 보냈다. 서른 살이 된 삼봉, 큰 애기는 열여덟, 그런데 삼봉이 혼수감으로 키워오던 양돼지를 도둑맞았다. 이를 빌미로 배가는 큰 애기를 윤주사의 첩실로 보냈다. 배가는 소작농에서 마름으로 출세했다. 그리고 3년 뒤, 큰 애기는 미쳐서 나타났고, 미친 상황에서도 삼봉이를 알아본다. 큰 애기의 뒤를 따르며, 삼봉은 "넌 내거다", " 넌 내거여"[26]속으로 외치며 작품은 끝난다.

최인준의 「호박」[27]에서 춘삼은 열 살 아래인 알뜰네의 남편이다. 알뜰네가 열두 살 때 데릴사위로 들어가 몇 년 일해주고 알뜰네를 아내로 맞았다. 알뜰네는 혼인하고 얼마 안돼 양복장이 면사무소 급사, 다음엔 유부남 산림간수와 눈이 맞았다. 그리고 지금은 구장영감과 눈이 맞았다. 그런데 다시 무면허 치과의사 황수철이 마을로 들어오면서 쉰 줄에 들어선 구장영감과 20대의 황수철 사이에서 갈등이 일게 된다. 「호박」에서는 「봄·봄」의 관련 요소로 데릴사위에 대한 것 뿐, 오히려 김유정의 소설 「소낙비」, 「안해」와 역시 김유정의 수필 「들병이 철학」이 겹쳐 보인다.

안회남은 김유정의 절친이었기로 「남풍」 창작시에 김유정을 의식했을 것이고, 최인준의 경우, 철원출신으로 평양에서 학교를 나오고 다시 철원에서 생활했다[28]는 것으로 미루어 김유정의 작품을 전혀 읽지 않았

---

24 이재명, 「남궁만 희곡작품에 대한 분석적 연구」, 『한국연극학』 5호, 한국연극학회, 1993.

25 안회남(1909~?), 1931년 『조선일보』 신춘문예에 단편소설 「발(髮)」이 입선되어 문단에 등단했다. 「남풍」은 1937년 『여성』 5월호에 발표. 본고에서는 『안회남단편집』 학예사 발행본을 영인한 『한국 단편소설 대계』 12, 1988 태학사 편을 참고했다.

26 위의 책, 33면.

27 최인준(1911 또는 1912~ ?), 1928년 『조선일보』 신춘문예에 「춘보」로 가작 입선, 1934년 『동아일보』에 「황소」로 신춘문예 당선, 「호박」은 1938년 1월 『농업조선』 1집에 발표되었다.

다고 할 수는 없다.

김유정, 안회남, 최인준이 살던 1930년대적인 삶이 이들에게 비슷한 소재로 작품을 쓰게 했을 수도 있다. 그런데 「봄·봄」에서 장인영감이 노동력 확보를 위해 혼례를 지연시킨다는 것을 제외하면 점순과 사위는 낙천적이고 서로를 신뢰하며 물질적 욕망은 보이지 않는다. 반면, 안회남의 「남풍」과 남궁만의 〈데릴사위〉에서 장인들은 한쪽에서는 혼수감으로 키운 사위의 양돼지를 훔치고 다른 쪽에서는 소를 팔아치우며, 색시감들은 모두 물질적 욕망 때문에 첩이 되거나 인육시장으로 진출한다.

희곡작품 〈데릴사위〉는 파국으로 끝난 인간관계와 농촌사회의 피폐상을 고발한다. 그러나 「봄·봄」, 「남풍」, 「호박」에서는 데릴사위제도와 남녀의 애정전선, 행복한 결말이라는 공통점을 갖는다. 특히 「남풍」의 경우는 「봄·봄」의 제1호 아바타로 보인다. 소재 및 남주인공의 성격, 또 서사전개가 현실 → 회상 → 현실로 돌아오는 형식에서 유사성을 보이는 것이다.

4. 「봄·봄」의 아바타들

스토리텔링의 활용범위는 책, 영화, 드라마, 애니메이션, 게임 등 무궁하다. 원 소스 「봄·봄」은 장르 교체와 매체 교체 패러디를 통해서

28 　조남현, 「김유정 소설과 동시대 소설」, 김유정학회 편, 『김유정의 귀환』, 소명출판, 2012, 26면.

다양한 아바타로 나타났다. 이들을 장르별로 추적해 본다.

1) 장르교체 – 희곡 〈봄봄〉

「봄·봄」의 각색, 연극화는 신명순에서 비롯된다.[29] 신명순 〈봄봄〉
의 중앙에서의 최초 공연일정은 미상이나, 춘천에서는 1975년 극단 혼
성[30]이, 2008년 4월 11일에는 극단 굴레가 공연하였다. 2008년 극단 굴
레의 공연 내용은 신명순 각색의 각본에 충실한 것이었다. 한편 2011년
11.2~13까지에는 김원석 각색 연출의 〈봄봄〉이 국립 별오름극장에서
공연되었다.[31]

신명순 각색 〈봄봄〉은 1930년대, 춘천 실레마을이 배경이다. 서사전
개는 가을에서 시작하여 이듬해 봄까지 이어진다. 데릴사위 삼돌(23세),
봉필영감 둘째딸의 데릴사위로 들어와 5번째의 봄을 맞으면서 갈등은
극에 달하게 된다. 삼돌은 점순(19세)의 키가 크면 봄에 성례를 올려준
다는 약속으로 봉필영감댁에 데릴사위로 들어왔다.

박봉필(김봉필)영감은 사기꾼 기질이 농후하고 장모의 욕심과 심술은
놀부마누라를 능가한다. 문태(뭉태)는 삼돌과 절친하며 그가 들은 봉필
영감 관련 정보를 삼돌에게 전해준다. 이 작품에는 점순의 동생 점례, 점
순의 친구 순자와 영태의 순애보가 첨가된다. 오라비를 징용 보내고 빚
더미에 올라앉은 가족을 위해 기생집에 몸을 팔 생각을 하는 순자, 장래

---

29 「봄·봄」에 대한 신명순의 각색 연도는 잘 알 수 없으나 그의 희곡창작이 양산되던 1965~
   1973년 사이로 추정된다.
30 한명희, 「김유정 문학의 OSMU와 스토리텔링」, 『한국 문예비평 연구』 27, 한국문예비평연구
   회, 2008, 466면.
31 이 작품에 대한 자료를 얻지 못했다.

며느릿감 집안을 위해 아들이 아끼는 암소를 팔기로 작정한 영태의 홀어머니, 정혼녀와 암소 앞에서 갈등하다가 정혼녀를 선택하는 영태를 보면서 점순은 삼돌에게 사경을 받아서 둘이 도망이라도 가자[32]고 한다. 점순에게 고무된 삼돌은 봉필영감에게 사경을 요구하다가 육탄전을 벌이게 되고, 위기에 빠진 아비를 위해 삼돌에게 돌변한 점순 앞에서 맥을 놓는 삼돌, 점순과 점순모 봉필영감이 합세해서 삼돌을 구타하고 삼돌은 관객을 향해서 '점순이가 좋은 걸 어떡해유' 절규할 때 막이 내린다.

일반적으로 소설과 비교했을 때 희곡이 시공간과 등장인물 인원수의 제약을 받는 현재진행형의 서사전개라는 통념과 달리, 신명순 각색의 〈봄봄〉에서는 원 소스의 시간이 가을에서 봄까지 확장되고, 원 소스의 등장인물 6명 외에 점례, 순자, 영태, 영태의 홀어머니가 첨가된다. 이야기의 내용도 사위와 점순의 사랑이야기에 순자와 영태의 순애보가 첨가된다. 순자 오빠의 징용 이야기에는 시대적 아픔이 반영되었다. 박봉필 부부의 놀부 부부를 능가하는 행태는 순자와 영태의 지순한 사랑을 돋보이도록 하기 위한 장치로 보인다. 연극 〈봄봄〉의 공연시간은 52분 안팎이었다. 원 소스 「봄·봄」의 원고량이 200×61매 정도의 소품이기에 여기에 각색가의 창의성이 작용한 것으로 보인다.

2) 매체교체 – 영화 · TV 문학관 · 오페라 · 판소리

원 소스 「봄·봄」이 영상매체 또는 음악매체를 통해 새로이 태어났다. 이들을 매체별로 추적해 보기로 한다.

---

32 신명순 각색, 〈봄봄〉, (사)한국예술문화단체 총연합회 춘천지부 편, 『김유정 희곡집』, 2002, 46면.

(1) 영화―김수영 감독 〈봄봄〉

　영화 〈봄봄〉은 1969년 태창흥업이 제작했고, 신영균, 남정임, 허장강, 김동원, 이낙훈 등이 출연, 상영시간 65분짜리로 제5회 프랑크푸르트 영화제 출품작이었다.

　시간적 배경은 봄, 춘삼은 밤낮으로 점순과 혼인하는 꿈을 꾼다. 봉필영감은 홀아비로 두 딸을 키웠지만 큰 딸은 동네 건달 범표와 눈이 맞아 줄행랑을 쳤다. 이제 장인은 점순이를 미끼로 부족한 노동력은 춘삼에게서 충당한다. 구장님은 사리분별이 확실하고 몽태(뭉태)는 점순을 짝사랑, 이른바 춘삼과 몽태는 연적관계이다. 봉필영감은 사위 범표가 끌고온 트럭을 보고 쌀 20가마를 내누었다가 범표에게 사기 당했다는 사실을 알게 되고 점순을 미끼로 몽태에게 뒷감당을 맡긴다. 점순은 이 같은 내막을 춘삼에게 알리자 춘삼은 장인과 육탄전을 벌여 혼인 허락을 얻어내고 마침내 혼례식을 치르게 된다.

　영화는 영상에 음향을 포함 시켜 관객의 시청각에 서사적 내용을 알리는 형식이다. 영화 〈봄봄〉은 화면 전체에 클로즈업된 돼지의 몸체 위에 제목과 원작자와 감독의 이름이 나오면서 시작된다. 자막 장면 직후 카메라는 롱숏으로 신행 가는 일행을 잡고 이때 주인공은 신행 가는 신랑과 자신을 동일시하다가 돼지 새끼를 놓치고 허우적댄다. 이후에도 돼지우리 속에서 사위에게 폭행당하는 장인의 돼지꿈, 영화의 말미에서 바구니 속의 돼지새끼들이 바깥으로 쏟아지자 점순이 돼지새끼를 잡으려고 뛰어다니는 장면들이 나온다. 구비문학에 근접한 소재와 형식의 「봄·봄」, 여기에 돼지꿈과 돼지 이야기가 가미되어 이 작품은 전체적으로 명랑한 분위기 속에서 전개된다.

(2) KBS TV 문학관, HDTV 문학관

가. KBS TV 문학관 〈봄봄〉

KBS TV 문학관 〈봄봄〉은 최경식 극본, 김충길 연출로 1983년 5월7일
에 방영되었다.[33] 이 작품에서는 정신대와 징용문제가 대두되는 만큼
그 시대적 배경은 1930년 말부터 1940년대 초까지, 계절은 봄이다.

고만복(23세)은 화전민 출신으로 3년 전, 시장구경을 나왔다가 봉필
영감 셋째 딸의 데릴사위가 되었다. 봉필영감이 고만복에게 내건 성례
조건은 '점순의 키가 크면'이다. 봉필영감은 마름 출신의 자작농이고 장
모는 말없이 사위를 지켜준다.

성례 문제로 만복과 장인의 갈등이 반복되고 구장은 장인 편이며, 뭉
태 역할이 생략된 대신, 동리 친구들이 이를 대신한다. 한편 처형들은
친정의 재산 상속을 노려 서로 경쟁적이다. 만복은 점순의 격려로 장인
과 거친 몸싸움을 벌이지만 결국 점순을 포기하고 떠나려 할 때 정신대
며 징용에 관한 소식이 떠돌자 장인은 서둘러 만복과 점순의 혼례를 허
락한다.

이 작품에서는 봉필영감의 재산상속을 노리는 시집 간 두 딸의 이야
기가 삽입되고, 만복과 점순의 혼사 장애 소멸은 그들의 노력이 아닌
시대적인 문제 — 정신대와 징병제의 도입으로 자동해결 되는 것으로
나온다.

나. HDTV 문학관 〈봄, 봄봄〉

〈봄, 봄봄〉은 KBS 창사특집 작품으로 2008년 3월3일 방영, 극본은

---

[33] 출연진은 데릴사위 고만복에 김진태, 점순 역에 박준금, 봉필영감 역에 이신재, 장모 역에 전
원주 등이었다. 상영시간은 01 : 47 : 28.

박지숙, 조나단, 이수민의 공동작이고 이건준이 연출했다. [34]

〈봄, 봄봄〉에서 시대 배경은 2008년대, 공간배경은 제주도의 광활한 초원지대, 등장인물들은 농민이 아닌 목축인과 해외유학파로 대대적인 변화를 주었다.

〈봄, 봄봄〉에서 덕배는 사고로 사망한 친구의 아들 병수를 걷어 들인다. 병수는 덕배의 둘째 딸 혜은과 혈육처럼 지내는데 대학을 졸업한 혜은은 어학 연수차 외국에 갔다가 외국에서 사귄 국제법 전공자 진경호와 함께 귀국한다.

한편 덕배는 19년 전 병수가 받은 유산 3천만 원을 병수에게 차용한 적이 있고, 병수 20세 때부터 무보수로 목장 일을 해주면 혜은을 아내감으로 주겠다는 각서를 써주었었다. 혜은의 귀국과 함께 병수(31세 정도)는 혜은(26세)과 결혼하려는데 진경호가 나타나자 갈등, 병수는 혜은을 위해 떠나려 하고 뒤늦게 병수의 순정을 알게 된 혜은은 경호의 청혼을 거절한다. 다시 유학생활을 계속하기 위해 혜은은 출국하고, 어느 날 체류 2년 연장이라는 소식을 전해온다. 실망한 병수, 병수를 놀리며 덕배가 초원으로 내닫자 덕배를 따르는 병수, 두 사람의 엎치락뒤치락하며 멀어지고, 멀리서 에코 음으로 '이 망할 놈이, 장인 입에서 할아버지 소리가 나오게 해!' 하면서 작품은 끝난다.

〈봄, 봄봄〉에서는 주인공 설정에서 「동백꽃」의 점순과 총각을 〈봄, 봄봄〉의 혜은 부모로 배치한다. 「동백꽃」의 점순이 지닌 적극성이 〈봄, 봄봄〉 점순을 여장부로, 덕배를 공처가로 설정한다. 혜은은 사실상 「봄·봄」 점순의 아바타이다. 그녀가 국제법률 전공자 진경호의 프로포즈를 거절한 것은 한 남자의 '내조자'의 역할보다는 혜은 자신의 자아

---

34 상영시간은 1 : 58 : 09. 출연진은 박근형, 윤희석, 이경진, 이윤지, 정은표, 서도영.

성취가 더 소중하기 때문이다.

　원 소스가 강원도 산골 실레마을을 배경으로 한데 비해 HDTV의 카메라는 원경으로 광활한 제주바다와 초원지대를 원근으로 종횡무진, 시청자의 눈을 시원하게 한다. 한편 이 작품에는 혜은과 진경호의 사랑 이야기, 여성의 자아성취 욕구, 처자식을 카나다에 보낸 큰 사위 영태의 기러기아빠 이야기가 삽입되어 현대적 삶의 모습을 구체화한다.

　　(3) 오페라-〈봄봄〉

　오페라 〈봄봄〉은 2001년 이건용이 직접 극본을 쓰고 작곡, 2001년 3월 국립극장에서 초연,[35] 같은 해 일본 도쿄 신주큐 신국립극장에서 공연 이후 양양, 광주, 밀양, 춘천, 대구 등에서 장소를 바꾸어가며 10여년 이상 지속적으로 공연되어 왔다.[36]

　오페라 〈봄봄〉은 2부로 나누어 1부에는 주요 등장인물들의 봄노래 모음편, 제2부부터가 원 소스를 각색한 내용으로 2부만의 실제 공연 시간은 52분 정도이다.

　이 작품의 시간대는 원 소스와 같은 1930년대, 공간도 농촌을 배경으로 하고 있다. 그러나 소설을 오페라로 교체한 것인 만큼 그 전개 방법이 특이하다. 소설의 화자 대신 주요 등장인물들이 나와서 노래를 통해서 자신을 소개하고 그간의 관계를 밝혀나간다. 뿐만 아니라 등장인물들 사이의 대화도 노래에 가깝게 한다. 그러다보니 본래 산문형태의 원

35　제3회 서울국제소극장 오페라 축제 프로그램에 참가했던 작품이다. 초연당시 이 작품의 제목은 〈봄봄봄〉이었으나 관객이 오페라를 보면서 소설을 떠올릴 것이라는 생각에 작가가 현재의 제목인 〈봄봄〉으로 바꾸었다. 여지용, 「창작오페라 〈봄봄〉 연구－음악분석을 중심으로」, 이화여대 석사논문, 21면.

36　한명희, 앞의 글, 468면.

소스 서사가 운문형태로 관객들에게 제시된다. 서사전개를 위해서 이건용은 '대본의 문학적 향취를 희생하는 대신 희극적 실랑이를 더 강조'[37]하기 위해서 새 인물의 투입, 기존 인물을 제외(장모 안성댁 삽입, 뭉태와 구장은 생략)했다.

오페라 〈봄봄〉에서 길보는 데릴사위로 온지 5년, 오영감(붕필영감)은 딸만 셋을 둔 꼼수백단, 큰 딸을 시집보내고 점순을 미끼로 길보의 노동력을 착취중이다. 점순은 길보의 편에 서서 아버지에게 당당히 맞서고 안성댁은 오영감의 아내로 체격 크고 발언권도 센 여장부. 오영감도 안성댁 앞에서는 설설 긴다.

오페라 〈봄봄〉의 첫장면에 장인 오영감이 나와서 〈나에겐 딸이 셋 있지요〉를 독창하며 데릴사위 들인 지 5년 된 길보가 머리는 모자라나 일은 잘하나 요즘 들어 부쩍 혼인을 졸라 걱정이라고 한다. 곧 길보가 등장해 신세한탄을 하며 〈나는 길보〉를 독창, 이때 점순이 등장하자 길보는 점순을 기둥 옆에 세워놓고 키를 재어보며 장인과 갈등을 일으킨다. 이후 내용은 원 소스와 같고, 우람한 체격의 안성댁이 등장, 노래를 통해 남편과 점순, 길보를 흉보다가 퇴장하면, 다시 점순 부녀와 길보가 점순의 키를 놓고 갈등을 벌이다가 장인과 사위 사이에 육탄전이 벌어진다. 장인은 〈혼인은 안 돼, 사경은 더 안 돼〉를, 사위는 〈키만 컸나 몸도 컸지〉를 부른다. 그리고 결말은 청사초롱 든 처녀들 나오며 길보와 장인장모, 화동을 앞세운 족도리 낭자한 점순 나와서 다 함께 합창 〈봄봄봄봄〉을 노래하며 막이 내린다.

---

37 여지용, 앞의 글, 21면에서 재인용.

(4) 판소리 〈봄·봄〉

판소리 〈봄·봄〉은 사설에 성석제, 각색에 신동흔, 판소리 각색에 채수정, 작창에 박송희, 소리에 박송희와 그의 문하생들, 2008년 10월 4일 한림대 국제회의관에서 초연되었다.[38] 판소리는 본래 1창자 1고수의 무대이지만, 판소리 〈봄·봄〉은 극적 효과를 주기 위해 남녀 배역을 맡은 인물들이 사설을 주고받고 여기에 창과 병창들이 함께 어우러져 이야기를 끌고 간다. 작품 전반을 보았을 때 그 내용은 원 소스에 비교적 가깝다.

판소리 〈봄·봄〉의 서두는 흥겨운 방아타령을 전주곡으로 판소리 명창 박송희의 도창으로 시작된다. 이어 봄노래와 꽃타령이 나오고 총각이 등장해서 신세한탄, 눈물을 흘리면 동네 아지매들이 그 사연을 묻고 총각은 봉필네 집에 들어가 3,4년 황소처럼 일해주다 쫓겨난 신세한탄을 한다. 아지매는 그를 위로하여 흥겨운 아리랑 타령을 들려주고, 여기에 고무된 총각은 소설원작에서 나온 대로의 이야기를 풀어놓는다.

이야기를 하는 동안 약방의 감초처럼 아지매들이 끼어들어 총각을 추어주고 야단치며 흥을 돋운다. 이야기를 마친 총각이 떠나려하자 아지매들은 방아나 찧어주고 가라고 붙잡는다. 아지매들과 총각은 함께 방아타령을 흥겹게 부르고, 마침내 총각이 떠난다.

뒤이어 '바가지만한 엉덩이를 뒤뚱뒤뚱 흔들면서 쬐끄만 처녀가 달려온다'[39] 처녀는 총각의 행방을 묻고 아지매들이 가르쳐주는 방향으로 처녀는 쫓아간다. 아지매는 청중을 향해서, 이후 소식은 모른다며 다음

---

[38] 판소리 〈봄·봄〉의 전체 공연시간은 30분이다.
[39] 신동흔 각색, 창작판소리 〈봄·봄〉, 김유정 문학회 편, 『김유정 문학의 재조명』, 소명출판, 2008, 271면.

과 같은 사설을 풀어놓는다.

> 아 세상에 그 사연 아는 이는 김유정이라는 이름을 쓰는 이 한 분밖에 없는
> 디 (…중략…) 글쎄 이 양반이 시치미 뚝 떼고 뒷이야기를 몽창 잘라버리고
> 는 서른 살 꽃다운 나이로 이 세상을 하직하셨으니, 저 처녀 총각의 뒷이야기
> 를 알 사람이 이 세상에 아무도 없더구나.[40]

특이 사항은 아지매들이 서로 나누는 어투가 전라도 사투리라는 것
이다. 이에 따라 총각과 점순의 어투도 전라도 사투리에 가까운 어조로
진행된다.

(3) 패러디 소설―박정규 「봄·봄·봄」[41]

소설 「봄·봄·봄」은 2010년대, 계절은 봄철이고 이야기는 도시 근
교 가구공장을 중심으로 전개된다.

주인공인 사위는 방글라데시 출신 노동자, 한국에 산업연수생으로
들어왔다가 가구공장에 취직한지 반 년 만에 사장 봉필영감의 데릴사
위가 되었다. 신장 185cm, 선천성 음치에 알코올 알레지, 술을 마시면
온몸에 두드러기가 돋고 특히 항문에 가려움증이 심하다.

봉필영감은 작은 키에 노래라면 천둥산 박달재가 유일한 레퍼토리,
꽃가루 알레지, 점순이를 미끼로 외국인 노동자를 데릴사위 삼아 노동
력을 착취한다. 점순은 145cm 정도의 작은 키, 장래 남편감에게 큰 덩

---

40 위의 글, 272면.
41 박정규, 「봄·봄·봄」, 김유정학회 편, 『김유정의 귀환』, 소명출판, 2012, 287~302면.

치로 장인영감을 제압해보라고 충고한다. 뭉태 역시 외국인 노동자로 봉필영감 데릴사위로 2년을 살다가 출국했으며 목공 김씨의 이야기를 통해서 그 존재가 알려질 뿐이다.

「봄·봄·봄」의 주인공은 데릴사위가 된 다음부터 월급을 받지 못한다. 직원이 아니라 가족이기 때문이다. 점순과의 혼례의 조건은 각서로 작성된다.

> 각서. 아래의 사항이 이행되면 두 사람의 혼례를 즉시 올려준다. 아래. 음정 박자 맞춰서 노래 두 곡 부르기와 소주 석잔 마시기. 이상

어느 봄날 봉필영감은 사위에게 자기집 조상묘 벌초를 시키고, 연이어 공장 일을 하라고 폭력을 휘두르고 저녁까지 굶긴다. 이에 약이 오른 사위는 야생화를 꺾어다가 장인 앞에 흔들어댄다. 꽃가루 알레지로 곤경에 빠진 장인, 장인을 구하러 뛰어든 점순모녀, 점순의 돌변한 태도에 의기소침해진 사위, 기회를 포착한 장인은 억지로 사위의 입안에 소주를 흘려 넣어 혼절시킨다. 그리고 다음 날, 온몸에 두드러기가 돋고 항문이 가려워 고생하는 사위에게 장인은 약을 사다주고 꿀물을 타 먹이며 주문받은 장롱을 만들라고, 올 가을에 혼례 올려주겠다며 달랜다.

이 작품에서 혼례의 조건은 '점순의 키'가 아니라 '음정 박자 맞게 노래 부르기와 소주 마시기'로 대체되고, 데릴사위감들은 외국인 노동자로 대체된다. 사위는 장인의 꽃가루 알레지를, 장인은 사위의 알코올 알레지를 이용하여 서로를 골탕 먹이는 것을 제외하면, 전체적인 서사구조는 원작과 거의 비슷하다. 그러나 이 작품에서는 외국인 노동자와 이들의 약점을 이용하는 악덕사주들의 문제, 노래방 문화의 일단이 부각됨을 보게 된다.

5. 「봄·봄」의 아바타들 사이의 변이양상

원 소스 「봄·봄」과 동시대 동일 소재의 작품 〈데릴사위〉, 「남풍」, 「호박」을 보면 작품에 나타난 시공간적 배경은 1930년대 능촌이고, 혼사지연의 이유는 가난에 있다.

이들 작품에서 남자 주인공들은 시종일관 여성인물들에게 순정을 보이나 〈데릴사위〉, 「남풍」, 「호박」의 여자들은 변심한다. 「호박」이 데릴사위 몇 년에 성례를 올린 것과 달리 〈데릴사위〉는 파국으로 끝난다. 「봄·봄」과 「남풍」, 「호박」에서는 데릴사위제도, 남녀의 애정전선, 행복한 결말이라는 공통점을 볼 수 있다. 특히 「남풍」은 동일소재, 남성주인공의 성격, 또 오늘, 여기라는 시점에서 회상을 통해 다시 오늘 여기로 돌아오는 서사전개 등으로 보았을 때 「봄·봄」의 제1호 아바타로 보인다.

다음은 김유정 사후, 1967년 이후부터 나온 「봄·봄」의 아바타들을 추적하여 그들의 변이양상과 의미를 살펴보기로 한다.

1) 제목의 변천과정

편의상 「봄·봄」의 아바타가 지닌 제목을 출현 순서에 따라 배치하면 다음과 같다.

「봄·봄」(원 소스) ⇒ 〈봄봄〉(희곡, 영화, KBS TV 문학관, 오페라) ⇒

〈봄, 봄봄〉(HDTV 문학관) ⇒ 〈봄·봄〉(판소리) ⇒ 「봄·봄·봄」(패러디 소설)

제목의 변화는 '·'의 유무, 한글문자 '봄'을 하나 더 첨가하면서 문장 부호 ',' 또는 '·'의 삽입여부로 미세한 차이를 보여줄 뿐이다.

2) 「봄·봄」 아바타에 나타난 서사 요건의 변이

아바타들 사이에 나타난 시공간 및 성례의 조건, 반영된 시대 상황들을 비교해보기로 한다. 이에 앞서 원 소스 「봄·봄」 및 관련 아바타들을 그 출현 순서에 따라 배치하면 다음과 같다.

〈표 1〉

제목	장르	발표연도	제목	장르	발표연도
「봄·봄」	원본소설	1935	〈봄봄〉	오페라	2008
〈봄봄〉	희곡	1969~73?	〈봄, 봄봄〉	HDTV 문학관	2008
〈봄봄〉	영화	1969	〈봄·봄〉	판소리	2008
〈봄봄〉	TV 문학관	1983	「봄·봄·봄」	패러디 소설	2011

〈표 1〉에서 2008년에 오페라, 판소리, HDTV 문학관 등 「봄·봄」의 아바타가 동시에 나온 것은 2008년이 김유정탄생 100주년을 기념하는 해였기 때문이다.

이들 아바타 사이에서 시대배경에서는 2000년대를 다룬 것은 HDTV 문학관 〈봄, 봄봄〉과 패러디 소설 「봄·봄·봄」뿐이고 여타의 아바타는 대개 1930년대 중반 또는 후반이다. 작품에서 계절배경은 희곡 〈봄봄〉만이 가을에서 봄을 거치는 것을 제외하고는 모두 봄을 배경으로 하고 있었다. 공간배경에서 HDTV 문학관 〈봄, 봄봄〉은 제주도 초원지대로, 패러디 소설에서 「봄·봄·봄」은 도시근교를 배경으로 하고 나머지 작품은 모두 농촌 마을이다. 판소리에서는 '춘천 실레마을'이라고 단정적으로 표시한다.

한편 원 소스 및 여타의 작품 중에서 성례의 조건은 '점순의 키'가 자라야 하는 것이다. 그런데 HDTV 문학관 〈봄, 봄봄〉은 19년 전의 차용금에 대한 각서의 실행에 있고, 패러디 소설 「봄·봄·봄」에서는 '음정 박자 맞추어서 노래를 부르고 소주를 마실 수 있어야 한다'는 것으로 전체 상황을 코믹하게 만들고 있다. 그런데 여기에서 8개 작품 가운데 6개 작품에서 성례의 조건이 '점순의 키가 크면'에 있다는 것은 그만큼 인물의 신체적 조건이 독자들에게 지배적 인상을 준 것으로 보인다.

작품에 나타난 시대 상황 반영은 희곡 〈봄봄〉과 TV 문학관 〈봄봄〉에서 징병제 혹은 정신대 문제가 보인다. 이것은 이 작품의 각색, 또는 영화한 시대가 1969~1973년대임에 착안, 작가가 군사정부 시대를 식민지 암흑시대와 동일시하고 있었던 것을 우회적으로 표현한 것으로 본다. 그런가 하면 HDTV 문학관 〈봄, 봄봄〉에서는 여성의 자아성취와 조기 해외유학 붐에 의한 기러기 아빠 문제를 부각시키고 있고, 패러디 소설 「봄·봄·봄」에서는 해외노동자와 그들을 착취하는 악덕 사주에 대한 문제를 반영하고 있음을 볼 수 있다.

3) 「봄·봄」 아바타에 나타난 주요 등장인물들 및 이야기의 변이

「봄·봄」에서 표면에 등장한 주요 인물은 데릴사위와 점순, 장인, 구장님, 뭉태, 장모였다. 이들은 작품 속에서 어떻게 출몰하고 이들 사이의 이야기에는 어떤 변화가 있었으며, 작품 말미에서 장인과 사위의 과격한 갈등표출 양상, 그로 인한 결말의 처리들을 보기로 한다.

	주요 등장 인물	성격 또는 직업	삽입 삽화	장인과 사위 갈등	결말 처리
① 「봄·봄」 원본	데릴사위 26세 점순 16세 김봉필 마름 장모 구장님 뭉태	일편단심 점순 조숙 당돌 탐욕스럽고 심술 기회주의자 이기적, 약삭빠름		쌍방간 급소공격	원점회귀
② 〈봄봄〉 희곡	삼돌 23세 점순 19세 박봉필(김봉필) 마누라 점례 영달과순자 / 과수댁 문태 (뭉태) 구장	일편단심 점순 다감하며 적극적 사기꾼 기질 놀부마누라 성격 순수하고 의협적 합리적성격 이기주의자	순자와 영달의 사랑이야기 / 영달의 소를 헐값에 사는 봉필	장인이 사위의 급소를 걷어참	원점회귀
③ 〈봄봄〉 영화	춘삼 점순 장인 홀아비 점례와 범표 구장 몽태 (뭉태)	일편단심 점순 몽태를 사위삼으려고 함 춘삼에게 장인의 비밀을 알려줌 점순을 맘에 둠	점순을 넘보는 뭉태 / 점례와 범표의 연애와 사기행각	장인의 급소공격	혼인잔치
④ 〈봄봄〉 TV 문학관	고만복 23세 점순 17세 셋째 딸 장인 자작농 장모 처형부부들 구장	일편단심 점순 다감하고 적극적	부친의 유산을 넘보는 처형들	물속에서 사위의 급소공격	혼인 승락
⑤ 〈봄봄〉 오페라	길보 점순 오영감 안성댁	일편단심 점순 다정 적극적 꼼수백단 여장부	안성댁의 입담	쌍방 급소공격	혼인잔치
⑥ 〈봄, 봄봄〉 HDTV 문학관	이병수 31세 혜은 26세 덕배 점순 진경호 영태	일편단심 혜은, 목장관리인 진취적 유학생 목장주, 다감함 여장부 국제법전공자 기러기 아빠	병수의 입양기 / 혜은과 경호 / 기러기 아빠 영태 / 병수와 덕배의 채권채무	쌍방 급소공격 (에코처리)	원점회귀

⑦ 〈봄·봄〉 판소리	총각(데릴사위) 점순 아낙네	우직 곰탱 조숙, 적극적 총각의 얘기를 들 어주고 위로	전라도 아지매 에게 신세한탄	쌍방 급소공격	총각을 찾 아가는점 순
⑧ 「봄·봄·봄」 패러디 소설	총각 (방글라데시인) 봉필영감 가구공장사장 점순 장모 목공김씨	선천성 음치, 알콜 알레지 환자 꽃가루알레지환자 조숙, 다감 뭉태와 봉필영감 의 비밀을 알려줌	외국인노동자 의 이야기 / 노 래방 문화	꽃가루와 소주로 격돌	원점회귀

(1) 「봄·봄」 아바타에 나타난 주요 등장인물들의 변이 양상

〈표 2〉를 보면 등장인물과 그들이 만드는 서사전개에 변화가 나타남을 볼 수 있다. 먼저 등장인물들의 이름, 나이, 직업들을 추적해 보기로 한다.

먼저 등장인물의 이름에서, 원 소스로서 「봄·봄」의 데릴사위는 이름이 나오지 않았다. 그러나 추후 작품에서는 서서히 이름이 붙여지기 시작하고 나이도 밝혀진다. 데릴사위의 이름은 실명씨에서 삼돌, 춘삼, 고만복, 길보, 이병수 등이다. 그러나 나이를 밝힌 곳은 희곡 〈봄봄〉, TV 문학관 〈봄봄〉, HDTV 문학관 〈봄, 봄봄〉 뿐이다. 주목할 것은 그 내용상 대개 데릴사위의 나이들이 20대 초반에서 중반임에 비해 HDTV 문학관 〈봄, 봄봄〉에서 이병수는 31세로 나온다. 그 상대역 혜은은 26세다. 이는 2000년 대 이후 결혼 적령기가 만혼 시대로 들어섰음을 반영한 것으로 보인다.

점순의 이름은 HDTV 문학관 〈봄, 봄봄〉에서 해외 유학생 '혜은'으로 나온 것이 유일하고 나머지 작품에서는 원 소스의 이름을 그대로 차용한다. 이에 비해 원 소스의 김봉필(욕필)영감의 이름은 박봉필, 오영감, 그리고 〈봄, 봄봄〉에서 덕배로 그 외는 원작의 이름 그대로다. 덕배는 대목장의 목장주이다. 원 소스에서 생산된 아바타에서 모든 장인들은 성미 급하고 모두 입이 걸쭉하다.

장모의 경우는 희곡 〈봄봄〉에서는 '마누라'로 놀부마누라를 능가하며, 오페라 〈봄봄〉에서는 안성댁, 여장부로 나오고, HDTV 문학관 〈봄, 봄봄〉의 장모 이름은 점순으로 「동백꽃」의 여주인공 캐릭터를 그대로 차용, 남성들을 제압하고 지휘하는 실질적인 가장으로 나온다. 이 또한 2000년대 이후 여성의 사회적 경제적 능력의 신장과 그 지위가 높아지고 있는 현실이 은연중에 반영된 것으로 보인다.

구장의 역할은 영화 〈봄봄〉에서는 사려분별이 있고 사위에게 장인의 비밀지략을 귀띔하여 사위가 장인의 성례 승낙을 받아내는 데 일등 공신이 된다. 그 외에는 원작에서의 그것과 대동소이하다. 그러나 오페라 〈봄봄〉과 HDTV 문학관 〈봄, 봄봄〉, 패러디 소설 「봄·봄·봄」에서는 그 역할이 생략되며 뭉태의 경우는 문태, 몽태로, 때로는 생략된다. 영화 〈봄봄〉에서 몽태는 점순을 사이에 두고 춘삼과 삼각관계를 형성한다.

한편 이들의 직업은 HDTV 문학관 〈봄, 봄봄〉, 패러디 소설 「봄·봄·봄」을 제외하고 모두 농민이다. 전자의 경우 병수는 목축인이고 혜은은 해외 유학생, 후자의 경우 사위는 해외노동자로 가구공장 기술자이다.

(2) 「봄·봄」 아바타에 나타난 이야기의 변이양상

이야기에서 삽입 삽화의 역할은 원 소스를 바탕으로 스토리텔러의 창의성이 과감하게 반영된 것을 증명한다. 먼저 원 소스에 새로운 이야기를 삽입한 것들을 보기로 한다.

원 소스에서 장모는 마지막 장면에서 위기에 빠진 봉필을 돕기 위해 잠시 나타난데 비해 희곡 〈봄봄〉에서 장모는 봉필영감보다 더 욕심 많고 심술궂고 모사꾼이다. 또한 이 작품에는 원 소스와 달리 새로운 사랑이야기가 삽입된다. 순자와 영달의 순애보가 그것이다. 오라비가 징용 간 이후 빚더미 앉은 부모를 위해 순자는 술집에 몸을 팔려고 하는데 이는 현대판 심청의 모습이고 이때 영달은 구원투수로서 등장한다.

영화 〈봄봄〉에서는 미련한 춘삼 대신 몽태를 사위로 삼으려는 홀아비 장인의 흉계, 점순을 사이에 두고 춘삼과 몽태의 대결, 장인의 큰딸 점례와 범표 사랑의 도피행각과 이후 사기행각, 젊은 시절의 장인이 그의 장인에게 계교로 점순모를 얻게 되는 과정 등이 삽입된다. 구장이 알려준 장인의 성례의 계략대로 성례 승낙을 얻어내는 이야기 등은 원작을 충실히 반영하면서 새로운 이야기를 만들어낸다.

TV 문학관 〈봄봄〉에서는 시장판에서의 씨름꾼들의 경쟁, 부친의 유산상속을 노리는 장인의 출가한 두 딸이 벌이는 선물공세, 정신대와 징용제도에 따라 성혼을 서두르는 당시 사람들의 삶의 이야기가 삽입된다. 판소리 〈봄·봄〉에서는 전라도 아지매의 등장과 장인집에서 쫓겨난 사위, 그 사위를 찾아나서는 점순의 이야기가 삽입된다.

HDTV 문학관 〈봄, 봄봄〉, 패러디 소설 「봄·봄·봄」에서는 모든 이야기가 새로운 판으로 형성된다. 〈봄, 봄봄〉에서는 병수의 입양기, 혜은과 진호의 사랑과 작별, 기러기 아빠 영태의 이야기가 그것이다. 「봄·봄·봄」에서는 외국인노동자의 본국에 있었을 때인 어린 시절의 생활 이후 한국에 오기까지의 과정과 악덕 사주, 노래방 문화가 삽입된다.

한편 장인과 사위의 과격한 몸싸움은 「봄·봄·봄」에서 꽃가루 알레지 환자와 알콜 알레지 환자가 서로 상대의 약점을 노려 꽃다발과 소주를 이용해서 고통을 주는 것이 삽입된다.

다음은 이야기의 결말처리 부분을 보자. 영화 〈봄봄〉과 오페라 〈봄봄〉에서는 혼인잔치 부분으로 끝나고 TV 문학관 〈봄봄〉에서는 결혼 승낙으로 완결된다. 판소리 〈봄·봄〉에서는 떠나간 총각을 점순이가 찾아나서는 처리된다. 이들은 새로운 사건의 삽입인 것이다.

앞에서는 원 소스에 삽입된 부분들을 보았다. 삽입 못지않게 원 소스가 지닌 특징이 생략된 것들도 많다. 가장 중요한 것은 원 소스의 언어적 특징이었던 강원도 춘천 사투리가 영상문화 시대로 오면서 실종되었다는 것이다. 영화나 TV 드라마에서 사용되고 있는 사투리는 정체불명의 것이고, 2000년대로 오면 그대로 표준어가 사용된다. 한편 구비서사의 특징 가운데 하나인 삼 세 번의 반복 사건 또한 사라졌다. 작품에 따라서는 등장인물이 생략된 경우도 있지만 이들은 앞에서 이미 언급했기에 여기에서는 생략한다.

한편 지속적인 요소로 남아 있는 것은 데릴사위 제도, 청춘남녀의 애정전선, 사위와 장인의 육탄전 등이 보인다.

6. 나가는 글

본고에서는 OSMU(One Source Multi Use)로서의 「봄·봄」이 보여준 효용가치에 주목, 「봄·봄」을 토대로 생산된 아바타들을 추적하고 이들 사이의 변이의 양상을 살펴보려고 했다. 먼저 문화콘텐츠에 대한 간략한 소개를 하고 「봄・봄」이 스토리텔러의 관심을 끌게 된 이유, 다음에 「봄・봄」의 동시대 및 이후 시대에 나타난 「봄・봄」의 아바타들을 찾아보고 이들 사이의 변이 양상과 그 의미들을 추적해보려고 했다.

1935년 「봄・봄」이 발표된 이래 작가가 의식하지 않았다고 해도 「봄・봄」의 제1호 아바타는 안회남의 「남풍」으로 보인다.

「봄・봄」의 아바타들은 희곡, 영화, TV 문학관, 오페라, 판소리, 패러디 소설 등 다양했다.

이들 아바타들 사이의 변이양상을 보기위해 먼저 원 소스 「봄・봄」의 제목의 변이를 보았다. 제목은 작품 내용과 밀접한 관계를 갖고 있기 때문이다. 제목 「봄・봄」은 가운데 점(·)의 유무, 음절의 첨가 등을 통해 변화를 시도하고 있으나 사실상 큰 변화는 없었다. 이것은 곧 이야기의 핵심 내용에도 그리 큰 변화는 없을 것이라는 것을 암시하는 것이다.

다음에는 아바타들 속에 반영된 시공간 배경을 살펴 대부분 봄이 배경인 작품과 달리 희곡 〈봄봄〉이 가을에서 봄에 이르는 것임을 보았고 작품 속 시대배경에서 대부분 1930년대이고 다만 HDTV 문학관 〈봄, 봄봄〉과 패러디 소설 「봄・봄・봄」이 2000년대임을, 공간배경에서도 이 두 작품만이 전자에서는 제주도의 초원지대가, 후자에서는 도시근교임을 보여주었다. 성례조건에서도 이 두 작품 중 전자는 차용증서와 각서에, 후자는 노래 부르고 술마시기에 있음을 보았다.

8종류의 아바타 가운데 희곡 〈봄봄〉과 KBS TV 문학관 〈봄봄〉에는 징병제 및 정신대 문제가 언급되고 있었는데 전자의 경우 1960년대 후반에서 1973년에 희곡으로 각색된 것으로 추정하고, 후자의 경우 1983년 작인 것으로 미루어 유신시대로의 도입, 1980년 전두환 정권시절의 암울함이 식민지시대를 연상시킴을 은유적으로 표현한 듯하다.

한편 아바타에 나타난 주요인물들 및 이야기의 변이양상을 보았다. 여기에서는 등장인물들의 이름과 역할, 신분 등을 보았고 여타의 아바타들이 원 소스의 것을 고수하고 있는데 반해 HDTV 문학관 〈봄, 봄봄〉에서는 고등교육을 받은 남자와 해외유학파 여주인공이 나오고, 「봄·봄·봄」에서 남자주인공은 외국인 노동자다. 「봄·봄」의 아바타에서 여성들이 대체로 순종적인데 반해 2000년대로 오면 자기주장이 강해지고 여성의 자아를 실현하는 모습이 보인다. 희곡 〈봄봄〉, 오페라 〈봄봄〉, HDTV 문학관 〈봄, 봄봄〉에서의 장모는 여장부들이며 특히 〈봄, 봄봄〉의 여주인공 혜은은 자아성취를 위해 해외유학을 한다. 이야기의 변이 양상에서는 새로운 이야기의 삽입에 주목했는데 여기에는 희곡 〈봄봄〉, 영화 〈봄봄〉, KBS TV 문학관 〈봄봄〉, HDTV 문학관 〈봄, 봄봄〉, 패러디 소설 「봄·봄·봄」에서 월등했다.

원 소스에 삽입된 이야기와 반대로 원 소스가 지닌 특징 가운데 생략된 것들도 많았다. 곧 강원도 춘천 사투리가 실종되고, 구비서사의 특징의 하나인 삼 세 번의 서사가 실종되었다.

물론 시대를 떠나 지속적인 요소도 있다. 아바타 모두를 관통하고 있는 데릴사위제도, 청춘남녀의 애정전선, 장인과 사위 사이에 급소를 공격하는 육탄전, 조금 어리숙하지만 순정적인 남주인공들, 야무진 여성주인공이 그들이다.

변화하지 않는 것은 퇴보한다고 한다. 「봄·봄」이 다양한 아바타로 태어나면서도 변화하지 않는 요소들은 그들이 독자들에게 지배적 인상으로 고착되었기 때문이다. 그러나 이제 좀 더 성숙한 사랑과 시대적인 고민으로 시선을 돌릴 수는 없을까. 왜냐하면 독자들은 옛것에 향수를 느끼면서도 늘 새로운 세계를 접하고자 하는 때문이다.

참고문헌

1. 작품자료

김유정, 유인순 편,『동백꽃』, 문학과지성사, 2005.
남궁만, 〈데릴사위〉,『조선중앙일보』, 1936.1.1~1.28.
신동흔 각색 창작판소리 〈봄·봄〉, 김유정 문학촌 편,『김유정 문학의 재조명』, 소명출판,
        2008.
신명순 각색, 〈봄봄〉, (사)한국예술문화단체 총연합회 춘천지부 편,『김유정 희곡집』, 2002.
안회남,『안회남단편집』, 태학사 편,『한국 단편소설 대계』 12, 1988.
최인준,『최인준작품집』, 지만지, 2010.
박정규,「봄·봄·봄」, 김유정학회 편,『김유정의 귀환』, 소명출판, 2012.

2. 영상자료

영화 〈봄봄〉, 김수용, 태창흥업, 1969.
TV 문학관 〈봄봄〉, 최경식 극본, 김충길 연출, KBS, 1983.5.7.
HDTV 문학관 〈봄, 봄봄〉, 박지숙·조나단·이수민 공동극본, 이건준 연출, KBS, 2008.3.3.
판소리 〈봄·봄〉, 신동흔 각색, 판소리 각색 채수정, 작창 박송희, 한림대 국제회의관 공연실
        황, 2008.10.4.
오페라 〈봄봄〉, 이건준 극본·작곡, 이연화 음악총감독, 춘천문화예술회관 공연, 2008.10.4.

3. 저서 및 논문자료

김기덕·신광철,「문화·콘텐츠, 인문학」, 인문콘텐츠 학회,『문화콘텐츠 입문』, 북코리아,

2006.

김요한, 「문화콘텐츠로서의 이야기의 확대 재생산」, 『세계문학비교연구』 30, 세계문학비교
　　　학회, 2010.

박정규, 「김유정 소설의 시간구조」, 한양대 박사논문, 1991.

송효섭, 「스토리텔링의 서사학」, 『시학과 언어학』 제18호, 시학과언어학회, 2010.

오세정, 「이야기와 문화콘텐츠」, 『시학과 언어학』 제11호, 시학과언어학회, 2006.

유인순, 「김유정 소설의 구조분석」, 『김유정 문학연구』, 강원대 출판부, 1988.

＿＿＿, 「김유정 문학연구사」, 『김유정 문학의 전통성과 근대성』, 한림대 아시아문화연구소,
　　　1997.

이상진, 「문화 콘텐츠 '김유정', 다시 이야기하기」, 『김유정의 귀환』, 소명출판, 2012.

이수현, 「「메밀꽃 필 무렵」의 스토리텔링 양상연구」, 『현대문학의 연구』 35, 한국문학연구학
　　　회, 2008.

이재명, 「남궁만 희곡작품에 대한 분석적 연구」, 『한국연극학』 5호 , 한국연극학회, 1993.

전신재, 「김유정 소설의 설화적 성격」, 김유정학회 편, 『김유정의 귀환』, 소명출판, 2012.

조남현, 「김유정 소설과 동시대 소설」, 김유정학회 편, 『김유정의 귀환』, 소명출판, 2012.

조희문, 「김유정의 소설과 영화」, 김유정학회 편, 『김유정 문학의 재조명』, 소명출판, 2008.

최혜실, 「문학, 문학산업, 문학교육의 연결고리로서의 스토리텔링」, 『문학교육학』 29권, 한국
　　　문학교육학회, 2009.

한만수, 「한국 서사문학의 바보인물 연구―바보민담, 판소리계 소설, 김유정 소설을 중심으
　　　로」, 동국대 박사논문, 1991.

한명희, 「김유정 문학의 OSMU와 스토리텔링」, 『한국 문예비평 연구』 27, 한국문예비평연구
　　　회, 2008.

한혜원, 「디지털 스토리텔링의 현황 및 활용방안 연구」, 『한국 언어문화』 32집, 한국언어문학
　　　회, 2007.

마적을 꿈꾸다

김유정 평설

송하춘

　서울이라고, 원! 청계천변을 걷는 일밖에 달리 오갈 데가 있어야지!
　요새로 부쩍 그런 핑계를 대면서까지 내가 청계천 산보를 나댕기는
데는 달리 까닭이 있어서가 아니다. 서울살이가 답답하고 고단하니까
그런다는 말은 본래 입에 달고 사는 버릇이지만, 거기다가 혹시 점순이
그 기집애나 한 번 더 만났으면, 제발 좀 그래줬으면, 하는 기대 때문이
지 다른 까닭은 없다.
　지난번, 오랜만에 버드나무 입새 파릇파릇 눈에 띄던 그날, 여기 청
계천변을 걷다가 실제로 점순이를 맞닥뜨린 적이 있었거든. 바로 요 근
처야. 저만큼 앞으로 수표교 널다리가 가로 걸쳐있고, 흐르는 물가에서
는 두서넛 아낙들이 재잘거리며 빨래를 하던 바로 저 물가. 건너편 언
덕 마른 풀섶에 섞여 핀 저것들이 정녕 민들레랑, 엉겅퀴랑, 할미꽃들

이겠거니 먼빛으로 바라보면서 걸어가는데, 그때 출랑출랑 실레말에
서나 듣던 말소리가 들리는 거야.

　─네 눈에는 그것도 꽃이라고 보면서 가니? 금병산 자락에다 대면
저것들은 꽃도 아니다.

　소리 나는 쪽을 내려다보니 정말이지 실레말에서나 보던 점순이 모
습 그대로가 냇가에 서있는 거야. 왜 있잖아. 실레말 초입으로 들어서
다 보면 정자나무 가지 사이로 드려다 뵈는 울타리도 없는 외딴집, 그
집에 살던 점순이를 서울 하고도 종로, 청계천 하는 그 청계천변에서
해후를 한 거야.

　기집애! 남 산보 나올 줄은 어떻게 알고!

　나는 깜짝 반가웠지만, 반가워도 반갑단 말은 못한다.

　─빨래하러 나왔니?

　그날은 그래도 이만큼이나마 반가운 기색을 보이는데, 점순이는 어
느새 빨랫감이고 방망이고 할 것 없이 다 팽개친 채 쫑알거리며 달려오
는 거야.

　─너, 그렇게 한눈팔고 다니다가 앞으로 고꾸라지기라도 하면 큰 코
다친다. 사내자식이 코뼈 부러지고 이마빼기 까지면 볼 장 다 봤지 뭐.
마적은커녕 비적도 못될 걸.

　나는 너무도 반가운 나머지, 서울은 언제 왔니, 방금 사는 데는 어디
니? 그런 걸 물으려고 했었다. 그런데 점순이는 남 급한 건 생각지도 않
고 마적이니, 비적이니, 눈치도 없이 제 말만 앞세우니 원, 결핵에다가,
늑막염에다가 당장 폐마가 다 되어가는 사람을 눈앞에 두고 그게 어디
할 소리인가.

　하긴, 점순이 제 말마따나 것도 다 내가 내 입으로 떠벌려서 생긴 일
인 걸, 점순이만 탓할 수는 없지. 점순이 워낙 마적을 좋아했거든. 내가

소설을 쓴다고 말할 때는 에게게! 그까짓 편지나 쓰고 그러는 거! 그렇게 코웃음을 치다가도 마적은, 그럼? 하고 물으면, 좋지! 만주벌판! 아, 나도 달리고 싶다! 환호하던 점순이가 아니냐.

처음 실레말을 찾아갔을 때 일이다. 작년 재재작년 근 이태 가있었지 아마. 그리고 떠날 채비를 하던 그 무렵 어느 날이었다. 점순이 무슨 심술이 났던지 그 며칠 새로 바짝 내 그림자를 밟고 다니면서 쌩이질이 났는데, 그날은 마침 야학을 마치고 홀로 새로 난 신작로 길을 가던 참이었다. 산모퉁이를 막 돌아서려는데 점순이 내 앞으로 툭 불거지는 거야.
— 너, 서울 가서는 장차 뭐가 될 건구?
— 글쎄, 마적이나 할까!
그때 그 말이 불쑥 내 입에서 튀어나온 거야. 왜 그랬는지는 나도 모른다. 그냥 마적이고 싶었던가 봐.
— 좋겠다! 네가 어떻게 그런 생각을 다 했어?
— 마적 좋잖아! 요동반도. 해란강. 일송정. 어디든지 달릴 거야. 왜? 넌 마적이 싫으니? 도적이랄까 봐?
— 싫기는! 그래, 너 마적 해라. 넌 오늘부터 마적이다.
그날 그렇게 백마 탄 초인이 되었던가본데, 그래도 그렇지 그런 산도적 같은 이야길랑 산 좋고 물 맑은 실레말에서나 하는 거지, 여기는 서울 아니냐. 골병든 육신을 끌고 사직골 한 구석에 처박혀 사는 내게, 마적이란 가당키나 한 일인가. 그래 내 한 마디 쏘아부친 거야.
— 마적이니 비적이니 너, 그딴 소리 한 번만 더했다가는 내 가만 안 둔다고 그랬지!
— 가만 안 두면 어쩔 건데? 마적이 뭐, 누가 시켜서 되고, 말려서 안 되고 그러는 건가? 넌 어차피 마적이야. 네가 네 입으로 말했잖아? 장차

마적이 될 거라고. 왜, 싫어졌니? 마적, 안 할 거야?

　―아니. 할 거야. 그렇지만 네가 너무 큰 소리로 동네방네 외치니깐 그치. 마적이 무슨 뒷산 성황당에 굴러다니는 돌멩이라도 되니?

　그 순간 내가 그 자리를 피하고 싶어 했던가봐. 점순이 찰거머리처럼 내 발목을 붙들고 늘어지는 거 있지.

　―왜? 가려고? 들으니까, 요새도 편지 쓴다대? 요새는 누구한테 쓰니?

　길 가는 사람 붙들고 서서 하다못해 반갑단 말은 못할망정 편지는 또 무슨 편지냐. 망할 것, 작년 재재작년 실레말서부터 점순이는 할 말 없으면 죄 없는 편지를 들먹거리더라.

　―편지 같은 거, 요새는 안 쓴다.

　나는 한 대 쏘아붙였다. 나라고 왜 마음 켕기는 데가 없었을까. 참고 말을 안 해서 그렇지, 요새로 몰래 주고받는 편지가 생겼거든. 지난밤만 해도 당장 그놈의 편지 때문에 날밤을 새다왔는걸.

　―이번에는 인텔리 여학생이라며? 소리꾼하고도 못 통한 연애가 인텔리하고는 통할까?

　거 봐라. 점순이 저도 다 집히는 데가 있으니까 그런 말을 하지, 모르고 어떻게 아는 척을 해. 점순이 제가 점쟁이인가.

　작년 재재작년, 돈의동 골목안에 산다는 그 '소리꾼 기생', 처음에 나는 그 여자를 두고 하는 말인 줄 알았지. 나는 발뺌하고 싶었다.

　―그게 아니라……

　지난겨울 내내 나는 적어도 일곱 통 이상 편지를 썼고, 한 편 이상 소설을 궁리하다 말았고, 딱 한 편만 수필을 써서 잡지사에 보냈고, 그리고 요즈음 동경서 유행한다는 그 뭐냐, 돈 벌이가 될 만한 유럽의 탐정소설이나 추리소설이 없을까 물색하면서 시간을 보냈거든. 그리고 아!

몇 차례 술을 마신 기억이 나는구나. 그뿐 아무것도 한 일이 없다. 술은 마시고 나면 뒤탈을 심하게 앓아야 하니까 문제지만, 그 대신 내 육신을 갉아먹는 불면의 밤과, 헛된 망상을 덜어주니까 그건 괜찮아. 그래도 어떡하냐. 몸은 삭정이처럼 밭아만 가지, 불면의 밤은 지칠 줄을 모르고 늘어만 가지, 그 판에 뜻밖의 여학생을 발견한 거야. 친구 동생이고, 신학문을 많이 한 모던 걸이었다. 대화하고 싶더라. 일단은 편지를 써 보내기로 했다. 답장? 그런 거 없다. 그냥, 내 생각의 일단을 상대에게 걸어보는 거다. 인생이면 인생, 예술이면 예술, 연애면 연애, 소설이면 소설, 그 어떤 것도 생각은 자유지만 그렇다고 아무데나 허공에다 대고 거미줄을 칠 수는 없지 않은가. 누구에겐가 생각의 고리를 걸고, 그렇게 상상의 나래를 펼치기만 하면 나는 그만이거든. 그 상대가 새로 발견한 통인동 여학생인 거야. 나는 밤마다 편지를 썼다. 누구한텐가 뭔가를 털어놓는다는 건 말하자면, 나를 열어 남과 통하고자 하는 열망이거든. 말더듬이인 내가 말로써 나를 털어내지 못하고 글로써 소통을 하고자한 건 잘한 일이라고 생각한다. 하느님은 내게 짧은 혀를 주셨지만 그 대신 글은 짧지 않게 주셨다. 내 짧은 혀와 함께 결코 짧지 않은 글을 주신 하느님께 그저 감사할 뿐이다.

　─그게 소리하는 기생이던가?

　점순이 물었다.

　─아니지, 소리하던 여인은, 내가 서울을 떠나 실레말로 가기 전이었다. 벌써 한 이태 됐지? 그리고 다시 서울로 돌아와서 여학생은 만났다.

　실레말은 본디 내 고향이었다. 옛날 우리 할아버지 아버지가 거기 살았거든. 나는 서울에서 나고 자랐다. 그래서 그런지 실레말은 나도 잘 모르는 채 마음속에서만 살아있는 고향이었다. 어렸을 때 몇 번 가본 것 같기도 하고, 안 가본 것 같기도 하고, 실레말은 그렇게 낯이 설지만 정다운 곳이었다. 왜 서울로 갔느냐고? 공부 시켜야 하니까. 말은 낳으면 제주도로 보내고, 자식은 낳으면 서울로 보낸다잖아. 그런데, 왜 고향엔 자주 가지 않았냐고? 가고 싶어도 갈 수가 없었다. 그때는 차가 있기를 하냐, 말이 있기를 하냐, 그 머나먼 데를 걸어서 가랴? 아직은 어리디어린 것을 어떡하겠어. 그러다 만 거야. 더 크면 가려니. 어른 되면 가려니. 성공하면 가려니. 그랬던 것이 그만 성공은커녕 아직 장가도 못 든 판에 덜커덕 병이 들고 말았다. 병들고 외로우니까 고향은 찾아가게 되더라. 그게 실레말이다. 그때 점순이를 처음 만난 거야. 달리 친분이 있어 만난 것이 아니라, 갔더니 거기 점순이란 아이가 있더라. 괜히 심심하니까, 우리는 눈만 뜨면 마주쳤다. 채전밭에 말뚝을 좀 박으려고 토닥거리기만 해도 뭐하니? 울타리 하려고? 감자 줄까? 뒷골 가서 소나무 땔감이나 좀 집어올까 내비치기만 해도 어디 가니? 이제 서울엔 안 갈 거니? 밤에 야학이나 좀 거들까, 어둠 속을 나서기만 해도 공부하러 가니? 밤인데 안 무섭니? 같이 가줄까? 실레말엔 맨 점순이 뿐이더라. 그럼, 점순이는 그때부터 벌써 돈의동 소리꾼 편지를 들먹거리며 나를 들볶기 시작했다. 어떻게 알았는지, 귀신같았다니까.

실레말 산자락이 자욱하도록 아지랑이 일렁이는 봄날이었다. 그날 내하도 심심해서 그냥 아지랑이 핀 들판이나 좀 거닐까 하고 서성거리던 판인데, 점순이 그때 밭두렁에 엎드려 봄나물을 캐고 있었던 모양이야.

—서울서는 맨 연애편지만 썼다며?

한 마디 툭 던지는 말이 기가 막혔다. 그냥 날 잡아잡수! 하고 견디는데 이번에는 또 뭐랬는지 알아.

—백 통도 넘게 보냈다며? 답장도 받았겠지?

점순이 저는 저대로 딴 마음이 있어서 그랬던가본데, 바보같이 그걸 알았어야지. 내 보기엔 그때 점순이 더 바보 같았거든. 편지는 보내면

곧 답장이 되어 돌아오는 줄만 아는 거 있지. 답장이 그렇게 쉽게 오갔
으면 나 같은 병신도 벌써 연애를 했게. 나는 뿌리치듯 잡아뗐다.

　—답장, 그런 거 없다.

　—그러면 그렇지, 기생첩도 답장을 보낸다니? 썩어도 준치라더니,
꼴에 기생첩은 탐을 냈던가 보지? 왜 안 그렇겠어. 즈이 아버지한테 배
운 것이 뭐며, 형한테 보고 자란 것이 뭐겠어? 밤낮으로 기생첩 끌어안
고 술주정하는 버릇밖에 더 배웠을까.

　그래도 나는 점순이의 그 험담이 우리집안 바람둥이 난봉꾼들, 우리
아버지나 유근이형을 겨냥하고 하는 말인 줄만 알았지 그것이 내 소리
꾼 기생을 두고 하는 말일 줄은 꿈에도 몰랐다니까. 점순이, 그 새로 만
난 통인동 '여학생 편지'를 알 거라고는 생각도 못했거든.

　돈의동에 살던 그 소리꾼 기생 말인데, 솔직히 나로 인하여 세간 사람
들 입줄에 오르내리기에는 아까운 여자였다. 그 여자가 하필 기생이어
서만 내가 딴마음을 품었겠어. 그건 욕심이 아니라, 관심이었지. 소리라
면 나도 배운 솜씨가 아니어서 그렇지, 한 가락 못 뽑을 것도 없거든. 어
쩌다가 흥에 겨워 정선 아리랑이며 전라도 육자배기라도 한 자락씩 너
울거리다 보면 덩달아 입맛들을 쩝쩝거렸다니까. 그런 건달이 백주에
비록 목욕탕에서 나오는 길이기는 했지만 어쨌든 당대 소리꾼 명창이
아닌가, 그런 기생 아가씨를 마주쳤으니, 어찌 무관심할 수가 있었겠냐.
마주치는 순간 그 여인은 운명적으로 다가왔다. 우리 어머니나 누님이
아주 평범하지만 나에게는 특별했던 것처럼, 소리꾼 그 여인도 내게는
고모이고, 이모이고, 선생님이고, 애인이고, 그런 사이가 되었다.

　어쨌거나, 돈의동 소리꾼 기생은 내가 실레말로 가기 전 서울에서 만
난 여인이고, 통인동 여학생은 내가 다시 서울로 돌아와서 아주 최근에
발견한 여인이다. 그런 여인들한테 무슨 답장을 바래. 그냥 상대를 정

하고 편지를 쓰는 것만으로도 족하지. 나는 늘 누구하곤가 대화를 꿈꾼다. 누구하곤가 나는 늘 소통하고 싶지만 나의 기대는 늘 차단되었다. 나는 늘 그렇게 닫혀 지냈단 말이다.

점순이 편에서만 보면 나는 그런 식으로 아주 막돼먹은 마적이거나, 아니면 밤새워 연애편지를 쓰는 바람둥이 난봉꾼임에 틀림없었다. 그리고 다시 또 한 차례 말하자면, 그날 점순이는 하필이면 서울 하고도 청계천에서 옛 바람둥이 난봉꾼 마적을 해후한 거라니까.

점순이는 서울 색시들처럼 '인물이 톱톱하게 생겼다거나' 노랫가락을 뽑아도 버들가지처럼 낭창하게 간드러지는 그런 여자는 못된다. '그놈의 키는 언제 다 자랄 건지' 언제 보아도 앙개발심하게 옆으로만 퍼졌지, 햇볕에 그으른 거무잡잡한 피부는 도통 가꾸지를 않아서 까슬하기만 하지, 그래도 틈만 나면 곁에 와서 '감자 줄까?' '네 아버지가 고자라지?' 말을 걸고 싶어 하는 화통함이 얼마나 정겹고도 튼실하냐. 나처럼 꽁하니, 좋아도 좋다는 말 한 마디 못하면서 까탈만 부리는 녀석들에 비하면 이건 영락없이 길들여지지 않은 산노루거든.

그날 점순이를 놓친 건 전적으로 내 실수였다. 마적이니, 연애편지니, 좀 귀에 거슬리는 말을 듣더라도 내가 참았어야 옳았다. 그걸 그만 나 편할 대로만 생각해서 까탈을 부리고 훌쩍 떠나보내다니, 퍼뜩 정신을 차렸을 때는 그만 온 데 간 데가 없이 사라지고 없더라. 방금 청계천변을 산보하던 내가 홀로 창신동 고개를 터벅거리고 가는 거 있지. 숨이 턱까지 차올랐다. 가던 길을 멎고 뒤돌아보니 흥인문 겹기와 지붕 추녀 끝이 산처럼 솟아있었다.

아차! 점순아!

나는 다시 오던 길을 되밟아 뛰어 내려갔다. 창신동서 수표교까지가 좀 먼가. 그래도 힘든 줄을 몰랐다. 점순이니까. 점순이한테만 나는 그런 식으로 날샌돌이었다. 점순이도, 나도, 우리는 만나기만 하면 열다섯 살 철부지가 되거든.

그리고 그날 혜화동 골목길을 가다가 나는 두 번째 점순이를 만난 거다.

겨울이 갔다고는 하지만 아직 뼛속을 파고드는 바람 끝이 마른 풀숲을 후비고 다니는 어느 이름뿐인 봄날이었다.

지금은 동대문 밖 창신동에 살지만 실레말서 돌아온 직후 한때는 혜화동에 살았거든. 혜화동과 명륜동을 경계 짓는 그 보성학교 뒷산에서 흘러내린 실개천변, 거기 독버섯처럼 쪼그리고 앉은 초가집이 우리 집이다. 내 집이기는 커녕 우리 누님네 집이랄 것도 없지만, 어쨌든 평생을 누님한테만 얹혀 다니다보니 거기까지 흘러간 것이다.

그날 청계천 산보를 나간다고 대문 밖을 나서던 참이었다. 청계천변만 가면 거기 점순이 빨래를 할 텐데, 하고 나는 겨우내 점순이 생각에만 빠져 지냈다. 골치가 아프면 아프다고 산보를 나가고, 아프지 않으면 아프지 않다고 또 산보를 나갔다. 그러나 그때마다 점순이는 거기 없었다. 시간이 어긋났거니, 나는 만나지 못하니까 더 만나고 싶었고, 그래서 더욱더 열심히 청계천 산보를 나갔다.

가난이 말이 아니었다.

실레말서 돌아온 뒤로 몸이 좀 살아나서 그랬던지, 줄창 원고를 써댔다. 주로 실레말서 보고 듣고 느낀 이야기들이었지만, 가끔씩은 일본에서 잘 팔린다는 서양 탐정소설을 갖다가 번역도 하고, 그렇게 돈이 되는 일이라면 나는 뭐든지 했다. 그때 쉬었어야 하는 건데, 생계를 꾸린답시고 건강을 챙기지 않았던 것이 후회된다. 그날도, 전날 밤 과음을 했고, 이튿날 복통이 심하고, 골이 패고, 그래서 한나절을 일어나지 못한 채 누워 지내다가, 오후에는 나가서 청계천변이나 좀 걸어볼까, 문 밖을 나서는 판이었다.

—어디 가니?

점순이 어제 만난 사람처럼 아는 체를 하는 것이다.

—산보.

나는 짧게 대답했다.

—산보, 어디? 빨래터?

—응.

원래는 점순이 네가 웬 일이냐? 반갑구나! 널 만나려고 얼마나 찾아 헤맸는지 아니? 오늘은 빨래 안 가니? 그런 것들을 묻고 싶었다. 그렇지만 내 짧은 혀가 미리 알아서 그것들을 차단해주었으므로, 나는 길게 말할 수 없었다. 도대체 무슨 말을 어떻게 할까, 생각을 더듬거리고 있는데, 바로 그때였다.

—네 편지 봤다. 잘 썼더라.

점순이 뚱딴지같은 말로 내 앞으로 다가오는 것이다.

—편지라니! 또야?

이번에야말로 진짜 그 인텔리여학생을 캐물으려나보다, 하고 나는 겁이 덜컥 났다.

—있잖아, 실레말 사람들에게 보낸 그거.

—내가? 실레말 사람들에게 편지를 보냈다고?

—잘 썼더라. 재미있게 읽었어.

실레말을 떠나 다시 서울로 돌아온 직후였다.

소리꾼 기생을 만나면 그녀와 대화하고 싶고, 단발머리 여학생을 만나면 또 그녀에게 편지를 쓰고 싶더니, 이번에 실레말을 다녀와서는 또 한바탕 실레말 이야기가 하고 싶었다. 그 동안 서울서 나고 자란 나에게 처음 가본 실레말은 딴 세상이었다. 노루랑, 멧돼지랑, 다람쥐랑, 산토끼처럼, 실레말 사람들이 거기 방생되어 살고 있는 것이다. 남의 눈치 살피지 않고, 각자 욕망을 발산하며 거기 산짐승처럼 흩어져 사는 모습들이 물고기처럼, 혹은 들짐승처럼 자유로웠다. 시골 아낙들이 뿜어내는 거침없는 시기와, 질투와, 사랑과 욕망과, 그것들은 서울서는 못 보던 마적들이었다. 그 강력한 끌림들을 나는 누구한텐가 들려주고 싶었다. 점순이의 철없는 인정도, 춘호 아저씨의 게으른 방탕도, 춘호 아내의 때꼽 긴 배꼽도, 이주사의 거칠 것 없는 욕망도, 어느 것 하나 자연 그대로가 아닌 것이 없었다. 나는 그것들을 본대로 느낀 대로 적었다. '치맛귀를 여며가며 속살이 삐질까 조심조심' 걷는 춘호 아내는 속마음까지 훤히 내비쳤다. '빗방울은, …… 그의 뺨을 흘러 젖가슴으로' '비에 쪼로록 젖은 치마가 찰싹 감기어 허리로, 궁둥이로, 다리로' 그렇게 '살의 윤곽'을 그리기만 하면 그것들은 그대로 '육감적'이 되었다. 실레말에 가서 내가 발견한 시골이란, 아무것도 거칠 것이 없는 무법자의 자연, 그것은 마적들의 벌판 그 자체였다.

―점순이 너, 내 소설을 읽었구나. 그래도 그건 연애편지는 아니잖니?

―아니면 어때? 연애편지만 편지인가? 어차피 실레말 이야기를 썼으면 그게 다 실레말 사람들에게 보내는 편지 아닌가?

―뭐야? 내 소설이 편지라고?

―하긴, 답장을 받아야지, 답장도 못 받으면 그게 무슨 편지야.

애가 왜 남의 편지 이야기를 하다가 뜬금없이 내 소설은 들먹거리나 하고 놀랐더니, 까닭이 있었던가 봐. 점순이 그게, 내 소설이라고 쓴 것들을 모두 연애편지로 알고 읽었더라니까. 어느 정도냐 하면, 내 작품 속에 나오는 점순이들 있지, 그 전부가 점순이 저한테 쓴 편지라고 생각하는 거야. 그리고 보니, 전에 소리꾼 기생이고 통인동 여학생이고 간에 답장도 못 받은 게 무슨 편지냐고 빈정거리던 그 말, 그게 다 점순이 제가 내 편지 답장 떼어먹고 염치없으니까 한 말이었더라니까.

—답장 같은 거, 난 필요 없다.

나는 잡아떼듯 차갑게 대답했다.

—너, 그 동안 편지 많이 보냈잖아. 그리고도 아직 답장을 못 받은 거야?

—답장 필요 없다니까.

—편지를 보내고도 답장을 못 받았다는 건, 네가 네 편지를 잘못 썼다는 뜻이야. 답장을 주고받는다는 건 그만큼 서로 뜻이 통했다는 뜻이거든. 소통이 원활하다는 뜻이야. 넌 지금 어느 정도인지나 아니? 꽉 막힌 거야. 불통이라니까.

점순이 하는 말을 잠자코 듣다 보면, 나도 뭔가가 잘못 되기는 한 것 같다. 그게 뭘까, 뾰루뚱해져서 앉아있는데, 이번에는 거꾸로 점순이 내 눈치를 보면서 다가온다.

—네가 쓴 실레말 이야기들, 그건 답장 많이 받았을 걸. 나도 기분 좋더라.

—기분이 좋았다니, 어떻게?

—실레말을 실레말처럼 그렸으니까.

점순이 기분 좋아서 하는 말은 나도 듣기가 좋았다. 점순이는 방금 편지 이야기를 하는가 하면 어느새 소설 이야기를 하고, 소설 이야기를 하는가 하면 또 어느새 편지 이야기를 하고는 하니까 도무지 종을 잡을 수가 없지만, 그래도 그 속마음을 드려다보면 결국 점순이 저한테 쓴 편지는 좋고, 서울 소리꾼 기생이나 통인동 여학생한테 쓴 편지는 좋지 않더라는 그 말을 그렇게 하는 것 같았다. 그래, 내친 김에 나도 한마디 쏘아부친 것이다.

— 그런 넌 왜 나한테 답장을 안 보내니?

— 지금 보내고 있지 않니? 이게 답장이야. 편지답장이란 너, 원래 그런 거다. 좋아서, 좋다고 말했으면 됐지, 안 좋은 걸 안 좋다고까지 말해야 되니?

점순이 말마따나 내 글쓰기가 일종의 편지쓰기와도 같은 것이라면, 그것은 내가 내 생애를 도모하기 위해 선택한 유일한 소일거리였는지도 모른다. 학교를 다니기는 했어도 본디 학업에 부지런하지도 않았고, 그렇다고 졸업하면 총독부 같은 관청에 가서 관리가 된다거나, 내 기숙하고 있는 숙부처럼 의사가 된다거나 하는 일은 말짱 관심 밖이었으니, 나는 그저 아코디온이나 뜯고, 하모니카나 불다가 이도저도 안 되면 만주벌판을 달리는 마적이나 되지 했던 것인데, 이제 와서 마적은커녕 비적이나마 되기도 다 글러먹었고, 그나마 내 가슴을 짓누르는 억압이며, 조울이며, 그런 것들을 훌훌 털어버리고 세상과 소통하는 길이 있다면 그게 바로 편지쓰기가 아닐까, 그 길만이 나의 살 길이구나. 나는 작정을 한 것이다.

오랜만에 점순이를 만난 김에 그날은 참 여러 동네를 쏘다녔다.

새로 생긴 혜화초등학교 운동장을 가로질러, 뒤쪽으로 마른 갈대숲을 지나자, 무너진 옛 성곽이 듬성듬성 자취를 드러낸 채 길게 뻗어있었다. 점순이는 전에 금병산에서나 하던 것처럼 마른 갈대숲 우거진 길 없는 길을 잘도 헤쳐 나간다. 언덕길을 내려서자 우리는 삼선교 쪽으로 뻗어 내린 길을 버리고, 성벽을 따라 낙산 쪽으로 올라갔다.

누구한텐가 칭찬을 받는다는 건 참 기분 좋은 일이었다. 그까짓 말로 하는 것도 답장이라고, 방금 실레말 이야기들이 좋아서 답장을 보낸다는 점순이 그 말끝에 '너, 안 좋은 걸 안 좋다고까지 말해야 되니?' 하던 그 말은 또 무슨 뜻일까. 점순이 뭔가 할 말이 있어도 참고 있는 것

같았으므로 나는 물었다.

— 점순이 너, 아까 하고 싶어도 못했다는 그 말, 안 좋아도 괜찮으니까, 말해 봐라.

— 괜찮아? 말할까?

점순이 되물었다.

— 그래. 말해 봐.

점순이 가던 길을 멎고 나를 쏘아보더라.

— 이번에 춘호 마누라는 너, 아예 서울 안잠자기로 끌어올렸더라.

— 춘호 마누라를? 서울 안잠자기로?

내가 언제 춘호 처한테까지 편지를 썼던가, 놀라서 물었더니, 그 또한 내 소설 이야기인 거야.

— 전에 실레말 이야기 있었잖아. 그 '소낙비' 내리던 날 춘호랑 그 마누라 말이다.

점순이 내 '소낙비' 쓰던 무렵을 들려주었다.

— 그런데?

— 그 춘호 마누라를 이번에는 서울 안잠자기로 데려왔더라고.

나는 금방 알아들었다. 실레말 이야기를 쓰고 나서 내친 김에 아주 최근에는 서울 이야기를 몇 편 썼거든. 점순이 그걸 말하고 싶어 하는 거야.

— 그랬던가?

내가 우물쭈물 꼬리를 빼자니까, 이번에는 다그치듯 캐묻는 거 있지.

— 답장은 받았니?

— 그까짓 답장, 필요 없다니까.

— 그렇지? 못 받았지? 이번엔 못 받았을 거야.

나는 기분이 팍 상했다. 편지는 보냈는데 답장을 못 받았을 거라는 그 말은 내가 내 편지를 잘못 썼다는 말이거든. 점순이는 그리고 보니 내 소설들을 어느덧 내 실레말 이야기와 서울 이야기로 딱 갈라 놓고 점수를 매기고 있었던 거야.

— 그래서? 내 서울 이야기들이 뭔가 잘못 되기라도 했단 갈이냐?

나는 어느새 발끈해서 따져 물었고,

— 그래. 답답해. 마적은커녕 비적도 못 되겠더라.

점순이는 어느새 짜증을 내고 있었다.

— 비적이라니, 누가?

— 서울이. 아니다. 서울 사람들이.

— 내 서울이? 어떻게?

— 전에 실레말 사람들은 좀 가난하기는 했어도 가뿐하잖아. 상큼했었다. 속에 감춰둔 꿍꿍이가 없이 막 살아서 그랬을 거야. 츤호 마누라 봤지. 그것뿐이잖아. 때리면 맞고, 아프니까 항복하고, 돈 없으면 가서 몸 팔고, 돈 생기면 금방 꿈에 부풀고, 그게 그녀의 생애인 걸. 그뿐인가. 이주사 양반 거침없는 것 좀 보라지. 남의 마누라지만 아무 데서나 훔치는 거. 돈 가졌잖아. 어른이고, 양반이고, 그런 거 없다. 사람 본심에 맡기는 거야. 그럴 때 춘호랑 춘호처랑 이주사가 같아지는 거 아닌가. 실레말은 그래. 그렇게 들 산다니까. 네가 어떻게 그런 걸 봤니? 나도 몰랐어. 네 편지 보고 알았다니까.

— 그러니? 실레말은 그때 워낙 처음이었거든. 낯설도록 신기한 산골이었다. 거기 사는 사람들도 사람들이거니와, 멀리 외딴집처럼 띄엄띄엄 떨어져 사는 모습들이 마치 소나무처럼 홀로 뿌리박고 서있지만 외롭지 않았다. 서울에서는 늘 보던 '생활'이 실레말에 가니까 실종되고 없는 거 있지. 생활이 없는 삶, 그런 삶들이 신기하더라. 서울서는 다닥다닥 이웃들이 붙어살고 있지 않니. 붙어살면서도 사실은 옆집에 누가

사는지, 죽어나가는지, 아무것도 모르거든. 나는 그토록 치열한 생활 속에서 홀로 낙오된 삶을 살고 있었다. 그런데 실레말에 가서 보니 딴 세상이 있더라는 말이다. 외따로 떨어져 사는 남의 집도 자기 집처럼 들락거리고, 빈집처럼 활짝활짝 문 열어두고, 그렇게 터놓고 들 살고 있었다.

— 잘했어! 그게 잘한 거야. 그것들이 네 실레말 이야기들이다. 그렇지만 요즘 새로 쓴 네 서울 이야기들, 그건 다르더라. 서울이라고, 주인집이 있고 행랑어멈이 있고, 제법 서울 맛을 내기는 냈는데, 그 삶이 역겨운 거야. 상큼하지를 않아. 서울이야기나 시골이야기나 결국은 그 인물이 그 인물일 텐데, 주인아씨내외를 보면 아내도 엉큼하고 남편도 음험하고, 그들을 보는 마음이 괜히 짜증나는 거 있지. 답답했다. 주인아씨랑 행랑어멈 사이는 어떻고? 서방님을 사이에 두고 늘 팽팽하게 맞서 있는 거 있지. 피차간에 계산을 하고, 흥정을 하니까 그래. 그게 단절 아니고 뭐냐. 그게 서울이라니까. 실레말 같았어 봐라, 마누라를 팔아먹고 말망정 흥정을 어떻게 해. 춘호 처 좀 보라지. 그 여자, 서울 가서 안잠자기가 되더니 엄청 달라졌더군. 간교하고, 표독스럽고, 욕심쟁이고, 아이 놀래라. 서울서는 행랑아범도 협잡꾼이고 행랑어멈도 사기꾼이야. 그러니 그 편지가 경쾌할 리가 있겠어. 마음을 비우지 않아서 그래. 윤리도, 도덕도, 가난 앞에서는 다 소용없다. 탈탈 털어버리고, 자연 그대로의 욕망이 살아서 꿈틀거릴 때, 그게 아름다운 거 아닌가.

그리고 한다는 소리가, 실레말 사람들에게 쓴 편지는 좋고, 서울 사람들에게 쓴 편지는 좋지 않더라는 거야. 나는 점순이 무서워지기 시작했다.

기집애! 똥인지 오줌인지, 뭐가 소설이고 뭐가 연애편지인지도 구별 못하는 투박한 산골 촌뜨기인 줄만 알았더니, 나를 꿰뚫어보는 눈은 아주 영악하더라니까.

그래, 내 당장 멱살을 움켜쥐고라도, 그러는 너는 지금 내가 좋다는 말이냐, 싫다는 말이냐, 말을 해라, 어서 말을 해! 하고 한바탕 으름장을 놓았어야 하는 건데, 그렇게 하려고 두 주먹을 움켜쥐는 그 순간, 내 몸 안에서 당장 무슨 해괴한 일이 일어나고 있었는지 아니? 느닷없이 내 아랫배 오른쪽께서 꼬르르륵 하고 창자 풀어지는 소리가 나더니 그만 뱃속이 싸하니 아파오는 거 있지. 아침에 꽁보리밥 김치가닥에다가 물 말아서 몇 숟가락 먹은 것밖에 점심이라고는 시늉도 못 내던 판인데, 배탈이란 가당치도 않았다.

그래도 그렇지, 배탈이란 워낙 먹어서만 생기는 병이 아니라 못 먹어서도 생기는 병이니까, 항차 이 고비를 어떻게 넘겨야 하나, 나는 서둘러 혜화동 골목길을 달아난 거야.

─봄 빨래는 늘 청계천에 가서 하니까, 개나리꽃 노랗게 물들거든 나와서 함께 바람이나 쐬자구……

등 뒤에서 바람처럼 쫑알대는 점순이를 느끼면서도 나는 워낙 급했으므로 돌아볼 수가 없었다. 멀리 인왕산 뾰쪽바위가 내 가는 길을 수탉처럼 굽어보는 거 있지. 서울 한 복판 하고도 대명천지 밝은 날에, 이걸 어떡한다. 가려야 할 것이 앞이라면 그까짓 종로면 어떻고 청계천이면 어떤가, 아무데나 담벼락에 기대어 잠깐 쉬를 하면 그만이지만, 이번에 가려야 할 것은 앞이 아니고 뒤가 아닌가. 작년 재재작년 실례말서라면 이까짓 거 뒤를 가리는 일쯤이야 아무 문제도 없었을 텐데, 여긴 서울 한 복판이고, 대낮이고, 점순이 눈이 있지 않으냐. 그럼. 전에 실례말서도 배는 아팠고, 뒤도 급했었지. 점순이 나물을 캐러 간다기에 그만 뭣도 모르고 따라나섰던 것이, 그때가 대낮이었고, 거기가 마을이었고, 뒷산이었는데, 갑자기 몹시 뒤가 마려웠었지.

— 어떡하지?

나는 점순이 앞에 애원하는 수밖에.

— 싸.

점순이는 아무것도 아닌 듯 태연했고.

— 급해.

— 나, 안 볼게.

점순이 가리키는 산등성이 저만큼, 나는 다박솔을 의지하고 앉아 내 엉덩이를 깠었지.

— 자, 가져가.

점순이 저만큼 서서 내 쪼그려앉은 쪽으로 한쪽 팔을 내밀고,

— 그게 뭔데?

— 닦아야지. 호박잎.

나는 내 두 팔로 엉덩이를 받쳐 든 채 아장걸음을 걸어가고, 점순이는 또 저만큼 앞에서 날 잡아봐라, 날 잡아봐라, 같은 간격으로 달아나는데 ⋯⋯

— 이제는 배 안 아프니?

점순이 자랑처럼 물으면,

— 그럼. 안 아프지.

나도 자랑처럼 대답하고.

— 서울서는 길 가다가 갑자기 급해지면 어떻게 들 하니?

점순이 철든 노인처럼 걱정하면,

— 몰라.

나는 수줍은 어린아이가 되어 대답을 감춘다.

— 모르면 어떡해? 남의 일인가?

점순은 어느새 자상한 누님이 되어 나를 꾸짖고.

― 그러니까, 서울서는 늘 배가 아프지.

나는 철부지가 되어 어리광을 부리고 ……

그날, 그렇게 우리는 헤어진 거야. 점순이 더 이상 내 앞에 나타나지 않았거든.

그래도 그것이 우리들 만남의 마지막은 아니었다. 언제라도 청계천 산보를 나가기만 하면 점순이는 거기 수표교 널다리가 저만큼 바라다보이는 물가에서 빨래를 하고 있을 것이거든. 이제는 다만 내가 더 이상 청계천 산보를 나가지 못하는 것뿐이니, 그것이 애석할 뿐이다.

나는 이미 걷기를 거절당하고, 자리에 누운 지 오래다.

그래서 나는 그날 점순이와 단둘이만 가졌던 혜화동에서의 만남을 추억처럼 간직하고 있다. 하필이면 그날 점순이 앞에서 배탈이 나냐? 집에 와서 곰곰이 생각해보았지만, 아무리 생각해도 나는 부끄럽다. 배탈쯤이야 감기처럼 몸에 달고 사는 병이지만, 그때 거기가 하필이면 점순이 앞인 것이 나는 창피해 죽겠다.

점순이가 알면, 그거야 서울이라 그렇다고, 거기가 만약에 실레말이었다면 배탈 그까짓 것쯤 무슨 문제가 되겠냐고, 나를 위로해주었을 것이다. 나는 점순이의 그 말을 듣고 따뜻하게 위로를 받고 싶다. 그래서 꼭 한 번만이라도 점순이를 만나고 싶은데, 그럼에도 불구하고 다시 만날 수 없는 것이 나는 억울하다.

그날, 깊고도 어두운 밤이었다.

초저녁인지, 새벽녘인지, 봄밤인지, 겨울밤인지, 나는 이미 때를 잊은 지 오래였다. 한 차례 소쩍새가 혓바닥을 깨물어 삼키듯 참담한 울음을 울어대는 걸 보면 아마도 새싹 돋는 봄밤이 아니었던가 생각도 해

본다.

그날 밤 혼몽한 어둠 속에서, 나는 앞산 기슭을 질주하는 한 무리의 마적 떼를 보았다. 지축을 울리듯 어디선가 또그락, 따그락, 또그락, 따그락, 말 달리는 소리가 들리더니, 눈 깜짝할 사이에 흙먼지가 부옇게 일었고, 그때 언뜻 말 탄 점순이를 보았다. 점순이는 허리를 곧추세우고 바람에 갈기를 휘날리며 봄내 소양강 쪽으로 내달렸다.

—얼라! 점순이가 언제부터 마적이 되었다지?

나는 번쩍 눈을 떴다가 감았다.

그 순간 말 탄 점순이 온 데 간 데 없고, 눈앞에 댕기머리 점순이가 나풀거린다. 흰 저고리에 검정 치마, 검정 고무신에 검정 버선발목이 깡충깡충 실레말 산자락을 너울거렸다.

—어디 가니? 점순아!

큰소리로 불러보지만 점순이는 도무지 말이 없다.

그럼. 작년 재재작년 실레말에서 점순이 그랬거든. '노란 동백꽃이 소보록하니 깔려있는' 그 산기슭. 아마 그 길이었을 거야. 그 '바윗돌 틈'에 점순이 먼저 내 '어깨를 짚은 채 퍽 쓰러졌고' '그 바람에 나의 몸뚱이도 겹쳐서 쓰러졌고' 그리고. '한창 피어 퍼드러진 노란 동백꽃 속으로' 우리는 그렇게 파묻혀버렸었지.

점순이 오늘도 그렇게 하자고 손짓하는 것을 나는 보았다. 나는 그렇게 될 것을 기대하며 점순이를 뒤쫓았다.

—점순아! 같이 가!

그리고, 그 밤의 맨 끝자락이자, 방금 새날이 열리려는 이튿날 신새벽, 나는 마지막 숨을 거두었다고 들었다.

1937년 3월 29일 오전 6시 반, 향년 29세.

　마적을 꿈꾸던 사람 치고, 그 마지막 장면이 생각처럼 장엄하지는 않았지만, 그나마 살아온 날들보다는 평온했다는 말도 들렸다. 다행스런 일이라고 나는 생각한다. 이제는 나도 마음 놓고 나를 사랑하고 싶다.

김근호(金勤浩, Kim, KeunHo) 서울대학교 국어교육과를 졸업하고 동 대학원 국어교육과에서 석사학위와 박사학위를 받았다. 현재 순천대학교 국어교육과 조교수. 주요 논저로『근대, 삶 그리고 서사교육』(공저),「허구 서사 창작 교육 연구」,「현대소설 작가 비평의 문학교육적 실천 모형」,「소설가소설 교육의 실천 방법」,「김동리 소설『을화』의 인물 형상화」,「창작의 추체험을 위한 소설교육」등이 있다.

김지혜(金智惠, Kim, JiHye) 이화여자대학교 국문과 및 동 대학원 국문과를 졸업하고 문학박사학위를 받았다. 현재 가천대학교 글로벌교양학부 조교수. 공저로『1960년대 문학지평탐구』,『한국 근대문학과 신문』, 대표논문으로「이청준 소설에 나타난 징후적 배앓이와 타자의 시선 연구」,「최인훈 소설의 여성인물을 통해 본 사랑의 변증법 연구」,「김승옥의 각본 작업에 나타난 남성 주체 연구」,「부인의 일탈적 욕망과 단죄의 의미 연구—정비석의『자유부인』과 김승옥의『강변부인』비교 연구」,「예체능계열의 실용 글쓰기 교육 방안」등이 있다.

김세령(金世鈴, Kim, SeRyoung) 이화여자대학교 국문과 및 동 대학원 국문과를 졸업하고 문학박사학위를 받았다. 현재 서울과학기술대학교 기초교육학부 기금조교수. 저서로『1950년대 한국 문학비평의 재조명』, 공저로『새로 쓰는 한국 작가론』,『1960년대 문학지평탐구』, 대표논문으로「전영택의 초기 소설 연구」,「1950년대 기독교 신문 잡지의 미국 담론 연구」,「1950년대 김우종의 비평 연구」,「천상병의 비평 연구」,「김병익의 초기 비평 연구」,「정태용의 초기 비평 연구」,「1950년대 이후 한국 기독교문학론 연구」,「2000년대 이후 한국 소설에 재현된 조선족 이주민」등이 있다.

김승환(金昇煥, Kim, SeungHwan) 충북대학교 국어과를 졸업하고 서울대학교 국문과에서 석사학위와 박사학위를 받았다. 현재 충북대학교 사범대학 국어과 교수. 저서로『해방공간의 현실주의 문학연구』, 공저로『분단문학 비평』등이 있으며, 논문으로「역사소설과 역사—벽초의『임꺽정』을 중심으로」,「남정현의「분지」에 나타난 한국 근대소설의 식민성」등이 있다. 폴란드 바르샤바대학 강의 및 연구 방문교수(1995~1996), 미국 듀크대학 강의 방문교수(2001~2002) 등을 역임했다.

노지승(盧志昇, Roh, JiSeung) 서울대학교 국어교육과를 졸업하고 동 대학원 국문과에서 문학박사학위를 받았다. 현재 인천대학교 국어국문학과 교수. 저서로『유혹자와 희생양―한국 근대소설의 여성표상』, 번역서로『페미니즘 영화 이론』, 논문으로는「기생서사의 표상과 수용―근대성의 스펙터클과 트라우마」,「식민지 시기, 여성 관객의 영화 체험과 영화적 전통의 형성」,「전후 소설에 나타난 남성 정체성의 문제와 문학교육적 함의」등이 있다.

박현선(朴賢善, Park, HyunSun) 가천대학교 국문과 및 동 대학원 국문과를 졸업하고 문학박사학위를 받았다. 현재 가천대학교 강사. 저서로『최명희의 문학세계』,『엄마표 논술 레시피』, 공저로『문화사회화 언어의 욕망』,『우리말답게 번역하기』, 논문으로「대중문화의 전통문화 수용과 그 의미」,「'혼불'에 나타난 풍속의 의미」,「재일동포의 국가 및 민족 정체성과 현실인식」,「재일동포 민족주의의 성격과 한국어 수필의 민족 문학적 성격」,「새로운 여성적 에피스테메를 위한 탈공의 지난함」,「중국인 한국어 학습자 요구 분석과 회화교수방안에 대한 제언」등이 있다.

손윤권(孫閏權, Son, YunGwon) 강원대학교 국문과 및 동 대학원 국문과를 졸업하고 문학박사학위를 받았다. 현재 강원대학교ㆍ중앙대학교 강사. 논문으로「박완서 자전소설 연구」,「기지촌소설의 탈식민성 연구」,「70년대 소설에 그려진 식모의 초상」,「정비석 소설『자유부인』의 육체와 섹슈얼리티 연구」,「'번복'의 글쓰기에 의한 박완서 소설「그 남자네 집」의 서사구조 변화」등이 있다.

송하춘(宋河春, Song, HaChoon) 고려대학교 국문과 및 동 대학원을 졸업하였다. 현재 고려대학교 명예교수. 1972년 조선일보 신춘문예로 등단했다. 소설집으로『한번 그렇게 보낸 가을』,『은장도와 트럼펫』,『하백의 딸들』,『산고양이 섬』,『스핑크스도 모른다』등이 있다. 1995년 오영수 문학상 수상, 2012년 채만식 문학상을 수상한 바 있다.

우한용(禹漢鎔, Woo, HanYong) 서울대학교 국어교육과를 졸업하고 동 대학원 국어교육과에서 석사학위와 박사학위를 받았다. 현재 서울대학교 교수. 저서로『한국 현대소설구조』,『채만식 소설담론의 시학』,『문학교육과 문화론』,『한국 현대소설 담론연구』, 공저로『소설교육론』,『한국 근대작가연구』,『문학교육과정론』,『서사교육론』, 소설집으로『불바람』,『귀무덤』,『양들은 걸어서 하늘로 간다』,『멜랑꼬리아』등이 있다.

유인순(柳仁順, Yoo, InSoon) 강원대학교 국어교육과 졸업하고 이화여자대학교 대학원 국문과에서 문학석사 및 문학박사 학위를 받았다. 현재 강원대학교 교수. 저서로『김유정 문학연구』,『김유정을 찾아가는 길』, 여행일기『세상의 문을 열다』1, 2가 있고 편저로 김유정 단편선『동백꽃』, 이태준 단편선『석양』이 있다. 공저로『현대소설론』,『한국 현대작가연구』,『김유정 문학의 재조명』,『한국의 웃음문화』,『한국의 이야기판 문화』,『궁예의 나라 태봉』 등이 있다.

이　경(李璟, Lee, Kyung) 부산대학교에서 문학박사학위를 받았다. 현재 한국국제대학교 교양학부 조교수. 여성주의적 관점에서 현대소설을 조망하고 있다. 저서로『한국 근대소설의 근대성 수용양식』, 공저로『다락방에서 타자를 만나다』,『한국의 식민지 근대와 여성공간』이 있고 논문으로「비체와 우울증의 정치학」,「『토지』와 겁탈의 변검술」,「피부라는 전선」 등이 있다.

조경덕(趙庚德, Cho, KyoungDuk) 고려대학교 사회학과 및 동 대학원 국문과를 졸업하고 문학박사학위를 받았다. 현재 고려대학교·상명대학교·순천향대학교 강사. 저서로『기독교 담론의 근대서사화 과정 연구』, 논문으로「초우당 주인 육정수 연구」,「근대 단형서사의 '기독교 예화집' 수용양상」,「근대소설사에서 한글전도문서의 위상」,「월파 김상용의 소설 창작 활동에 대한 연구」 등이 있다.

황태묵(黃泰黙, Hwang, TaeMuk) 군산대학교 국문과 및 고려대학교 대학원 국문과를 졸업하고 문학박사학위를 받았다. 현재 순천향대학교 강사. 저서로『이호철 소설에 나타난 분단의식 변모양상 연구』, 논문으로「반공의 규율과 소설의 개작」,「채만식의 고전읽기와 그 의미」,「이해조 산정 판소리계소설의 당대적 가치」 등이 있다.